Rédaction littéraire : Philippe Charrier

Remerciements à Elena Klimovich et Tatiana Vorozhtsova pour leur précieuse aide.

ИНСТИТУТ ПЕРЕВОДА

AD VERBUM

Publié avec le soutien de l'Institut de la Traduction, Russie.

Directrice : Marie Renault
Responsable éditoriale : Anna Kuzicheva
Responsables du projet : Alexandra Calmès, Nadejda Sineva

Couverture et principe graphique : NoOok
Maquette intérieure : Magali Juilliot
Correction : Clémence Chanel

Publié pour la première fois en 2019, par AST sous le titre
Не кормите и не трогайте пеликанов.

Photo de la couverture : © Getty Images / Pete Evans / EyeEm
Photo de l'auteur : © Lubov Glazunova

www.macha-publishing.com

ANDREI ASTVATSATOUROV

IL EST INTERDIT DE NOURRIR LES PÉLICANS

MACHA

ANDREI ASTVATSATOUROV

IL EST INTERDIT DE NOURRIR LES PÉLICANS

Traduit du russe par Valentina Chepiga

MACHA

SOMMAIRE

Chapitre 1
St James's Park 13

Chapitre 2
Les morts sont plus dangereux que les vivants 31

Chapitre 3
Une petite valise 79

Chapitre 4
Olympe 159

Chapitre 5
Les roues de l'autobus tournent et tournent… 279

À mes chers amis, Guerman Sadoulaev et Mikhaïl Elizarov

*L'auteur remercie infiniment Liouba Chvedova,
Valery Aïrapetian, Anastassia Belik, Olga Voïtsekhovskaïa,
Stefania Tchikanova, Galina Antonets, Vera Astvatsatourova
et Anatoly Polivka pour leur aide et leurs précieux conseils.*

CHAPITRE 1

St James's Park

– C'est tellement beau ici, fait Katia en me tendant ses lèvres.

Je détecte dans sa voix une angoisse. Elle n'a rien dit de tout le chemin depuis le métro Charing Cross. Et il n'y a pas de vent.

– Et bravo à toi, au fait.

Pourquoi ce « bravo » maintenant ? Parce que je l'amène dans cet endroit qui est « tellement beau » et où « il n'y a pas de vent » ou bien plutôt parce que je lui ai fait l'amour ce matin ? Il vaut mieux ne pas demander de précisions. Sinon cela peut me coûter cher. Elle peut péter les plombs et m'engueuler, comme d'habitude. Je lui rends un baiser léger.

Nous avons fait connaissance à Paris, il y a cinq ou six ans, je ne m'en souviens plus, tant de choses se sont passées depuis… Elle était venue à Paris en avion de Moscou pour une semaine, chanter dans un club privé pour des rupins russes. J'y étais par hasard : je devais faire une intervention avec Pogrebniak, un philosophe du postmodernisme, lors d'un forum culturel. Entre autres, il y avait Lionia Gvozdev, un peintre.

Je me rappelle que nous avons énormément bu dans un restau à Clichy et Gvozdev marmonnait qu'il voulait peindre Katia nue chevauchant un serpent à cinq têtes.

– Peins ta femme d'abord, pauv' con, rigolait Katia.

En guise de réponse, Gvozdev avait grimacé.

– Il y a peu de matière, chère Katia, trop peu de matière…, répétait-il d'une voix incertaine. Tu comprends ? J'ai besoin de matière…

On venait de quitter Whitehall en passant rapidement sous un portique à côté de la garde paradant dans son uniforme rouge, de mornes hassidim perdus dans leurs rêves derrière leur étal de souvenirs bon marché, deux punks, apparemment de sexe opposé, déguisés à la mode des années 1980, puis nous avions traversé la place vide où rôdaient comme des chiens errants quelques rares touristes asiatiques et, finalement, nous sommes entrés dans un parc, en nous posant devant un énorme plan de couleur verte. Je prononce cette phrase très profonde et je me sens tout de suite mal à l'aise :

– Là, pourvu qu'il ne pleuve pas, c'est l'hiver quand même ici, tu sais.

– Il ne va pas pleuvoir.

Katia sourit et me montre le plan.

– Regarde, nous sommes ici.

Elle se blottit contre moi et je sens pour la deuxième fois la pesanteur de son corps chaud et agile, caché sous un court manteau rouge avec une fine ceinture à la mode parisienne.

Un étroit sentier d'asphalte granuleux contourne savamment un massif de plates-bandes et nous amène vers un plan d'eau rectangulaire. Ses rives sont bordées d'une grille métallique basse, l'eau est trouble, verdâtre. Au milieu, les jets d'une fontaine, le vent asperge de bruine les oiseaux se réchauffant sur la terre. Oui, c'est vraiment très beau ici.

– Dis, c'est quoi le nom du parc ?

– St James's…

– Ah oui… c'est vrai… Et avant, c'était quoi ici ? On s'assoit, d'accord ? J'aime regarder l'eau.

Katia me tire vers un banc en bois.

– Avant ? Attends, Katia, que je me souvienne. Avant, il y avait un canal, un long canal, très long… Oui, c'est ça…

Nous nous asseyons sur le banc, nous commençons à regarder l'eau ridée, le ciel bas couvert de nuages, et Katia sort ses cigarettes. Je reprends notre conversation :

– Et avant, il y a eu des marais et une rivière. Tygurn ou Tyburn… Je m'en souviens plus. Range tes cigarettes, s'il te plaît. C'est interdit ici…

– OK.

Ça alors. Elle m'a écouté dès la première fois. Qu'est-ce qu'elle a ? En général, dans des situations comme celle-ci, elle me répond : « je m'en fous » ou « je dois fumer ». Bizarre. Elle est plongée dans ses pensées, elle ne m'écoute pas. Bon, qu'elle reste ainsi… Sinon, si elle sort de cet état, elle commencera à gueuler, à m'injurier et, une seconde plus tard, elle cherchera un baiser… Elle est angoissée depuis que nous sommes arrivés dans ce lieu… Et sa perruque… Pourquoi une perruque ? Mais elle n'est pas si mal que cela, noire, elle va bien avec son manteau rouge…

Il y a une semaine, au beau milieu de la nuit, le téléphone a sonné chez moi. La sonnerie était forte et agressive. La nuit, tous les sons nous semblent forts et agressifs, surtout les appels téléphoniques. Je me suis levé d'un bond de mon lit et j'ai attrapé l'appareil : en général, les appels nocturnes n'apportent pas de bonnes nouvelles.

– C'est toi ?

La voix de Katia. Forte et agressive. Ensommeillé, j'essayais de me concentrer.

– Oui. Katia, tu… tu sais quelle heure il est ?

– Bon, écoute, a-t-elle continué en ignorant ma question. Après-demain, tu vas à Londres. Pigé ? Tu arriveras avant moi, pigé ? J'arriverai plus tard, de Paris…

À vrai dire, je n'étais pas vraiment réveillé et je n'ai rien compris. Quelle Londres ? Pour quoi faire ? Je n'avais pas de sous, d'ailleurs, pour cette Londres.

– Comment ça, « à Londres » ?

– Mon cher, comment se rend-on à Londres ? On y vole avec les ailes de l'amour, on y va à dos de griffon, et quand on ne pige rien, on y va sur un baril de poudre. Tu me fatigues enfin !

Elle a prononcé ces derniers mots, très énervée.

J'ai commencé à saisir, à balbutier que tout cela tombait mal, et d'autres idioties, mais elle a coupé court :

– C'est long à expliquer. Tu vas à Londres. Point barre.

Alors, j'ai pu enfin articuler qu'il fallait qu'elle m'écoute.

– D'abord, j'ai…

– Dis-moi plutôt, tu as demandé le visa comme prévu ?

J'avais demandé le visa.

– Parfait… Tu iras retirer tes billets dans une agence de voyages sur l'avenue de Zagorodny. Note l'adresse.

J'ai dit que je ne pouvais pas y aller, que j'avais du travail, des articles à…

– Il t'attendra, ton travail ! a tranché Katia. Tes articles aussi. Tu prends des jours, pigé ? Sans solde ou comment vous les appelez ?… Si tu veux, je passerai un coup de fil… comment déjà… à votre doyen ?

J'ai pensé que cela serait le comble si je perdais mon travail, mais j'ai répondu, en essayant de paraître neutre, que je me débrouillerai moi-même.

– Note l'adresse, alors…

J'ai quand même posé la question si tout allait bien, pourquoi cette urgence, mais j'ai réalisé que c'était parce qu'elle avait déjà parlé à Gvozdev. Je lui avais demandé – que c'était bête, avais-je pensé à ce moment-là – de dire en passant à Katia, si bien sûr il la croisait à Paris, inutile de lui téléphoner juste pour cela, que je l'aimais, que j'aimerais mettre les points sur les « i », que je la retrouverais où elle voudrait, que je n'arrivais juste pas à prendre les devants… Gvozdev avait répondu à l'époque « calmos, amigo » et m'avait promis de « tout arranger à merveille ». Alors, j'ai pensé que, si elle téléphonait, c'était que Gvozdev s'était décidé à lui parler…

– Note l'adresse, j'te dis, tu rêves ou quoi ?

La voix de Katia revenait dans le téléphone.

C'est ainsi que je me suis retrouvé à Londres. Tout s'est déroulé au mieux, je n'ai presque rien fait. Ces dernières années, j'ai pris l'habitude de prendre la vie comme elle vient, de ne décider de rien, de me faire embaucher, de me faire licencier, de me faire pousser, traîner, amener en voiture, en bus, en trolleybus, en train de banlieue ou de grande ligne, en Boeing, qu'on me marie et qu'on me chasse par la suite sans aucune explication. Cette nuit-là, dans mon appartement sombre, en serrant le combiné (mes pieds étaient gelés sur le sol froid), j'ai soudain réalisé que la nature et mon destin poursuivaient pour moi un but caché et que ce dernier faisait fi de mes pauvres sentiments, de mes pensées et de mes états d'âme, si elle existe, et que ce but était impératif et ne me laisserait jamais tranquille.

– Tout va bien, Katia ?

– Tout va bien, chéri. Écoute, reste là, je vais aux toilettes… C'est bien un restau, oui ?

Je fais oui de la tête.

Elle disparaît derrière la porte. « Qu'est-ce qu'on mange dans ce restau ? je me demande. Et qu'est-ce qu'on boit ? Enfin, pas maintenant. Katia déteste quand je… »

Je regarde l'étang, anciennement canal, archi-anciennement, rivière. Devant moi, un îlot ressemblant à un palet vert pointe hors de l'eau. Je me perds dans mes pensées en imaginant le chaos qui a régné ici à une époque. Cela fait longtemps que le St James's Park a recouvert ce chaos. Aucune trace de la lande d'antan, des marais pleins de moustiques et parsemés d'arbres pourris, de la rivière morne aux bords envasés, envahis de basses ronces hostiles. Désormais, on n'y entend plus les sinistres cris des chouettes à vous glacer le sang. Autour, on voyait des petits chemins de promenade, des pelouses, l'herbe, enfin, quelle herbe, l'herbette, et on captait le coin-coin des oiseaux aquatiques. « C'était ici, me dis-je, qu'il y avait ce fameux hôpital, peut-être même à l'emplacement du restaurant. » C'est ici qu'on les amenait, toutes ces lépreuses, les intouchables. Comme si on les enterrait vivantes. Les cérémonies se faisaient comme il se devait.

– Tu ne fais plus partie des vivants, entendaient-elles.

Désormais, elles n'étaient plus une mère, une sœur ou une fille, mais une répugnante enveloppe humaine, un simple corps qui se flétrissait de jour en jour. La maladie œuvrait, infatigable, sans relâche, envahissant la chair de ces femmes d'une douleur insoutenable. Elle leur déformait le visage, s'introduisait dans les entrailles, tordait les ligaments, rongeait cruellement les doigts et les orteils, les nez, les oreilles, éclatait les yeux. Parfois, on s'apitoyait sur leur sort et on leur jetait de la nourriture, comme maintenant, dans ce parc, on en jette aux oiseaux, mais on ne les laissait pas s'approcher des habitations. Elles en étaient réduites à rôder comme des ombres pâles, des fantômes dans cet intervalle entre la vie et la mort, dans cette déchetterie humaine qui est bien pire que l'abîme où le Tout-Puissant avait précipité Satan. Mais l'Europe a changé, est devenue plus hygiénique…

Et puis, tout a été fini. Aussi brusquement que cela avait commencé. La maladie a reculé, emportant avec elle les dernières patientes, et le roi a ordonné d'assécher les marais. On s'est exécuté. Et à la place de la léproserie, on a créé une ménagerie. Avec un chameau, un crocodile et un éléphant. Pour montrer, sans doute, quelle étonnante apparence donne parfois le Tout-Puissant aux créatures terrestres. Peut-être qu'elles sont punies, mais désormais on en rit, sans convois funèbres *a lume spento* et sans gémissements macabres.

Un autre roi qui avait succédé au premier, a supprimé la ménagerie et a fait à sa place un terrain de chasse, il me semble bien. Il galopait après les cerfs, peut-être. En les exterminant méticuleusement. En présentant solennellement leurs carcasses aux honorables hôtes. Mais le désordre des lieux se résorbait de lui-même, et voilà que le roi, s'étant émerveillé de Versailles, a fait réaliser un parc. Sobre, ordonné, presque à la française. Et l'ordre humain s'est enfin établi. À présent, peu de choses rappellent la rivière aux bords vaseux, les marais pleins de moustiques, les souffrances des lépreuses. Il en reste probablement les plaintes des saules qui balayent les eaux de leurs branches comme des pleureuses et une étrange angoisse qui étreint les hommes malgré eux, lorsqu'ils restent longtemps à regarder l'eau.

Katia s'installe à mes côtés.

– Ça a été ? Tout va bien ?

– Oui, pourquoi cela n'irait pas ?

Un groupe d'Italiens passe devant nous. Leur guide, un petit brun, crie quelque chose. Son troupeau rigole. Je ne sais pourquoi je veux faire plaisir à Katia.

– Écoute, lui dis-je, ici, ils font de très bonnes gaufres. Juste à l'angle. Elles sont énormes, tu vois. Veux-tu en goûter une ?

Katia lève les yeux au ciel.

– Des gaufres ? Mais quelles gaufres ? Bonjour les calories ! T'as perdu la boule ou quoi ?

Katia est souvent grossière. Aujourd'hui, à l'aéroport, elle a encore gaffé en se comportant comme une malpolie avec ce professeur. Et lui, comme c'est un vachard, il trouvera une occasion de se venger sur ma tête.

– C'est une personne âgée, tout de même, avais-je reproché à Katia. Invitons-le au café, d'accord ?

– Tu peux toujours courir, m'avait-elle rétorqué.

J'étais avec d'autres personnes devant les portes métalliques et j'attendais qu'elle apparaisse. Cela faisait déjà une demi-heure que son avion de Paris avait atterri. Les voyageurs sortaient en groupe ou seuls, ils étaient jeunes, âgés, hommes, femmes, Blancs, Noirs, Asiatiques, avec des valises, avec des sacs à l'épaule, certains sans bagage. Et tous avaient la même expression. Je la remarquais toujours sur les visages de ceux qui montent en avion. Une expression de confusion et, en même temps, de concentration. Cette expression apparaît dès qu'on entre dans un aéroport et ne disparaît que quand on est arrivé à sa destination et qu'on monte dans un taxi. Cette concentration confuse naît, je pense, de l'étrange sentiment qu'un aéroport inflige dès le comptoir d'enregistrement où on se débarrasse de nos bagages et où on retire sa précieuse carte d'embarquement. Comme si on livrait sa vie à quelqu'un d'autre, comme si quelque chose prenait fin irrémédiablement sans que rien n'ait encore commencé et qu'on sache si quelque chose reviendra. Et autour de nous, les cafés, les restaus, les boutiques et les pharmacies exposent leurs produits, en proposant de les acheter et de laisser le superflu ici, au sol : peut-être que nous n'en aurons plus besoin, comment savoir, et eux, ils pourront en profiter. Et les gens achètent, dépensent, emportant avec eux le souvenir d'une grande ville enfoui dans les petits cadeaux, dans les bouteilles d'alcool et les flacons de parfum.

Pour ne pas regarder les gens, j'ai commencé à scruter le hall. Les aéroports, comme a dit un architecte urbaniste, sont soit trop grands, soit trop petits. Celui-ci me paraissait démesuré, ressemblant au quartier d'une ville surpeuplée qui se serait abritée sous une coupole en plastique. Ici, il n'y avait aucun mystère, tout était en vue, dénudé, tout, absolument tout – planches, renforts, câbles –, et tout était fait pour mettre en évidence l'énergie et le savoir-faire humains. La coupole reposait sur de longs tuyaux blancs qui partaient de tous les angles comme les pattes d'une araignée cauchemardesque.

J'ai soudain eu l'impression que, malgré la foule qui grouillait, la salle était vide. Pour me changer les idées, j'ai commencé à penser à Katia, au moment où elle sortirait devant moi, avec son sourire obscène, aux mots que je lui chuchoterais sans pudeur et qu'elle me répondrait que je lui avais manqué. Gvozdev lui avait-il parlé ou non ? Il avait sans doute oublié… Espèce de fou. Il l'avait promis pourtant…

– On vous a pourtant demandé de ne pas venir me chercher ! a fait la voix rouillée d'un vieux derrière mon oreille.

Pris au dépourvu, j'ai tressailli et me suis retourné. Devant moi, campé sur des jambes courtes, se tenait un homme âgé vêtu d'une doudoune bleue. Derrière son dos, il tenait une petite valise à roulettes.

– Je vous demande pardon ?

Je ne comprenais rien.

– J'ai demandé, plusieurs fois demandé, de ne pas venir me chercher ! a insisté l'homme.

J'ai pensé qu'il était dérangé. Mais l'homme avait l'air sain, même honorable, bien qu'un peu comique, court de partout, comme une bille. Il n'avait presque pas de cou, et sa petite tête semblait pousser directement de son torse. Des cheveux gris coupés court, des poils raides de cochon sur les joues, autour de la bouche, sous le menton. Un gros nez en trompette que chevauchaient les lunettes en acier. J'avais déjà dû le voir quelque part.

– J'ai demandé ! criait l'homme.

Il a sorti de sa poche un mouchoir et s'est essuyé le front.

– Mais pourquoi pensez-vous que c'est vous que je viens chercher ?

Et soudain, j'ai compris pourquoi. On nous avait présentés, il y avait longtemps. On m'avait dit à l'époque qu'il avait quitté l'URSS dans les années 1980 et qu'il travaillait dans un collège quelque part en Europe. Je me souviens que lors d'une de ses interventions à un colloque à Moscou, tous nos philologues s'y sont précipités, enfin, seulement ceux qui rêvaient de partir à l'étranger ; il siégeait dans de nombreux jurys. J'avais oublié le nom de famille de ce professeur. Je me suis seulement rappelé que son nom ressemblait à un diminutif affectueux, évoquant une espèce de rongeurs, et qu'il lui allait très bien. Il était sûrement venu ici pour donner une conférence, il a vu un visage connu et il a pensé qu'on était venu le chercher.

– J'ai contacté exprès notre association ! continuait-il. J'ai dit que je me déplacerais par mes propres moyens.

Il a rangé son mouchoir.

Et là, j'ai finalement vu Katia. Elle venait à ma rencontre, droite et sûre d'elle, et elle tirait sa valise couleur framboise. Elle était vêtue d'un manteau rouge à ceinture noire et, je ne sais pourquoi, elle portait une perruque noire. Je n'ai pas eu le temps de me demander pourquoi elle avait mis cette maudite perruque que le professeur s'est de nouveau manifesté :

– Vous ne m'entendez donc pas ?

– Ce n'est pas vous que j'attends, ai-je répondu sèchement et rapidement. Partez…

Katia arrivait. Elle m'a tendu la joue pour un baiser. Sa joue était froide.

– Salut, mon cher. Viens que je te regarde.

Le professeur s'est planté entre nous deux :

– Je vous répète encore une fois, je n'ai pas besoin d'être accompagné ! Occupez-vous de vos affaires.

« Mais enfin, tu vas te barrer, oui… ? »

Je me suis blotti contre Katia et j'ai pensé : « Il va tout comprendre par lui-même », et j'ai tout de suite senti le désir. Des gens sont passés à côté de nous, et quelqu'un m'a frôlé avec son sac.

– C'est qui ce débile ?

Katia a fait un pas en arrière et a montré de la tête le professeur.

« Purée. Ça commence… »

J'ai regardé le professeur d'un air piteux, comme si je voulais dire : « Désolé, je ne la contrôle pas », j'ai souri, confus, et j'ai fait un geste résigné.

– Il te veut quoi ? (Katia a plissé les yeux et s'est tournée vers le professeur en criant un peu fort.) Oust, via via !

Il a fait semblant de ne pas avoir entendu, il a tourné la tête, comme un pélican, à 180 degrés vers sa valise qu'il a tirée derrière lui en marmonnant dans sa barbe. Katia l'avait déjà oublié. Elle m'a passé sa valise.

– Tiens, prends-la. Partons vite. Tu m'as beaucoup manqué et j'ai très envie.

« Il l'a bien cherché », ai-je pensé, mais j'ai dit à haute voix :

– C'est une personne âgée, tout de même. Invitons-le au café, d'accord ?

– Tu peux toujours courir, m'a-t-elle rétorqué.

Il y a plein de monde dans le parc, mais j'ai l'impression, comme la veille à l'aéroport, qu'en réalité, il n'y a personne. Mais voici que des touristes arrivent par les charmantes allées serpentant entre les étendues de gazon pelé, de petits Asiatiques trottent en foule animée, d'énormes Scandinaves avancent d'un pas sévère, des Italiens et des Espagnols sportifs passent en dansant et en gesticulant comme pas permis, apportant dans cet humide climat anglais la torride Méditerranée. Mais je me dis qu'on ne doit heurter personne. Chacun fonctionne selon sa propre géométrie, faite pour lui et lui seul. Et de toute façon, je ne vois vraiment ni ces gens ni les oiseaux qui quémandent des miettes de leur air hautain. Je vois l'espace qui les sépare et absorbe le vide inerte. Il y en a plus que toute autre chose.

– C'est un peu vide ici, remarque Katia.

J'acquiesce en silence.

Le St James's Park s'étend, soigné comme un terrain de golf. Il se repose comme une femme, en se donnant de tous les côtés avec ses gazons, en attendant le moment où on l'aura rempli, où on l'aura mesuré avec le corps, où on aura plongé un regard indiscret dans le vert de son herbe, dans les eaux troubles de son étang. Ce sera sans conséquence puisque le St James's Park est désormais aseptisé, son espace et son temps sont nettoyés, épongés, libérés. Ici, il ne reste que des gazons à perte de vue ou bien des platanes qui se tiennent à une honorable distance les uns des autres, tels des gentlemen anglais. L'œil n'a droit qu'au vide et à un panorama dénudé. Le règne du vide ! Seul un peuple capable de passer un millénaire loin de tout le monde, sur une île baignée de tous côtés par la mer, peut créer une chose pareille.

Les Français n'auraient jamais pu le faire ainsi. Ils auraient posé partout, en bon ordre, des parterres et des troncs d'arbres. De toute évidence, cela avait d'abord été fait comme ça ici, mais par la suite les Anglais ont tout changé. Ils ont remblayé les parterres sur les côtés pour en faire des talus en les amassant les uns sur les autres pour dégager les perspectives et garder le vide. En effet, la liberté ne peut pas être un accident, le fruit d'un désir inopiné au détour d'une allée du parc. Ici, la liberté est pensée et planifiée. Ici, elle résulte du jeu des traditions et des lois et s'incarne dans les grilles mêmes ou les panneaux indicateurs. Nous nous arrêtons en face d'un haut poteau aux flèches vertes pointant différentes voies et où est écrit à la peinture blanche « Westminster Abbey, Buckingham Palace, Toilets ».

Les panneaux d'interdiction sont peu nombreux. Et ceux qui existent sont étonnamment polis et assertifs :

PLEASE DO NOT FEED OR TOUCH PELICANS[1]

– C'est comme ça, commente Katia, sinon ils te cognent à coups de pelle. Tu penses à quoi là ?

---

[1] « S'il vous plaît, ne nourrissez pas et ne touchez pas les pélicans » (angl.)

– À rien…

– Et moi, fait-elle, tu sais, je me suis rappelé, je ne sais pas pourquoi, la chanson du film *Cendrillon*. Tu t'en souviens ? Mettez-vous en cercle, les enfants… Et puis elle chante à un moment donné : il était une fois un vieux scarabée.

– Et alors ?

– Comment ça et alors ? Ils font quoi les gosses ?

– Dans quel sens ?

– Ben, pourquoi, s'il était une fois un scarabée, les gosses doivent se mettre en rond ? C'est logique ça ? Et si c'était « il était une fois une jeune et vaillante libellule » ? Ou un pélican ? Alors quoi ? Les gosses, on les aurait fait se mettre en rangs ? C'est comme ça qu'ça marche ?

J'ai rigolé.

Derrière une grille basse à côté de l'eau, ça pullule d'oiseaux bariolés. Dans les buissons, cherchant probablement les vieux scarabées, grouillent les canards, les grosses oies aux becs orange qui longent les berges en clopinant, près de la grille se tiennent des oiseaux inconnus qui ont l'air un peu vulgaire, comme si on les avait peints à la va-vite, sans goût ni imagination. Les pigeons omniprésents se font discrets. Ils déambulent, en bougeant leurs petites têtes, et s'envolent au moindre danger. Les mouettes zigzaguent dans le ciel, gueulent tout le temps et n'arrêtent pas de se bagarrer pour la nourriture. Les corbeaux se tiennent à l'écart, avec dignité, inspectant de temps en temps les poubelles avec leurs longs becs. Au milieu de l'étang voguent deux cygnes blancs. L'un d'eux bat soudain des ailes, prend son élan sur l'eau pour décoller, semble-t-il, mais il se calme tout de suite, plie ses ailes et ne bouge plus.

– Comme d'hab, quoi, dit Katia en le suivant du regard.

Ça me rend triste que lui, voilà, si grand, si beau, il n'ait pas réussi à s'envoler.

– Écoute, Dédé, dit-elle en s'arrêtant et en se tournant vers moi. Il faut que je te dise quelque chose.

Je sens un petit froid désagréable dans tout mon corps. En quel honneur suis-je devenu un « Dédé » ?

Katia se campe face à moi et me regarde droit dans les yeux, toute sérieuse.

– J'ai vu Lionia Gvozdev à Paris…

– OK.

« Il était une fois un vieux scarabée. »

– On s'assoit un peu ?

Nous allons vers un banc en bois. C'est fou quand même à quel point tout est fait ici pour durer. Surtout les bancs. Avec leurs planches épaisses et les accoudoirs massifs. Non pas pour des siècles, bien sûr, mais pour longtemps. Alors, Gvozdev lui a parlé. On s'assoit.

– On a été proches, dit soudainement Katia.

Un coup de massue sur la tête. Je sens que je manque d'air. Je regarde autour de moi.

– Comment ça proches, Katia ?

– Mon cher, purée… Complètement proches, quoi…

Quelques instants passent en silence. Je ne saisis pas tout de suite la signification de ce qui a été dit. Dans ma tête tourne toujours la phrase « il était une fois un vieux scarabée ».

– Tout ça n'a plus aucune importance maintenant, fait Katia. Vitia a été tué… Je voulais te le dire, mais…

« Quel Vitia ? Qu'est-ce qu'il vient faire là, ce Vitia ? Salope ! »

Je sors mon portable et je compose le numéro de Gvozdev. « Connasse, salope ! Elle est née salope, elle mourra salope ! » Katia fait une grimace.

– Eh ! Tu appelles qui, là ? Bon Dieu, mais c'était une simple aventure… Tu appelles qui ?

– Salut toi !

La voix de Gvozdev est vive.

– Connard ! gueulé-je. Salopard ! Enculé !

Les passants me regardent en m'entendant crier. À l'autre bout du fil, un court silence. Katia serre les dents, elle a des larmes aux yeux.

– Enculé ! répété-je et j'ajoute amèrement : Tu lui as parlé, ça s'appelle parler maintenant ?

– Mon vieux…, commence Gvozdev, hésitant.

Katia se cache le visage dans les mains.

– Raccroche… s'il te plaît…, gémit-elle.

– Je vais tout t'expliquer, dit Gvozdev.

– Qu'est-ce que tu vas m'expliquer ? Quand tu étais en train de crever toi, connard, je courais te chercher du lait, je te nourrissais à la petite cuiller !

Mon regard bute sur l'écriteau : PLEASE DO NOT FEED OR TOUCH PELICANS.

Gvozdev se tait quelques secondes. Après une courte pause, il dit :

– J'ai tout fait comme tu voulais. (Sa voix s'anime soudain.) J'ai dit que tu l'aimais, et tout ça… Vrai… On était chez moi, on picolait, et puis voilà que je lui ai tout dit. Et Katia, bref, elle était bouleversée et elle pleurait, elle s'est jetée à mon cou et a commencé à m'embrasser… Tu sais bien, elle est canon, quoi ! Bref, tout s'est passé… juste parce qu'on s'est bourré la gueule…

Je ne dis rien.

Vieux scarabée. Je ricane et je sens que ma rage s'évapore. Je raccroche et je mets le portable dans ma poche. Katia, avec son air d'oiseau en cage, fouille dans son manteau et en sort un mouchoir en papier pour essuyer ses larmes.

Le portable se déchaîne. Sur l'écran apparaît le nom *Gvozdev*[2].

– C'est Katia qui a craché le morceau ? demande la voix de Gvozdev. Elle est là ?

Je ne réponds rien.

– Mets le haut-parleur, tiens.

– T'as pas d'ordre à me donner…

– Allez, vas-y, on est entre potes !

– Bon, d'accord.

Je sens que je ne peux plus lui en vouloir, en réalité.

– Katia ! gueule la voix de Gvozdev. T'es là ?

– Suis là, suis là, renifle Katia.

– Dis-lui que c'était pas voulu, que nous, bref, on le fera plus…

---

[2] En caractères latins dans le texte.

– On le fera plus, répète Katia, docile. Et c'était nul, en fait.

– C'était nul, renchérit Gvozdev dans le portable, prêt à tout.

– Attends, Gvozdev, s'enflamme Katia d'un coup. Tu te prends pour qui là ?! C'était nul pour moi, compris ?! Pour moi ! Pigé ?

Je désactive le haut-parleur, je coupe le portable et je me lève.

Que la tragédie tourne au mélo, d'accord, pourquoi pas ? mais que ça tourne au cirque, pas question.

– Ça suffit…

– Attends…

– Katia, il vaut mieux que j'y aille.

– Attends.

Elle se lève du banc, elle est sûre d'elle. Elle met le mouchoir en boule et le jette dans la poubelle.

– Tu veux bien m'excuser ?

Elle me caresse la joue. Je retire délicatement sa main.

– Excuse-moi, répète-t-elle. Si tu veux, on peut aller à Hampstead, à l'hôtel.

Je ricane et je fais non de la tête.

– Tu vois, t'es plus fâché. C'était un accident, vraiment… Excuse-moi… Qu'est-ce que je dois faire là…

– Bon, passons.

Katia bat des mains.

– Hourra ! Et tu sais quoi ? Et si on nourrissait les oiseaux, hé ? J'ai un bout de baguette du petit déj.

Je n'ai aucune envie de le faire, mais je ne sais pas pourquoi, je la suis et on s'approche de la grille. Les pigeons, les canards et les oies se précipitent déjà à notre rencontre, au-dessus planent les mouettes. Je prends le bout de baguette de la main de Katia, je l'émiette et je commence à jeter les morceaux par-dessus la grille. Les oies, les canards et les pigeons courent dans tous les sens à cause de mes mouvements brusques, et ce sont les mouettes qui ont tout. Elles piquent d'en haut, attrapent les morceaux en gueulant à plein bec et dégagent à tire-d'aile. Katia est à mes côtés, avec son manteau rouge et sa perruque noire, elle sourit. Deux enfants, deux fillettes blondes, cinq six ans, sont là. Leurs visages sont bêtes et bons. Tout ce qui est bon – je l'ai remarqué depuis longtemps – a l'air souvent bête, et tout ce qui est bête, a l'air bon. C'est un fait. Les oiseaux ont tout bouffé. J'enlève les miettes de mes paumes. Merci, mes amis. J'ai reçu une tonne de remerciements. On m'a acclamé d'en haut, on m'a remercié en cancanant, on a battu des ailes. Même un corbeau a croassé de loin avec une certaine retenue, mais tout de même de manière approbatrice.

Je sens que toutes les choses et les évènements sont devenus proches, se sont vidés de sens et m'ont entouré comme les enfants de la chanson du scarabée. Tout a commencé à tourner, les oiseaux, les yeux inconnus, les platanes, les parterres, les gazons, les fillettes blondes, et Katia en manteau rouge et en perruque noire. C'était comme si je sortais d'un rêve prolongé et j'ai de nouveau perçu les gens réels échappés de leurs silhouettes géométriques. Mais ils sont trop peu nombreux, ces gens, bien qu'il y en ait beaucoup, et le parc paraît toujours vide, paisible, il s'est oublié et il a oublié ses souffrances et sa douleur d'antan. En revanche, j'ai compris pourquoi j'étais là, dans ce parc, avec Katia.

– On se promène, on mange tes gaufres et puis on va à l'hôtel, à Hampstead, d'accord ? propose Katia. (Sa voix est inhabituellement douce.) D'abord, on dîne et ensuite (elle me fait un clin d'œil), tout le reste.

Nous marchons sur un petit chemin le long des pelouses vers le palais royal et soudain une pensée m'éclaire :

– Comment ça, à Hampstead ? Nous ne sommes pas…

– Mon cher, pendant que tu fumais dehors, j'ai demandé qu'on envoie nos affaires dans un autre hôtel. Il est à Hampstead. Loin du centre-ville.

Je m'arrête et je la regarde avec étonnement.

– Je ne voulais pas te faire peur… Au début, j'ai pensé que c'était mieux, pour le confort, mais finalement j'ai compris que nous serions mieux sans tout ça, mais quelque part plus loin, là où on ne nous trouverait pas.

– Mon Dieu, mais qui ne nous trouvera pas ?

– Vitia a été tué, tu comprends ?

– Vitia ?

– J'en peux plus, enfin… Allons nous asseoir.

Dans son regard, je discerne une nouvelle expression, farouche. Je réalise que depuis une heure, on ne fait que s'asseoir et se lever, se lever et s'asseoir. Ce n'est pas un problème ici : il y a beaucoup de bancs partout.

– Mon Dieu, c'est vrai, tu me l'as déjà dit.

– Assieds-toi…

Vitia alias Viktor Evguenievitch, était le producteur qui s'occupait de Katia et également son amant permanent officiel. Crâne rasé, c'était un costaud, un homme rustique. Toujours la même veste en cuir marron. Je ne l'ai vu que deux fois, une fois à Paris, dans un restaurant, mais de dos, et la seconde fois, à Moscou. Katia cache son visage dans ses mains.

– Il a foiré des projets, je ne sais pas… J'étais à Paris, on m'a appelée, on m'a dit « insuffisance cardiaque ».

– On l'a tué ou c'est une insuffisance cardiaque alors ?

– Ben, c'est une longue histoire. Dès que j'ai su, je t'ai appelé, toi, j'avais peur qu'ils viennent te chercher.

– Mais qui s'intéresserait à moi, enfin ?

– Moi…

– Ouais, et Gvozdev t'intéresse aussi.

Elle relève la tête, me regarde attentivement dans les yeux, et puis me frappe en pleine gueule de toutes ses forces avec sa paume ouverte. Elle veut me frapper encore, mais je retiens sa main.

– Ça va pas la tête ?!

Je regarde autour de moi, paniqué. Il n'y a personne à côté, Dieu merci.

– La tête, oui…

– Bon. On va rester longtemps ici ?

– Je ne sais pas. (Elle fronce les sourcils.) Peut-être, pour toujours.

CHAPITRE 2

Les morts sont plus dangereux que les vivants

Le touriste est facilement détectable. Même au milieu de la foule dense des grands centres commerciaux, dans les villes surpeuplées avec leurs innombrables rues, avenues, ruelles, boulevards, places, monuments et musées. Le touriste est différent de nous autres, les locaux. Différent, par exemple, parce que nous autres, pris dans les habitudes urbaines jour après jour, nous avançons sur les trottoirs de façon prévisible, nous sommes lourds comme des tracteurs qui labourent les champs, comme des chars d'assaut qui savent où entraîner leur division, où tirer et qui écraser. Le touriste, lui, erre dans la ville, insouciant, il est léger comme un skieur qui godille sur la piste, il contourne gracieusement les vendeurs, les mendiants, les policiers, les prostituées, les dealers, il fait des pirouettes incroyables autour des statues, des réverbères, des monuments, des obélisques. Le touriste fait glisser son regard, son corps, son ombre sur les façades, sur les trottoirs, sur les quais, sur le parquet des salles de musée, sur les tableaux de vieux maîtres. Il fonce à toute vitesse, il cherche le vrai, le véridique, l'essentiel, le véridique essentiel, il cherche ce qui n'existe pas dans sa propre ville, tu parles d'une ville ! ce qu'il ne trouvera pas dans son propre pays ! Voir la chose que tout le monde désire voir, toucher cette chose, sentir comment elle est, cette chose, par son regard, par sa main, par son pied, cette chose qui grossira, qui s'étirera et qui éclaboussera par son excès de vie le corps épuisé par les déplacements, c'est cela l'objectif tant désiré du touriste.

Mais là encore, tout n'est pas si simple. Le tourisme, tout le monde le sait, est un sport collectif. Un être solitaire n'y a pas sa place. Il est d'emblée disqualifié et, comme on dit, allez, dégage, tu n'existes même pas.

C'est de l'arithmétique pure et simple. Si tu es seul, tu vois tout. Ou presque, en tout cas, tout ce qui est visible, ce qui t'entoure, les formes, les détails. Si vous êtes à deux, tu vois exactement la moitié de ce que tu peux voir seul, si vous êtes à trois, tu verras un tiers. Hélas, même un tiers, c'est trop. Mais quand vous êtes une foule, quand on rit et qu'on bavarde, quand on raconte une petite histoire, nouvelle et fraîche, alors tout ce qui vous entoure, tout ce qui est extérieur, disparaît, cédant la place aux choses principales, désirées : à la tour Eiffel, devant Big Ben, à l'Empire State Building, devant la Joconde, au Mur des lamentations, au Palais des glaces, au Mont-Blanc, au Walk of Fame, au mont Ossa, sur l'Olympe, au mont Pélion noir, au Rocher d'Aphrodite, à la piazza San Marco, à la basilique Saint-Pierre, à la basilique Saint-Paul, à la basilique des Saints-Pierre-et-Paul. Plus il y a de noms, plus l'impression est forte, et là, vous ne pouvez pas échapper à la transformation et à la résurrection. Il faudrait relier tous ces noms comme des points sur une carte. Tu sors une carte, le trois, le sept et l'as, tu mets une petite croix, un petit drapeau.

Relier les croix ensemble est un vrai plaisir, et tu dessines ainsi ton propre paysage horizontal, les surfaces, les lignes, les rectangles et les losanges d'une vie euclidienne prennent vie. Tu as le sentiment d'être dans une salle de cinéma : une belle actrice descend de l'écran et vient vers toi, assis avec du pop-corn et un Coca, elle…

– Mon cher, tu veux bien ranger cette foutue carte !

Katia fait une grimace et ajuste sa perruque d'un geste adroit, répété à plusieurs reprises. Sa voix est irritée et de nouveau angoissée.

– Tu m'énerves… Toutes les cinq minutes, tu t'arrêtes. On va finir par nous prendre pour deux crétins.

Je fais semblant d'être vexé :

– Pourquoi pour des crétins ? Il voulait juste nous aider…

Il y a deux minutes, j'ai sorti ma carte pour m'orienter, et immédiatement un petit gentleman âgé a surgi à nos côtés.

– Les jeunes gens se sont perdus ?

Manteau à carreau coûteux. Très court, comme c'est l'usage ici. Un cou de pélican affaissé. Au-dessus, un demi-sourire retenu. À Londres, bien qu'à cause de Katia je ne vois que la moitié du visible, tout est court, bien rangé, à carreaux et retenu : les rues, les trottoirs, les vestons, les vestes, les pantalons, les gens, leurs mains, leurs pieds, leurs doigts, les façades de maison, les grilles. Et partout flottent ces demi-sourires. Pas de mine renfrognée à ta vue, comme en Russie, aucun sourire à trente-deux dents *(Hi, dude!*[3]*)*, comme partout en Amérique. L'expression des visages pâles, typiquement hampsteadiens, est toujours calme, un peu perdue dans l'au-delà. Autour de la bouche, de fines rides. Les voix sont cauteleuses, feutrées.

« Un riche, ai-je tout de suite pensé. Il a une voix feutrée, un riche, c'est sûr. L'argent n'aime pas le bruit. En fait, Vitia, le producteur de Katia, ne l'a jamais compris. S'il l'avait compris, il serait actuellement allongé non pas dans l'amphi d'anatomie avec son étiquette à la cheville, mais au lit, avec Katia. »

J'ai remercié poliment le gentleman, j'ai dit que tout allait bien, que nous allions nous débrouiller par nous-mêmes. Il s'est légèrement incliné avec cérémonie (comment arrivent-ils à faire ça ?) et il est parti. Pas vraiment « parti » en fait, mais il a « pris congé », sans aucun mouvement apparent.

– Allez, range cette carte et bouge tes miches, râle Katia. Il est temps de décoller d'ici.

– Et si on se perd ? dis-je.

Et je comprends tout de suite, pour la énième fois, que je suis en train de dire une bêtise. En guise de réponse, Katia bâille et, fermant la bouche avec sa main, hausse les épaules.

– Et alors ? Comme ça, personne ne nous trouvera ici.

---

[3] « Salut, mon gars ! »

Mon regard balaye la place minuscule.

– Si on se perd, on commencera à nous chercher et on finira par nous trouver.

Une mouette au-dessus de ma tête émet un cri nerveux. Katia soupire et ajuste de nouveau sa perruque.

– C'est vraiment pas ton jour, aujourd'hui, mon pauvre. Range ta carte, s'il te plaît, et arrête de m'énerver. On se promène. Pigé ? On ne fait que ça…

Je range ma carte dans mon sac à dos, comme il m'est ordonné. D'accord, pas de problèmes. On se promène, c'est tout.

Hampstead est couvert de gros nuages gris. La pluie ne cesse de faire des allers-retours, comme un petit enfant tristounet qui n'arriverait pas à éclater en sanglots pour de bon sans savoir pourquoi.

– Tu m'as l'air tout triste, toi, hein ? m'avait demandé il y a longtemps à la datcha un vieux parent éloigné.

Cet été-là, Julia m'avait quitté, et au début je m'ennuyais comme un animal privé de copulations régulières, puis je me suis mis à déprimer. De façon totalement inattendue. Je ne voulais plus ni boire ni manger. Je ne voulais rien, même pas vivre. En plus, le ciel était devenu maussade, couvert de nuages, et il pleuviotait, on était fin août, saison des orages. J'étais assis dans notre jardin, je fumais je ne sais quelle cigarette et je contemplais sans les voir les arbustes épineux et malingres plantés par ma tante. Je ne pensais à rien. J'avais envie de me suicider, mais je n'arrivais pas à m'y décider. Et tout d'un coup est arrivé ce vieux parent monté sur ressort. Il s'est approché de moi, s'est planté juste à mes côtés, il m'a touché la manche et, en faisant un clin d'œil, m'a demandé :

– Tu m'as l'air tout triste, toi, hein ?

J'ai eu l'impression de rêver, mais je me suis senti, allez savoir pourquoi, un peu plus léger.

– Va faire un tour, ça vaut mieux, m'a-t-il conseillé en me tapotant l'épaule.

Maintenant, comme alors, on se baguenaude. Le labyrinthe de ces rues, de ces routes et ruelles nous avale, indifférent. Les rues descendent, puis remontent brutalement, elles se courbent, partent de tous les côtés, se brouillent, elles nous brouillent, moi et Katia, elles s'entremêlent comme les accords de Tristan dans les interminables opéras allemands, comme des tentacules de pieuvre ou comme les serpents de mer écaillés et en rut d'un poème de Coleridge. Le vieux marin les regardait et puis s'est réveillé pour la *vita nuova*[4]. Mais Tirésias, lui, ne s'est pas réveillé. Il s'est transformé en femme, par contre. Pourquoi pas ? Une sorte de *vita nuova* également… Je ne serai ni l'un ni l'autre. Je ne suis pas vraiment quelqu'un qui participe, je suis un spectateur, mais la partie de ping-pong a été arrêtée, et ma Katia est avec moi. Mais pour combien de temps ?

Oui, c'est ça, on se promène… Que tous ceux qu'on rencontre sur notre chemin le pensent. On se promène, tout simplement, on avance sans carte, à l'aventure, sans faire aucun effort, ni physique ni intellectuel, on se fond dans les bruits monotones de Hampstead, nous sommes à la dérive, comme les bateaux sur la Tamise qui coupent leurs moteurs. On glisse le long des bâtiments isolés, le long des palissades, le long de frêles arbres, le long de banals réverbères et de bancs vacants. Les automobiles souples nous dépassent en roulant. Voici qu'après un virage, un autocar tourne habilement, renâcle un peu et repart. Ici, il y a de toute évidence plus d'automobiles et de bus que de gens. Sûrement pour que les touristes ne soient pas distraits par la vue de simples humains comme eux et qu'ils profitent pleinement des vues qui s'offrent à leur regard.

Vitia, le producteur, a été trouvé le matin par la femme de ménage. Comme d'habitude, elle est venue ranger l'appartement et a ouvert la porte avec son double des clés. D'après Katia, elle a été d'abord étonnée par un silence inhabituel. En général, à cette heure-ci, le producteur était déjà debout, courait dans tous les sens dans l'appartement, son portable à la main, jurant et hurlant des menaces. La femme de ménage a regardé rapidement dans la chambre à coucher : Vitia était allongé sur le lit sur le dos, les yeux

---

[4] « La nouvelle vie. »

fermés, il semblait dormir, elle n'a pas osé le réveiller. Elle a commencé par la salle de bains, comme d'habitude, puis elle a fait la cuisine, le couloir, le bureau. Une heure a passé, puis une autre. « Il y a sûrement quelque chose », a-t-elle pensé, elle est revenue dans la chambre et c'est là qu'elle a compris qu'il ne respirait plus. L'ambulance est arrivée vingt minutes plus tard, les policiers ont mis encore dix minutes de plus. Le médecin a constaté le décès. Diagnostic, insuffisance cardiaque. La femme de ménage a appelé Katia une heure après son départ du commissariat. Et Katia m'a tout de suite téléphoné…

– Il était peut-être épuisé, ton Vitia ? ai-je demandé.

Nous étions dans le métro. Il y avait plein de monde, le wagon allait comme une barque sur la Tamise par le mauvais temps. Des quais mornes apparaissaient et disparaissaient derrière les vitres.

– Ben voyons, a dit Katia avec l'air d'en savoir long et a fait non de sa tête.

C'était bruyant autour.

– Ben voyons, il s'est épuisé la nuit en dormant et puis *hop* le matin, il meurt. Rebranche-toi un peu ! Il était solide comme un roc, pas comme toi, cela dit en passant.

– Alors, peut-être que…

Le train s'est arrêté. Ses portes trop étroites se sont écartées, ont laissé descendre les voyageurs sur le quai, et le wagon a paru un peu plus spacieux. Puis, d'autres gens sont montés, ils se sont postés à côté de nous et ont commencé à discuter. La voix mécanique a annoncé tout haut l'arrêt suivant.

– C'est un coup classique pour un crime, tu vois, a commencé Katia, quand le bruit s'est finalement calmé. Tu devrais regarder plus de séries. En plus, il trempait dans une drôle d'affaire. Il a touché de l'argent pour l'organisation d'un festival de musique international de la part des nôtres et des Français, et il n'a pas voulu partager. Il en avait tellement… (Katia a roulé les yeux.) À lui tout seul, il s'en était fait plus que toute une bande. C'est pour ça que je suis venue à Paris.

– On les connaît tes aventures parisiennes, ai-je dit.

– C'est dommage, a-t-elle dit comme si elle ne m'entendait pas. Écoute, descendons à la prochaine, tu veux ? Vitia était quelqu'un de bien… il aimait tant les enfants, tu sais.

On entend des rires d'enfants, mais on ne voit personne. Quelque part, au-dessus de nos têtes, les mouettes poussent des cris hystériques, sur les arbres, les corbeaux croassent. Mais il n'y a presque pas de piétons et, du coup, tout paraît désert. *Öed und leer das Meer*[5]. Mais puisque le roi Victor est mort, mon Iseut blonde est tout de même venue et, maintenant, nous sommes ensemble, nous nous promenons, « tout simplement », et les sons tissent un bruit monotone incessant, rappelant le soupir d'une mer plate ou la plainte d'une marée haute. On commence à avoir l'impression, je ne sais pourquoi, que si l'on enlève les sons pêle-mêle d'automobiles, des rires d'enfants, des cris hystériques des mouettes et du croassement des corbeaux, ce soupir et cette plainte resteront quand même. Il y a cinquante millions d'années, la mer agitait ses eaux par ici, et le calcaire grisâtre, rêche et sulfureux de la gare de Waterloo garde toujours les empreintes des algues antédiluviennes et des monstres marins d'antan. Probablement, la mer est en train de revenir et elle réduira bientôt toute la vie londonienne à zéro.

Katia marche à côté dans son manteau rouge. Sous le manteau, son corps, proche, troublant, ferme, fort. Ses yeux sont comme des marais ensorcelés, ses hanches sont larges comme des parcs londoniens, sur sa tête, la perruque noire. Dans ses mains, prêt à bondir, un minuscule parapluie japonais automatique qui claque en s'ouvrant comme une vague contre les rochers. Elle est perdue dans ses pensées, comme si je n'étais pas là, elle est perdue dans ses soucis qu'elle seule connaît.

Je ralentis le pas exprès pour l'admirer de dos.

– Si on s'en grillait une ? Qu'est-ce que tu as à traîner, là ?

Katia se tourne vers moi et pointe de son parapluie un banc posé tout seul au milieu d'un trottoir, vide, plat, sans dossier, comme un petit radeau.

---

5 « La mer est vide et déserte. »

– Allez.

– Écoute, dit-elle avec l'air sournois tandis qu'on se dirige vers le banc. Ton anglais est vraiment merdique, non ? C'était n'importe quoi quand tu as parlé avec ce type.

– Manque de pratique…

– Niveau « *Who you* ». Tu connais cette histoire drôle ?

J'acquiesce. Cette blague soviétique est vieille comme Mathusalem, bien sûr que je la connais.

Un bureau, des fauteuils en cuir, le portrait de Brejnev au mur et une vitrine pleine de décorations. Le téléphone sonne. Un homme en veston croisé au visage quelconque décroche et prononce d'une voix forte :

– *Who you?*

Puis, après un silence, demande :

– *Who I? I am Russian Council.*

Rien de drôle, en plus, c'est une calomnie de dissidents. Nos consuls, à l'époque comme maintenant, pouvaient discuter en anglais aussi bien que les Anglais.

À côté du banc où nous nous dirigeons, il y a une énorme poubelle, un corbeau y fouille méthodiquement. En nous apercevant, il sort le bec, le nettoie sur le bord métallique et croasse, nerveux. Je me tourne vers Katia.

– Mauvais présage…

Elle fait un mouvement énergique de la tête.

– *Ja-mais, ja-mais plus*. Ça passera.

Une fourgonnette peinte aux couleurs d'une pub de meubles passe en faisant un appel de phares. Le corbeau, croassant pour la deuxième fois, bat des ailes et migre sur un arbre.

J'ai envie de me poser sur ce banc et de fumer, mais je ne veux pas du tout que Katia s'assoie elle aussi. J'ai envie de l'admirer.

Je me souviens, elle a raconté une fois qu'elle était dans le métro à Moscou, toutes les places étaient occupées, elle était debout et, derrière elle, étaient assis deux Américains d'âge mûr qui bavardaient fort. Très soignés, rasés, en vestes de sport hautes en couleur. Soudain, dans la conversation, l'un d'eux prononce :

– On cède la place à la jeune fille ?

Et l'autre :

– Pourquoi ? On n'est pas obligés. Restons assis pour mater ses jambes.

Katia s'est tournée vers eux, a hoché la tête et a dit :

– Allez, les gars, et si vous vous leviez tout de même, comme ça je m'assiérais et je materais moi-même mes propres jambes ?

D'après Katia, eux, ils se sont levés d'un bond, rouges de confusion, ont commencé à s'excuser et à la supplier de s'asseoir. Eh ben non… Ils ne se lèvent jamais, ces mecs-là.

On s'assoit, on allume une cigarette. On regarde sans dire un mot les allées et venues des voitures. Je commence à me balancer comme sur une vague, j'ai sommeil.

– Je me demande, dis-je pour ne pas m'endormir, où est Sidorov en ce moment. À ton avis ?

Katia hausse les épaules.

– Va savoir ! Bons baisers d'ailleurs ! Quelque part à Bruges. Ou à Copenhague.

Le soir, je me suis allongé sur le lit comme au fond d'une barque, régalé des fruits de mer du restaurant, et j'ai regardé la télé en sommeillant. Katia était sous la douche. On nous avait donné une chambre de l'époque de la Glorieuse Révolution, et cette chambre était très étroite. Les protestants anglais de ces années-là n'ont rien à voir avec les catholiques espagnols, avec leur générosité. Ils prêtaient une attention pointilleuse à l'espace et comptaient chaque centimètre.

Notre chambre protestante était étroite comme une cabine de sous-marin. À peine de la place pour un lit double au haut dossier en bois gravé, illustrations de la sobriété et de la fermeté mêmes deux fauteuils légers couleur crème aux accoudoirs délabrés et une table de nuit ronde comme une bouée. Le placard en deux parties, placé adroitement dans une niche, devait servir, de toute évidence, à ranger les vêtements. Une fenêtre, minuscule comme un hublot, était à hauteur de taille.

À la télé, on passait des actualités européennes toutes fraîches. Deux présentateurs quelconques étaient assis derrière une longue table sur le fond d'écran bleu. Un homme coquet aux cheveux gris prenant des poses, et une jeune femme. J'ai même retenu leurs prénoms, parce qu'ils s'appelaient tout le temps par leurs prénoms, justement. On n'entendait que : John ? Elisabeth ? John ? Elisabeth ? John ? Elisabeth ? Ces actualités ressemblaient plus à un de ces matchs de tennis que les Anglais apprécient tant. John-Elisabeth, John-Elisabeth…

L'homme aux cheveux gris, John, a annoncé que les pays scandinaves s'apprêtaient à renforcer les lois sur les immigrés clandestins. Surtout contre ceux qui venaient des ex-pays soviétiques. J'ai pris la télécommande et augmenté le volume.

– Les immigrés, exposait le présentateur en agitant énergiquement les mains, sont devenus un vrai problème pour les pays scandinaves. Ils refusent de vivre sur les îles qui leur sont assignées, ils quittent de leur propre chef les camps qu'on a construits spécialement pour eux, ils vagabondent, ils volent, ils dealent. Elisabeth ?

– Interpol, reprend la jeune femme d'une voix sonore, recherche Evgueni Sidorov, d'origine russe, qui vivait jusqu'à présent sur le territoire estonien et qui possède un passeport étranger.

« Voilà, ai-je pensé, un Russe qui vit en Estonie et qui n'est pas un citoyen estonien. Nous serons bientôt tous comme lui. Comme chez Eliot : je ne suis pas Russe, je suis née en Lituanie, je suis une Allemande pure. »

La photo d'un jeune homme est apparue à l'écran. Cheveux entremêlés, haut front bombé, yeux écartés au regard éveillé où brillait une intelligence obstinée. Il n'avait pas l'air d'un criminel. Plutôt d'un poète ou d'un peintre.

– Tu regardes quoi là ?

Katia s'est assise à côté de moi sur le bord du lit et a secoué ses cheveux mouillés. Elle avait mis le peignoir de l'hôtel, très court. Ses hanches nues couvertes de gouttelettes d'eau me déconcentraient.

– Ben ça…, ai-je dit. On recherche Sidorov.

– Ah d'accord, a-t-elle rigolé. Et Ivanov et Petrov[6], on les a déjà trouvés, hein ?

« Pas drôle », ai-je pensé, mais je ne l'ai pas dit, au contraire, j'ai fait un *hi hi* obséquieux.

Entre-temps, la présentatrice Elisabeth a annoncé que Sidorov, recherché par les autorités estoniennes pour crimes économiques, avait été arrêté par la police danoise, mais que, la veille, il avait réussi à s'échapper.

– Chéri, a fait Katia. (J'ai tourné la tête.) J'ai envie de toi !

– Qu'est-ce que tu veux ?

Je n'ai pas compris tout de suite. Mes pensées étaient occupées par Sidorov. La nouvelle de son évasion de la prison danoise m'avait mis, je ne sais pourquoi, de bonne humeur.

– Mais Katia !

– Quoi « mais Katia, mais Katia » !

Elle s'est caressé la jambe et, me regardant intensément dans les yeux, a commencé à défaire le nœud du peignoir. Je me suis légèrement reculé.

Katia a enlevé le peignoir, restant en sous-vêtements, et s'est mise debout sur le lit. J'ai pressé le bouton sur la télécommande. L'image a disparu et la chambre est devenue silencieuse. On entendait le robinet goutter dans la cabine de douche. Katia a mis ses deux bras derrière son dos et, une seconde plus tard, j'ai reçu son soutien-gorge en pleine figure.

– Viens ici !

Quand Katia est nue ou presque nue, je perds toutes mes capacités de réflexion. Je cherche une pensée pour m'y agripper, mais elle se délite, se dissout et cède la place au désir. Dans cette vie, tout le monde est avide, tout le monde cherche tout le monde, mais pour le bien de tous, il vaudrait mieux que personne ne trouve personne. La police cherche Sidorov, les bandits cherchent Katia, je suis recherché par la DRH de la fac. La convoitise et le désir, sans retenue, avides, se fractionnent en une multitude d'éclairs électriques. Cette

---

[6] Sidorov, Ivanov et Petrov sont les noms de famille russes les plus répandus.

femme, Ekaterina Fedorovna – Katia – disparaît, mais chaque partie d'elle continue d'exister, se réveille pour une vie nouvelle et, on ne sait comment, se met à bouger, à respirer, à s'exciter de façon purement autonome, séparée du reste. C'est comme si les douces lèvres ignoraient l'existence des gros seins fermes qui eux-mêmes méconnaissent le dos bronzé, les ongles rouge pétant, les yeux verts de sorcière, qui ne soupçonnent même pas que quelque part plus bas, existent de fraîches jambes musclées avec un délicat sillon à leur jonction.

– Pourquoi tu dis rien ? a dit Katia dans le silence, mais cette fois, sa voix était douce et aguicheuse. J'ai merdé, je te dois bien un petit quelque chose.

J'ai eu une sueur froide dans le dos. Derrière la porte, les pleurs puis les pas d'un enfant excité ont retenti.

– Ça suffit.

Je me suis blotti contre elle.

– Excuse-moi, d'accord ? Tu m'excuses ? Et ça, tu aimes ?

Ses fins doigts frais aux ongles longs et rouges ont agréablement glissé dans mes cheveux, et un demi-sourire s'est dessiné sur le visage de Katia. Doux, un peu moqueur et protecteur. En général, ce sont les Anglais et les institutrices qui sourient comme ça. Katia l'accompagne d'un léger hochement de tête.

– Excuse-moi, c'est une vieille habitude, m'avait-elle expliqué une fois. Ça reste de l'époque où je bossais au restau.

Les objets dans la chambre, le lit, les fauteuils, la petite table, le linge, tout a laissé échapper un soupir, s'est ramolli, a bougé, a commencé à se dissiper dans l'air. Il ne restait qu'un doux mouvement, un balancement comme sur une vague écumante à marée haute. Et aucun sentiment, juste des éclairs électriques, l'un après l'autre, et la fatigue dans mes mains nerveuses et sans force.

– Pense à moi…, ont chanté tout bas ses lèvres et elles ont touché ma joue.

Katia se blottit contre moi.

– Tu es mou aujourd'hui, non ?… T'as pas bien dormi ou quoi ?

– Avec toi, bien dormir ?…

Je jette le mégot dans une poubelle, mais je la rate. Le mégot tombe sur le trottoir. Katia le pointe avec son parapluie en se levant du banc.

– Ramasse-le. Tu vois, tout est si propre ici chez eux.

– Je vois.

– Lève-toi, mon cher, allons nous promener. Ça suffit de rester assis à se chauffer le cul. Ramasse ton mégot, insiste-t-elle.

Pas de problèmes, je vais le ramasser. Elle est un peu nerveuse depuis ce matin. Qu'est-ce qu'elle a donc aujourd'hui ?

– Mais ça fait à peine une minute qu'on est là !

Soudain, je ressens un sentiment étrange : comme si nous avions vraiment passé ici non pas cinq minutes, mais des heures, des jours, des années. En nous asseyant sur le banc, nous n'avons pas été déplacés hors de cette vie, mais on en a touché le fond, et elle glisse au-dessus de nos têtes, le vent de la vie fait bouger les arbres, ses marées poussent sans but les voitures, les bus, les motos au gré de leurs flux et reflux. Comme a dit un écrivain, en Russie, le temps vous colle à la peau. Et ici, à Hampstead, le temps, au contraire, se défait, coule dans tous les sens, parfois en ralentissant sa course, parfois en accélérant. Leur dieu, ce n'est pas le dieu de l'Espace, comme chez nous, mais le dieu du Temps ou c'est le Temps lui-même, le glissement de tout ce qui est, la relève régulière de la garde à Buckingham Palace. Ici à Hampstead, c'est vraiment le comble, tout le monde fait mine de ne prêter aucune attention au temps qui passe. C'est si humain ! Si shakespearien et websterien. Si on marche vite, la densité de maisons en pierre peut faire illusion. Tout comme si on pouvait toucher les lèvres provocantes de Katia ou les demi-globes imposants de son décolleté exclusivement le 23 février[7]. Voici un bâtiment soigné avec des cheminées qui pointent sur son toit. Un piéton, un touriste en balade le nez en l'air cherchera la répétition et la trouvera : un autre bâtiment se montre, complètement différent,

---

[7] Jour du défenseur de la patrie, le 23 février, est fêté en Russie et férié. Initialement jour de l'Armée rouge, il est devenu une fête où les femmes offrent un petit quelque chose aux hommes même si ces derniers n'ont jamais servi dans l'armée.

mais qui répond au premier, et un troisième, un quatrième, un cinquième. Les rideaux sont tirés partout, les pimpants jardinets sont vides.

– J'ai l'impression que personne ne vit plus ici depuis longtemps, dit Katia.

Et elle secoue la tête en faisant claquer sa langue.

Bien vu ! Je ne sais pourquoi, mais ses pensées semblent toujours faire écho aux miennes. C'est comme si les murs que nous voyons étaient creux, comme s'il n'y avait rien derrière, comme s'ils n'étaient là que pour affirmer la domination d'un homme sinon éternelle, au moins pour longtemps. Nous avons renoncé à l'essence pour l'existence, pour nous confirmer nous-mêmes dans cette existence, nous sommes devenus imparfaits, fragiles, faits de silicone. Et puis, nous nous sommes définitivement transformés en étiquettes. Mais, probablement, devenant étiquette, nous ne mourrons jamais et nous aurons la vie éternelle ?

Si on ralentit le pas, Hampstead devient chair et pesanteur, comme s'il nous offrait le sentiment d'une terre labourée ayant rejeté le ciel et célébré la modération et le calcul précis. Il n'est pas étonnant que Katia, réinventée de la tête aux pieds par un chirurgien plastique, ait choisi cet endroit.

Ici, les bâtiments ne sont ni trop grands ni trop petits. Pas trop étroits, et on ne peut dire qu'ils soient trop larges. Ils ne sont pas vraiment neufs, mais on ne peut les appeler vieux non plus. D'architecture médiocre. Ériger ces bâtiments n'a pas fait date dans l'histoire de l'urbanisme. Ils sont alignés au cordeau en rangées étriquées, séparés les uns des autres comme des bateaux accostés ; parfois, le long des principales artères, ils sont collés l'un à l'autre, mais ils gardent toutefois leur indépendance, tels des contreforts en bord de mer, prêts à tenir un long siège.

Ils ne se soucient guère des piétons ni des voitures. Ils ne pensent à rien ni à personne. En s'arrêtant devant, on remarque une légère ondulation des façades due aux saillies des bow-windows.

Dans ma poche, mon portable se met à sonner.

– C'est Gvozdev, dit-il d'une voix ivre et pâteuse.

– Oui, qu'est-ce que tu veux ? fais-je, pas content. Pourquoi tu fais de nouveau surface ?

Katia me donne un petit coup de coude.

– Regarde, une église ! On entre, oui ? C'est qui qui t'appelle d'ailleurs ?

– Nous avec Ella... bref... on voulait t'inviter chez nous. Moi... bref... enfin... je veux m'excuser.

Une moto est passée devant nous comme une flèche dans un bruit assourdissant. J'ai le temps d'apercevoir un homme baraqué, barbu, vêtu d'un blouson en cuir noir, et une mince jeune fille en jean bleu usé qui lui colle derrière avec toute la force de sa jeunesse. La moto tourne brusquement en laissant derrière elle un petit nuage.

– Bref, on t'attend ! déclare Gvozdev.

– Va au diable !

Je raccroche et remets le téléphone dans ma poche. Katia s'arrête et secoue la tête comme si elle n'arrivait pas à y croire.

– T'as perdu la tête ? Devant l'église... C'était qui au fait ?

– Peu importe...

– Comment ça, peu importe ? C'était qui, je te demande ?

– Ben, Gvozdev.

– Ah, OK alors. On entre, oui ? Nous avons encore un peu de temps.

C'est étrange, je pensais que, justement, du temps, on en avait plein. Mon estomac commence à percevoir les picotements d'un mauvais pressentiment.

– C'est drôle.

Elle lève la tête, me donne une tape sur l'épaule et montre quelque chose en haut.

– Pourquoi ils ont des églises comme ça ?

– Comme ça comment ?

– Comme... des seringues.

– Gothiques ou quoi ?

– Mais oui... Enfin, je crois...

Katia étouffe un bâillement, ferme les yeux et met la main devant sa bouche.

« Je crois. Il fallait faire des études, lire des bouquins, au lieu de s'éclater le cul toutes les nuits. Je crois ! »

– Je ne sais pas, lui dis-je. Peut-être que c'est pour se planter dans le ciel, en pleine poitrine, pour lui reprocher d'être vide.

Katia enlève la main de sa bouche et me regarde avec un air réprobateur.

– Imbécile ! Je suis sérieuse…

– Moi aussi. Il y a même des vers sur une cathédrale gothique, comme ça : « Perce la poitrine vide du ciel avec une aiguille acérée. »[8]

Nous nous arrêtons presque à l'entrée, nous regardons tous les deux en haut pour voir la tour.

– Katia, en fait, je n'en sais rien du tout. Je pense que c'est plutôt pour attirer la lumière divine ici-bas.

Qu'importe, finalement ? Ces bâtiments en brique, ce ne sont plus des églises depuis longtemps. On les a transformés pour la plupart en écoles maternelles ou primaires, en salles de concert. Cela se comprend : les Anglais ne comptaient plus trop sur Dieu depuis des lustres. Ils comptaient plutôt sur leurs partenaires commerciaux ou les lois de la finance. Et surtout sur eux-mêmes.

Prenons par exemple Jack Sheppard qui s'évadait de toutes les prisons où on le fourrait. Les fers, les murs de pierres, les grilles, les cadenas sur les portes en chêne ne le gênaient pas du tout.

La dernière fois qu'on a attrapé Sheppard, le pasteur est entré dans sa cellule et lui a annoncé :

– Mon fils, je t'apporte la parole de Dieu ! Elle te sauvera !

– Mon père, ce qui peut me sauver maintenant, c'est une lime, c'est tout, a ricané Sheppard. (Il était cloué au sol par une solide chaîne.) Vous n'auriez pas pris une lime avec vous par hasard ?

Non, le pasteur n'avait pas pris de lime. Juste son col dur et la parole de Dieu. Sheppard a soupiré bruyamment :

– Alors, il va encore falloir que je me remue.

Une heure après le départ du pasteur, Sheppard avait déjà démonté le plafond de sa cellule, et une heure et demie plus tard, il

---

[8] Vers d'Ossip Mandelstam (1891-1938), poète du siècle d'argent russe.

était sur le toit. Et là, il s'est rappelé qu'il avait oublié dans sa cellule une magnifique couverture, il a grimpé pour y retourner et s'est fait prendre. « Et Sidorov, lui, c'est un bon, ai-je pensé, il n'est pas retourné sur ses pas. » Il ne faut bien sûr pas trop compter sur Dieu, mais il ne faut pas non plus le provoquer. La prison, ça se fuit sans esprit de retour. Et le Danemark est une prison. Tout comme le monde entier, d'ailleurs.

Sheppard et Sidorov appartiennent à l'ère moderne. Mais avant, à Londres, les églises ne manquaient pas et on entendait de partout le son des cloches qui battaient les heures. Il était lourd et métallique, il volait dans l'air, descendait les toits, se cognait contre les murs en bois et les pavés, bondissait, atterrissait dans les arbres. Le son de cloches rappelait que le temps terrestre n'est qu'un reflet imparfait du temps divin. Les carillonneurs faisaient même des concours à celui qui sonnait le plus fort, et les rois et les reines les y encourageaient. À ce qu'on dit, si on-sonne-entrez-je-vous-en-prie, c'est que le pays va bien, qu'on est riche et prospère.

Plus tard, les églises, les abbayes et les chapelles ont été pillées, volées, brûlées. Celles qui restaient sont devenues pour de longues années des ateliers de charpentiers, des locaux d'artisans, des entrepôts, des remises, des courts de tennis. On a démonté et fait fondre les cloches. Leur musique est partie. Ne restaient plus que les bruits du marché, le grincement des charrues et les cris des veilleurs de nuit. Au moment où l'histoire s'est mise à suivre l'homme comme son ombre, quand elle a pris des béquilles et a commencé à boiter, on a commencé à entendre revenir encore et encore ces reproches : « Ah ! Cet historien qui m'a volé ma Julia… Lui aussi il boite maintenant et il a besoin de ses béquilles. Mais quand même, c'est lui qui a gagné ! »

Je tiens la lourde porte en chêne et je laisse passer Katia devant, sous les voûtes en ogive qui font penser aux bateaux retournés quille en l'air. À l'intérieur, c'est la pénombre et la lumière passe à peine à travers les vitraux des baies étroites et longilignes. Il règne un silence comme au fond de la mer. L'orgue, les hymnes, le pasteur, ne se font pas entendre et aucun matelot, paroissien, gentleman, aucune dame ni aucune nounou avec des enfants ne se montrent.

D'un côté, un bruit se fait entendre, nous fait sursauter et nous tourner. Hors d'une obscure alcôve se glisse un Africain âgé. Tout d'un coup, comme un oiseau qui surgit d'un bosquet. Il avance, en boitant, directement vers moi, il sourit, montrant une rangée impeccable de dents blanches et, s'étant approché, il me tend un mince dépliant. Je le remercie par un hochement de tête inquiet et, ayant pris le dépliant, je fais un saut en arrière, atterrissant pratiquement à côté de Katia. Cela me gêne toutefois de lui parler, je n'ai pas envie de troubler le silence, même si… qui aurais-je troublé ici ?

– C'est quoi ça ?

Katia plisse les yeux et lève le menton en guise de questionnement.

– Je ne sais pas…

Sur la couverture, des mots en gros caractères :

BE RECONCILED TO GOD![9]

– Et voilà alors… Et après, on découvre que cette Rebecca, l'ancienne maîtresse des lieux, est une vraie garce, tu vois ? Une salope…

– Tu me passes la serviette, s'il te plaît ? dit Katia. Ouais… Et du vin… Tu peux m'en verser ?

Nous sommes dans un café et cela fait au moins dix minutes, je dirais, que je raconte à Katia le sujet du roman de Daphné du Maurier. Dehors, il fait frisquet. Il pleuviote, mais dedans, on est à l'abri et il fait bon. À l'anglaise, bien sûr. C'est-à-dire, humide et étriqué. Des petites tables en bois gravé, des vieux fauteuils aux gros accoudoirs, sur les murs, des candélabres en bronze, frottés au point de briller, dans le centre, face au mur, une grande cheminée faite de briques rouges. Tout est solide, paisible, sûr de sa valeur, rappelant la grandeur de l'empire.

En nous accompagnant adroitement à la table, le maître d'hôtel a demandé délicatement si en Russie les gens lisent autant qu'à

[9] « Réconciliez-vous avec Dieu ! »

l'époque communiste. J'ai fait oui, j'ai dit qu'on lisait, que de telles habitudes sont difficiles à chasser. Katia a simplement ricané. Alors le maître d'hôtel, apparemment satisfait de cette réponse, a dit que Hampstead était un endroit fort littéraire et qu'ici, pratiquement derrière le bâtiment, vivait Daphné du Maurier.

– C'est qui ça encore ? a demandé Katia en faisant une grimace.

D'après son ton bougon et l'expression de son visage, j'ai compris : on a distrait Katia de ses pensées et ça la dérange. Et maintenant, je lui raconte le fameux roman de Daphné du Maurier, en passant rapidement en revue les épisodes qui se succèdent à un train d'enfer. Rebecca. Les vivants et les morts. Nous ne sommes pas si étrangers que ça. Les vivants, eux, sont bien souvent plus malfaisants que les morts. Les morts se vengent parfois d'outre-tombe. Pendant que je raconte, en me rappelant les détails, en y ajoutant du mien, Katia chipote avec sa fourchette dans sa salade et se tourne tout le temps vers la porte.

– Ça ne t'intéresse pas ?

– Si, au contraire !

Elle rajuste le bracelet sur son poignet gauche et regarde la montre. Une bruyante sonnerie retentit et, tout de suite, quelque part derrière nous une voix masculine sonore appelle :

– Ekaterina Fedorovna !

Nous nous tournons. À côté de la porte se tient un homme d'un certain âge à l'air sportif. Il dit un petit mot au serveur et, suivant ses instructions, il se dirige d'une démarche alerte à travers toute la salle vers notre table, déboutonnant sur le chemin son manteau bleu et court.

– Salut.

Katia se lève pour aller à sa rencontre et, avec un large sourire, lui tend spontanément la joue pour recevoir un baiser.

– T'as bien fait de me rappeler. Je peux m'asseoir une minute ?

Ses lèvres touchent la joue de Katia, il enlève son manteau, défait son écharpe à carreaux rouge, les donne au serveur qui vient d'arriver. Puis il me montre négligemment de la tête :

– C'est qui avec toi ?

Katia s'assoit sur sa chaise comme si elle n'avait pas entendu la question.

– Tu as l'air en pleine forme ! dit-il en souriant légèrement.

– Ouais, toi aussi…

Je pense qu'effectivement on peut dire que ces deux-là ont « l'air en pleine forme », contrairement à moi. Katia est plus fraîche grâce à ses récents liftings, et cet homme, avec son teint impeccable sorti d'une cabine de bronzage, sa barbe de trois jours, bien soignée, et sa physionomie avenante. Et moi, apparemment, je suis de trop ici.

– Tu viens d'où, toi ?

Il se tourne vers moi avec curiosité.

– De Leningrad, réponds-je après une seconde d'hésitation.

Il hoche la tête en signe de compréhension et me fait un clin d'œil complice.

– Ah ! Alors, tu es un supporter du Zénith, non ? « Notre Zénith de Leningrad au glorieux passé » ? C'est pas vrai ?

Je regarde Katia d'un air impuissant. Elle me vient en aide.

– Quoi, supporter ? Quel Zénith ? Zénith toi-même. C'est un professeur, pigé ?

– Et alors ? rit-il bonassement. Les professeurs chez vous, là, ils ne regardent plus le foot ? Non ? Moi, c'est Igor !

Il me tend sa main.

– Igor ? N'êtes-vous pas par hasard le Igor ?…

Et je prononce le nom de famille d'un footballeur connu.

– Par hasard, c'est moi, oui, rigole-t-il en ouvrant largement la bouche.

On aperçoit ses dents blanches et droites.

– Waouh !

Il y a une dizaine d'années, cet Igor jouait dans l'équipe nationale russe de football. Il jouait très bien. Puis, il y a eu un scandale et son nom est apparu dans une affaire liée à un criminel confirmé qui contrôlait à cette époque-là tout le sport, un certain Mouche, Sergueï Mouchine. Ce Mouchine a été tué à la fin des années 1990 à Bangkok. Je me souviens d'une revue qui avait publié un article intitulé « La Mouche a été abattue, mais son œuvre persiste ». Igor a pu s'en sortir, il a quitté le pays en urgence et a signé un contrat avec un club anglais.

– Et vous… vous jouez encore ? demandé-je

– Oh là…, rigole-t-il en jetant un coup d'œil débonnaire à Katia. Il est amusant, ton copain. Est-ce que je joue ? Tu vois bien, j'ai les cheveux gris déjà, moi…

– Bon…

Katia a un sourire crispé et me souffle :

– Va te promener, mon vieux, d'accord ? Je dois parler un peu avec le footballeur.

Sur le visage du « footballeur » s'étire un demi-sourire aimable. L'Angleterre change les gens rapidement tout de même.

– Une dizaine de minutes, frérot, OK ?

– Une demi-heure, frérot, précise sévèrement Katia. Va te promener aux alentours. Il ne pleut plus, je crois. Tu me parleras de cette, comment déjà, Daphné, plus tard, OK ?

Je me rhabille et je sors dans le grondement incessant comme la mer, dans cette humidité pluvieuse. Où est-ce qu'on peut aller ici ? Je ne me souviens même pas de quel côté est l'hôtel. Le plus important, c'est de ne pas se perdre dans ce labyrinthe sinueux, lessivé par la pluie. Je m'en vais à l'aventure, je me promène, essayant de ne penser à rien. Si on marche longtemps comme ça, en mettant de côté ses pensées et ses sentiments, on a l'impression que les objets qui nous entourent nous surveillent. Là, un hôtel particulier rouge, il me regarde de biais de façon hautaine et suspicieuse par-dessus la grille. À côté de la grille, une pierre noire sort de terre, elle pointe sans aucun but, juste comme ça, par pure curiosité, juste pour voir un touriste. Là, à l'angle, un vélo se repose, il s'est adossé à un réverbère et me regarde de l'œil unique et indifférent de son phare. Là, en face, un énorme arbre se courbe dangereusement en guise de salut. C'est l'asphalte qui est le plus intrusif de tous. Épais, lisse, il te suit, en faisant ressort, en te poussant vers le haut, comme s'il voulait se débarrasser de toi.

Il existe un temps extérieur qui ronronne, monotone, c'est aussi ton temps intérieur. Et il y a cette absurdité d'objets accidentels, de bâtiments, de pierres, de réverbères, d'arbres, d'automobiles qui pointent leur nez hors du flux de voitures.

Je m'arrête sous l'auvent d'une boucherie. Il faut le voir… C'est un spectacle digne du talent des maîtres hollandais dont la fantaisie, qui n'a pas eu le courage de viser les cieux, a été rivée aux choses terrestres, viandes, grappes de vigne, poissons frais. Derrière la vitre, une pyramide composée d'anneaux de viande rouge, découpés à même le corps des quadrupèdes. Un chef-d'œuvre de géométrie bovine.

Tous les anneaux étaient égaux, quelqu'un les a mesurés attentivement, avec un pédantisme purement anglais, avec toute la science du boucher. À l'intérieur de la boutique, derrière le comptoir, une femme austère et maigre. Ressemblant à un chirurgien compétent, même si elle n'emballe que du cervelas pour un homme âgé. Ses mouvements sont adroits, calculés. Les mains gantées de latex blanc.

Et dire qu'avant, dans ces boutiques, régnait la barbarie. Les bouchers montraient les dents, se jetaient à coups de poing sur les clients, guettaient leurs concurrents dans des ruelles sombres pour leur trancher la gorge. Et après, comme des gosses, ils avaient peur des ombres, craignant que leurs victimes se lèvent de leurs tombes. Les chroniques londoniennes du Moyen Âge attestent que la plupart des crimes dans la capitale étaient commis par les bouchers. Apparemment, la couleur du sang et de la viande, tout ce rouge, les excitait.

Derrière moi, j'entends le bruit aigu d'un Klaxon. Je sursaute et me retourne, affolé. Le conducteur au volant d'une fourgonnette, un boucher, me fait signe d'un geste rageur de me mettre de côté car je bloque l'entrée de la boutique. Je me déplace. Comment savoir ce que ce boucher a dans la tête, je n'ai pas besoin de problèmes supplémentaires ici. Gvozdev, à ma place, ne se serait pas laissé faire.

Je me souviens qu'une fois Gvozdev s'est jeté sur un conducteur qui avait klaxonné très fort derrière son dos, comme ça, bêtement. Ça se passait sur l'avenue piétonne de l'île Vassilievski[10]. Je n'ai

[10] Une des îles qui composent la ville de Saint-Pétersbourg. Les rues sur cette île portent le nom de « lignes », car autrefois c'étaient des canaux. Une fois les canaux comblés, chaque côté de telle ou telle rue (« ligne ») a commencé à porter son propre numéro. Ainsi, on aura la ligne 2 et la ligne 3 qui font la même rue.

même pas eu le temps d'intervenir. Gvozdev a traîné le gars hors de la voiture et a commencé à le bourrer de grands coups de pied et de poings.

– Connard ! criait-il, tout en continuant à le frapper. Achète-toi le Code de la route ! C'est une zone piétonne, pigé ?! Ici, c'est pour les piétons ! T'en as entendu parler, des piétons ?! Ce sont des cons qui n'ont pas de voiture ! T'as compris ?! Répète !

Mais le conducteur ne pouvait plus rien répéter. Il a eu de la chance, il a perdu presque tout de suite connaissance. Je me rappelle que nous avons foncé à côté sous une porte cochère et que nous nous sommes tapis pour une heure et quelques sur un palier sale qui puait la pisse de chats.

Gvozdev me reprochait ma lâcheté :

– T'aurais dû m'aider !

– Mais comment ? m'étais-je défendu. Il est tombé dans les pommes presque tout de suite !

Gvozdev ne me lâchait pas.

– Quand même. T'aurais pu au moins lui pisser dessus, par solidarité. Je me sentirais moins seul.

Plus tard, nous avons bu de la vodka dans un bouiboui du côté de Petrogradskaya en l'accompagnant du pâté de sprats, car Gvozdev a dit qu'il fallait qu'on décompresse. La vodka passait bien, le pâté, par contre, non, il était dégueulasse. Je me souviens que Gvozdev a composé tout de suite un poème sur ce pâté : « Le pâté de sprats fait du mal aux rates. »

Ce qui s'est passé après, je ne me le rappelle pas bien, à vrai dire. Le métro allait fermer, j'avais peur de le rater et j'avais peur aussi qu'ivre, on ne me laisse pas entrer.

– Concentre-toi ! me criait Gvozdev. Tu descends et tu vas tout droit aux tourniquets, avant qu'ils aient le temps de t'arrêter. Tiens ! Prends un jeton. Le plus important, ne rate pas la fente en le mettant dans la machine.

J'ai tout bien fait. J'ai même mis le jeton où il fallait. Mais en bas de l'escalator, ma route a été barrée par un homme corpulent âgé en uniforme bleu.

– Ça alors, jeune homme, s'être bourré la gueule à ce point ! a-t-il dit d'un ton affligé.

– Qu'est-ce… s'est passé ? articulais-je avec difficulté.

Je déployais toutes mes forces pour garder l'équilibre. Il a hoché tristement la tête.

– Vous auriez pu au moins jeter votre mégot.

Je me suis aperçu alors que je tenais la cigarette que Gvozdev m'avait offerte en nous disant au revoir.

J'allume une cigarette, je la regarde serrée entre mes doigts de la main droite, et j'ai comme une illumination : « Elle est son amante ! Katia et ce footballeur sont amants ! » Les souvenirs de Gvozdev partent en fumée. Mais bien sûr ! La façon dont il me parlait ! Si hautain, si paternaliste, comme s'il me faisait une faveur. Et elle aussi, elle lui parlait de manière si intime… Et elle le regardait comme on regarde les restes de son dîner et ses ex. Tout est clair… Elle en a marre de mes jérémiades, de ma jalousie, alors elle a appelé son ex et… OK… c'est même mieux comme ça. Je me barre à Paris, chez les Gvozdev. J'irai en même temps au Centre Pompidou. Dans tous les cas, là, il faut que je retourne au restaurant. Eux là, pendant que je ne suis pas là, ils doivent déjà être en train de s'embrasser. S'ils sont toujours là… Mince ! Je suis seul dans cette ville, sans vêtements, sans argent, sans amis…

Quand j'entre, ou plus précisément quand j'entre en courant dans le restaurant, l'ancien joueur de l'équipe nationale russe de football et Katia sont assis là où je les ai laissés, l'un en face en l'autre. Je m'assois à ma place.

– Votre demi-heure est finie, dis-je.

Ils se taisent. Le footballeur sourit de manière avenante, il lève la tête et commence à regarder le plafond, et Katia se met à découper son steak, concentrée et brusque. On voit que le steak vient juste d'arriver. La viande coupée saigne, le sang se mélange à la sauce brunâtre. C'est comme si le passé se faisait difficilement un passage, en se débarrassant de l'emprise d'un avenir paisible qui ne valait pas grand-chose.

– Bref…, dit Katia, en regardant le fond de son assiette. Les emmerdes de Vitia, ce sont les emmerdes de Vitia. Tu peux le transmettre à ces clowns.

Le footballeur sourit avec gêne, hausse les épaules et s'adosse à sa chaise.

– Bien. Mais ils veulent en parler, tu comprends ? Ils en ont le droit. Si tu as gardé quelque chose, rends-le à l'amiable.

Katia hoche la tête en signe de compréhension apparente.

– Ouais. Ils reculent pour mieux sauter.

– Ce n'est pas la peine d'être grossière, Katia…

– Je ne vous dérange pas ? dis-je.

– Tu sais que je suis toujours là pour t'aider, dit le footballeur, en se tournant de profil sans me prêter aucune attention. (Son sourire disparaît.) Entre nous soit dit, tout le monde sait déjà que tu es ici. Mon Dieu ! Tu as bien choisi ton endroit pour te planquer ! Tout est comme sur une main ouverte ici.

Il se tourne vers la table et sa large paume s'abat sur la nappe avec un bruit sourd. Un serveur surgit tout de suite :

– *Desserts?*

– *No!* répond Katia brusquement, sans lever les yeux, et le serveur disparaît aussi vite qu'il est apparu.

– À quoi pensiez-vous ? commence à s'énerver le footballeur. Vous auriez au moins pu…

– C'est bon ! répond Katia à voix étonnamment haute. (Elle se lève et se tient toute droite.) Tu sais quoi ? Sors ton portable !

– Quoi ?

– Quoi, quoi ? Et toi aussi !

Katia se tourne vers moi.

– Qu'est-ce que j'ai à voir avec tout ça ?

– Faites ce que je dis !

D'un air buté, le footballeur et moi sortons nos portables.

– Bien, les gars… ça y est ? Super ! Et maintenant, vous supprimez mon numéro ! Tous les deux ! Faites voir ! Bien. Bravo !

Elle se rassoit, prend sa fourchette et son couteau et recommence à manger son steak.

Le footballeur remet son portable dans la poche, se lève, prend son manteau d'une patère, enfile les manches puis, lentement, sans quitter Katia des yeux, ferme son pardessus, bouton par bouton. Il hoche la tête de façon désolée.

– Je voulais juste te prévenir, finit-il par dire.

Son sourire habituel réapparaît sur son visage bronzé. Katia met ses coudes sur la table et joint les paumes, verticalement, en appuyant le menton sur les pouces.

– Merci, mon cher…

– Bon, sourit-il mollement. Quand est-ce qu'on se revoit alors ?

– On se reverra…

Katia baisse le bras gauche, retire l'autre de son visage et agite rapidement les doigts en guise de salut.

– Alors, ciao, les gars ! *Bye!*

Il se tourne et avance vers la sortie.

– *Bye* à toi aussi, dit Katia à voix très basse, comme si elle se parlait à elle-même.

Au retour, sur notre chemin vers l'hôtel, nous gardons le silence. Nous entrons dans notre chambre. J'enlève ma veste, je la secoue, je défais mes chaussures. Katia s'empare tout de suite de la télécommande, allume la télé et se jette directement sur le lit, sans se déshabiller, en chaussures de ville. Elle est allongée comme ça un temps sans rien dire, puis tout d'un coup elle m'annonce :

– Demain, on déménagera dans le quartier de Victoria !

– Katia, pourquoi tu as voulu que je supprime ton numéro ?

Elle ne dit rien. Secoue les chaussures qui tombent par terre. Écarte les doigts de sa main gauche et commence à observer attentivement les ongles. Ils sont longs, d'un rouge vif.

– Katia ?

– Tu connais le dicton, mon cher, moins on en sait, plus on vit longtemps.

À la télé, on passe des actualités européennes. J'ai l'impression qu'elles passent 24 heures sur 24. L'écran montre les rues du centre de Barcelone : des foules entières marchent en rangs, agitant les drapeaux catalans, et crient quelque chose tous ensemble. « Dans différentes régions des pays européens, commente le journaliste, on observe la recrudescence des mouvements séparatistes. »

– T'as un problème ?

Elle soupire, fait vaguement un oui de la tête et commence à changer de chaîne.

– Tout ça, c'est à cause de l'argent de Vitia ?

– Oui… de l'argent de Vitia, répond Katia.

Du Maurier, apparemment, avait raison : les morts sont beaucoup plus dangereux que les vivants.

– Il vaut mieux le rendre, peut-être ?

– Ferme ta gueule !

Je me sens mal à l'aise. Je m'assois dans un fauteuil. Bien joué ! Ça ne peut arriver qu'à moi : venir en Europe pour tomber tout de suite au milieu d'un règlement de comptes russe. Maintenant, au lieu d'avoir une aventure amoureuse, je vais avoir droit à une course contre la montre façon polar. Il faut que je plie bagage au plus vite. Qu'elle se débrouille elle-même. Je ne suis pas sa nounou, en fin de compte. Elle se lance sans arrêt dans des paris risqués, elle couche à gauche et à droite, et c'est moi qui encaisse les problèmes !

– Ça fait longtemps que ton Gvozdev n'a pas téléphoné, non ? dis-je.

Katia tourne la tête et me regarde avec un mépris non dissimulé.

– Katia ?! haussé-je la voix. Il se passe quoi, là ?

Elle éteint la télé, soupire et me tourne le dos.

– Tu sais quoi ? dis-je. J'en ai marre de tout ça ! Tu m'entends ? Tous ces secrets ! Ton… D'où il sort, celui-là ? Tu as couché avec lui ou quoi ?

Katia se tourne de côté, appuie son menton sur sa main et commence à me scruter avec intérêt.

– Celui-là, c'est qui ?

– Ce footballeur…, dis-je en perdant pied.

– Je dois…

– Je m'en fous de ce que tu dois, là, aboyé-je pour compenser.

Katia se lève et me regarde intensément.

– Et pourquoi tu gueules, là ?

– Moi, je gueule ?

– Pas moi en tout cas.

Katia soupire, s'allonge de nouveau sur le lit, met la nuque sur les bras et ferme les yeux.

– Katia !

– Quoi encore ? Tu veux quoi ? Toi, tu… tu ne sais rien. (Katia ouvre les yeux et se tourne vers moi.) C'est dommage, hein ? Quel gâchis ! On a offert au garçon une poupée gonflable pour qu'il joue et elle est crevée ! (Katia met son index à l'ongle long rouge sang sur sa tempe et appuie sur une gâchette virtuelle.) Mon cher, tu es au courant, au fait, que j'ai une fille ?

Elle fait une grimace.

– Aïe. Allez, mon cher, laissons de côté tous ces sentiments, OK ? Parle-moi plutôt de mon cul, cela te réussit bien…

Je me lève de mon fauteuil et je la regarde, hébété.

– Comment ça, une fille ? Pourquoi est-ce que tu ne m'en as pas parlé avant ?

– Comme si ça t'intéressait, voyons…

– Et elle est où maintenant ?

– Quelle importance ? Chez ma mère !

Je prends la télécommande, j'allume la télé et je me rassois. La chaîne passe une énième fois la pub d'une carte de crédit. Genre, utilisez-la, sinon vous perdrez le contrôle du temps et de l'espace. Comme si, avec la carte, on pouvait vraiment garder ce contrôle.

Un petit garçon blanc entre dans une animalerie, un vendeur noir âgé sort une cage avec deux lapins, la pose sur le comptoir et l'ouvre solennellement. L'un après l'autre, les lapins avancent vers l'extérieur. Le garçon caresse avec précaution l'un, puis l'autre et, en fouillant dans sa poche, donne au vendeur un billet. Le vendeur noir le regarde longuement, il a l'air concentré, il le passe à la lumière, et s'il était faux ? Apparemment, il est un peu myope. Entre-temps, le troisième lapin apparaît sur le comptoir. Le vendeur noir ouvre le tiroir de sa caisse, il n'est pas pressé, il regarde à l'intérieur, puis il lève les yeux vers le garçon. Son regard est plein d'une telle sagesse et d'une telle grandeur qu'on a l'impression qu'il va citer le livre du prophète Ézéchiel.

– Je n'ai pas de monnaie, dit-il et il retourne finalement en traînant les pieds au fond de la boutique pour, de toute évidence, y chercher de la monnaie.

– Et ta mère, où est-elle ?

Katia lève la tête et me regarde, énervée.

– Pourquoi tu me casses les pieds, là ?! Elle est chez elle, où elle peut être ? Je leur envoie de l'argent.

Elle se recouche sur le dos et ferme les yeux. On montre de nouveau le comptoir, il y a déjà cinq lapins. Un certain temps passe. Le garçon patiente. On nous montre tantôt le garçon, tantôt le comptoir où se multiplient les lapins chaque minute. Ils sont si nombreux qu'ils ne tiennent plus sur le comptoir et sautent par terre.

– Je suis fatiguée, dit Katia tristement.

Le vendeur fait du bruit dans sa remise. Le garçon au comptoir se cherche les mickeys dans le nez. Par terre, les lapins font des bonds nerveux et désordonnés, poussent la porte vitrée et sortent dehors, sur une place. Le vendeur réapparaît au comptoir et donne la monnaie au garçon. Le garçon se tourne, confus. Les lapins remplissent toute la place.

– Pardonne-moi, dis-je quand la pub est finie et que les lapins, le vendeur et le garçon disparaissent. Je pensais que toi et ce footballeur… Bref, que tu es sa maîtresse.

– Tu es idiot… Bon, on a eu… Mais peu importe ce qu'on a eu toi et moi… Une fois, il m'a beaucoup aidée, tu vois ? J'ai pensé que là aussi, il m'aiderait. Je ne voulais pas t'y mêler.

– Pourquoi ?

– L'expérience, tu sais…

Elle ricane amèrement et ferme les yeux.

– Quelle expérience ?

– Couche-toi là.

Elle tape de sa paume sur le lit. D'accord. Je me couche à côté d'elle, sur le flanc, en m'appuyant sur ma main et en lui montrant que je suis prêt à l'écouter attentivement.

– Tu comprends, dit-elle tout bas et les larmes apparaissent dans ses yeux. J'ai l'impression que tout se répète… que c'est un cercle… J'ai peur… Pour moi, pour toi… Pour nous…

– De quoi as-tu peur ? Je ne comprends pas. Qu'on nous retrouve ?

– Oui, de ça aussi… mais ça sera pire si tu commences à me dégoûter…

– À l'époque, je venais juste de terminer mes études à l'école de musique… enfin là, chez moi. Je vivais avec ma mère. Elle était toujours occupée, elle travaillait vingt-quatre heures puis trois jours de repos. J'étais en quelque sorte abandonnée. Je sortais beaucoup, je me battais avec des filles du quartier, je baisais parfois avec des mecs. Je ne savais pas où me mettre. Je pensais aller travailler soit dans une école maternelle comme accompagnatrice musicale, soit dans un lycée comme professeure de chant. On m'a également proposé de chanter dans la chorale d'un théâtre local, j'ai même accepté, tu vois, après tout, le théâtre c'est cool. Puis, au printemps, un ancien camarade de classe m'appelle. Il dit que son oncle est le directeur d'un restaurant et qu'ils cherchent une chanteuse. « Tu as une voix, dit-il, tente ta chance. » J'arrive là-bas, tout y est tellement cool. Le directeur, tu vois, a l'air si sérieux. Avec sa petite tasse de café. Il m'écoute chanter. « Bon, me dit-il, je t'embauche pour une période d'essai. Pas question de se saouler, pas de relations avec des clients, n'y pense même pas. Pour commencer, me dit-il, tu peux venir, regarder de plus près, étudier. » Il m'a trouvé une certaine Rosa Ilinichna, une vieille dame cool, qui m'apprenait trois fois par semaine à danser. Les gars de l'orchestre étaient également cool. Surtout le bassiste, un type sans freins qui flirtait avec toutes les filles. Ancien rockeur. Il y avait aussi le batteur Gricha, terriblement sérieux, modeste, il avait une femme, un enfant, voilà. Nous sommes devenus immédiatement amis, j'ai fait une coiffure avec des boucles comme un mouton. Il y avait parfois d'autres filles qui se produisaient là-bas, mais avec elles ils restaient froids tandis qu'avec moi, ils étaient toujours prêts à me défendre si ça n'allait pas. J'ai commencé à chanter, et voilà, c'était parti. J'avais un tas d'argent à envoyer aux enfants en Afrique, jamais je n'en ai eu autant. Tu es sur la scène et on te met de l'argent dans les mains, dans les manches, presque dans la culotte, et tu ne sais même plus où le mettre.

Katia fait doucement claquer sa langue et continue :

– Avant, je n'avais pas beaucoup d'amants et, tout d'un coup, c'était parti, l'un après l'autre. Un idiot marié m'a offert un manteau de fourrure, puis il y a eu un propriétaire de pompes à essence, puis encore Kondraty Palytch. Il était vice-gouverneur ou quelque chose comme ça, je ne sais pas… Simple et modeste en apparence, mais riche comme Crésus. Une maison à deux étages avec piscine, deux voitures. Il était gentil et faisait toujours les mêmes plaisanteries. « Ma petite fille, me disait-il, t'es mon bonheur. » Il me donnait toujours de l'argent. Il disait qu'il était prêt à tout pour moi. Un vieux papy, ses petits-enfants terminaient l'école, mais ses yeux étaient très malins et ses mains étaient pressées de se retrouver sous ma jupe et sur mes fesses. Bon, je l'ai supporté quelques fois et je l'ai viré. Et lui, il continuait à venir au restaurant et à soupirer. « Je vois, disait-il, que tu ne veux pas sacrifier ta liberté, mais si un jour tu as besoin d'argent ou d'autre chose, appelle-moi tout de suite. » « C'est ça, pensais-je, jamais de la vie, vieux con. » Eh ben, j'étais bête. Je pensais : « À quoi bon sortir avec un vieux ? » Tu traverses la vie à la nage, autour de toi flottent des poissons aux queues multicolores, sur le fond, des crabes agitent leurs pinces. Magnifique ! Eh bien, plus tard, j'ai rencontré ce Pacha.

– Qui ? demandé-je.

– Il est venu dans notre restaurant avec une fille, poursuit Katia comme si elle n'avait pas entendu ma question. J'étais justement sur la scène. Toute en paillettes, en mini-jupe, profond décolleté montrant les seins. Il était assis, mince, avec des lunettes, dans un pull déformé, mal coiffé, si doux, mon chéri. Et deux jours plus tard, je suis dans le bus et je le trouve debout à côté de moi, dis donc. Il me regarde fixement. Et moi, je lui dis : « Qu'est-ce que tu as à me regarder comme ça ? » Comme si je ne l'avais pas reconnu. Et lui, il me répond : « De toute la ville, je ne vois que vous d'intéressant à regarder. » Moi, j'ai fondu, j'ai balbutié quelque chose en réponse. Et voilà, c'était parti.

« Il était si doux, attentif, un vrai miracle. J'ai tout de suite viré tous mes amants, même le rockeur. Celui-là, il rigolait : "Il faut sauver notre Katia. Katia est tombée amoureuse." Je lui ai répondu : "Arrête, tu ne comprends rien. Pacha est le meilleur." Il préparait une thèse sur des fibres, je n'y comprenais rien. Je voyais bien qu'il était intelligent. On allait au cinéma. Il me racontait toutes sortes de romans, il aimait beaucoup la science-fiction. Il parlait si bien que j'étais prête à l'écouter des heures et des heures. Il voulait continuer à enseigner à la fac, il se plaignait que c'était compliqué à cause d'un certain Varéjkine qui ne l'aimait pas. Je détestais si fort ce Varéjkine que j'étais sur le point de lui envoyer deux ou trois gars pour lui faire peur. Il sortait avec une fille rousse avant moi, elle était doctorante, elle aussi. Sale fille. Je l'ai vue une fois dans notre restaurant. Moche, les jambes courtes, des petits yeux méchants et nerveux. Et Pacha l'avait aimée... Dis, les mouchoirs sur la table, tu veux bien me les envoyer ? OK, merci.

Katia se mouche fort et s'essuie le nez des deux côtés avec des mouvements soignés. Ses yeux rétrécissent de méchanceté et ses lèvres s'étirent en une moue de dégoût. Derrière le mur, la télévision commence soudain à parler fort : c'est le journal télévisé du soir.

– Tu veux que je frappe au mur ? proposé-je.

– À l'époque, je louais un appartement dans le centre, continue Katia. Pacha passait souvent toute la nuit chez moi. Une fois, nous étions à la cuisine en train de boire du vin et il commence à se plaindre que la jeunesse passe, qu'il s'ennuie, qu'il voudrait se sentir à l'aise, aller à la mer avec son amoureuse, au soleil, pas à Sotchi, mais aux Maldives ou aux Canaries, habiter une villa avec piscine ou un yacht.

J'ai envie de faire la grimace, mais je me retiens. Ma tête est secouée de rire.

– Qu'est-ce qu'il y a de drôle ?! s'irrite Katia.

– Rien... juste...

– Quoi *juste* ?

– Je ne sais pas... ne t'énerve pas... (Mes doigts touchent sa main.) Je trouve que ton Pacha, là, il avait vraiment un rêve tout petit.

La voix à la télévision disparaît aussi soudainement qu'elle est apparue. Au bout de quelques secondes, derrière le mur, on entend le tintement de pièces de monnaie qui tombent sur le sol puis le bruit de l'eau qui coule, apparemment sous une très forte pression.

– Je ne suis pas du tout d'accord, tu m'entends. Je ne suis pas d'accord du tout et je ne te conseille pas d'insister.

– J'entends… Je ne suis pas sourd…

Je cherche à l'embrasser sur la joue.

Sa main menace mon visage avec ses longs ongles rouge vif.

– Dégage… Tu m'as bavé dessus !

– OK, je dégage…

La voix de Katia se radoucit.

– Pardon… pardon, mon chéri. Tu veux que je raconte ?

– Oui.

Je fais une tentative maladroite pour lui caresser la tête.

– Bref, je l'écoute, je réfléchis, et je me dis : « Comment ça se fait que je ne peux pas rendre heureux quelqu'un que j'aime tant ? » En plus, l'été approche. Et moi, je n'ai pratiquement pas d'argent, tu vois. J'étais si riche et, tout d'un coup, plus rien. Je suis allée à Moscou, j'ai beaucoup dépensé pour mon disque, puis pour faire refaire mes dents, puis maman a été hospitalisée. Bref, je n'avais presque rien. Bon, ça sert à rien de souffrir. Donc, j'ai décidé d'appeler le vieux Kondraty Palytch, de coucher avec lui quelques fois et voilà, j'aurais l'argent pour aller en vacances. Mais pourquoi tu fais cette grimace, chéri ?

– Moi ?

– Bref, j'ai appelé Kondraty Palytch, il a immédiatement répondu, il était ravi, comme un enfant, il a dit qu'il allait m'envoyer une voiture. Alors moi, je me suis bouclé les cheveux, je me suis maquillée. J'ai appelé Pacha, j'ai dit que j'allais chez ma sœur pour deux jours, et je suis partie en virée avec Kondraty Palytch. Il est venu me chercher en voiture lui-même. Bref, au début tout semblait bien marcher, je me suis baignée nue dans la piscine, j'ai baisé et je me suis saoulée. Le lendemain, même chose, et en plus je me suis prélassée dans le jacuzzi. Je suis rentrée chez moi, Pacha est venu, il ne s'est aperçu de rien. Mais ce vieil idiot de Kondraty Palytch s'est mis à m'appeler et à m'envoyer des SMS toutes les cinq minutes, comme s'il n'avait rien d'autre à faire dans la vie. Il m'écrivait qu'il se souvenait de notre nuit, de mes mains, et moi, je n'arrivais pas à les supprimer, ses SMS. Du coup, Pacha a tout lu pendant que j'étais aux toilettes et, évidemment, il a commencé à soupçonner quelque chose. Deux jours plus tard, il m'a invitée chez lui et s'est mis à m'interroger : où j'avais été, comment était habillée ma sœur, de quoi nous avions parlé. Moi, là, chez lui, dans son canapé, je rougis, je mens, je m'enfonce. Et lui, il s'énerve. Je ne l'ai jamais vu comme ça. Je me dis que c'est idiot, que j'ai fait tout ça pour lui. Et tout d'un coup, il me lance : « Tu n'es qu'une salope de menteuse, Alice t'a vue monter dans la voiture d'un vieux… »

– Alice, l'interromps-je, c'est qui ?

Katia se mord la lèvre supérieure, approche sa main de son visage, écarte les doigts, et elle commence à contempler ses longs ongles rouge vif. Dans la pièce, le silence est tombé, il n'est troublé que par un tapotement sourd et monotone derrière le mur. Le bruit devient plus fort, puis à peine audible, puis il disparaît complètement, mais il reste régulier, comme si quelqu'un voulait absolument garder le rythme. Pour une raison quelconque, il me semble que c'est la présence d'un dieu invisible, le tic-tac de la montre au poignet de Peyton Farquhar qui, la corde au cou sur le pont d'Owl Creek, s'obligeait à penser à sa femme et à ses enfants.

– Qui est Alice ? résonne la voix de Katia dans le silence.

Elle sort un mouchoir et se mouche bruyamment.

– C'est cette pétasse rousse, son ex. Bien que… maintenant, je ne sais plus si c'est une pétasse ou non. Au début, j'avais décidé que c'en était une et que j'allais me la faire. Mais là, je lui ai tout avoué, j'ai dit que je voulais gagner de l'argent pour nous. « Tu en as gagné ? » demande-t-il. « Ben, oui », répondis-je. Et il me met une claque. « Va-t'en, t'es qu'une pute. » Moi, je me suis énervée, naturellement, j'ai claqué la porte.

Katia s'est soudainement redressée sur le lit et son visage est devenu mauvais.

– Dis donc, ils vont bientôt arrêter de baiser derrière ce mur, oui ou non ? J'en ai marre de les entendre.

– Et ensuite, que s'est-il passé ? demandé-je.

– Ensuite… Je suis rentrée chez moi, j'étais furieuse. Je lui en voulais. Je me suis saoulée pendant toute la semaine, et j'ai réalisé que je ne pouvais pas vivre sans lui. Je me fichais de ma fierté. Je l'ai appelé, il n'a pas répondu. J'ai appelé plusieurs fois, il ne décrochait pas ou raccrochait sans répondre. J'ai perdu la tête. Bref, j'ai guetté la rousse près de l'université, je l'ai attrapée par les cheveux, je l'ai traînée dans des buissons et je lui ai cassé la figure. Il m'a appelé le soir, il gueulait que j'étais une sale garce, qu'il ne me pardonnerait jamais. « D'accord, ne me pardonne pas », ai-je pensé. J'ai raccroché. Une semaine a passé et je n'en pouvais plus, je suis venue chez lui. Je m'étais maquillée, je m'étais bouclé les cheveux comme il aimait. J'avais mis un jean neuf. J'ai attendu deux ou trois heures, je ne m'en souviens plus exactement. Le froid était terrible, il pleuvait, je ne le sentais même pas. Enfin, je le vois venir. Il était de bonne humeur. J'étais tellement heureuse, je ne peux même pas dire à quel point. Je croyais que mon cœur allait sauter de ma poitrine de bonheur. Je me suis approchée et je lui ai dit : « Pacha, j'ai compris, reviens, pardonne-moi. Je ne peux pas vivre sans toi. » Il n'a rien dit, il a juste souri. « Que veux-tu que je fasse ? Tu veux que je me mette à genoux ? » Il ne disait rien, et puis il a dit : « Oui, à genoux. » C'était sale par terre, avec des flaques d'eau, l'asphalte était tout mouillé et moi, j'avais mon jean neuf. Mais que faire ? Je me suis mise à genoux, j'ai embrassé ses mains. Et lui, finalement, il m'a juste tapoté la joue pour dire qu'il pardonnait.

La main de Katia me tapote le visage. C'est tellement désagréable que je la repousse brusquement. De nouveau, pendant quelques instants, le silence plombe la chambre. Cette fois-ci, le silence est absolu. On n'entend plus rien dans la chambre des voisins.

– Bref, renifle Katia, il a dit : « Ça va, allons chez moi. » On est allés chez lui. On entre, j'enlève mon imperméable. Je le regarde, il est plutôt gentil. Je dis : « On passe la soirée comme d'habitude, j'ai acheté une bouteille de bon vin. » Et lui, il me dit : « Ben, si tu es venue, déshabille-toi et mets-toi à quatre pattes. Je vais pisser. » Je ne comprenais pas. Puis je pense : « D'accord, ça va, c'est peut-être un jeu, après tout, je l'ai mérité. » Je me suis déshabillée et je me suis mise comme il avait ordonné. Il est revenu, m'a baisée comme un chien, puis il s'est secoué et il a enfilé son slip. Je suis restée allongée nue sur le lit, je l'ai regardé et j'ai essayé de sourire. Et lui, il me dit : « Pourquoi tu souris, espèce de garce ? Pourquoi tu restes couchée là ? Barre-toi. »

Katia se relève tout d'un coup sur le lit et prend son visage dans ses mains. Moi aussi, je me lève et je quitte le lit et, juste comme ça, je m'assois dans un fauteuil.

– Qu'est-ce qu'il y a ? Pourquoi tu es parti ?

– Je suis ici, Katia, juste ici... Alors, qu'est-ce que tu as fait, après ?

– Eh bien, je n'arrivais pas à y croire (la voix de Katia semble étouffée, sûrement parce qu'elle parle avec sa main devant sa bouche), je pensais qu'il plaisantait. Et puis je réalise que non, il ne plaisante pas. Je lui dis donc : « Mais, Pacha, mon chéri, tu m'as pardonnée. » « Oui, dit-il, je t'ai pardonné. Maintenant, va-t'en et que je ne te revoie plus. » J'ai commencé à crier, il m'a attrapée par mes cheveux bouclés et il m'a traînée nue jusqu'à la porte. Je donnais des coups de pied. Il m'a mise dehors, toute nue sur le palier, et il a claqué la porte. Je l'appelle, je cogne à la porte. Soudain, j'ai l'impression que tout se passe dans un rêve. Mais il a ouvert la porte et il m'a jeté mes vêtements en plein visage. « Va-t'en. » Et moi, j'ai hurlé toute nue, comme une folle, cognant à la porte, ne comprenant rien, il n'y a qu'un cri dans mes oreilles, dans ma tête, ça me fait mal aux mains, ça coule le long de mes jambes. Une dame âgée en robe de chambre et en bigoudis a ouvert sa porte et m'a vue. Elle a d'abord crié qu'elle allait appeler la police. Puis soudain, elle a pleuré, elle s'est approchée, elle a commencé à ramasser mes affaires, à me couvrir avec mon chemisier, à me caresser la tête, à m'entraîner.

Katia retire ses mains de son visage et les pose, croisées sur sa poitrine. Je ne sais pas trop pourquoi, mais on a l'impression que la pièce est trop éclairée. Je regarde autour de moi pour trouver l'interrupteur. Je le trouve tout près, à portée de main.

– Katia, tu veux que j'éteigne ?

– Oui. Bref, je la repousse, mais elle ne part pas, elle me caresse la tête, le dos, comme si j'étais un animal. « Allons, dit-elle, allons, ma fille, allons. » Elle m'a ramenée chez elle, ses enfants étaient là, dans le couloir, elle les a chassés. Elle m'a allongée sur le canapé, m'a donné de l'eau. Et moi, je pleurais, j'étouffais. Une heure plus tard, une ambulance est arrivée et ils m'ont emmenée chez les fous. T'as pas une cigarette ?

– Katia, ici, on ne peut pas...

Elle fait une grimace de dépit et renifle.

– C'est vrai. Au total j'y ai passé deux semaines et puis presque un mois à la maison. On me nourrissait de médicaments, je restais couchée, j'avais l'impression que ma tête était couverte d'un épais chapeau de laine, et tout ce qui se trouvait à proximité ne semblait pas être à proximité, mais quelque part ailleurs. Tu prononces un mot et c'est comme si c'était pas toi, mais quelqu'un d'autre qui parle à ta place. Comme si tous les sons sortaient d'une bouteille. Ou au contraire, comme si tu étais dans une bouteille et tous les sons à l'extérieur. Mes rêves étaient fantastiques.

– Comment ça ?

– Comme je te dis : fantastiques... (Katia sort encore un mouchoir et se mouche.) Je ne m'en souviens plus. Bref, comme si c'était un carnaval, une fête, avec l'abattage des moutons. Le matin, tu te réveilles, c'est si beau et après ça recommence. Puis, tu restes couché recroquevillé jusqu'au soir à regarder les motifs sur le papier peint. Je restais couchée comme ça des journées entières, je ne sortais pas dans la rue, j'allais à peine jusqu'aux toilettes et c'était tout. Je n'avais même pas faim. Comme si j'étais vide, complètement vidée. Je pleurais dans mon oreiller. Une amie est venue. « Tu l'aimes ? » me demande-t-elle. « Je ne sais pas », je réponds. « Pourquoi tu pleures alors ? » « Je ne sais pas. Je me sens mal, c'est tout. » Le rockeur de l'orchestre est venu. « Katia, tu veux que je lui casse la gueule, à ce salaud ? » « Non, dis-je, il ne faut pas. » Et puis, Pacha est venu. Je suis à peine allée jusqu'au couloir, habillée d'un tee-shirt sale, d'un slip sale, j'étais terrible, négligée. Et lui, il me dit :

« Tu souffres ? » Même ces paroles-là m'ont rendue plus gaie. « Oui, lui dis-je, je souffre, je suis désespérée, Pacha. Pourquoi t'es venu ? » « Moi, dit-il, j'ai ouvert les yeux, je t'aime. Tu sais, dit-il, comme dans un film. » Et moi, je me suis sentie si faible que j'étais prête à m'évanouir. « Bravo, dis-je, tu as ouvert les yeux. Retourne chez toi, je dois me reposer. » Je suis revenue dans la chambre, je me suis couchée, je me suis tournée vers le mur. Et lui, il ne partait pas, il tournait en rond dans l'appartement. Il s'est approché de moi et me dit qu'il a couché avec une putain, pour me faire mal, qu'elle lui a refilé une maladie. « Soigne-toi, lui dis-je, n'attends pas. » Et moi, je pense : « Mais quand est-ce qu'il va partir ? » Et lui, il veut m'embrasser. Et moi, je m'aperçois que son cou est plein de gros grains de beauté. C'est dégoûtant. Comment ça se fait, que je ne l'ai pas remarqué avant ? « Pars, dis-je, les médecins m'ont dit qu'il fallait que je dorme. » Puis, il est venu une fois au restaurant. Je n'y étais pas et le rockeur l'a viré. Il est parti, et moi, j'ai su que je l'avais perdu par ma faute, tu comprends ?

Je hoche la tête.

– OK, et qu'est-ce que tu en penses ?

– Ce que j'en pense ? Je crois que… (ma main droite esquisse un geste incertain dans l'air) que tu t'es sacrifiée pour lui, pour son bien.

Katia pose ses pieds par terre.

– Mais non. Justement ce n'est pas ça du tout ! Ce n'est pas l'aider que je voulais. C'est autre chose. Je voulais que ce vieux me paye, comme une prostituée, tu comprends ? Je me mentais à moi-même. Et je voulais aussi être une héroïne pour lui, lui montrer mon pouvoir. Alors je me suis dévoilée. Je n'étais pas une victime, Andreï, pas du tout. Et quand j'ai compris ça, tout est devenu encore pire. Je suis restée couchée des jours entiers…

Je mets ma main sur son genou.

– Je sais… mais bravo, je t'admire, Katia. Tu as sacrifié…

– Mais pourquoi ?

– Katia, l'homme a été conçu comme une créature sacrificielle. Nous nous sacrifions tout le temps. Le sacrifice est au fondement même de notre vie, son moteur. Chaque fois que nous faisons quelque chose, nous ne faisons pas autre chose, donc nous sacrifions cette autre possibilité. Tu comprends ?

Katia me regarde et secoue tristement la tête.

– Non, mon chéri, c'est une philosophie de merde… Si je te suis, n'importe quel mouton se sacrifie. Il mange de l'herbe, mais il pourrait se battre au lieu de ça.

– Katia, ris-je, tu devrais enseigner l'éthique. Ça ne se passe pas comme ça. Le mouton ne fait pas de choix, tu comprends ? C'est la nature qui décide pour lui.

– Comment tu peux savoir s'il fait un choix ou non ?

– Comment ça, comment je peux savoir ? Tu crois peut-être qu'un mouton a une multitude de choix existentiels ?

– Peut-être que c'est justement nous qui n'avons pas de choix ? Peut-être que tout est prédéterminé par nos vies précédentes ?

– D'accord, dis-je. Ce que je ne comprends pas, c'est comment tu t'es retrouvée à Moscou. Et en fait, je ne comprends pas le reste non plus…

Katia sourit, elle serre ses mains l'une contre l'autre, les met entre ses genoux et commence à se balancer.

– Bref, une semaine plus tard, Kondraty Palytch est venu chez moi. Il se pointe à la porte et il me tend une bouteille de champagne et des fleurs. Je lui dis : « Partez, Kondraty Palytch, partez, je vous le demande, je ne veux pas vous voir, vous m'avez gâché toute ma vie. » Je suis allée dans ma chambre, je me suis couchée. Il est venu, il s'est assis à côté de moi, il a commencé à me caresser l'épaule, doucement, gentiment. Je repousse sa main. Il me dit : « Tu es folle, Katia. Il fallait me le dire, je t'aurais donné de l'argent. » Je me suis mise à pleurer. « Voyons, dit-il, mais qu'est-ce que tu espérais ? Ce ne sont pas des gens autour de nous, ce sont tous des rats. Il n'y a qu'un seul homme décent, c'est ton patron Maxime Petrovitch, mais lui aussi, ce n'est qu'un cochon et un voleur, à vrai dire. Allez, Katia, ne sois pas bête, dit-il, sois forte, va aux Maldives comme tu voulais faire. Je te payerai le voyage, dit-il. Sur le budget de la ville. » Et il m'a fait un clin d'œil. « Je n'ai besoin de rien, dis-je. Avec qui voyager ? Vous venez de dire vous-même qu'on n'était entourés que de rats. » « Oh, ma fille, ça commence à me plaire ton histoire ! Tu dis qu'il n'y a que des rats autour de nous ? On va t'en trouver un, un beau rat qui soit apprivoisé et qui ne morde pas. Mon Igor par exemple… » C'est ainsi que j'ai rencontré Igor. Nous sommes allés aux Maldives, Kondraty a tout payé et, d'une certaine manière, tu sais, tout est devenu facile. Et Igor, lorsqu'il a déménagé à Moscou, a immédiatement tout arrangé pour que Vitia m'écoute chanter. Et puis, c'était parti… Je suis devenue riche. Je me suis fait faire de la chirurgie esthétique partout. Mon esthéticienne me disait : « Maintenant, ça sera comme le blindage d'un char. »

Son visage devient glacé. Les lèvres se resserrent fortement.

– Comme un blindage…, répété-je après elle tout bas.

J'aperçois que le rideau de la fenêtre commence à bouger doucement. Probablement un souffle de vent dans la rue.

– Et Pacha ? dis-je à haute voix. Qu'est-ce qu'il est devenu ?

– Pacha ?

Elle me regarde attentivement, elle approche sa main de son visage et commence à tapoter sur le bout de son nez avec son index avec un ongle rouge vif.

– Pacha a sauvé un enfant qu'il ne connaissait pas d'un camion. On me l'a dit. L'enfant traversait la route avec son vélo, il traînait et un camion arrivait. Pacha a réussi à pousser l'enfant, mais lui-même…

Katia soupire, retire sa main de son visage et regarde ailleurs.

– Tué ?

– Eh ben… cet enfant n'a eu que des bleus, et Pacha était en miettes. Il a encore vécu trois ans. J'ai appris… eh ben, qu'il… est parti une semaine avant Paris, quand nous, toi et moi…

– Pourquoi tu n'as rien dit, à ce moment-là ?

Elle reste silencieuse.

– Eh bien, mon chéri, je ne te connaissais pas bien à l'époque et puis ce ne sont pas des choses à partager, normalement…

Katia commence à raconter quelque chose, mais je ne l'écoute plus. Soudain, un élan de bonté et d'énergie m'emporte, comme si ce parent éloigné idiot de la datcha m'avait influencé après tout ce temps. Tu te désespères ? Je me lève brusquement de la chaise.

– Qu'est-ce que tu as ?

Elle lève la tête et me regarde avec étonnement.

– Katia, dis-je. N'aie pas peur ! Tu m'entends ? Je serai toujours là pour toi.

Katia se couche de nouveau sur le lit, se couvre silencieusement avec une couverture et se tourne vers le mur. Pendant un certain temps, nous restons tous les deux silencieux.

– Il disait la même chose, dit-elle enfin en reniflant.

– Je te l'ai dit, n'aie pas peur, ils ne vont pas se pointer ici, dans la chambre. Enfin, normalement…

– Normalement ?

Ma voix tremble.

– Je pense qu'ils vont attendre qu'on sorte de la chambre, par nous-mêmes.

Katia, en jean et en chemisier rose, est assise en tailleur sur le lit et se balance de tout son corps en se mordillant un doigt de sa main droite.

– On aurait dû filer hier… Que je suis bête…

La confusion que je lis sur son visage est une expression rarement conviée, et cela me met mal à l'aise.

– Écoute… ce ne sont pas nos mecs, non ?

– Mon mec à moi il me parle d'aventures, dit Katia, perdue dans ses pensées, sans me regarder, et elle ajoute avec une méchanceté amère : Des Russes à neuf heures, oui. Dans un hôtel à Hampstead. Mon cher, branche ton cerveau ! Tu te souviens au moins de quoi ils avaient l'air ?

– Non.

– Non, me singe-t-elle. Mais eux, ils se souviennent sûrement de quoi tu as l'air. Comment j'ai pu être si bête !…

– Et on fait quoi maintenant ?

– Bon, attendons une demi-heure ici, dans la chambre…

Il y a une demi-heure, nous sommes descendus prendre le petit déjeuner. On le sert habituellement dans la seconde salle décorée comme un mess des officiers. La première, c'est aussi pour les repas, mais uniquement le soir. Là, au comptoir de la réception, il y a toujours un responsable, le même gentleman âgé.

– Suis-moi… vite !

– Qu'est-ce qui se passe ? ai-je demandé en râlant quand nous nous sommes de nouveau retrouvés dans notre chambre.

Nous venions juste de faire l'amour et je comptais vraiment sur le petit déjeuner.

Elle s'est assise à la volée sur le lit.

– On a un problème… Mais y a une chose que je ne pige pas… comment ils nous ont trouvés ? Je veux dire, m'ont trouvée… Toi, ils s'en foutent.

– Qui ça « ils » ?

Elle a fait un geste de dépit.

– Ces clowns… qui ont tué Vitia.

Les morts sont parfois plus dangereux que les vivants.

Tout d'un coup, j'ai la gorge sèche. Mon dos et mes mains sont devenus glacés. J'ai envie de me coucher, tout de suite, de me cacher sous la couverture et advienne que pourra. « Et Katia, ai-je pensé, qu'elle se débrouille, elle… » Je suis allé à la porte pour m'assurer qu'elle était bel et bien fermée à clé. À double tour. C'est plus sûr.

Katia s'est levée du lit pour s'asseoir dans le fauteuil.

– C'est Igor ? demandé-je.

Elle fronce le nez.

– Nan, Igor, non, peu probable.

– C'est lui, c'est sûr.

Katia, agacée, tape de sa paume l'accoudoir en bois du fauteuil.

– Mais non ! Lui, au contraire, il nous a prévenus, nous sommes exposés ici…

– Bon… On fait quoi alors ? demandé-je.

– On fait quoi ? On se casse d'ici…

– Comment ? Nous avons des sacs. Nous n'irons pas loin. Toi, tu as une valise…

Katia agite sa main.

– Oui, qu'ils aillent au diable, les sacs. On appellera plus tard, on donnera l'adresse où ils nous les déposeront. Tu penses qu'ils ont une autre sortie ici ?

– Quoi ?

Je n'arrive pas à me concentrer à cause de ma nervosité.

– Une autre sortie, t'es sourd ou quoi, mon vieux ?! hausse-t-elle le ton.

– Une sortie ? Je vais descendre et…

– T'es vraiment con ou quoi ? Tu sais quoi ? On va appeler ce gars… comment… qui nettoie ici, et on lui posera la question.

– Le Philippin ?

– Mais j'en sais foutre rien…

– Et comment… on l'appelle ?

J'essaie de reprendre courage, mais je sens le désarroi dans ma voix.

– Mais c'est pas vrai ! râle Katia. Par téléphone, tiens ! Genre pour nettoyer la chambre.

– Mais elle est propre notre chambre.

Katia commence à scruter attentivement la chambre.

– Bon, elle sera sale alors.

Elle ouvre son sac à main posé sur la table de nuit, sort un mascara et commence à l'étaler rapidement sur la taie d'oreiller blanc.

– Voilà, dit-elle, sans s'arrêter. C'était propre et c'est devenu sale. Appelle !

Parfois, sa présence d'esprit m'épate. Je compose le numéro de la réception, le responsable décroche, je lui explique confusément que j'ai sali sans le vouloir la taie d'oreiller et que je voudrais qu'on la change. Je m'excuse longuement, je ne sais pourquoi. Katia, quand je déballe mon discours en mauvais anglais, sourit avec lassitude.

Quelques minutes plus tard, on frappe à la porte.

– Demande qui c'est, siffle Katia.

– *Who you?* demandé-je à voix haute.

Katia, en faisant une grimace furieuse, tourne son index contre sa tempe.

Dans le couloir, quelqu'un marmonne quelque chose en anglais. J'ouvre rapidement la porte. Sur le seuil se tient notre Philippin. C'est un jeune homme au teint foncé, d'une taille plutôt petite, le même à qui Katia faisait les yeux doux quand on prenait la chambre. Il a apporté une taie d'oreiller blanc. Je fais un geste pour qu'il entre.

– *Here it is*, montré-je le linge sali par Katia. *You may take it away. We're sorry and ready to pay the expenses.*[11]

– Allez, vas-y ! Demande-lui pour la sortie, siffle méchamment Katia, tout en souriant gentiment au Philippin.

Comment arrive-t-elle à faire ça ?

Le Philippin fait non de la tête. Pas d'argent, non. Est-ce qu'il peut encore nous être utile ? Je demande si l'hôtel a une issue de secours, à part la sortie principale. Il y en a bien une. Je le savais. Il y a toujours une issue.

– *Where are you from?*[12] sourit le Philippin.

C'est le moment d'en parler, effectivement, je pense.

– *Russia*, réponds-je et je sens que moi aussi je suis en train de faire un large sourire, bien que j'aie envie de gueuler, de crier hystériquement et de me jeter sur le mur, les poings serrés. Voyez-vous (je montre Katia), nous voulons rester un peu seuls. Un peu. Ce sont nos vacances de rêve. Et là, en bas, au restaurant, il y a quelques amis à nous. Vous imaginez ? S'ils nous voient, ils voudront passer du temps avec nous, et nous, nous voulons être un peu seuls.

– Donne-lui des sous, non ? intervient Katia.

Elle est pressée, si je comprends bien, qu'il se décide vite.

– *No problem, sir*, dit le Philippin avec un air avenant. Vous avez deux clés dans votre trousseau.

Sans attendre la permission, il se penche et prend nos clés d'hôtel posées sur la table basse.

– Celle-ci, c'est la clé de l'entrée principale. Vous voyez ? Et celle-là, la petite *(little key)*, de l'issue de secours. Vous pouvez l'utiliser si vous rentrez tard, après minuit. L'issue de secours se trouve à gauche de la réception. Pas besoin de passer par le restaurant.

Il sourit et part, sans oublier de faire une courbette en guise de salut. Nous restons de nouveau seuls. Mais maintenant, il fait plus

---

[11] « Voilà, vous pouvez le prendre. Nous sommes désolés et prêts à payer les dégâts. »

[12] « D'où venez-vous ? »

clair dans la chambre. En habitant assez longtemps à Londres, on développe rapidement la capacité de disparaître ou de sortir d'une mauvaise passe. Tous les Londoniens savent le faire. Jack Sheppard, par exemple… Londres, sûrement à cause de la mer qui recouvrait tout il y a longtemps, prédispose ses habitants au désir de se sauver, de se sauvegarder, de fuir, heureusement qu'autour il y a toujours une foule de gens où on peut disparaître à jamais.

– T'as pas oublié l'argent ?

Katia et moi, nous descendons déjà l'escalier.

Son index à l'ongle rouge sang se lève.

– Silence, murmure-t-elle. Et l'argent, et les passeports.

La voici, la porte qu'on cherchait. Derrière elle, c'est notre liberté. Le plus important c'est de nous sauver d'ici. Je vacille comme pendant une tempête. Mes mains tremblent et je n'arrive pas à mettre tout de suite la clé dans la serrure.

Ça y est ! Nous filons dehors et nous nous ruons dans la ruelle la plus proche. Nous, deux personnes pas si jeunes déjà : une belle femme aux yeux de sorcière des marais, aux lèvres gonflées, en perruque noire, vêtue d'un jean et d'une veste de sport, et son compagnon masculin en doudoune noire de crasse. Un Anglais dodu et joufflu qui promène un labrador s'affole en nous voyant.

Je remarque en biais à travers les vitres que dans le restaurant, ça commence à bouger : quelqu'un quitte sa place d'un bond, un autre agite les bras. Ou bien je rêve ? Je n'ai pas le temps d'y voir plus clair. Il faut partir, se sauver ! Vacherie, j'ai la trouille… Nous passons en courant une ruelle étroite, on tourne dans une autre, puis une troisième.

– Là, là, par là !

Katia me pousse dans le dos, s'accroche à mon coude et me tire vers les poubelles en plastique bleues, énormes, qui sont rangées le long d'une grille en pierres, inhabituellement haute, de hauteur d'homme. Les poubelles ne touchent pas tout à fait la grille, un petit écart permet à deux individus de taille moyenne et de gabarit moyen de se glisser. Nous nous y faufilons.

– Plie-toi ! ordonne Katia.

Elle a le souffle coupé. Nous avons tous les deux le souffle coupé maintenant. Nous nous faisons un signe de tête et nous nous accroupissons. Comme si nous plongions sous l'eau. Depuis la rue, on ne devrait pas nous voir.

– Mon Dieu.

J'entends mon propre murmure. Mon cœur bat la chamade.

– Katia, je vais vomir là.

Katia met avec précaution son index à l'ongle rouge vif à ses lèvres. Cela me rappelle les feux rouges aux croisements, souvenir de mon enfance, sûrement. Il ne faut pas traverser la rue. Si c'est rouge, on attend en tenant maman par la main. Au feu vert, on bouge. J'ai déjà remarqué depuis longtemps que la peur provoque dans nos têtes des images drôles et amusantes.

Un lourd bruit de pas. On court dans notre direction. De toute évidence, ils sont deux. Ils s'échangent des mots, tout bas. Là, je pense, c'est vraiment drôle, à mourir de rire. Mince… ils sont tout près. « Quand je naviguais sur une mer déchaînée, et que mon bateau a commencé à couler »[13]… J'ai envie de crier. Katia retire rapidement sa main et la secoue, j'ai dû la serrer trop fort. Le bruit approche. Nous essayons de ne pas nous regarder et de ne plus respirer. Une espèce d'engourdissement nous fige. J'ai envie de sortir à leur rencontre, de nous livrer, juste pour que ce cauchemar se termine au plus vite. Je me bouche les oreilles avec les mains et mes yeux se ferment tout seuls.

Pendant une seconde, j'ai un flash d'un désert rocheux s'étendant à perte de vue quelque part en Amérique où nous nous serions échappés et Manon Lescaut, je veux dire Katia, est allongée sur le sol dans un imperméable rouge à ceinture noire, à la mode parisienne. Au-dessus de nos têtes planent des rapaces. Katia répète à voix faible que sa dernière heure est arrivée. Je réponds en l'assurant de mon tendre amour, je serre ses mains, mais elles sont déjà froides, et un instant plus tard, dans une agonie sans bavure, Katia rend son âme de pécheresse à Dieu. Je suis décidé à ensevelir son corps, à réciter une prière et à attendre ma propre mort sur sa tombe. Je prends une pelle

---

[13] Poème de Fiodor Sologoub (1863-1927), symboliste russe.

et, surmontant ma faiblesse, j'accomplis ma sombre tâche, puis je descends l'idole de mon cœur dans ce séjour de terre froide.

Katia me donne un coup de coude et, quand j'ouvre avec précaution un œil, d'un joyeux hochement de menton, elle me fait signe de jeter un coup d'œil. Je me relève un peu pour voir au-dessus des poubelles. Mes jambes sont engourdies et se déplient avec difficulté. Mon regard balaye l'étroite ruelle serrée entre des murs de pierre et je vois s'éloigner deux maigres silhouettes d'hommes, très âgés, un peu fourbus, aux jambes nues, portant tous les deux les mêmes shorts et maillots de sport, des joggeurs. Sur leurs dos, deux gros numéros : 11 et 3. Katia se lève à son tour.

– Ben, mon vieux, tu devrais voir la tête que tu fais.

Elle me donne un petit coup d'épaule. Je pense tout d'un coup que si c'était un film, les spectateurs auraient été déçus.

– Finalement, dis-je, peut-être que les deux autres, au restaurant, eux aussi… enfin, peut-être qu'ils étaient là pour autre chose, non ?

Katia soupire et hoche la tête.

– Peut-être. Mais ça, mon cher, personne le saura jamais.

– Et alors nous, c'était pas la peine de…

Le visage de Katia devient sérieux.

– Tu sais, vaut mieux se tenir à carreau. Alors on ne retourne pas à l'hôtel et on évite aussi de prendre le métro.

Une vingtaine de minutes plus tard, nous sortons enfin du labyrinthe des ruelles et nous nous retrouvons sur une large artère au trafic assourdissant. Katia lève le doigt et un taxi noir freine tout de suite à côté de nous. Nous nous installons à l'intérieur, dans l'habitacle qui sent le vieux cuir. Le conducteur âgé nous fait un signe de tête, avec cérémonie, comme un capitaine de navire.

– Victoria Station, ordonne Katia et elle claque la porte.

Le conducteur fait de nouveau son signe de tête et le taxi démarre. Nous passons lentement devant les barrières de pierre et de bois, les maisonnettes soignées en briques, les églises, les vitrines de boutiques, les réverbères, les bancs horizontaux qui ressemblent à des radeaux figés au milieu des trottoirs. Des voitures nous devancent, nous en devançons d'autres, le mouvement s'accélère peu à peu…

Katia sort de son sac un minuscule miroir et commence à scruter attentivement ses lèvres. À ce moment précis, mon téléphone sonne dans ma poche.

Agacée, elle jette le miroir dans son sac ouvert.

– Tu es fou ou quoi ? Tu l'avais pas éteint ?

En fait, je venais de l'allumer à l'instant, au moment d'arriver sur la route. Mais je n'ai pas la force de répondre. Je regarde l'écran. Gvozdev, encore. Ça faisait longtemps qu'il ne s'était pas manifesté.

– Allô, dis-je dans le portable, essayant de mettre du sarcasme dans ma voix. Pourquoi t'appelles plus ? Tu nous manques déjà.

– Bon, alors ? demande Gvozdev. Tu t'es décidé ? Tu viens ?

Il rigole, sa voix est enrouée. Je souris malgré moi, moi aussi.

– Bon, Lionia… Je vais réfléchir.

– Pour quoi faire ? Viens ! Je te paye la moitié du billet, d'accord ?

Katia m'arrache le téléphone et crie fort dedans :

– Gvozdev ! Tu m'entends ? Va te faire voir !

Puis elle raccroche.

– Katia !

Je reprends mon téléphone. Le conducteur se tourne vers nous et prononce distinctement :

– *Are you OK?*[14]

Le sens du réel revient à petits pas.

– Comme dans un film, dis-je plus pour moi-même que pour Katia. La vache ! Comme dans un véritable foutu film. On nous poursuit et on se cavale.

Le taxi freine brusquement au feu rouge. Je regarde par la fenêtre. Quelques bâtiments à deux étages collés les uns aux autres et, un peu plus loin, une petite église avec une flèche aussi pointue qu'une aiguille. Les paroissiens y entrent sans se presser.

– Ouais, fait Katia, comme dans un film. Ça crée des souvenirs.

Elle sort un portable de son sac et commence à composer soigneusement un numéro.

---

[14] « Tout va bien ? »

CHAPITRE 3

Une petite valise

L'accueil des passagers à la sortie des avions, surtout venant de l'étranger, est très différent de l'arrivée dans les gares. Les gens qui descendent du train sont toujours somnolents, confus, ébouriffés, ils atterrissent disgracieusement sur le quai, perdus au milieu de leurs malles, de leurs chariots et valises, ils se bousculent et s'apostrophent, ils bloquent les portes avec tout leur attirail. Ce sont des gens ordinaires, ni meilleurs ni pires que vous et moi. Ils proviennent de la géométrie horizontale banale des lignes parallèles et perpendiculaires, comme tout un chacun. On n'a même pas envie de venir les chercher. Et si on vient les chercher, c'est en coup de vent, on compatit, on les regarde sans faire vraiment attention à eux, on leur tape sur l'épaule de façon paternaliste et on les éloigne au plus vite du tohu-bohu de la gare.

Avec les passagers des avions, c'est tout autre chose. On ne nous laisse pas approcher d'eux tout de suite. On nous dirige dans des endroits créés spécialement pour les attendre, derrière des grilles métalliques ou devant d'énormes portes en verre qui s'ouvrent et se ferment solennellement comme les Symplégades. Les gens venus les chercher se tiennent toujours en troupeau, mais en troupeau d'individus qui ne se heurtent pas et ne se dérangent pas les uns les autres. Leurs visages sont pleins d'attente et d'affection. Ils demandent timidement : « C'est quel vol ? », « Vous venez d'où ? », à ceux qui sortent qui leur répondent négligemment, en laissant tomber les mots comme un somptueux manteau de fourrure sur les bras d'un laquais zélé : « De Boston », « De Paris », « De Nice », « De Barcelone ». Ils sont comme des dieux. Dans leur démarche, on perçoit une légèreté divine, leurs yeux reflètent les nues et le bleu des cieux.

La pensée que je marche maintenant parmi les élus me réchauffe agréablement le cœur. Après avoir descendu l'Escalator avec tout le monde, je passe devant les panneaux publicitaires, les portes en plastique, les crachoirs élégants, les gardes figés, un énorme vase grand comme un homme, et me dirige droit vers le contrôle de passeports. Dr Martens, veste en cuir, sac à dos vintage pendu négligemment à l'épaule, je me plais bien. Au point que ma poussée d'angoisse londonienne se dissipe, devient moins poignante. Les sons qui m'entourent, le claquement des talons, les bribes de phrases, les signaux de portables ont eux aussi baissé de volume : dans les avions, j'ai toujours les oreilles bouchées. Je vais vite passer le contrôle de passeports, je récupérerai mes bagages et je ferai mon apparition devant la foule pleine d'expectative affectueuse. Une sonnerie de téléphone aiguë bouscule mes pensées.

Gvozdev. Il va sûrement encore me sortir ses foutaises.

– Salut. Arrivé ?

– Non, Gvozdev, dis-je. Comment ça « arrivé », voyons ! Je suis encore dans les airs. Tu vois bien, mon téléphone ne répond pas.

– Ah mais oui, mais oui, répond-il rapidement. Et tu… bref… enfin… t'es allé chercher tes bagages ?

– Pas encore.

– Non ?

– Non, non. Pourquoi ?

Sa voix est incertaine.

– Comme ça… Et dis, s'il te plaît… Jack t'as rien confié ?

– Comme quoi ?

– Ben, des médocs, par exemple ? Ou bien…

– Je crois pas non…

– Ouf, Dieu merci !

– Ah, mais oui. J'ai quelque chose.

Gvozdev fait claquer sa langue à l'autre bout du fil.

– Ah oui ? Comme quoi ?

– Rien de spécial. Des médicaments.

Je me mets sur une marche d'Escalator qui me tire vers le bas. Gvozdev ne me lâche pas.

– Et quels médicaments ? Tu peux pas parler ou quoi ?

Je baisse la voix :

– Écoute, Lionia, c'est si important ? Eh ben, c'est des suppositoires contre les hémorroïdes. Voilà, t'es satisfait ?

La voix de Gvozdev est inquiète.

– Merde ! Merde, merde ! Mais je suis vraiment débile, moi !

Je m'accroche à la main courante et j'essaie de prendre une voix raisonnable :

– Lionia, ne t'emballe pas. Tout ne va pas si mal que ça. Tu n'es pas si débile que ça. Je te le dis en ami… Calme-toi. Dis-toi que tu es un bon peintre, qu'on vient voir tes tableaux, qu'on les achète.

Les marches nervurées descendent petit à petit, se rétrécissent, disparaissent sous une crête métallique et brillante, et je fais un pas pour quitter l'Escalator.

– Ouais, dit Gvozdev sérieusement. En tout cas, nous avons un problème…

– Qu'est-ce qu'il y a ?

– Il y a, mon cher, que ce ne sont pas des suppositoires contre les hémorroïdes…

– Ce n'est pas du thé…

Le visage de Petr Alexeïevitch sourit gentiment, ce qui va bien avec son nez rond et amusant, ses joues charnues bleuies par le rasoir et ses petits yeux tatars qui pétillent.

Je me sens, je ne sais pourquoi, amusé et léger.

– C'est quoi alors ? dis-je, étonné. Il y a des feuilles de thé qui nagent en surface, là.

Nous étions assis dans notre salle des professeurs, dans un recoin entre deux armoires à livres. Il y a toujours des refuges comme ça dans les vieilles universités. La salle des professeurs est un lieu sacré, un coin de paradis qu'on n'a pas envie de quitter, une zone protégée où les gens de la direction et les étudiants n'entrent jamais. C'est une sorte de salle de prière ou de détente où l'enseignant peut se reposer un peu, reprendre ses esprits, bavarder avec ses collègues ou boire un thé. Et puis reprendre la routine avec de nouvelles forces, les conférences, les séminaires.

L'endroit était étriqué et n'abritait que deux fauteuils en cuir usés et une table basse qui ressemblait à un basset. Petr Alexeïevitch a posé devant moi sa Thermos chinoise rouge.

– Ce n'est pas du thé…

Il a souri et mis son index devant les lèvres.

J'ai fait connaissance avec Petr Alexeïevitch il y a quelques années, quand il donnait des conférences sur le marxisme-léninisme au sein de notre faculté de philologie. Il le faisait généreusement, sans se mettre en avant, il n'économisait pas ses efforts, il le faisait de telle façon que Marx et Engels, dont on avait plus que marre, nous paraissaient deux anges descendus sur notre terre de douleur. Je venais souvent le voir après le cours, je lui posais des questions et je savais à l'avance que ce professeur, avec son double menton doux et ses cheveux gris et longs, ébouriffés et drôles, serait indulgent devant ma naïveté et m'expliquerait tout. Petr Alexeïevitch se tournait vers moi en courbant légèrement le cou – il faisait une tête de plus que moi – et me répondait toujours de manière exhaustive avec son éternel bon sourire pour que je comprenne tout. J'aimais ses explications. Elles me faisaient découvrir de nouveaux territoires intellectuels inexplorés et me remplissaient d'un sentiment d'une certaine inquiétude. Une fois, j'ai pris mon courage à deux mains et je lui ai demandé ardemment si je pouvais assister au cours qu'il donnait à la faculté de philosophie, chez lui. Le cours, il s'agissait d'un séminaire de travail, m'a tout de suite absorbé et j'ai commencé à le suivre régulièrement, à écouter les exposés des étudiants et ses commentaires avenants et bienveillants qui donnaient un sens nouveau à tout ce qui nous entourait : aux paroles prononcées, aux vieilles tables fatiguées, vandalisées au stylo à bille, aux chaises cassées et aux rideaux poussiéreux, aux lampes qui bourdonnaient.

Je me souviens d'une fille de cette fac, mal peignée, voûtée comme une crevette, qui avait fait un exposé sur l'esthétique chez Keats et sur les idées que Keats a développées à Hampstead, elle parlait de la grandeur et de l'éternité dans l'art, des figures fixées à jamais sur un vase grec dont les modèles vivants sont morts depuis longtemps, retournés à la poussière. Tout le monde était d'accord avec elle, comme sur ordre, tous faisaient des oui, des bien sûr, que ceeertes, ils bêlaient, l'art est éterneeel, mais je ne sais pourquoi Petr Alexeïevitch hochait la tête et quand ça a été son tour d'intervenir, pensif, il a gratté son menton dodu et puis a commencé à dire, tout doucement et gentiment, que ce n'est pas ça, que l'éternité n'est pas du côté de l'art et que penser le contraire est dangereux. L'art, nous expliquait-il, est fait par l'homme, miné par les limites mêmes des capacités humaines, peut-être pas tout de suite, mais inexorablement. Et il s'ensuit, continuait-il, que l'art ne dure pas longtemps, qu'il est fragile, trivial et, de ce fait, ses prétentions à être définitif, éternel, sont profondément tragiques. Puis il a parlé de Luther, il parlait souvent de lui, mais, cette fois, c'était particulièrement passionné, de Luther, il est passé au Christ. Il nous a expliqué, et son nez bougeait de manière amusante, que le Christ, c'est Dieu qui s'est abaissé au niveau des humains ; c'est à cause de cela qu'il nous est apparu non pas en gloire et avec tous les signes de la grandeur divine, mais humble et faible, comme tout le monde, pour être exécuté et mourir d'une des façons les plus misérables, pour endosser nos péchés. Soudain, Petr Alexeïevitch a eu une larme et j'ai été frappé par ce que je venais d'entendre comme si je recevais un coup de poignard dans le dos. J'ai été frappé de la même façon, des années plus tard, quand il m'a dit de manière complice : « Ce n'est pas du thé. »

Cette fois-ci, je suis allé le voir à la fac pour savoir une fois pour toutes ce que signifie « le courage d'être »[15] et pourquoi on ne peut pas « juste être », sans aucun courage. Petr Alexeïevitch a sorti le nez de son recoin, toujours mal peigné, m'a demandé d'attendre

---

[15] Le courage d'être est un acte éthique où l'homme affirme son existence malgré les éléments de cette dernière qui contredisent son essence. Paul Tillich (1886-1965), théologien protestant et philosophe germano-américain, développe cette notion dans sa *Théologie systématique*.

(« Là, mon cher Andreï, asseyez-vous donc à table. »), il était en conversation importante avec un collègue. Pendant qu'ils parlaient derrière l'armoire, je scrutais la table pour lire les inscriptions faites par les anciens étudiants en philosophie.

« Sartre est un pédé existentiel »

en était une, la plus grosse. À sa gauche, il y avait toute une discussion entre partisans et opposants des réformes libérales en Russie :

« Eltsine est un taré ! »
« Un enfoiré ! »
« Un empaffé ! »

Plus bas, les notes d'étudiants dont les pensées avaient été occupées plus par les études que par la politique :

« Kant, tête de nœud ! »
« Hegel, pas mieux ! »
« Vous êtes deux cons, mes p'tits vieux ! »

Il y avait d'autres inscriptions, plus anciennes, presque effacées, gribouillées probablement encore dans les années 1980 ou 1970. J'ai commencé à les déchiffrer, mais Petr Alexeïevitch m'a appelé. Quand j'ai pénétré dans son refuge, il était courbé, en train de fouiller dans sa sacoche.

– Asseyez-vous, mon cher Andreï…

J'étais heureux de pouvoir enfin lui parler, je m'apprêtais à m'asseoir dans un fauteuil noir, bas et usé, mais j'ai soudain perdu l'équilibre et j'y suis tombé comme si je tombais dans des pensées impures au milieu d'une prière au ciel.

– Voilà.

Petr Alexeïevitch a sorti de sa sacoche une petite Thermos écarlate comme si elle était rouge de honte, l'a posée sur la table basse, a dévissé le bouchon et en a versé un liquide.

– Merci, je ne prendrai pas de thé.

– Ce n'est pas du thé…, a-t-il dit en souriant, et il a plissé ses petits yeux amusés.

– C'est quoi alors ? ai-je dit, étonné, en baissant la voix. (Je me sens, je ne sais pourquoi, amusé et léger.) Il y a des feuilles de thé qui nagent en surface, là.

– Ce n'est pas du thé ! a-t-il répété avec une insistance avenante en me passant le bouchon sous le nez.

J'ai senti une forte odeur de porto.

– Pas de panique ! a prévenu Petr Alexeïevitch en chuchotant, amusé de voir mon visage effaré. Les feuilles, c'est pour faire semblant. Vous comprenez ?

Nous avons bu dans le bouchon, d'abord moi, puis lui. Et on a commencé à discuter. Je posais des questions, il me répondait. Mais l'entente à laquelle je m'attendais ne s'est pas installée entre nous, l'accord ne s'est pas fait. Mais le sentiment de gaité et de légèreté était bien là. Petr Alexeïevitch parlait distraitement, à tort et à travers, s'embrouillait dans ses mots comme on se trompe de manche en s'habillant, à moitié endormi. Je me suis soudainement souvenu que je n'avais rien à manger pour le soir à la maison, rien du tout, rien pour le jour suivant, pas de draps propres, pas même de télé à regarder. Il n'y a que des mégots et la vaisselle sale d'hier… Tant pis… Le porto a rempli ma tête d'une indolence et d'une allégresse idiotes.

– J'ai eu une histoire, enfin, je ne l'ai pas eue, a confié soudainement en rigolant Petr Alexeïevitch.

Il a arrangé ses cheveux ébouriffés. J'ai montré de tout mon être que j'étais prêt à l'écouter.

– J'ai décidé de séduire une étudiante. Vous me comprenez ?

J'ai fait oui et fait une mimique en signe de compréhension. Il a agité la main.

– Mais qu'est-ce que vous pouvez y comprendre ?! Vous êtes jeune, toutes les portes sont ouvertes. En somme, a-t-il ricané, j'ai compris qu'elle était d'accord et je l'ai invitée chez moi. Bien entendu, j'avais préparé deux bouteilles de vin. On s'installe, voyez-vous, on parle et on sirote notre vin. Une heure passe.

Petr Alexeïevitch, me suis-je dit, il faut y aller plus énergiquement. Je l'amène dans mon bureau où il y a un canapé, enfin, vous êtes venu chez moi, vous devez vous en souvenir.

J'ai secoué la tête et j'ai enfin senti que j'étais très bourré.

– Naaan. J'y suis pas venu.

– Mais vous êtes complètement ivre, Andreï. Attendez… j'avais un sandwich quelque part par là…

Il a commencé à le chercher dans sa sacoche par terre.

– Ça ira, ai-je dit pour repousser sa proposition.

– Non, ça n'ira pas, dit-il. Les vigiles vous arrêteront en bas, ils vont fouiller dans votre sac… Ah, le voici. Tenez. Tenez, je vous dis. Il est au fromage.

– Merci.

– Je continue, si vous voulez bien. Alors on passe au bureau. Au mur, il y a un portrait de Berdiaev[16]. Il est très comme il faut, son portrait. Quand elle l'a vu, elle a dit, non, je ne peux pas devant lui. J'ai essayé de la cajoler. Presque en pleurant. Comme on dit, elle n'a rien voulu savoir. Non, c'est non, point final. Décrochez-le. Et lui, le portrait, il est accroché tout en haut, vous savez, c'est un bâtiment ancien, d'une grande hauteur sous plafond. Bon, le temps d'aller chercher un escabeau chez un voisin, de décrocher le portrait, j'en avais envie encore, mais quand j'ai descendu le portrait, j'ai senti que c'était fini.

Je l'écoutais tout en mâchant le sandwich qui me paraissait complètement fade. Ma tête tournait beaucoup.

– Et vos existentialistes…, a-t-il continué. Au diable, vos existentialistes. Ils n'ont ni Dieu ni destin qui vous vrille de douleur… Alors, comment trouvez-vous ma petite histoire ?

Je n'étais pas en mesure de réagir de façon consciente à sa « petite histoire ». J'ai hoché la tête et c'est tout. Le reste est flou. Je me souviens d'être descendu au rez-de-chaussée, bizarrement seul, et un vigile m'a effectivement arrêté. Il avait une épaisse moustache dorée et une énorme chevalière sur son gros doigt. Il me posait des questions, mais je n'en comprenais pas le sens. Je le regardais avec mes

[16] Nicolas Aleksandrovitch Berdiaev (1874-1948), philosophe chrétien russe.

yeux innocents et ivres et je souriais. J'ai enfin saisi qu'il fallait lui présenter mon sac ouvert : à la fac, il y a eu plusieurs cas de consommation de drogues. Le vigile m'a accompagné à sa table où il a fouillé longuement dans mon sac avec ses gros doigts, sortant et remettant en place tout le contenu. La *Théologie* de Paul Tillich en anglais, un parapluie pliable, un cahier à carreaux, une boîte de préservatifs sous blister. Puis il m'a fait un signe de tête, déçu, et m'a ordonné de filer d'ici sinon il appelle la patrouille.

– Merde ! Je pensais que tu étais déjà passé. Merde, merde ! Dans ta valise, là, ce ne sont pas des suppositoires, tu sais.

LE VOL FINNAIR 153 A ATTERRI.

– Et c'est quoi alors ? Un trésor caché ? rigolé-je presque.

Gvozdev sait faire rire. Je sors avec les autres voyageurs dans un long couloir dont les murs sont couverts de panneaux publicitaires. Devant moi, le contrôle des passeports et, derrière, le tapis roulant des bagages. Mon impression générale, c'est comme une convalescence après une maladie. Comme de retrouver définitivement son corps. Autour, des sons palpables, un bruit de pas sonore et rythmé, des voix fortes en différentes langues, des sonneries de téléphone.

– Ces trucs qu'il t'a donnés, mon vieux, c'est des trucs pour faire planer. Écoute-moi… écoute-moi attentivement.

– Bon, réponds-je, mon petit Lionia, arrête de faire le clown. C'est pas le moment.

Je change mon sac d'épaule et marche sans me presser vers les cabines du contrôle des passeports.

– Attends, fait Gvozdev, ne raccroche pas. Écoute-moi… Ces plaquettes de suppositoires contre les hémorroïdes, Jack les bourre de haschich. T'as compris maintenant ?

Je m'arrête et je me fige sur place.

– Tu rigoles…

Les voyageurs passent autour de moi, quelqu'un accroche mon sac à dos. Je reste debout avec mon téléphone collé à l'oreille et je regarde, impuissant, de tous les côtés. Devant mes yeux, un panneau publicitaire d'une compagnie aérienne hollandaise : le visage rond d'une jeune hôtesse de l'air format mannequin occupe la moitié du mur. Mon regard s'arrête tout de suite sur ses lèvres souriantes au rouge écarlate, mais elles passent au second plan, il reste juste son sourire verni et puis, seulement, la couleur de son rouge à lèvres, éclatant comme un avertissement.

– Que faire ? dis-je. Mais j'y suis pour rien… Comment j'aurais pu savoir…

– Bon, ils s'en foutent un peu de ce que tu savais ou pas. Fais comme Obélix devant une bagarre, fonce !

– Pourquoi Obélix ? dis-je.

– Et pourquoi tu demandes pas quelle bagarre ?

– Lionia !

– Quoi Lionia ?! Ce que je veux dire c'est quand faut y aller, faut y aller, c'est tout.

Je lève la tête et je plisse les yeux. La lumière froide des néons là-haut attire l'œil de façon désagréable. Je regarde vers le bas, sous mes bottes, le plancher est lisse comme un miroir, sans aucune faille. Et je saisis enfin le sens de ce qui se passe.

– Qu'est-ce que je peux faire, hein ?! Lionia ! Chaque fois, c'est pareil ! Rien ne change. Comme l'autre fois, avec du caviar… La même embrouille !

Sa voix est étonnée :

– Quelle embrouille ? Ah, mais oui ! Andreï, arrête un peu avec ça ! Il faut réfléchir à ce que tu peux faire, c'est pas le moment de chercher les coupables !

– Peut-être que je peux passer aux toilettes et tout jeter dans la cuvette, non ? dis-je.

Gvozdev soupire :

– Ça, c'est la dernière solution. Mais, à vrai dire… je te le déconseille. T'en as beaucoup ?

– De quoi ?

– De quoi, de quoi ! Tu fais chier… De marchandise ! Des suppositoires, quoi, pour les hémorroïdes, t'en as beaucoup ?

– Ben… suffisamment.

Je sens dans sa voix qu'il hésite.

– Merde, ça fait chier… Il faut rendre l'argent.

– Pourquoi donc ?

ATTENTION ! LE VOL LUFTHANSA 104 DE MUNICH A ATTERRI.

– Parce que, crois-moi, ces gars s'en foutent de tes problèmes. Ils veulent tout récupérer… Bref, si tu as accepté le transport, tu dois accomplir ta mission. Le reste, excuse-moi, ce sont tes oignons.

Je ne me sens pas dans mon assiette. Je deviens mou, comme à Hampstead, quand Katia et moi nous étions assis derrière les poubelles et tremblions de peur. À nouveau, la gorge se dessèche, l'estomac se noue comme un serpent qui s'enroule, de petites perles froides descendent le long du dos. Ce maudit Jack ! Aucune issue, nulle part. Je ne peux pas laisser la valise ici. Je ne peux pas non plus la récupérer, sinon je me retrouve en prison. Dieu ! J'aurais dû rester à Londres, avec Katia. Qu'est-ce que je peux faire ?

– C'est sûr qu'il vaut mieux rendre le fric plutôt que d'aller en prison.

Je commence tout d'un coup à avoir l'impression que je dors encore dans mon fauteuil de l'avion et que tout ce qui se passe là n'est pas réel. Un par un, les voyageurs continuent à passer à côté de moi.

– Que faire alors ?!

– Primo, dit Gvozdev, arrête de paniquer. Maintenant, ben… passe le contrôle et fonce chercher les bagages, mais ne prends pas la valise tout de suite, hein ! Attends un peu, observe ce qui se passe. Si quelque chose ne tourne pas rond, prends la valise, fonce aux toilettes et balance tout dans les canalisations. Pigé ?

« C'est clair, effectivement. Les canalisations peuvent tout avaler. Les canalisations, ce sont les déesses de toutes les mers, les canalisations sont là pour tout le monde, fille, mère, père… » Je me rapproche, je rajuste mon sac à dos et je marche le long du couloir décoré par les pubs, puis je traverse le hall et je vais là où patiente la longue file d'attente pour passer les contrôles. Peut-être que tout va bien se passer ?

Dans la salle où les voyageurs récupèrent leurs bagages, ça grouille de monde comme dans un centre commercial. Leurs visages, aussi, semblent être ceux de vendeurs dans l'attente d'un miracle financier, comme s'ils s'imprégnaient de l'esprit des lieux. Les voyageurs se sont mis autour de la large bande noire qui serpente le long des rives métalliques comme s'ils étaient des pêcheurs et la bande noire, une rivière. Les valises, les sacs de sport, les cartons descendus du ciel vont bientôt voguer sur cette bande noire, sortir de l'obscurité, du ventre poussiéreux de l'aéroport, semblables à des paquebots et à des péniches. Le public commencera à s'animer. Tous vont surveiller attentivement les bagages, mettre le grappin sur les siens comme des pirates, les tirer au sol, les retourner, le regarder sous toutes les coutures comme des braconniers.

Les bagages commencent à apparaître. Des valises, des sacs, pour tous les goûts : rouges, noirs, lilas, en tissu, en cuir, en plastique. Certains ont l'air d'avoir vécu, usés, obscènes, ils sont à moitié ouverts, comme débraillés. D'autres, au contraire, ressemblent à des nouveau-nés innocents, emmaillotés de plusieurs couches de polyéthylène. Je tressaille tout d'un coup comme sous l'effet d'une morsure. La voilà, ma valise. Verte, légèrement usée, arrondie par toutes les choses qui ont été mises dedans, pleine d'autocollants. Je détourne le regard. Et la valise continue de rouler vers moi, en silence, menaçante et maladroite, comme un croiseur, comme le professeur Reïsser, sévère et obèse, découvrant un étudiant absentéiste dans le couloir de l'institut. Soudain, dans ma tête, sans raison apparente, une chanson de truands « *Et le train allait tranquillement à Berditchev* » se met à résonner.

ATTENTION ! LE VOL KLM 368 AMSTERDAM-SAINT-PÉTERSBOURG A ATTERRI.

Je regarde autour de moi. Les visages des passagers pêchant leurs bagages sont toujours concentrés. Personne ne semble se soucier de moi. La salle est étroite, pas comme celle de Londres. Le long des murs, il y a des portes, elles mènent probablement vers les toilettes. Il me semble qu'elles ne s'ouvrent jamais. Je ne vais pas prendre tout de suite ma valise, je vais la laisse rouler un peu. « *Et ma petite valise se trouvait près de la fenêtre !* » En attendant, la salle se vide, les passagers s'en vont. Ma valise fait sans doute son cinquième tour et moi, je ne peux pas me décider à la prendre. Les bagages disparaissent progressivement de la bande. À chaque disparition, mon pouls s'accélère. Maintenant, je commence à comprendre ce que le criminel ressent lorsque le cercle des suspects se rétrécit. « *Allez, retire ta petite valise !* » Et, surtout, je suis seul et je n'ai personne à qui demander conseil. Bien que… il ne semble y avoir rien de suspect autour. Je me décide, je retire ma valise de la bande et je la pose par terre. Oh, Dieu merci ! L'affaire est déjà à moitié réglée. Maintenant, il faut…

– Andreï Alexeïevitch ?

– Oui…

Je frissonne brusquement. Un homme d'âge mûr, costaud, petit, au crâne rasé. Les traits de son large visage n'ont pas de signes particuliers. Pull gris, pantalon de costume soigné. D'où vient-il ? Il n'y avait personne là tout à l'heure. Il attrape ma valise par la poignée, et un sourire radieux apparaît sur son visage.

– Bienvenue. Pardon, la valise est bien à vous ?

– N-non… Je veux dire… oui.

– Alors, oui ou non ? rigole l'homme.

« *Et ce n'était pas ma petite valise.* »

– Veuillez me suivre, s'il vous plaît. Juste pour une minute. Oui… Et prenez votre valise, s'il vous plaît, d'accord ? Une minute. Ce n'est qu'une formalité, vous verrez.

ATTENTION ! LE VOL AEROFLOT 894 SAMARA-SAINT-PÉTERSBOURG A ATTERRI.

« Je me suis fait prendre. »

Katia a souri, les coins de ses lèvres se sont étirés.

– Non. On ne se fera plus jamais prendre.

– T'en es sûre ?

J'ai bâillé et j'ai remis la couverture.

– Tourne-toi...

Si vous avez l'intention de disparaître, ne vous cachez pas dans des pays exotiques, sur des îles des mers du Sud ou, Dieu vous en garde, dans de petites villes. Vous y serez immédiatement retrouvés et ramenés de force ou bien, très probablement, vous serez tués, pour ne plus déranger personne. Même le maquillage et la chirurgie esthétique ne vous aideront pas. Le meilleur refuge pour un fugitif, croyez-moi, c'est Londres. Personne ne vous trouvera jamais ici, même en cherchant très fort. Tous les fugitifs les plus célèbres ont fui à Londres justement : Tchaadaïev[17] et Herzen en fuyant la Russie, Marx et Zola la justice, Pound et Eliot le protestantisme américain. C'est ici, à Londres, que Lénine, Trotski et Staline ont joué à cache-cache avec les agents de la police secrète tsariste et ils ont toujours gagné. Ce n'est pas étonnant. Chercher quelqu'un à Londres est un travail ingrat et voué à l'échec. Autant chercher une aiguille dans une meule de foin. Un homme, même intelligent, bien habillé et armé, reste bien petit, et Londres, s'étalant dans les quatre directions du monde, est immense, incommensurable, comme le Plan de la création du monde.

Si les extraterrestres débarquaient quelque part à Westminster, Londres ne s'en apercevrait même pas. C'est pourquoi ils n'atterrissent jamais ici, mais à New York. Quelqu'un qui regarde au moins un film de temps en temps le sait très bien. Des fantasmes intergalactiques, des *Star Wars*, n'ont rien à faire à Londres. C'est le lieu exclusif des drames purement terrestres des humains, qu'ils y soient nés ou qu'ils s'y soient cachés.

S'évader à Londres, c'est comme plonger dans l'eau ou transformer une phrase limpide en paradoxe. Londres est un paradoxe, de

[17] Petr Tchaadaïev (1794-1856), écrivain et philosophe russe, déclaré fou après la parution de ses célèbres *Lettres philosophiques* et assigné à domicile, avec interdiction d'écrire.

Charing Cross au Waterloo Bridge, c'est un paradoxe total : ce n'est pas par hasard qu'il ait fait s'épanouir les maîtres du paradoxe, tous ces Whistler, Wilde, Bernard Shaw. Le paradoxe est que Londres est comme une ville d'eau, toujours humide, mouillée, comme une jeune femme excitée, mais il n'y a pas d'eau dans cette ville. Juste une rivière jaune et une dizaine de petits étangs dans lesquels barbotent des oiseaux aquatiques décoratifs. Cependant, la ville crée l'impression de n'être pas du tout une ville, mais une sorte de piscine du quartier. L'humidité, les pluies quotidiennes, les brouillards, les nuages, cumulus et cirrus. L'eau coule d'un ciel mou, reste en minuscules gouttelettes en suspension dans l'air, s'écoule des tuyaux d'arrosage des parcs, des bouches à incendie, des robinets, des narines et des yeux, se bloque dans des bouteilles en plastique ou en verre, pénètre dans des arbres, des arbustes, des bâtiments, dans des habitacles de voitures, dans des panneaux d'affichage anglais, dans des bancs, des canapés, des chaises et des cheminées. À Londres, même les pensées et les sentiments se liquéfient et débordent d'eau. Elle unit tout ici, s'épanouit, se déplace et reste immobile, s'expose, se confond avec l'indiscernabilité.

– On ne se fera plus jamais prendre, m'a dit Katia hier.

– T'en es sûre ?

Assise sur le lit, elle se déshabillait avant d'aller se coucher, moi, je restais allongé sous la couverture et, comme d'habitude, j'admirais ses mouvements adroits et fluides. Katia a retiré sa perruque, puis elle a enlevé son chemisier et elle s'est soudainement immobilisée. Elle m'a regardé, m'a fait une bise avec ses lèvres pulpeuses et elle a ri :

– Tourne-toi. Pourquoi tu me regardes toujours ? Tu n'as jamais vu une femme nue ? Éteins la lumière… Tu me regardes fixement comme ça, mais tu sais, moi, j'ai toujours voulu être différente des autres, dès mon enfance. Je portais des chemisiers aux couleurs vives, des jeans, pour que tout le monde m'admire. J'imaginais que j'étais sur scène et qu'on me regardait. J'étais heureuse quand j'ai commencé à chanter : me voilà, pas comme les autres. Et un jour, on était avec Vitia au restaurant, il fallait respecter le code vestimentaire, tout était chic, des fourchettes pour la viande, des fourchettes pour le poisson, et moi, soudain, j'ai compris que j'étais différente, mais pas comme je le voulais, tu comprends ?

J'ai hoché la tête. Katia a tendu ses deux mains derrière son dos pour défaire son soutien-gorge et elle s'est immobilisée de nouveau. Ses sourcils épilés se sont déformés de colère.

– Tourne-toi, je te dis ! Tu sais, je me sens liée aux gens ou quelque chose comme ça. Le public qui crie quelles chansons chanter, les costumiers qui me disent ce que je dois porter, les producteurs qui me conseillent ce qu'il faut dire et ce qu'il ne faut pas dire, avec qui baiser, avec qui ne pas baiser…

– Et qui est-ce qu'ils te recommandent pour baiser ?

Je voulais que ma question soit pleine de sarcasme. Les confidences de Katia m'agacent de plus en plus ces derniers temps.

Elle a enlevé son soutien-gorge et l'a soigneusement accroché au dossier de la chaise. Ses gros seins fermes se sont légèrement balancés. Puis elle a commencé à déboutonner calmement son jean et elle a prononcé avec sérieux, le regard baissé vers le bas, vers le sol :

– Toi, bien sûr. Qui d'autre ?

Ses lèvres se sont serrées. Quelle salope !

– Alors ? ai-je demandé.

Sans dire un mot, elle a retiré son jean, elle a enlevé ses chaussettes, ne gardant que son string.

– Pousse-toi.

– Non, j'ai juste…

– Quoi *juste* ? Pousse-toi, je te dis…

Je me suis poussé. Katia s'est mise sous la couverture et elle m'a tourné le dos. Je me suis demandé si elle allait dormir en string cette nuit ou quoi.

– Je t'ai dit d'éteindre la lumière.

Nous sommes restés allongés sans bouger pendant deux minutes, puis j'ai essayé de l'embrasser.

– Ne me touche pas !

– Katia…

Elle a repoussé ma main avec irritation et elle s'est retournée.

– Quoi, *Katia* ? Ne me touche pas, je t'ai dit ! Stop !

– D'accord, désolé…

Le bruit aigu d'une moto qui approchait a retenti dans la rue. Le bruit devenait de plus en plus fort, il a résonné sous nos fenêtres, puis il a commencé à s'éloigner, s'affaiblissant et s'estompant progressivement.

– Que dire ?

– Bon…, ai-je chuchoté, sur la défensive, j'ai dit que j'étais désolé.

– Ah oui, c'est vrai.

Elle a ri et elle s'est tournée vers moi. Je me suis soulevé sur le lit et j'ai appuyé sur l'interrupteur. La chambre a immédiatement été plongée dans l'ombre et, je ne sais pourquoi, en même temps, dans le silence. Aucun bruit extérieur. Je me suis recouché et j'ai tendu l'oreille. J'ai souvent remarqué que le silence accompagne presque toujours l'obscurité. Je me suis approché de Katia et j'ai effleuré doucement son visage avec mes lèvres.

Elle s'est éloignée de moi.

– Attends. Qu'est-ce que j'allais dire ? Ah, voilà… Depuis que nous sommes venus nous cacher ici, moi, j'ai toujours l'impression d'être nue. C'est bizarre, non ?

« Ce n'est pas du tout bizarre, me suis-je dit. Tu es vraiment toujours nue ici. » Puis j'ai dit à haute voix :

– Tu as juste peur qu'on nous trouve.

Elle a laissé échapper un petit rire et elle a commencé à bouger sous la couverture.

– Chéri… Tout ça ne me fait pas peur… Et puis, personne ne nous cherche plus depuis longtemps. Tout est arrangé. Tiens, jette mon string… là-bas.

Nous avions passé une semaine dans un vieil hôtel près de Victoria et nous avons déménagé à Bloomsbury, il y a trois jours. Katia a loué un appartement là-bas. Hier, nous sommes allés à Cambridge où nous avons fait le tour de la ville en bus touristique à impériale. Je voulais m'imprégner de l'importance du lieu, mais Katia ne cessait de rigoler tout le long du chemin :

– Mon Dieu, ce ne sont que de vieux trucs ! C'est du *Harry Potter* !

J'ai pensé que si elle riait, c'était que rien ne nous menaçait à Londres, surtout pas à Bloomsbury. J'avais l'impression que nous avions plongé dans une rivière et que nous nous retrouvions dans une ville sous-marine : petite, féerique, fausse. Il y a de petites maisons tout autour, trapues, sans ornements, mais il y en a aussi de longues, qui arborent de jolies rangées de fausses colonnes sur les façades.

Le parc où nous sommes assis maintenant, bien que petit, donne une sensation d'espace. La version britannique de l'infini. De taille moyenne, pour ne pas effrayer inopportunément les Londoniens et afin qu'ils puissent voir de leurs propres yeux et comprendre ce qu'est l'infini. Tout est disponible ici, tout est à portée de main et de taille réduite : chemins, arbres, buissons, bancs, clôtures. Même les gens semblent réduits, rabougris. Ce sont principalement des étudiants, le collège de la ville est tout près. Ils sont assis sur le gazon ras, sur les bancs, plongés dans des livres, leurs téléphones, ils tournent en rond dans les allées de gravier. Il y a cent ans, les habitants de Bloomsbury étaient assis sur ces petits bancs : des Woolf, des Bella, des Fry, des Stretch. Ils regardaient les mêmes maisons, ils fumaient leurs cigarettes, ils foulaient les mêmes allées de gravier. Ce parc minuscule était tout à fait conforme à leur état d'esprit : aussi propre, soigné et avide d'espace. Ils voulaient faire partager aux simples mortels leurs pensées sur la manière d'aborder la vie elle-même. Mais aucun n'a réussi à le faire. Là où ils se sont retrouvés, ce n'était pas la vie, il n'y avait que des lignes, des mots, des traces, des lettres. Pour Thomas Eliot, qui venait de l'éden de la campagne américaine, les habitants de Bloomsbury incarnaient de vrais Britanniques, de brillants intellectuels. Et Pound grimaçait et secouait sa grosse tête rousse.

– Ce n'est pas votre monde, Thomas ! répétait-il en soupirant. Oh non, pas du tout !

Mais Eliot savait très bien à qui s'adresser et avec qui communiquer quand on est à Londres et que l'on veut devenir un vrai Britannique. Trente ans plus tard, il soutiendra publiquement sa conviction que chacun devrait vivre là où il est né et a grandi.

Lui-même, il avait déménagé de Boston à Londres. Il a pris sa décision et a déménagé. Et il s'y est marié. S'il le pouvait, il épouserait Londres. Mais il a dû se contenter d'une femme ordinaire : faible, malade, hystérique. Il était doux avec elle comme on est doux avec un lapin qui a une patte blessée, il l'a supportée pendant quinze ans. Puis, il s'est lassé de la supporter. Tout ce qui est humain n'a qu'un temps, même la compassion. En 1932, il l'a quittée et, par la suite, ils ne communiquaient que par l'intermédiaire d'avocats. Quelques années plus tard, il l'a croisée dans la rue, quelque part dans ce quartier. Elle promenait leur bien-aimé yorkshire-terrier. Elle s'est approchée, elle a dit bonjour timidement et lui a parlé. Le terrier, une petite boule de laine, s'est mis à renifler ses chaussettes, il a reconnu son propriétaire, a commencé à tourner autour de lui, a gémi, s'est mis sur ses pattes arrière, risquant de salir son pantalon neuf. Eliot est resté froid et immobile. Comme un monument à lui-même et à la grande poésie britannique. Il a prononcé quelque chose d'insignifiant. D'un léger mouvement de sa botte, il a repoussé le chien.

Un an plus tard, il a lu le roman *Tropique du cancer* qui lui avait été envoyé par courrier, dans lequel la même chose arrivait constamment aux hommes et où ses poèmes étaient carrément qualifiés de « morts ». L'auteur était un certain Henry Miller, également américain, vivant à Paris. Eliot n'avait jamais entendu parler de lui auparavant. C'était un roman monstrueusement obscène, mais qu'il a aimé malgré cela. Il a même accepté de rencontrer l'auteur, bien qu'il n'en eût vraiment pas envie. Mais ce Miller était si impatient de le voir, si désireux de faire l'éloge de ses poèmes, qu'il était gênant de refuser. Eliot a pensé avec tristesse que lui, un noble britannique, devrait passer toute la soirée à parler à un type bohème qui arriverait sûrement avec des filles de rue et qui, en pleine conversation, serait bien capable de baisser son pantalon, de sortir son sexe et de le présenter à tout le monde. Il a serré les dents et a décidé d'être patient. Cependant, il n'y avait rien de remarquable chez Miller : une tête chauve comme une boule de billard, des yeux bridés comme ceux d'un Chinois, un pantalon usé… Et il s'est également comporté assez décemment, s'adaptant à la situation.

Ils ont commencé à parler de *Hamlet*. L'invité a dit qu'il avait composé un essai sous forme d'une lettre à un ami. Il a demandé la permission de l'envoyer, en espérant qu'il pourrait être publié à « Criterion ». Eliot a pensé : « Il n'existe pas de forme "lettre à un ami". Il existe la tragédie, l'ode, la comédie, la fable, enfin, mais il n'y a pas de genre "lettre à un ami". » Mais en réponse, il a hoché la tête avec indulgence, réprimant un bâillement : « Bien sûr, envoyez-le, cher Henry, nous en serons toujours ravis. » Pour faire ses adieux, il lui a tendu sa main indolente et s'est étonné du fait que Miller n'avait pas prononcé d'obscénités. Celui-ci a ri :

– Vous êtes bon juge en la matière…

Eliot a apprécié le compliment, il montrait que l'invité parisien était familier avec ses idées. Son essai, envoyé un mois plus tard, a été rejeté. Des raisonnements enflés et confus, très hâtifs et amateurs, une imitation pure et simple de Spengler. Alors que *Hamlet* avec sa puissance qui ne s'exprime pas, comme un esprit incapable de s'abaisser et de s'incarner, et cette erreur monstrueuse traitée tout en dignité, exigeait une réflexion sèche. « La rédaction est obligée de rejeter votre manuscrit », a-t-il écrit en guise de réponse. Le secrétaire a été informé confidentiellement : « Ces textes de M. Miller ne sont susceptibles d'intéresser personne d'autre que ses admirateurs les plus ardents. »

– C'est bien que nous soyons à Londres, et qu'il n'y ait aucun de mes fans ici, dit Katia.

Elle sourit et passe sa langue sur ses lèvres.

– Comme si je venais de tomber du ciel. Mince, j'ai soif. Et ça ne ferait pas de mal de manger, d'ailleurs.

Nous quittons le parc de Bloomsbury à contrecœur, avec regret, comme si nous quittions un coin de paradis serein, nous prenons une ruelle étroite qui nous amène immédiatement sur une artère très animée avec de nombreux piétons et un bruyant trafic. La poussière envahit tout de suite mes yeux.

– Attends, dis-je.

Nous nous arrêtons à côté des marches en pierre qui mènent à une porte bleue fermée munie d'un anneau. Je libère ma main, j'enlève mes lunettes pour pouvoir me frotter les yeux et le monde visible devient flou, dépourvu de contours, transformé en énormes taches de différentes couleurs. Je remets mes lunettes sur l'arête du nez et le monde revient, se reconstituant en objets solides. Voici la rue, derrière elle, la clôture du parc et, sous ma main, il y a une rampe métallique noire, ouvragée, soignée comme tout ici.

– Oh, j'ai complètement oublié ! Il faut que je passe un coup de fil..., dit Katia doucement.

Elle sort son téléphone rose de fille, commence à composer le numéro et explique :

– C'est pour te trouver une... Redresse-toi, ne te voûte pas. Il faudra t'inscrire dans un club de sport.

Je me redresse avec défi, en posant sagement mes bras le long du corps.

– Ça ira comme ça ?

Et, tout à coup, j'ai le sentiment qu'il y a beaucoup d'obligations différentes dans la vie : celles déjà assignées, celles qui te seront assignées et celles que tu t'assignes toi-même. Par contre, tous les autres sentiments et pensées sont comme emportés par le vent.

Katia hoche la tête, tenant le téléphone contre son oreille. Plus précisément, mécaniquement, comme si elle ne m'entendait pas, de façon monotone, comme une poupée, elle lève et abaisse son menton bien soigné.

– Et qu'est-ce que tu veux me trouver ? lui demandé-je.

Je déteste ses paroles grossières, ses demi-mots comme coupés avec un couteau.

– Eh bien, c'est... (elle ferme son œil droit) te trouver une fille. Moi, j'ai fait une bêtise, tu te souviens.

– Quelle bêtise ? Mais c'est absurde !

Katia me tourne déjà le dos, le téléphone collé à l'oreille, elle met sa main droite dans la poche de son manteau.

– Vassia ? Allô ? Vassia... C'est moi. Oui, à Londres... Oui, moi aussi je suis heureuse. Ça va, toi ? Oh, je n'ai aucun doute... Ouais... J'ai une chose à te demander... Peux-tu m'envoyer une fille, hein ? Aujourd'hui ou demain...

Quel Vassia ? Quelle fille ? De quoi parle-t-elle ?

– Katia, dis-je, t'es fêlée ou quoi ? Katia ! Je te parle !

Le bruit des voitures étouffe ma voix.

– Ça veut dire quoi, *pour quoi faire* ? dit Katia au téléphone.

Elle se tourne vers moi et lève son index.

– Tais-toi ! Vassia ? Concentre-toi ! Ça t'arrive de vouloir une fille ? Oui ? Dieu merci ! Non, je n'ai rien oublié… Oui, ça m'arrive à moi aussi… Quoi ? Eh bien, oui… pas gratos, bien sûr…

Elle se tait. Elle attend la réponse. La porte bleue au-dessus de notre tête s'ouvre et un homme en costume austère apparaît en haut des marches. En nous jetant un regard, il commence à descendre soigneusement les escaliers. Je prends Katia par le coude et fais un pas de côté pour laisser passer l'homme.

– Katia, dis-je d'une voix forte et agacée. Mais c'est quoi, tout ça ?

Elle dégage brusquement son bras, écarte le téléphone de son oreille et le couvre de sa paume.

– Tu veux bien te taire ? J'entends déjà mal à cause de la circulation. T'es trop têtu, toi. Je le fais pour toi, hein… Tu me diras merci après. Oui, Vassia ? Eh bien, qu'elle soit… donc, *clean*. D'accord !

– Ho ! Katia, je te parle sérieusement. C'est quoi tout ce cirque, enfin ?

Elle met son téléphone dans la poche de son jean avec un air innocent.

– Qu'est-ce que tu as, chéri ? Tu vas redorer ton blason… Surtout que je serai occupée un moment…

– Katia.

J'élève la voix et j'ai l'impression de m'élever au-dessus de Katia, au-dessus de cette rue, des escaliers avec leurs marches et des petites maisons étroites qui s'alignent le long des rues.

– Appelle-le tout de suite et annule tout ça, putain ! Tu sais bien que je suis de gauche et que pour moi la prostitution et l'exploitation sexuelle sont une abomination !

Katia me regarde avec une fausse admiration.

– D'accord… Si tu trouves que c'est une abomination, eh bien, c'est une abomination. Seulement, pas la peine de me crier dans l'oreille, d'accord ? Il y a du monde autour…

Deux jeunes hommes passent devant nous. Ils sont petits tous les deux et portent des manteaux courts élégants. Derrière eux, râlant bruyamment, traîne un vieux clochard barbu. Il s'arrête près de moi et me secoue son gobelet en carton sous le nez. J'entends le bruit de pièces de monnaie. Je fais non de la tête : « *Me nor inglis!* » – « Anglais, pas comprendre ! » Il crache une malédiction et continue son chemin.

– Ah oui, tu es de gauche, alors ? me redemande Katia. (Dans sa voix, je perçois une curiosité moqueuse.) Et donc… tu es un saint. Impossible de t'atteindre. Franchement, ça me dégoûte.

« Et le monde reconnaissant était stupéfait. »[18] Tout à coup, je réalise que je suis fatigué de cette ville ironique, froide, humide et vouée à l'énergie la plus prosaïque. Je veux aller là où tout est sublime, spirituel, à Venise, où il y a des palais et des cathédrales, la vraie mer, et où il ne serait pas honteux de mourir. Je croise les bras sur ma poitrine et je regarde Katia en silence.

– Tu sais quoi ? dit-elle en riant. Vitia avait un partenaire commercial, très prude, âgé et raffiné, sa femme était peintre, il avait deux filles. Vitia l'a emmené aux bains publics et y a fait venir des prostituées. Son partenaire n'était pas du tout d'accord. « Je suis marié, je suis une personne décente, jamais de la vie. J'ai mes principes », etc.

« Vitia lui dit : "D'accord, va avec celle-ci, elle te fera juste un massage et c'est tout." Il est donc allé avec la fille dans… comment dire… dans une salle de relaxation… Et quand il est revenu, une heure plus tard à peu près, il avait un visage tellement heureux que Vitia a même eu peur. Après, le mec l'appelait pour le remercier presque tous les jours pendant deux mois. Oh, regarde quel drôle de nom !

Katia m'indique un bâtiment avec un léger mouvement de tête.

– Quoi ?

J'ai soudain l'impression que je ne comprends plus rien.

– Je te dis, regarde quel drôle de nom !

---

[18] Autocitation de l'auteur, *Souvenirs dans les poches.*

Je lève la tête et je regarde dans la direction qu'elle m'indique. Sur le mur blanc se trouve une plaque ronde qui ressemble à une médaille dont la taille aurait été considérablement augmentée. Les Anglais sont tellement fiers qu'ils récompensent non seulement des personnes célèbres, mais aussi des bâtiments, juste parce que ces personnages célèbres y ont vécu. Et puis, peut-être, de nouveau, des personnes pour avoir vécu dans des bâtiments aussi célèbres. Sur la médaille qui a attiré l'attention de Katia, il est écrit :

LORD ELDON
1751-1838
LORD CHANCELLOR
LIVED HERE

– Je me demande qui c'est, s'intéresse Katia en riant. Mais quel drôle de nom de famille ! Eldon – elle donne ! Tu te vois vivre toute ta vie avec un nom pareil ?

– Je vis bien avec le mien, dis-je. Il me cause déjà pas mal de problèmes… Il faut toujours l'épeler quatre fois. Si on allait chercher un restaurant ?

Je la tire par la manche, mais Katia ne bouge pas. Oh, mais ses lèvres sont si belles…

– Dis, chéri, si on te proposait le nom d'Eldonne, tu accepterais ?

– C'est *Èldn*.

Je prononce ce nom à l'anglaise et je cherche à l'embrasser. Katia me repousse doucement.

– Et moi, je préfère Eldonne ! Tu crois qu'il a séduit beaucoup de filles ? Cet Eldonne ?

Je soupire bruyamment. Katia prend brusquement mon bras.

– D'accord, allons-y. Il est probablement décédé à force d'avoir trop baisé et toutes ses épouses et ses maîtresses sont venues à l'enterrement.

Ouais. Et le monde reconnaissant était stupéfait…

Un énorme bus rouge à impériale apparaît devant nous. J'essaie de parler le plus calmement possible, sans m'énerver :

– Katia, as-tu remarqué que nos conversations deviennent de plus en plus intellectuelles ces derniers temps ?

– Chéri, ne sois pas grossier, dis-moi plutôt, aimerais-tu mourir comme ça ?

– De quoi est-il mort ? a demandé l'homme qui se tenait derrière moi.

Ce jour-là, nous enterrions Petr Alexeïevitch. C'était l'hiver, ou plutôt le début du printemps, et le ciel était humide comme toujours, et comme toujours il y avait des pluies, des rhumes, des malades. Il y avait aussi un vieux cimetière de Leningrad avec des clôtures rouillées, des croix penchées par le temps. Et cette voix d'homme qui s'excuse.

Peu de gens sont venus faire leurs adieux à Petr Alexeïevitch. Près de la tombe fraîchement creusée, la famille et quelques bons amis regardaient avec inquiétude les ouvriers faire leur boulot en cachant leur indifférence. D'autres personnes se tenaient plus loin, seules, à deux ou par petits groupes. Quelqu'un déambulait à proximité, explorant les tombes voisines.

– Comment est-il mort ? a demandé un vieil homme derrière moi.

– Comme si vous ne le saviez pas, vous, lui a sarcastiquement répondu une voix de femme.

– Non… je n'en ai aucune idée…

La voix de la femme est devenue plus basse et s'est transformée en un murmure à peine audible. Impossible d'y distinguer quelque chose. Je leur ai tourné le dos et je n'ai pas osé me retourner.

– Comment, comment, est intervenue dans la conversation une troisième personne en grognant.

D'après sa voix, c'était un homme jeune.

– Vous n'êtes pas encore découragés de vouloir le savoir ? Regardez, tout est écrit sur les gerbes d'hommage pour ceux qui ne savent pas. De la part de chers collègues, d'enfants, d'amis.

Ces mots avaient été prononcés sur un ton égal, posé et en même temps avec une gentillesse évidente.

– Mais ne faites pas de scandale, s'il vous plaît, Guerman Oumaralievitch ! D'accord ? a demandé la femme, s'étant mise à parler fort. Respectez sa mémoire !

– Vous aussi, respectez-la, a répondu calmement celui qui avait été nommé Guerman Oumaralievitch. Moi, je ne fais jamais de scandales et vous le savez très bien. Je suis un modeste védantiste[19], je m'intéresse à l'être-en-soi.

Entre-temps, les ouvriers ont descendu le cercueil avec les restes de Petr Alexeïevitch dans la tombe et ont commencé à y jeter de la terre.

Il semble, ai-je pensé, que ce Guerman Oumaralievitch était lié d'une manière proche ou d'une autre à Petr Alexeïevitch ou qu'il avait été son étudiant, travaillant sur l'être-en-soi, l'être-pour-soi et l'être-pour-autrui. C'étaient les expressions préférées de Petr Alexeïevitch. Il nous a appris que Dieu était toujours en-soi, qu'il était absurde et bizarre, qu'un vrai philosophe devait aussi être un philosophe en-soi et qu'il devait vivre sa propre vie, et non celle d'autrui. Et qui serait donc un philosophe hors-soi ? Probablement, ai-je alors pensé en plein cimetière, un intellectuel français comme Bataille, qui traite toutes les questions philosophiques en tenant un volume de Marx d'une main et, de l'autre, fourrageant dans son slip. « Que savent-ils, ces Français, ces Bataille, Deleuze, Baudrillard ? » pensais-je. Absolument rien ! Juste prendre le petit déjeuner sur l'herbe avec des filles laides et nues.

– D'accord, dit la femme de façon conciliante. Restons silencieux. Vous avez peut-être raison, Guerman. J'en ai tellement marre de tout ça…

Je savais très bien comment Petr Alexeïevitch était mort. Et tous ceux qui sont venus lui faire leurs adieux le savaient aussi. Ils regardaient leurs pieds, gênés, riaient sous cape, chuchotaient. Sur le chemin du cimetière, j'ai même entendu sa fille, une lourde dame de quarante ans, habillée discrètement, à l'européenne, dire :

– Il n'a même pas pu mourir décemment ! Il s'est ridiculisé !

C'était peut-être le cas. Petr Alexeïevitch est mort dans un bordel au lit avec une prostituée, rue Rubinstein. Il a pris un comprimé de Viagra pour que tout fonctionne correctement, il est allé au bordel

[19] Spécialiste en védanta, école de philosophie indienne.

où il allait toujours, et son cœur s'est arrêté. Lorsque l'ambulance est arrivée, il ne respirait plus.

Depuis son décès, je me demandais sans cesse : pourquoi avait-il eu besoin de tout ça ? Ces romances avec les étudiantes ? Ce bordel rue Rubinstein ? Le Viagra et cette prostituée, toujours la même selon l'enquête. Après tout, ce n'était pas un vieux libertin et il s'était toujours moqué ouvertement de ses collègues qui se permettaient ça. Apparemment, quelque chose avait ensuite changé.

C'est étrange, mais nous, ses étudiants, nous avons profité de la mort de Petr Alexeïevitch, elle nous a libérés de la culpabilité, des complexes, du sentiment fatal de notre propre imperfection que nous avions éprouvé en sa présence. Tout le monde s'est mis à respirer librement, comme si on avait obtenu tout d'un coup le pardon d'un esprit supérieur.

Son épouse, la très douce Agnessa Ivanovna, qui savait préparer la solianka[20] comme une vraie professionnelle, était décédée en 1991, juste après le début des réformes économiques libérales et, deux ans après, sa fille est partie travailler au Danemark où elle s'est mariée avec un Coréen. Elle revenait rarement, le plus souvent elle lui téléphonait et l'invitait en Europe, il s'en amusait avec nous :

– Alors, mon cher papa, tu aimes toujours ta patrie de merde ou tu vas déménager chez nous dans un pays normal ?

D'habitude, Petr Alexeïevitch plaisantait, de son propre aveu, maladroitement. Il disait qu'il n'était pas le roi Lear, qu'il ne renoncerait pas à son royaume. Il ne voulait pas partir, mais ce qui se passait autour de lui – dans le pays, à la fac, au département – ne le rendait pas optimiste. Son salaire de professeur suffisait à peine pour joindre les deux bouts. De moins en moins d'étudiants fréquentaient son célèbre séminaire et ceux qui venaient le faisaient à contrecœur, par obligation administrative de présence, et passaient leur temps à lire des polars en cachette. La science à laquelle il avait voué sa vie s'était épuisée, figée, appauvrie, et il a commencé à vivre d'aumône, de dons de quelques fondations douteuses et d'hommes

[20] Soupe dite « salée » à cause de la saumure de cornichons ajoutée dans le bouillon.

habiles aux allures de voyous. Plusieurs de ses collègues sont devenus agressifs et sournois, sachant jouer des coudes. Il disait qu'il se sentait dégoûté, inquiet. Il ne comprenait rien et ne voulait rien comprendre à ce nouveau mode de vie du pays, ces nouvelles règles de l'éducation. Lorsqu'on parlait en sa présence des « défis du temps », des réformes, il se contentait de froncer les sourcils de contrariété.

Je me souviens d'un jour où, déjà jeune professeur, j'avais fait un ardent éloge de l'éducation libérale. Il m'a écouté patiemment jusqu'au bout avant de me dire :

– Vous voyez, cher Andreï, il y a une tradition, une tradition vieille de plusieurs siècles, il y a l'expérience des savants et l'édifice de la science. Tout cela est plus fort que l'individu. La tradition entraîne l'homme et le forme, sans rien lui demander. Et vous, comme je vous vois (il s'est gratté le menton comme il avait l'habitude de faire quand il réfléchissait), vous voulez que l'homme décide de tout lui-même ? Comment étudier ? De quoi se nourrir ? Où vivre ? C'est bien ça, n'est-ce pas ?

Nous étions assis dans la cafétéria de la fac de lettres à une table réservée aux professeurs. À ce moment-là, j'avais moi-même déjà commencé à donner des cours et j'étais très fier d'avoir maintenant le droit de m'asseoir à cette table, l'égal de mes professeurs d'hier. Il y avait du bruit : les étudiants bavardaient tout près, par la fenêtre on voyait des ouvriers décharger un camion dans un vacarme de ferraille, on entendait de la musique par la radio, une énorme cafetière crachait et soufflait de la vapeur. J'aimais toute cette agitation, ce chaos originel, je voulais vraiment tout toucher, tout voir, tout entendre, tout sentir, la vie d'adulte ne faisait que commencer.

– Oui, ai-je dit poliment, au milieu du bruit, et j'ai pris une cuiller à café sur la table. C'est ce que je souhaite. Si j'avais pu faire mon propre choix, j'aurais fréquenté vos cours et non pas certains cours débiles…

– Êtes-vous sûr, a demandé aimablement Petr Alexeïevitch, n'ayant prêté aucune attention à ma flatterie, que c'étaient vraiment des cours débiles ?

– Certain ! ai-je déclaré fermement en jetant la cuiller sur la table où elle a bruyamment heurté l'assiette. Absolument sûr !

Petr Alexeïevitch a repris la cuiller que j'avais jetée, l'a retournée et l'a fait tomber dans le verre vide qui se trouvait devant lui sur la table.

– Vous voyez, éduquer une personne, c'est presque comme lui donner naissance. Et vous semblez vouloir l'impossible… Qu'elle se donne naissance elle-même, c'est ça, qu'elle se donne la vie.

– Pourquoi est-ce impossible ? Voyez Lao Zi, par exemple… (M'appuyant au dossier de la chaise, je l'ai regardé triomphalement.) Lui, il s'est donné la vie.

Petr Alexeïevitch a froncé les sourcils et a secoué la tête. D'un mouvement maladroit de la paume de sa main, il a rajusté sa mèche grise. Ses cheveux lui tombaient dans les yeux.

– Dieu a créé l'homme…, a-t-il commencé d'un air pénétré.

– À son image ? l'ai-je interrompu ironiquement.

– C'est peu probable… Mais il savait quoi lui donner : deux bras, deux jambes, deux yeux. Vous comprenez ? Foie, reins, rate…

– Collègues ! Avez-vous fini de manger ? Voulez-vous bien céder la place aux autres ?

Une vieille dame ratatinée, professeure de français, s'est arrêtée près de notre table. Dans ses mains, elle tenait un plateau. Toute sa physionomie, son teint jaune, exprimait un reproche sûr de sa légitimité.

– Maintenant, imaginez, a déclaré Petr Alexeïevitch en se levant, ses yeux bridés écarquillés de surprise, que l'homme se crée lui-même. Et cela, à partir de zéro, dès sa naissance. Sans avoir la moindre idée de l'anatomie. Vous imaginez ?

Il a écarté ses les mains de manière dubitative. Je me suis également levé de ma chaise et j'ai commencé à mettre notre vaisselle sur le plateau.

– Il pourrait choisir un seul œil au lieu de deux, une main et deux bouches par exemple. Laissez-moi vous aider, Andreï !

– Merci, c'est déjà fait…

Nous nous sommes dirigés vers le comptoir chargé de vaisselle sale.

– Vous pourriez penser un peu aux autres ! nous a lancé la professeure de français. Au moins de temps en temps !

– Puis, a poursuivi Petr Alexeïevitch, il continuerait en oubliant les reins et le foie. Et comment serait cette personne libérale ? Infirme… Vous comprenez ? Et en plus, le pire, c'est qu'elle serait contente d'elle-même, stupide et infirme !

Le visage rond et charnu de Petr Alexeïevitch, toujours aussi mobile, s'était contracté douloureusement. Il m'a même semblé qu'une larme brillait dans ses yeux. Mais cet entêtement m'agaçait. C'était honteux. Nous, ses élèves, nous étions fiers de notre professeur et nous venions de lancer quelque chose de nouveau, mais lui, il vilipendait nos idéaux.

– Vous savez quoi ? C'est complètement réactionnaire, ce que vous dites ! lui ai-je jeté, et j'ai claqué le plateau sur le comptoir de vaisselle sale.

Nous nous sommes approchés de la sortie et j'ai voulu laisser passer Petr Alexeïevitch en premier.

– Non, après vous, a-t-il souri, et je suis sorti.

– Le monde change, ai-je dit avec irritation tandis que nous sortions dans le couloir. Vous, vous nous avez appris que Dieu est le temps, que l'esprit se manifeste à différents moments de différentes manières et que même la révélation doit être interprétée selon le moment. Et non pas prise à la lettre…

Il était absolument inutile de continuer la conversation. J'ai vu qu'il n'était pas d'accord, qu'il m'écoutait avec une sorte de fausse humilité et je me suis empressé de partir en m'inventant des affaires urgentes.

– Au moins, appelez-moi ou passez me voir, a-t-il dit en me serrant la main chaleureusement pour me dire au revoir.

Mais je n'ai jamais appelé ni ne suis passé le voir. Était-ce ridicule de ma part ? Dans ce bordel rue Rubinstein, chez cette prostituée, il y allait probablement pour trouver au moins un certain contact avec le monde tangible qu'il ne pouvait trouver que dans les faux serments, achetés, obscènes, les chuchotements moites, les jambes écartées, l'entrejambe rasé. C'était malgré tout un lien avec la réalité, avec la ville où il vivait. C'est peut-être comme ça qu'on doit mourir ? Dans un lupanar, comme von Sohn, et pas à Venise, comme Aschenbach ? Et avec le seul objectif de se ridiculiser, afin que le monde ne s'en offusque pas et reste reconnaissant.

Les funérailles se sont terminées par des paroles de regret banales sur l'altruisme du défunt, sur son dévouement à la science et sur le fait qu'il était un grand enfant. Puis chacun, satisfait de sa propre tristesse, s'est dirigé vers la sortie, vers la porte rouillée, grande ouverte, derrière laquelle on se disait au revoir, partant dans des directions différentes.

Je suis sorti avec tout le monde et, juste derrière la porte, j'ai aperçu Tatiana Vassilievna Bélova, une scientifique connue de tout Saint-Pétersbourg et de tout Moscou. Spécialiste des problèmes cérébraux, elle était souvent invitée à la télévision. Pleine d'esprit, avec ses cheveux gris, sa sagesse, son expérience et son âge, elle était aimée de tous. Même de ses ennemis, qui étaient nombreux. Nous nous sommes souvent vus lors de divers colloques et je me suis approché pour lui dire bonjour. Bélova fumait en compagnie d'un grand jeune homme costaud, aux cheveux coupés court, au visage rond, aux yeux d'Oriental, très profonds et sombres, vêtu d'une veste en cuir et d'un jean noir. Je ne le connaissais pas.

– Malheureusement, c'est une bien triste occasion de nous retrouver, m'a-t-elle dit en me saluant.

J'ai remarqué que, malgré le vent fort, son manteau était déboutonné.

– Guerman, s'est présenté l'homme avec prudence, et j'ai immédiatement reconnu la voix dont le propriétaire s'était déclaré védantiste, une demi-heure plus tôt.

Nous nous sommes serré la main et j'ai dit mon nom. J'ai dit que j'avais suivi le séminaire de Petr Alexeïevitch.

– Vous aussi ?

Guerman s'est réjoui. Il a vigoureusement éteint sa cigarette sur une grille et jeté le mégot dans une poubelle.

– Oh, alors, je pense que je vous connais. Vous êtes Arslanyan ?

J'ai souri et fait non de la tête. Bélova a ri et a secoué les cendres. Mon interlocuteur était gêné.

– Oh, je suis désolé. Ça me revient : Aïrapetian. C'est ça, Aïrapetian.

L'image d'un jeune Arménien a immédiatement surgi dans ma tête : soit un écrivain, soit un kiné, fort comme un paysan, comme ce Guerman, mais de petite taille.

– Pas du tout, ai-je dit. Mon nom…

Mais à ce moment-là, le téléphone de Guerman a sonné. Il s'est excusé devant Bélova et moi d'un geste, a approché le téléphone de son l'oreille et s'est retourné pour parler :

– Oui, Zakhar… Filatov a confirmé… Oui… Nous y allons tous. Roudaliov, Abouzyarov… Alissa, bien sûr… Snéguiriov, Roma Sentchine. Ouais… bon, allez, au revoir. Rendez-vous à Lipki.

Il a raccroché, a mis son téléphone dans la poche de sa veste et s'est retourné vers nous.

– C'était un copain, a-t-il expliqué. De Nijni Novgorod… Nous allons au colloque ensemble…

– Savez-vous depuis combien d'années Petr et moi nous nous connaissions ? l'a interrompu Bélova.

Elle a éteint sa cigarette et a commencé à boutonner son manteau, un énorme bouton après l'autre. À la fin, elle a fait un geste de désespoir.

– Les gens ne vivent pas assez longtemps !

Guerman s'adressa soudain à elle avec émotion :

– Tatiana Vassilievna. Dites-moi, si un homme meurt, tout est fini ? Il n'y a plus rien, aucune suite ni retrouvailles avec l'esprit cosmique, rien du tout ?

Bélova a secoué la tête.

– Ce n'est pas à moi qu'il faut poser cette question, vous savez, a-t-elle dit et, après une seconde de réflexion, elle a levé les yeux vers le ciel. Mais, bien sûr, grâce à mes travaux, je devrais pouvoir imaginer ce qui se passe dans la tête d'un homme. Mais ça, ça me dépasse… (Elle a baissé la main.) Et si tout, Guerman, se passe comme vous le dites et que l'homme disparaît sans laisser de traces, ce serait une monstrueuse plaisanterie. Et surtout, qui donc a besoin de faire ça et pourquoi…

– Qui en a besoin ?

– Katia, je ne sais pas… Je ne sais pas ! C'est une nécessité, c'est tout ! Nous devons tous vivre là où nous sommes nés et où nous avons grandi. Eliot, d'ailleurs, le pensait aussi.

Une grimace de mépris apparaît sur son visage lisse et soigné.

– Qui ça ?! Non, explique-moi vraiment pourquoi ? On t'a habillé, on t'a acheté de nouvelles chaussures, une veste, un sac à dos en cuir. Au moins, tu es devenu quelqu'un ici. Tu as même meilleure mine. Pourquoi veux-tu revenir là-bas…

– Là-bas ? Ce « là-bas », figure-toi, est le nôtre…

– Oh, tais-toi, s'il te plaît.

C'est le matin. Katia, habillée en robe de chambre, est assise dans un fauteuil comme si elle était sur un trône, toute droite, se reflétant dans la porte entrouverte et polie d'un placard en cerisier, vieux et encombrant comme tous les meubles de notre appartement loué, comme ce bâtiment datant de la fin de l'époque victorienne dans lequel nous nous sommes installés, comme tout Londres, encombré d'un fouillis d'immeubles en briques, de bâtiments anciens et de colonnes. Tout empire, à la fin de son cycle de vie, veut s'immobiliser, se figer, se déclarer éternel, avec ses dimensions gigantesques et sa grandeur imaginaire pour faire perdre la tête à ses populations et les rendre prêtes à tout sacrifier. Il prend les anciens à témoin, s'appuie sur leurs passions, sur leurs mythes que les maîtres, les artistes, les sculpteurs cherchent à faire pénétrer au sein de chaque appartement, d'insuffler à chaque ornement.

Lauriers, dauphins plongeant sans fin, Vénus sortant de la mer, Hercule étranglant des serpents, serpents étouffant des Laocoon, Philomèle et Procné, Philémon et Baucis, Ulysse, Énée, Didon, tout cela est soigneusement sculpté sur tous nos meubles qui semblent avoir été installés dans ce bâtiment pour toujours. Quatre grands fauteuils aux dossiers sculptés, une table à manger ronde comme une méduse géante, un lustre en cristal et un lit surdimensionné pour un repos nocturne à l'anglaise.

Au-dessus du tablier d'une cheminée ancienne placée en face de la large fenêtre, un tableau est accroché, ou plutôt une reproduction, représentant une scène de vie antique. Les candélabres sont vissés au mur de chaque côté, ils sont faux, bien sûr, mais ils ont l'air assez classiques, bien qu'ils aient des ampoules électriques. En fait, Katia a demandé à plusieurs reprises au propriétaire d'enlever ce tableau. Pour une raison quelconque, elle ne l'aime pas, mais le propriétaire traîne, plaisante, dit que c'est la meilleure œuvre de Guérin.

– *She likes Nolde*, ai-je expliqué d'un air coupable au propriétaire, un Anglais maigre et blasé venu s'assurer que Madame allait bien. *The colors in their essence. The direct evil emotion.*[21]

Le propriétaire a simplement haussé les sourcils.

Je n'arrive pas à comprendre pourquoi Katia n'a pas du tout aimé ce tableau. Une scène antique typique. Un homme à gauche, deux femmes à droite. L'homme portant une tunique grecque, un casque orné d'un écusson rouge, soit un héros, soit un fugitif, soit un amant, soit peut-être tous les trois en même temps. Il raconte quelque chose avec enthousiasme et les deux femmes l'écoutent attentivement. L'une, vêtue d'un tissu translucide, apparemment une reine, est à moitié assise sur un lit luxueux. Derrière elle se trouve l'autre, probablement une servante ou une confidente, en vêtements lourds, elle est penchée et s'appuie au dossier du lit. L'homme, leur invité, est sûr de lui à en juger par son attitude imposante et détendue, la jambe droite en avant. Au premier plan, il y a également une petite fille, des colonnes, une peau de lion. À l'arrière-plan, il y a des montagnes qui tombent dans la mer et une tour s'élevant de façon obscène sur la digue. L'homme est épique, la femme est érotique. La volupté est partout, dans le choix des couleurs, dans les formes. Elle transparaît dans les corps si clairement que l'homme semble être une femme, ou du moins être possédé par une femme, même si cette possession n'a pas eu lieu.

Katia commence à tâtonner avec sa main sous la chaise, trouve la télécommande et, d'un mouvement vif et nerveux de ses doigts, appuie sur les boutons. L'écran s'allume immédiatement. Il n'y a pas de son, mais, du lit où je suis couché, on peut voir que les actualités

---

[21] « Elle aime Nolde. Les couleurs telles quelles. Une expression directe du mal. »

européennes sont encore à l'antenne. Il n'y a rien de nouveau en Europe. Tout est comme d'habitude. Deux présentateurs, un homme et une femme, parlant bruyamment, annoncent que le processus d'intégration européenne a considérablement ralenti. La Belgique est en train de légaliser le mariage homosexuel. À Paris, il y a une grève des employés de l'aéroport Charles-de-Gaulle. La Serbie et le Monténégro ont adopté une nouvelle constitution. Katia réappuie sur la télécommande, fortement et avec irritation, comme si elle voulait l'écraser. L'image disparaît.

– Ben, pourquoi tu t'énerves ? dis-je. Nous pouvons revenir tranquilles. Tu as déclaré que le danger était passé. On ne nous cherche plus, non ? Ou alors quoi ?

Katia sourit et jette la télécommande sur le lit. Celle-ci tombe à côté de mes jambes.

– Qu'est-ce qu'il y a de si drôle ?

– Tu te mets à parler en vers maintenant. Tu as déclaré, déclaré, que le danger était passé, a-t-elle chanté.

– Je te parle sérieusement.

– C'est quoi, ce bruit qu'on entend par la fenêtre ?

Katia se lève du fauteuil.

– Rien… la pluie… Nous devons rentrer chez nous.

– Tu as eu tort de refuser cette fille.

Elle prononce cette phrase comme si elle s'adressait à elle-même, souriant d'un air moqueur à certaines pensées retorses qui lui viennent à l'esprit.

– Quoi, t'as peur de te retrouver dans la merde ? Tu te prends pour un saint, c'est ça ? Au fait, Vassia a appelé et a dit avoir trouvé une fille vraiment bien…

Son rictus m'agace.

– Eh bien, qu'il se débrouille lui-même avec elle.

– D'accord, chéri, j'apprécie ton geste…

Le sourire disparaît de son visage qui redevient sérieux. Katia va vers la fenêtre, tire les rideaux et, les bras croisés sur la poitrine, s'immobilise en regardant dans la rue.

– Il pleut pour de bon, dit-elle pensivement. Tu n'es pas bien ici ?

– Ça peut aller…

– Eh bien alors, quoi ?

Katia se tourne et me regarde droit dans les yeux.

– Ma maison est à Leningrad.

Je me souviens soudain que, lorsque je suis parti, les autorités préparaient la ville pour le centenaire. Ils ont nettoyé les façades et rénové les monuments et presque tous les palais du centre-ville étaient couverts d'échafaudages. Bientôt, pensais-je, ces échafaudages seront retirés et la ville apparaîtra rajeunie, rafraîchie de façon inattendue, tout comme Katia, il y a un an, quand elle est venue me voir sans m'avertir, après une énième opération esthétique.

– Très touchant, rigole Katia. Bon, on déjeune ici ou on sort au restau ?

Elle attrape ses cigarettes et un cendrier sur le rebord de la fenêtre, fait cliquer son briquet et commence à fumer. Puis elle s'assoit dans le fauteuil, ferme sa robe de chambre, et met le cendrier sur ses genoux.

– Katia, il faut qu'on parle tranquillement !

– Parle tranquillement, je t'écoute attentivement.

Je me lève du lit, j'enfile mon maillot de corps, le jean, et je m'assois dans un fauteuil en face d'elle. Je fais un geste pour lui dire que je veux une cigarette. Katia me lance le paquet et le briquet. Un certain temps passe en silence.

J'aspire de la fumée.

– Il faut que je rentre chez moi, tu comprends ? J'ai tout là-bas…

Katia lève ironiquement les sourcils.

– T'as tout là-bas ? C'est quoi « tout » ?

Elle laisse tomber les cendres et rigole. Je souris aussi, malgré moi.

– Il a tout là-bas… Mais tu possèdes quoi au juste ?

J'ai envie de répéter que j'ai « tout là-bas », mais je ne sais pourquoi je n'arrive plus à articuler. Le désir de fumer a passé. J'éteins méticuleusement ma cigarette. Je m'y applique un moment.

– Un appartement ? demande Katia d'un air de curiosité moqueuse.

Elle éteint sa cigarette d'un mouvement délicat et provocateur.

– Non, regarde-moi dans les yeux ! Un appart, alors… Mais ça craint ton appart ! Ce squat…

– Ben, mes amis, mes collègues… Enfin, on a besoin de moi là-bas…

Katia fait une grimace et écrase sa cigarette d'un bref mouvement sur le bord du cendrier.

– Ça alors ! Mon cher, c'est ridicule ! On a besoin de toi là-bas… Comme un cul a besoin d'un clou dans un canapé ! Tes amis n'en ont rien à cirer ! Tes proches non plus, d'ailleurs… Si tu crèves, ils ne le remarqueront qu'un an plus tard… Et tu vas crever ! Mais essuie tes lunettes ! Regarde-toi, regarde ce qu'ils ont fait de toi, tes aînés adorés. Tu es tout malade, tout maigre, à moitié aveugle, ça craint ! Et regarde leurs tronches bien joufflues ! Si joufflues qu'elles débordent des photos ! Tu ne le remarques même pas ? Mais ils t'exploitent !

– Katia, pourquoi ils m'exploitent ? Peut-être que… que tout ira bien, qu'un nouveau doyen viendra et qu'il licenciera tout le monde…

– Pour l'instant, c'est toi qu'on a licencié, pas eux.

Katia attrape des petits ciseaux de manucure sur la table basse et commence à scruter attentivement ses ongles.

– Mon Dieu ! Qu'est-ce que j'ai donc…

Je n'avais rien à dire. Hier, j'ai reçu une lettre de la DRH : suite à vos absences au travail sans raison valable, nous sommes en droit de… Bref, on m'a licencié. C'était justifié : cela faisait plus de quinze jours que je n'avais pas mis les pieds à l'université.

– Tu peux me dire exactement pourquoi t'es pas bien à Londres ? Merde ! Je me suis coupée, c'est de ta faute !

Katia appuie sa paume contre ses lèvres et commence à sucer le sang.

– Ne gratte pas…

– Tu veux pas plutôt aller au restau, hein ? Pour petit-déjeuner…

– Je… je ne sais pas en fait… En Russie, on me suce le sang, oui, mais ici, j'ai l'impression que c'est pire. Ici, on me le dilue.

– Comment ça, on te le « dilue » ?

Katia baisse la main.

– Je ne sais pas… Le sang aspiré se renouvelle, mais le sang dilué reste dilué. Je ne sais pas… Il vaut mieux lutter pour la vie et perdre que de la maintenir à feu doux.

Ébahie, Katia hoche la tête.

– Mais quel délire ! Regarde autour de toi, idiot. C'est chicos, ici !

Katia se mord la lèvre et garde un peu le silence. Tout comme moi. Ses jolies lèvres font la moue.

– J'ai compris, chéri, dit-elle doucement après une pause. Tu fais juste un caprice, c'est ça ? Tu veux que je te supplie ? C'est ça ? J'ai deviné ?

Elle se lève de son fauteuil, fait un pas et s'assoit sur mes genoux, se collant contre moi de tout son corps et en commençant à me caresser les cheveux.

– Mais tout va bien, chéri. On vivra ici. J'ai plein de sous, tu sais ! ricane-t-elle. Comme des étoiles dans le ciel. On aura un titre de séjour. Si on ne l'a pas, tant pis, qu'ils le gardent pour eux, ces imbéciles. On partira en Amérique. Ou en Thaïlande. Il fait bon là-bas et c'est pas cher. On ira à la plage, nager et baiser.

Katia sourit avec volupté et ouvre les pans de sa robe de chambre.

– Et ça, tu l'auras pour toujours.

Je réalise qu'en fait je n'ai aucun mot juste à répondre, que je ne m'explique pas à moi-même pourquoi je dois rentrer, qu'il n'y a aucune explication et qu'il ne peut y en avoir aucune.

– Excuse-moi, dis-je, mais je…

Je lui prends la main. Katia se dégage d'un mouvement brusque et ferme sa robe de chambre. Son visage devient fermé et dur. Elle se lève d'un bond et part dans la salle de bains. Quelques secondes passent. Je l'entends faire couler l'eau et je l'imagine enlever sa robe de chambre, sa chemise, le soutien-gorge, le string, se mettre sous la douche, remplir le creux de sa main de gel de douche, l'étaler d'un mouvement lent sur son corps, beau et ferme. Je deviens maussade…

Dix minutes plus tard, elle fait son apparition, vêtue de la même robe de chambre rose et avec cheveux mouillés. Elle se met contre la fenêtre et se tourne vers moi. Dans sa main, un tube de crème.

– Je te le demande pour la dernière fois, dit-elle, et son visage devient froid.

Elle commence nerveusement à dévisser le tube.

– Pourquoi je m'abaisse là devant toi ? T'as déjà vécu pour de vrai, toi ? Réponds ! Tu dis rien ? Alors, ferme ta gueule ! T'as déjà essayé de vivre ? Et moi, si, pigé ?! Regarde, tu es riche, hein ! Je suis prête à tout quitter, et toi, tu réponds avec ton appart, tes amis et tes obligations.

– C'était dans quel film ?

Elle plisse les yeux et baisse la tête.

– Quoi ?! Tu… t'es vraiment un salaud !

– Mais Katia…

– Y a pas de « mais Katia », t'es un salaud, c'est tout ! commence-t-elle à crier.

Elle appuie sur le tube, une masse blanche apparaît et elle l'étale sur sa joue.

– Trouillard ! T'es nul ! Casse-toi, dehors, c'est mon appart !

– Eh ben, pourquoi pas, essayé-je de parler le plus tranquillement possible. Tu es maîtresse de tes désirs…

Elle se mord la lèvre, ajuste ses cheveux mouillés et se tourne vers la fenêtre.

– Écoute, dis-je, je n'ai pas grand-chose à voir avec ton projet personnel, n'est-ce pas ? Katia ! Même les animaux ne peuvent pas être forcés à être heureux, tu comprends ? Tu te souviens du panneau dans le parc ?

Elle renifle bruyamment :

– Quel panneau ?

– « Ne nourrissez pas et ne touchez pas les pélicans ». Tu comprends ?

Katia ne dit rien. Elle ne s'en souvient probablement pas. Tant pis. Les choses comme ça, il faut toujours les garder en mémoire. Les hommes ne sont pas des loups les uns pour les autres, ils ne sont pas des bûches sans âme, ni des moines, ni des nonnes, comme le pensait le personnage principal de Salinger, ce sont des pélicans : ces oiseaux de mer maladroits aux becs énormes et absurdes. Et il ne faut pas les nourrir, ils ne vous mangeront pas dans la main.

– Je n'ai pas de sous. Tu peux m'en prêter un peu, s'il te plaît. Je te les…

Elle se tourne de nouveau vers moi, tout en continuant à étaler la crème sur ses joues.

– Attends un peu ! Débrouille-toi puisque tu es si fort ! Un projet, ha ha ! Un patriote, un vrai de vrai ! Casse-toi, je te dis ! T'as dix minutes pour faire tes bagages, pigé ?! Et que je ne te voie plus ici ! Terminé ! Amuse-toi bien !

C'est étrange, mais je me sens mieux quand elle gueule. « Elle a dit, amuse-toi bien et elle a pris le dernier train. » Une vingtaine de minutes plus tard, je descends déjà l'escalier en chantonnant faux la musique d'un vieux film soviétique. Il me faut maintenant décider de ce que je vais faire. Où je peux aller avec une si lourde valise ? Je sors mon téléphone et compose le numéro de Gvozdev. Il répond tout de suite :

– Salut l'Anglais !

– Lionia, écoute…

– Lionia ?

J'entends le hurlement de Katia dernière mon dos. La porte s'ouvre largement et Katia apparaît sur le seuil. Son visage, tout couvert de crème, ressemble à un masque terrifiant.

– Lionia ! Ben voyons ! Essaye un peu de te pointer chez lui ! Quel culot !

Je raccroche et je range le téléphone dans ma poche. Bon, ce n'était pas le moment. Je l'appellerai quand je serai sorti. Les femmes sont incompréhensibles, comme tout dans ce monde, finalement. Mais où vais-je donc dormir cette nuit ?

Aujourd'hui, je passerai la nuit dans mon propre appartement. Dieu merci, je suis déjà à bord de l'avion et je passe au-dessus de la Manche, je vole vers chez moi qui devient à chaque minute qui passe plus proche et plus tangible. C'est fini. Heureusement que le vol Londres-Saint-Pétersbourg est direct comme la pensée d'un Anglais, et je n'aurai pas besoin de sortir de l'avion pour rôder dans les couloirs de transit, pour me baguenauder dans les *duty free* qui sentent le parfum sucré, et subir l'humiliation des rayons X et à enlever et remettre ses chaussures. Les hôtesses sont sveltes et polies : d'abord, comme d'habitude, elles ont proposé de lire la presse et, maintenant, elles font des allers-retours avec leurs chariots de nourriture et de boissons. Leurs questions sont prosaïques et aimables, elles me font dormir.

Les rotors ronronnent avec satisfaction. Je peux me détendre, étirer les jambes, roupiller. Quel paradis... L'avion est rempli à moitié, plus précisément, il est à moitié vide. Quand on prend l'étroite allée vers les toilettes, on voit des sièges vides et on a l'impression d'être dans la gueule, longue et dentée, d'un dragon. Dans une mythologie antique, je ne sais plus laquelle, le héros épique jetait dans une terre fraîchement labourée les dents d'un dragon mort et la terre donnait immédiatement des guerriers tout armés. Il fallait leur jeter une pierre pour qu'ils oublient leur passé et commencent à se battre.

Mon voisin, assis côté couloir, était un homme d'âge mûr, enveloppé, blond, il ressemblait à un cochon. Il jetait les coquilles de graines de tournesol sous son siège. Katia, je m'en souviens, avait eu envie de prendre un cochon nain. Il paraît qu'on arrive à les habituer à faire leur toilette et à être propres. Pendant que tout le monde s'installait dans l'avion, cet homme chantonnait un « Allez, range-moi ta valise », puis, pendant presque une demi-heure encore, il avait commenté tous ses mouvements comme s'il était à la veille de sa résurrection et rendait des comptes à l'esprit suprême.

– Bon, disait-il, en étirant les voyelles à la manière des natifs du Sud, on s'assoit... Là, on... comment déjà... on attache les ceintures, comme on dit. On relève le dossier.

Ayant fait son nid, il a demandé tout de suite à l'hôtesse de l'air une revue, l'a ouverte et a prononcé à mi-voix :

– Bon, bon, voyons voir.

Dieu merci, il ne lisait pas à haute voix, mais, de temps en temps, il faisait des remarques sur ce qu'il lisait :

– Voyons cela, au Zimbabwe, mauvaise récolte. Bon, ça arrive... Pas de chance, les gars.

Apparemment, dans son image du monde, les mauvaises récoltes ne pouvaient concerner que les êtres masculins. Katia, me rappelé-je, appelait ce genre de type « les spécialistes de tout et surtout de rien ».

Là, il a mis sa revue de côté, il s'ennuie, à voir sa tête, et il me regarde de travers. Une fois mon regard croisé, il me demande :

– Vous allez à Piter[22], non ?

Je n'ai pas envie de discuter avec lui. J'ai envie de rester un peu avec les yeux fermés, de penser à Katia ou à quelqu'un d'autre, peu importe, et puis de m'endormir.

– Pourquoi ? lui demandé-je. Il y a d'autres options ?

– Ben, moi, perso, j'y fais escale, je vais à Odessa. Je saute d'un avion à l'autre et *boum* ! Je suis chez moi. Pigé ?

J'acquiesce et je ferme les yeux.

– Tu es de Piter, toi, c'est ça ?

Je souris, sans ouvrir les yeux, et je hoche de nouveau la tête.

– Eh ben ? insiste-t-il. Tu crois que si tu viens de Piter, t'es le plus cool ou quoi ?

– Exact, réponds-je sur un air moqueur. (Je commence à en avoir marre de cette discussion.) C'est exactement ce que je pense.

– Ah ouais ? redemande-t-il plein de fiel. Et moi, je viens d'Odessa, tu vois ?

– Pas grave, réponds-je, y en a qu'ont pas de chance, frérot. Ça arrive…

– Attends voir !

Sa voix devient menaçante. Je soupire bruyamment exprès.

– Bon, écoute-moi, gamin ! Nous autres d'Odessa, on vous écrase tous ! Pigé ?

Pigé, clair. Odessa, c'est la mer Noire et quoi encore, Bolchoï Fontan[23], la rue Deribasovskaya, le soleil, les barques de pêcheurs, les limans[24], les châtaigniers pleins de limans, les limans pleins de

---

22 Surnom de Saint-Pétersbourg.

23 Un des plus grands quartiers à la mode d'Odessa, dans la partie sud de la ville.

24 Une sorte de lagune typique du rivage de la mer Noire.

châtaigniers, et un copain Vassia-qui-transporte-des-putes[25]. Mais pas de pélicans. Curieux, non ? Ils ont la mer et ils n'ont pas de pélicans. Juste les mouettes marastiques à la Tchékhov. Mais là, pardon, voisin, il est temps pour moi de faire dodo. Après des nuits de fêtes, l'organisme a besoin d'une remise à zéro.

Finalement, tout se passe comme il se doit. La tête me tourne un peu, j'ai les oreilles bouchées, mes pensées et mes sentiments se dispersent, les images qui se succèdent dans mon cerveau palissent, disparaissent…

Ici, dans ce quartier de Londres, on a l'impression que tout autour se décompose dans une pâleur mesquine, les rouges ne sont pas rouges comme à Hampstead, mais bruns, surtout les jours comme aujourd'hui où tombe une petite pluie et où le ciel est plombé. J'ai à peine parcouru deux pâtés de maisons pour rejoindre le métro que Gvozdev m'a rappelé. J'ai pensé qu'il tombait bien.

– Alors, a-t-il demandé énergiquement, qu'est-ce qui se passe ?

– Katia m'a mis dehors, ai-je répondu en essayant de donner à ma voix un semblant de tragique.

– Comment ça ? a-t-il redemandé. Elle a décidé de te vendre ?

J'ai prononcé son prénom en mettant beaucoup de sérieux dans ma voix :

– Lionia, c'est pas drôle du tout, mais pas du tout. J'ai nulle part où dormir. Tu as des amis, toi, ici ? Tu peux me trouver une piaule ?

– Pigé ! (Et il a rigolé.) Bannissement du paradis sexuel… Bon… Je vais te trouver une piaule, courage, courage ! Sinon, viens chez nous à Paris, hein ? On te… on saura bien te consoler…

Mon regard a buté contre une vitrine de vêtements d'homme. Au milieu, il y avait une large chaise métallique. Sur son dossier, des écharpes étaient posées, et, à droite et à gauche, deux mannequins sans tête étaient figés là, en jeans et vestes déboutonnées,

---

[25] Référence à une chanson soviétique de 1943 interprétée par Marc Bernes : « Les barques pleines de mulets / que Kostia amenait à Odessa […] »

le premier en bleu, le second en rouge. Les deux avaient les jambes légèrement pliées, comme pétrifiés à jamais en position « Repos ! ». J'ai soudainement pensé que c'était ça, l'image de la gauche actuelle, la version moderne des acéphales de Bataille, elle est paralysée dans la lutte pour le bien-être du corps, pour la qualité du jean et des vestes, contre la tête, contre les idées d'autrui dont cette tête déborde. La philosophie de la vitrine, ai-je pensé, qui met sa main dans sa culotte… elle peut faire peur aux gosses, mais les capitalistes, eux, ils ont peu de chances d'en avoir peur. Je me suis arrêté, j'ai calé ma valise à la verticale et j'ai sorti mon paquet de cigarettes.

– Alors ? Pourquoi tu ne dis plus rien ? a dit la voix de Gvozdev. Perdu dans tes pensées ou quoi ? On t'attend ici alors ?

– Lionia…

– Bon, je rigole. Et toi… T'as un billet d'avion au moins ?

– Ouais, pour après-demain.

– Compris… Tu sais quoi ? Ben… comment déjà… va te promener un peu, OK ? Je sais pas moi, va petit-déjeuner quelque part.

– Lionia, j'ai pas une thune.

– Ah ! a fait Gvozdev, agacé. Comme si c'était un problème. Il a pas de thune. Tu entres, comment déjà… dans un hôtel, tu donnes le numéro d'une chambre et tu petit-déjeunes avec tout le monde.

Lui, Gvozdev, le faisait s'il lui arrivait d'être sans un rond. Il entrait dans un grand hôtel à l'heure du déjeuner et il donnait, l'air sûr de lui, un numéro de chambre au serveur. Et puis il faisait comme tous les clients : il se dirigeait vers une table, il commandait autant de nourriture qu'il pouvait, il mangeait bien et il partait, emportant avec lui deux ou trois tartines.

– Non, Lionia.

– Quoi « non, Lionia », c'est si compliqué que ça ?

– Oui… en plus, j'ai ma valise…

Lionia a aimé cette idée.

– C'est effectivement un plus ! Si tu as une valise, tout est OK : t'es un touriste, tu vis dans cet hôtel, t'es venu… comment déjà… petit-déjeuner. Elle est passable, ta valise, au moins ?

– Mais non, Lionia, ai-je répondu comme si c'était ma faute. J'arriverai jamais à le faire.

Il a soupiré :

– C'est clair, c'est clair. Il faut du talent pour ça. C'est pas comme donner tes conférences sur la littérature. Écoute, elle t'a chassé pour quoi, Katia ? Vous vous étiez réconciliés, non ? Son… comment… son producteur a refait surface ?

J'ai secoué les cendres de ma cigarette d'une pichenette.

– Lionia, je te demande que ça, trouve-moi une piaule, c'est tout.

– Tranquillos !

Lionia a pris un ton commercial :

– Tout sera fait comme il faut. Une nuit avec de la musique, de la gnôle et des nanas ! Va te promener là…

Il a raccroché. J'ai éteint ma cigarette, mis mon téléphone dans la poche de ma veste et j'ai regardé autour de moi. La pluie ne donne pas vraiment envie d'aller se balader… J'ai enlevé mon sac à dos pour prendre ma carte de Londres. Les gouttes de pluie ont commencé tout de suite à y faire de grosses taches. Où donc aller ? J'ai repris ma valise, accroché le sac à dos à mon épaule et je suis parti vers la bouche du métro.

Gvozdev a appelé une heure pile plus tard. J'avais déjà eu le temps de rejoindre Leicester Square, de parcourir le trajet que nous avions fait avec Katia, le long de Trafalgar Square, en empruntant Whitehall, et j'étais assis, comme un mois auparavant, sur un banc de St James's Park où, il y avait très longtemps, il n'y avait qu'un espace vide couvert de troncs d'arbres pourris, où coulait une morne et sombre rivière et où se trouvait ce fameux hôpital qui abritait les lépreux de toute la ville de Londres. Je vois de nouveau ces poteaux hérissés de flèches vertes qui pointent de tous côtés comme les doigts d'un fou, avec les inscriptions *Westminster Abbey*, *Buckingham Palace*, *Toilets*, et cet avertissement absurde qui s'est gravé dans ma mémoire : *PLEASE DO NOT FEED OR TOUCH PELICANS*.

Le destin peut souvent tourner en rond et nous ramener là où nous sommes déjà passés, mais nourris d'autres sentiments, d'autres pensées. La pluie a cessé, semble-t-il. Londres est si humide que, parfois, on ne comprend pas s'il pleut ou pas. J'ai choisi un banc, mais pas celui où Katia et moi avions nourri les oiseaux (tous, sauf les pélicans), un autre banc, au fond du parc, loin de l'eau. Mon attention a été attirée par un arbre d'un aspect très étrange. Il était couvert de décos comme un sapin de Noël. Sauf que ce n'était pas des boules, mais des barquettes en plastique blanc, chacune de la taille d'un petit livre. Curieux, je me suis approché, j'en ai ouvert une, et j'y ai trouvé un vrai livre. C'était l'*Énéide* de Virgile. La suivante cachait les poèmes choisis de Robert Browning. Je n'ai jamais aimé l'*Énéide.* Chaque chant ruminait à propos de la même mer, sans fin, lourde comme le fardeau du destin, la mer qui dévore le temps humain. Et en plus, tout y était comme dans la vie réelle : aucun thème défini, juste des chapitres composés d'allégories et d'allusions, parfois si complexes que je n'ai jamais compris comment on pouvait apprendre par cœur ne serait-ce que deux vers. J'ai donc choisi le livre de Robert Browning qui avait osé jeter un défi au destin et qui s'était exprimé de façon beaucoup plus claire que Virgile.

Le parc était vide. Parfois, des touristes passaient ou des jeunes femmes avec des poussettes, mais c'était rare.

– T'es où, là ? a demandé Gvozdev.

– St James's Park… Sur un banc, en train de lire Browning…

J'ai entendu un bruit sec dans le téléphone. Gvozdev a été pris d'une quinte de toux en se marrant.

– Quel Browning ? Celui qui règle tous les problèmes ?

– Ouais, c'est ça, ai-je répondu.

– Alors voilà…, a dit Gvozdev. Fonce chez Jack, Tavistock Square, sinon il sera parti. C'est arrangé avec lui…

– Avec qui déjà ?

– Mais, avec qui, avec qui… Avec Jack ! T'es sourd ou quoi ? Tu connais pas Jack ? Note… comment déjà… son adresse. Tu as de quoi noter ?

Il a commencé à me dicter lettre par lettre le nom de la rue.

– Lionia, je ne vais pas le déranger ? Ici, ça ne se fait pas, arriver comme ça…

– Mais non, déranger quoi ? C'est notre Jack !

– Je vois.

J'ai pensé à ce moment-là que je devais être plus prudent, que les histoires de Gvozdev ont souvent plusieurs fins, et non pas une, comme on pourrait s'y attendre, tout comme dans les romans anglais. Je me suis soudain rappelé notre expédition pour un voyage de travail dans l'Extrême-Orient russe. C'était au mois de juillet, à la fin des années 1980. On avait logé sur un campus étudiant à Vladivostok, quelque part au centre-ville. On était tombé à la saison des pluies, mais, tous les jours, on prenait un bus pour aller à la campagne. Gvozdev choisissait longuement un paysage qui lui convenait, puis il s'installait pour peindre et faire des croquis, et moi, je me mettais à ses côtés et je bouquinais. Une fois, sur la fin du voyage de travail, il a dit qu'il y avait une vieille dans un village éloigné qui vendait des œufs de saumon et que son gendre faisait de la contrebande et du braconnage, occasionnellement, que c'étaient les gars de l'équipe d'entretien qui lui en avaient parlé. Toutes ces bonnes choses, m'avait tenté Gvozdev, c'est presque donné, on lui file une bouteille de gnôle à la vieille conne contre un kilo d'œufs de poisson.

– Tu vois, disait-il, les bonnes affaires grâce à la prohibition[26] ? Et il y en a qui osent s'indigner contre Gorbatchev.

Il fallait y aller tout de suite, Gvozdev me mettait la pression, et il fallait en « acheter » là, pendant cette saison qui se terminerait bientôt, qu'il disait, les œufs de poisson ne vont pas nous attendre éternellement ! Il m'a vite persuadé. À ce moment-là, j'ai vu tout ça sous une lumière romantique :

Ce ciel couleur d'encre,
Cette pêche de nuit,
Gigantesques, ces collines,
Cette vieille tireuse de cartes

---

[26] La prohibition, ou la « loi sèche », a eu lieu en URSS sous Gorbatchev, de 1985 à 1987.

Je me souviens des deux heures qu'on a passées dans un bus sur une mauvaise route, puis encore une heure, voire plus, dans la boue, de l'arrêt du bus jusqu'au village, sous une pluie battante, puis on a cherché encore pendant trente minutes la maison au ras du sol où habitait la vieille. On s'est entendus rapidement malgré l'âge avancé de la dame : notre litre de gnôle contre ses deux kilos d'œufs de poisson. La petite vieille nous a même promis « d'en mettre une petite ». Je ne savais pas exactement ce que cela signifiait et cela me gênait de le lui demander. Nous avions pris avec nous un faitout. Le seau avec des œufs, monté de la cave, était devant nous, dans la sombre antichambre, et la vieille y puisait maladroitement pour remplir notre faitout avec les œufs tant convoités. Gvozdev ne bougeait pas, bras croisés à la Napoléon, et observait attentivement tous les mouvements de la dame. Et moi, je regardais les bouteilles de gnôle que j'avais dans les mains, je me trémoussais d'un pied sur l'autre ; dans mes baskets, l'eau clapotait de façon peu élégante, mon pull sous ma veste et mon jean étaient complètement mouillés et me collaient au corps, et mes sous-vêtements me frottaient de manière désagréable, comme s'ils voulaient entrer dans ma chair. J'essayais de penser à autre chose, j'ai commencé à écouter la pluie tapoter et je m'imaginais ses grosses gouttes qui passaient de la lumière au néant, j'imaginais un baiser romantique sous la pluie par une mauvaise journée, à côté d'une grille, et un amour éternel qui surviendrait dans ma vie, jusqu'au moment où la voix de Gvozdev interrompit mes pensées :

– Écoute, ma vieille, je m'excuse bien sûr… comment déjà… ces torchons que tu as là, c'est quoi ?

C'était seulement à ce moment que j'ai remarqué que les paumes de la vieille dame étaient enveloppées d'un truc malpropre, c'étaient des pansements brunis par le temps ou peut-être bien des torchons.

– Comment ?

La vieille s'est tournée et, sans abandonner son occupation, a lancé :

– Ben va savoir, hein ! Juste des bobos ! Les toubibs ont dit que c'est du « chifilis » ou je ne sais pas quoi…

En un instant, on était dehors sous l'averse et on s'aspergeait les mains avec notre gnôle pour les désinfecter.

– Merde, Andy, disait Gvozdev avec de la culpabilité dans la voix, je pouvais pas savoir ! Mais tu vois, la gnôle a servi quand même ! Et le faitout… tant pis, on en achètera un neuf.

– Je vois, ai-je dit.

Gvozdev n'était pas content.

– Quoi « je vois » ? Jack est un des nôtres. Il est de Moscou, une sorte d'informaticien ou de manager qui organise des soirées… comment dire… j'en sais rien. Bref, il est à Londres là à bosser un peu… Tout le monde connaît Jack, sa maison c'est une auberge espagnole, n'aie pas peur, tu ne risques rien.

Mais je sentais dans sa voix une trace d'incertitude. Le prénom même de Jack, le bruit vide d'une vague qui rejette une méduse sur le sable, tout en étant assez banal, me mettait sur mes gardes, comme s'il portait en lui une certaine menace.

Jack était un gars mince au crâne rasé, pas très grand, à qui on donnerait une trentaine d'années. Son visage rond de blond, sans sourcils, au petit nez de mésange, aux lèvres presque imperceptibles, enfantines, était celui d'un homme sans qualités particulières, mais, je ne sais pourquoi, on se souvenait de lui. Il portait un jean bleu clair à rayures vaguement foncées et un tee-shirt blanc d'où vous regardait méchamment Trotski.

Jack m'a lancé un regard indifférent, m'a salué et m'a montré d'un geste comment je devais fermer la porte derrière moi, puis il est parti à la cuisine d'où venait un bruit d'eau du robinet.

– J'enlève mes chaussures ? ai-je demandé à voix très haute.

– Comme tu veux, ai-je entendu. Tu veux un verre ?

– Pourquoi pas ? ai-je répondu.

J'ai mis ma veste sur un crochet et j'ai commencé à enlever mes chaussures. J'ai pensé qu'étant chez quelqu'un, il fallait accepter un verre pour établir le contact avec le maître de maison. Un homme qui boit est beaucoup plus sociable qu'un homme qui s'abstient.

Je suis allé dans la cuisine, bien rangée, minuscule, avec ses bruits d'eau, comme tout à Londres. Jack se tenait debout à côté de l'évier qui débordait de vaisselle sale et lavait adroitement un énorme plat. Ses petits doigts blancs parcouraient les bords du plat et bougeaient vivement dans la mousse savonneuse comme des petits tentacules.

– Prends le couloir tout droit, a-t-il dit sans se tourner, et va dans la chambre à droite. Là, sur le bord de la fenêtre, tu verras ce qu'il faut, un petit whisky, du gin, du Coca. Verse-toi une goutte… Tu touches pas à l'herbe, OK ? C'est pour ce soir.

Son « pour ce soir » m'a mis de bonne humeur. C'était comme si j'étais à peine arrivé et déjà un des leurs, j'avais même eu un petit devoir utile à la société à accomplir.

La cuisine empestait les produits chimiques.

– Vas-y, vas-y, a dit Jack, en reniflant. Moi, je vais vite laver tout ça, je dois bientôt m'en aller.

La pièce où m'avait envoyé Jack ressemblait à une mer sans îles. Il n'y avait presque pas de meubles à part une petite bibliothèque bourrée de livres russes, une chaise et un épais matelas à ressorts à côté de la fenêtre. Sur le bord de la fenêtre, des bouteilles de toutes les couleurs, des verres sales et des sacs en plastique roulés et serrés par des élastiques. J'ai posé ma valise à la verticale, jeté mon sac à dos par terre, me suis approché de la fenêtre, ai pris un des verres sales et j'y ai versé du gin d'une bouteille avec une étiquette rouge. J'ai regardé par la fenêtre. La vue sur le bâtiment voisin en briques rouges typique de l'époque victorienne était si passionnante qu'elle pouvait satisfaire l'imagination la plus débordante en trois minutes tout au plus. J'ai trinqué avec mon reflet pâle dans la vitre sale et j'ai avalé le liquide. Le gin m'a brûlé le gosier et a coulé plus bas en me chauffant agréablement le corps. Je suis resté un peu à côté de la fenêtre. Mes incertitudes et mes peurs précédentes se sont dissipées. Je me suis approché de la bibliothèque, j'ai pris le premier bouquin qui m'est tombé sous la main, je me suis allongé sur le matelas et ai commencé à lire.

C'était l'histoire de Manon Lescaut, le grand classique de la littérature française édifiante, énième mode d'emploi pour le bien et le mal où se superposait maladroitement une multitude d'évènements.

Pourquoi les personnages s'aimaient, cela est toujours resté pour moi une énigme. L'auteur, un abbé français, ne nous a pas crus dignes de la plus petite explication. Apparemment, les gens aiment penser que les êtres humains s'aiment juste comme ça, sans raison. Que l'amour est un grand mystère. Imaginons que quelqu'un a rencontré une femme riche, d'un certain âge, au visage soigné, à la belle poitrine en silicone, au corps entraîné, aux longues jambes, et ce quelqu'un l'a aimée. Et depuis, il erre, pensif. Pourquoi ? Les étoiles, peut-être, une magie, un magnétisme naturel et, bien sûr, quelque chose de chimique. Ce qui dérangeait également dans ce livre, c'était que les personnages étaient très mal construits. Ils ne faisaient qu'agir selon les circonstances où le respectable abbé les plaçait, ils y entraient comme des vis, mécaniquement, ils en sortaient mécaniquement aussi, mais ils n'existaient pas d'eux-mêmes. Et ils n'avaient aucune caractéristique particulière.

Après le deuxième verre de gin, les défauts du roman m'ont semblé être des qualités indéniables. Tout est tracé à l'avance, pensais-je, en feuilletant les pages, et les circonstances sont plus fortes que nous. On va là où elles nous poussent, surtout si nous cédons à nos passions, par faiblesse ou par inconscience. Et on ne doit pas donner aux personnages de caractéristiques particulières. L'homme ne semble pas les mériter. L'homme est comme une girouette : il est vide, plat, et va là où souffle le vent.

Pendant que je lisais, l'heure du lunch est arrivée et l'appartement a commencé à s'animer. Jack était parti, mais, comme promis, il est revenu très vite en compagnie de trois Arabes de très grande taille. Ils se sont enfermés tous les quatre à la cuisine et ont longuement discuté de quelque chose. Dans l'après-midi, l'appartement s'est peu à peu rempli de monde. Un Français âgé avec sa femme philippine est arrivé, puis une volée de jeunes femmes peu attirantes. Un certain Roberto s'est pointé, chaussé de santiags, il a été salué par des cris de joie. Une demi-heure plus tard, je suis tombé sur deux Américaines et une Chinoise qui parlaient russe. Les gens apparaissaient et disparaissaient, revenaient, commandaient des pizzas par téléphone, la première, la deuxième, la troisième, ils mangeaient, buvaient, faisaient des allers-retours dans l'appartement, fumaient, parlaient fort, filaient au supermarché le plus proche pour y acheter des cigarettes. Moi aussi, je mangeais, je buvais, je fumais, je riais avec tout le monde et j'attendais patiemment le moment où tout le monde serait parti.

Et j'embrassais dans la cuisine une certaine Missy, une nana robuste originaire de l'Oklahoma. Elle avait un visage enfantin, tout couvert de taches de rousseur, lourd, anglo-saxon, et d'énormes seins qu'on avait le droit de caresser et qui gonflaient son tee-shirt orné d'un pélican au bec jaune. Les pièces étaient enfumées et la musique tonnait. J'ai tellement bu et fumé que j'avais la tête lourde et mon cœur tapait contre ma poitrine comme un pic contre un tronc d'arbre. *Toc-toc-toc.*

Vers la tombée de la nuit, l'appartement s'est vidé et, sur le sol, à côté des bouteilles vides, des assiettes avec des restes et des cendriers débordant de mégots, il restait quatre personnes : moi-même, Jack, Missy et une amie à elle, cette Chinoise, fine, au beau visage sans aucune expression, parlant pas mal le russe. Elle a dit qu'elle s'appelait Sun Hun, mais qu'en Russie on lui avait proposé de répondre au prénom de Sonia.

– Missy est à toi..., a murmuré Jack en se penchant vers moi, et Sonia est à moi. Pigé ?

Il a reculé et m'a regardé attentivement, sans ciller, avec ses petits yeux ronds. J'ai soudain remarqué qu'il avait des oreilles très particulières, ce n'étaient même pas des oreilles, mais des « oreillettes », trop petites et sous-développées pour un adulte. On dirait des bretzels pour bébés qu'on a envie d'arracher avec un bruit sec et de grignoter.

– Pigé, ai-je répondu rapidement, sans vraiment mentir, car en plus Missy avait des vues sur moi, elle était déterminée et, de toute évidence, elle ne s'apprêtait à me céder à personne.

« Va pour Missy, ai-je pensé. Chacun a sa Missy, sa mission. »

Missy n'était pas du tout timide et me prenait par le cou devant tout le monde, elle le faisait de façon brusque et forte, comme si elle faisait une prise. Elle me serrait contre sa poitrine, là où sur son tee-shirt était peint le pélican, et elle m'embrassait avec passion sur les lèvres, si énergiquement que j'avais l'impression que je serais aspiré d'ici peu dans son antre. Ses rudes baisers étaient accompagnés de bruits mouillés de ventouse et me laissaient parfaitement indifférent. Ses mains, par contre, fortes et grandes, m'excitaient à la folie et me laissaient complètement hébété sans aucun intérêt pour ce qui m'entourait. Pour penser à autre chose, j'essayais de discuter et de raconter des histoires drôles, pas nouvelles, mais marrantes, je le savais par expérience et, Missy, éperdue d'admiration, me poussa tellement fort que je perdis pratiquement l'équilibre, et elle se mit à rire en éclats forts et sonores en répétant le même mot :

– *Amazing!*[27]

La discussion s'est poursuivie, je ne sais pourquoi, sur les écrivains américains, sur pourquoi, au début du XXe siècle, ils partaient pour l'Europe. J'ai dit qu'en Europe, c'était moins honteux d'être un écrivain que chez eux, mais Missy m'a contredit :

– *Fuck off... It's just a matter of sex. United States is not a good place to fuck and enjoy sex* (elle s'est tournée vers Sonia, Sun Hun), *isn't it? Europe is more appropriate.*[28]

J'ai fait un *hi hi* servile en guise de réponse, Jack, lui, n'a fait que hocher la tête.

– *This is my philosophy!*[29]

Missy a donné un gros coup sur le sol. Les assiettes et les verres à côté d'elle ont tinté en réaction, mais elle ne l'a même pas remarqué et, se tournant vers moi, elle a déclaré :

– *I'd like to know Russian philosophy! I know while under communists you were not allowed to have one.*[30]

– Missy est philosophe, tu sais, a expliqué Jack en russe avec indifférence. Comme tous les diplômés des collèges américains libéraux. Tu comprends ?

Ses petits yeux de poisson se sont tout d'un coup éclairés.

---

[27] « Épatant ! »

[28] « Dégage... C'est juste la question du sexe. Les États-Unis n'est pas le meilleur endroit pour baiser, n'est-ce pas ? L'Europe est mieux pour ça. »

[29] « C'est ma philosophie ! »

[30] « J'aurais aimé savoir quelle est la philosophie russe. Je sais que pendant le communisme vous n'étiez pas autorisés à en avoir une. »

– Vas-y, demande-lui ce qu'elle pense de la question de l'impératif catégorique…

J'ai rigolé sans le vouloir. Sonia alias Sun Hun aussi. La première fois, m'a-t-il semblé, depuis la soirée.

– Tu sais qui est le daron de cette Missy ? m'a murmuré Jack à l'oreille.

Je ne le savais pas. Un fermier, sans doute ?

– T'es con ou quoi ? a ricané Jack. Il est directeur d'une holding, figure-toi ! (Jack a claqué de ses doigts d'enfant.) Il va à l'église tous les dimanches et prie son Dieu luthérien et elle, elle fait le tour de l'Europe et saute sur tout ce qui bouge. Tu vois ? Tu te rends compte à quel point on fout le bordel dans leurs têtes de collégiens !

J'ai pensé que c'était étrange de l'entendre de la part de Jack. J'ai même eu l'impression qu'il s'était introduit dans mes pensées, même au-delà de mes pensées, quelque part où je n'osais pas entrer moi-même.

– *Gentlemen! What the fuck are you talking about?*[31] l'a interrompu Missy d'une voix forte.

Elle s'est tournée vers moi. Elle a tiré sur le col de son tee-shirt avec son index et a soufflé dedans. Son visage aux taches de rousseur a rougi.

– *What's your name by the way?*[32]

J'ai décidé de laisser passer et j'ai souri faussement :

– *Andrew…*, et j'ai ajouté en chantant les mots : *What's in a name? That what we call a rose by any other name would smell as sweet…*[33]

– *Amazing!* s'est exclamée Missy en me serrant le cou à me faire mal. *You're a fucking poet, aren't you? Your own lyrics?*[34]

– *Yes*, ai-je attesté ironiquement.

Sonia, Sun Hun, a hoché la tête de manière réprobatrice. Soudain, Missy a commencé à compter sur ses doigts, en les projetant vers l'avant, comme font les avocats dans des films hollywoodiens :

---

31 « Messieurs ! De quoi parlez-vous, nom d'un chien ? »

32 « Tu t'appelles comment, d'ailleurs ? »

33 « Qu'y a-t-il dans un nom ? Ce que nous appelons une rose embaumerait autant sous un autre nom » (*Roméo et Juliette*, traduction de François-Victor Hugo).

34 « Incroyable ! Mais tu es un putain de poète, pas vrai ? Ce sont tes vers ? »

– *I fucked a Frenchman, a Spaniard, a Dane, an Italian, a German, a Japanese, a British… but never a Russian. Never ever! Amazing!*[35]

– *You should get used to passive constructions,* ai-je remarqué caustiquement. *Since you're a lady.*[36]

Jack a levé son petit doigt en guise d'avertissement, pour désamorcer un éventuel conflit. Mais Missy m'a juste regardé avec reproche et, mécontente, a haussé les épaules. Ses gros seins ont agréablement fait mouvoir l'image du pélican sur son tee-shirt.

– *You're fucking misogynist.*[37]

Elle s'est levée et, en me faisant un signe d'appel, s'est dirigée vers la porte. J'ai regardé Sonia Sun Hun, je ne sais pourquoi, comme si j'étais coupable de quelque chose. Elle avait l'air absente. Je me suis levé, j'ai senti mes jambes se dégourdir et j'ai pensé : « Tout va si vite. Le diable sait ce qu'ils ont dans la tête, ces Américains. Et si on m'accusait de harcèlement… Et puis, va leur prouver, menottes aux poignets, que tout était réciproque… »

– Vas-y, Andy, vas-y !

Jack a agité la main. Sa petite main aux doigts minuscules a glissé dans l'air.

– Tout va bien, Missy est une des nôtres… Fais pas honte à la Russie ! La chambre à coucher est à ta gauche…

Missy a fait quelques pas vers la porte, a mis sa main sur la poignée, mais, soudain, elle s'est figée sur place et a tourné la tête. J'ai failli me cogner contre elle.

– *No blowjob! You've got it I believe?*[38]

J'ai froncé les sourcils et ai demandé ce que cela signifiait.

Tout le monde a rigolé comme un seul homme. Même Sonia Sun Hun.

– *Amazing!* s'est écriée Missy qui m'a serré fort le cou. *Well, if I've got to… I've got to.*[39]

---

35 « J'ai baisé un Français, un Espagnol, un Italien, un Danois, un Allemand, un Japonais, un Anglais, mais jamais un Russe ! Incroyable ! »

36 « Tu devrais employer des constructions passives, puisque tu es une femme. »

37 « Tu es un putain de sexiste. »

38 « Mais pas de turlute ! T'as bien mis ça dans ta tête, j'espère ? »

39 « Incroyable ! Bon… s'il le faut, il le faut. »

Et elle m'a poussé brusquement dans le couloir. Dans la chambre à coucher qui s'est trouvée être assez étroite, tout l'espace était occupé par un lit extralarge. J'avais déjà remarqué que, même si les Britanniques vivent à la mode protestante, simplement et les uns sur les autres, ils savent, malgré tout, découvrir de nouveaux recoins de l'espace et y faire régner une imagination infinie.

Missy m'a poussé sur le lit et moi, pour préserver une certaine dramaturgie, je suis tombé à la renverse sur la couverture à motifs et j'ai écarté les bras comme si c'étaient des ailes. Elle s'est mise debout devant moi, a enlevé d'un mouvement lent son tee-shirt au pélican imprimé, gardant son jean usé qui lui était de toute évidence trop petit et son soutien-gorge de couleur chair qui serrait joliment ses gros seins contre son corps.

– *Idi ko mne*[40], lui ai-je soufflé, je ne sais pourquoi, en russe, et elle, ayant apparemment mal compris ma demande, a mis ses mains derrière son dos et a dégrafé son soutien-gorge.

Ses seins se sont effondrés en perdant toute forme et elle, gênée un instant, les a cachés avec ses mains. Ce geste inattendu, comme si elle s'excusait, détonnait avec sa nature forte et, je ne sais pourquoi, j'en ai été ému. J'ai senti la bassesse de mon attitude, bien que je n'aie rien fait de mal, sans doute. J'ai eu soudain envie de pleurer, de demander pardon à Missy, à Katia, à tous les gens, à Dieu, et de faire la promesse solennelle de changer ma vie.

J'ai aussi réalisé le fait incontestable que les choses les meilleures et les plus importantes ne nous sont pas données quand on est au sommet de la gloire ou quand on porte une toge, mais quand on se heurte par hasard à des obstacles absurdes qu'on ne remarquerait pas normalement. Entre-temps, Missy a commencé à enlever son jean d'un air préoccupé, bougeant les hanches avec *sex appeal*, et ma prise de conscience a passé tout de suite, laissant la place à une envie animale ordinaire. J'ai commencé à l'aider à se déshabiller. À deux, nous avons pu le faire, puis je me suis déshabillé rapidement moi-même et nous avons accompli assez bien le reste.

---

[40] « Viens. »

– *Amazing!* a expiré Missy quand, épuisés, nous nous sommes écartés.

J'ai ricané d'autosatisfaction et j'ai senti qu'il fallait attendre un peu, reprendre des forces et refaire tout ça encore une fois. Une occasion comme celle-ci ne se reproduira pas de sitôt, ai-je pensé, et vu les derniers évènements, elle ne se reproduira plus jamais. On est restés allongés, puis on a recommencé à s'embrasser, à se peloter gentiment, mais la porte s'est ouverte. Missy a poussé un petit cri aigu, s'est mise rapidement sur le côté et a tiré de toutes ses forces sur elle le drap. Je n'ai pu que me mettre sur le ventre. Mais il n'y a pas eu de suite. La porte s'est refermée en claquant et quelqu'un a gloussé dans le couloir. Apparemment, Jack avait voulu vérifier si je luttais bien pour ma patrie.

– *It's fucked up!*[41] a glapi Missy avec dépit et elle s'est assise nue sur le lit en tailleur.

Elle s'est mordu la lèvre supérieure et a commencé à se balancer d'avant en arrière. Une larme a brillé dans ses yeux.

– *It's fucked up... It's fucked up...*, répétait-elle comme une formule incantatoire.

Je me suis relevé sur un coude, j'ai mis mon bras autour les épaules de Missy et j'ai approché mes lèvres de son visage.

– *Nothing is fucked up...*[42]

Elle s'est dégagée, s'est mise sur le dos, a tourné sa tête vers moi et a dit :

– Tu sais, Andrew, j'ai un copain...

Je me suis installé à ses côtés en me couvrant du drap jusqu'à la ceinture et j'ai dit sérieusement :

– Et alors ? Pourquoi cela t'afflige tant ?

Nous parlions en anglais, mais je ne sais pourquoi je traduisais tous les mots prononcés en russe.

– Un copain, et alors ? Je n'ai pas l'intention, moi, de te le voler...

Elle a rigolé, m'a donné une bonne claque sur l'épaule de sa main nue et a presque crié :

---

[41] « Ils ont tout gâché, putain ! »

[42] « Ils ont rien gâché du tout... »

– *Now it's absolutely fucked up!*[43]

– *Nothing is fucked up...*[44], ai-je répété et j'en ai apporté la preuve, après m'être souvenu fugitivement que ces mots n'étaient qu'une citation d'un film américain.

Quand nous sommes revenus dans le salon, Jack et Sonia Sun Hun étaient assis dans les mêmes positions qu'ils avaient quand nous les avions quittés, ils étaient taciturnes, figés comme des idoles d'antan comme si cette heure et demie n'avait pas existé et que Missy et moi, ayant voyagé dans une machine à faire remonter le temps, étions arrivés au moment même d'où nous étions partis.

Jack n'a posé aucune question, il n'a fait que nous dévisager avec ses petits yeux de poisson, sans cligner, et il m'a tendu un joint sans dire un mot.

– Tiens, tire un coup.

J'ai aspiré profondément et, étant pris par la toux à cause de la fumée âcre, j'ai passé le joint à Missy. Nous sommes restés silencieux un certain temps, dans une sorte de stupeur collective, et puis tout a commencé à tourner devant mes yeux. Les rideaux ont bougé, comme s'il y avait eu un coup de vent et, avec les rideaux, les imprimés sur le vieux papier peint aussi. Soudain, tout a disparu : Jack, Missy, Sun Hun, les assiettes sales, les bouteilles, les verres, et j'ai perçu dans ma tête le murmure d'une voix chaude :

– *It's fucked up!*

Et puis, en russe :

– *Vsio propalo !*[45]

En réalité, tout n'était pas *propalo*, mais est devenu pour ainsi dire facultatif.

– On enlève le platr', le client part ![46] a retenti la même voix intérieure paniquée et, soudain, elle s'est présentée : À propos, moi, c'est Kirioucha !

« Il ne me manquait plus que ça ! »

---

43 « Maintenant, c'est gâché pour de vrai ! »

44 « Rien n'est gâché... »

45 En russe : « tout est foutu » ou « disparu ».

46 Phrase d'un film comique soviétique *Le Bras de diamant* (1969).

– Pourquoi « Kirioucha », précisément ? ai-je demandé à haute voix très fort, en plus, et méchamment.

Jack, Missy et Sun Hun ont tourné leurs têtes vers moi comme un seul homme.

– Tu parles avec qui là ? m'a demandé avec précaution Jack.

J'ai eu l'impression que son visage de méduse blanchâtre aux petits yeux ternes qui ne clignotent jamais n'avait pas de bouche et que sa voix résonnait toute seule, venant de quelque part au fond de l'appartement, qu'elle était séparée de son corps, et j'ai également senti que la pièce allait se remplir d'eau qui entrerait bruyamment par les fenêtres en bouillonnant et que des petites vieilles arriveraient.

– Dis-leur, vas-y ! m'incitait en même temps Kirioucha.

Mais je savais parfaitement qu'il ne fallait surtout pas en parler. Les gens qui nous entourent sont toujours trop prévenants et un aveu de ce type est généralement suivi d'une hospitalisation. Et si un Kirioucha a élu domicile dans votre tête, il n'est pas du tout indispensable d'en parler aux gens qui vous entourent et il ne faut surtout pas lui parler en public. Il faut le prendre délicatement à part, lui parler, et puis revenir parmi les autres.

– Je reviens…

Je me suis levé avec difficulté et, sans vraiment m'adresser à quelqu'un de particulier, j'ai dit en russe :

– *Mne v vannouïou nado… tam voda…*[47]

Dans ma tête, Kirioucha a ricané d'un rire dégoûtant de grenouille :

– T'as les jetons, hein ? Hein, Andrew, la frouille ?

« Toi-même Andrewlafrouille… », ai-je pensé, renfrogné.

Dans la salle de bains, j'ai décidé de ne pas allumer la lumière, j'ai fermé la porte au verrou et je me suis assis sur le sol carrelé froid. « L'oisiveté, ai-je pensé, l'observation et tout ça nous mènent dans les filets du diable, antédiluvien, païen, bavard. Si on ne s'occupe pas la tête et les mains avec une tâche à accomplir, on reste toute sa vie sur le carrelage froid d'une salle de bains à parler avec Kirioucha. »

---

[47] « Il faut que j'aille dans la salle de bains… Il y a de l'eau là… »

– T'aimes pas quoi précisément ? a demandé Kirioucha. Si tu veux, je peux te réciter un p'tit poème, hein ?… Fait maison personnellement… bon en toute occase dans la vie.

J'ai tressailli de dégoût. Tout était abominable : cette voix clapotant sur le sol, humide, grenouillarde, ces intonations moralisatrices et ce « p'tit poème », tronqué, faux, susurré.

Kirioucha, sans attendre ma réponse, a commencé à réciter :

Maman mangeait la kasha,
Guéna a peloté Dasha.
Vova mangeait une boulette,
Pétia a baisé Svet.
John faisait des pommes de terre,
Zhénia a pissé en l'air.
Tous ont trouvé à faire
Chez Kondratij, le père.

Je me suis étonné. Ce « p'tit poème » avait été composé par Gvozdev, il y a une dizaine d'années, et il l'avait même illustré par une série de dessins, naturalistes et obscènes. Je serais curieux de savoir, ai-je pensé, d'où Kirioucha connaît si bien Gvozdev, mais, à haute voix, j'ai seulement demandé :

– Pourquoi « Kirioucha », précisément ?

Puis j'ai fermé les yeux et essayé de l'imaginer, mais je n'y arrivais pas vraiment. Pas de tête, pas de jambes, juste ses yeux de poisson qui ne clignotaient pas, une bouche de crapaud et des nageoires rudimentaires le long du corps.

– Pourquoi pas ? a-t-il ricané. *Iyykh, èltou z'jan, kkhirtl !*

– Pardon ?

– Je dis, a expliqué Kirioucha, prenons, par exemple, une vache. Elle sert à quoi, à ton avis, une vache, elle fait quoi ?

– Ben… comment déjà… pour produire du lait…

Je pressentais un piège dans sa question et du coup je répondais en hésitant, comme au collège.

– Du lait ? Tu crois vraiment ? Et les cornes alors, ça sert à quoi ?

– Les cornes ? ai-je redemandé. Ben, comment savoir… Pour éloigner les prédateurs…

– Les prédateurs impérialistes ? Et alors, à ton avis, qui était le premier prédateur impérialiste, hein ?

J'ai serré obstinément les dents, je ne dirai rien ! Il se moquait de moi, de toute évidence, et il faisait allusion à je ne sais quoi.

– Le premier prédateur, c'est les chaussures, tu comprends ? Et les lièvres et les vaches, c'est venu plus tard. Et toi, au fait, t'es qui toi, Andrewlafrouille ? a demandé Kirioucha. (Dans sa voix, on sentait bien une menace.) *Où t'as bites ? Sur un pot doré, une fois, un tsar des tsars, un roi des rois*[48]… Andrewlafrouille, ma douche, t'es notre brave gars ! Tu t'es levé quand même de ce pot doré, t'as tiré les tétons d'une vache, mais tu crois que t'es dev'nu un tsar, hein ? Un lord Eldon en personne ? *Der grosser köning oussaroussa*, hein ? Un gars comme les autres, mais qu'est pas comme les autres ?

Je ne comprenais rien. Quel pot ? Quel tsar ? Quelle oussaroussa ? Que fait Eldon là-dedans ? Pendant ce temps, Kirioucha continuait à parler. Ses mots, ses citations, ses phrases estropiées et rudimentaires, « ne me frappe pas, s't'plaît », retentissaient comme les boîtes de conserve dans un vide-ordures…

– Rien ne va comme il faut autour de nous, c'est ça ? a proposé Kirioucha comme nouveau sujet de discussion.

– Ben oui, lui ai-je donné raison sans vraiment le vouloir.

– Mais t'es chou, toi ! a-t-il dit avec un air sardonique, comme s'il m'avait pris en flagrant délit de vol. Et il faut faire quoi ?

J'ai décidé de ne rien dire, point. Je voulais le traiter de dernier des idiots, mais je me suis retenu.

– Faut faire quoi ? Faut quoi faire ? me torturait Kirioucha avec son abominable voix qui croassait.

Je ne répondais pas.

– Il faut, a-t-il dit de manière pontifiante, que tout soit comme il faut. Alors, veuillez rendre vos tickets.

---

[48] Comptine russe.

À ces mots, il a éclaté de rire, a croassé de façon théâtrale, vous savez, pathétique. Comme le crapaud du bouquin d'Henry Thoreau sur l'étang américain.

– Comment ça, les tickets ?

J'ai perdu tout courage.

– Les tickets ordinaires pour le ciel, pour l'avion à l'aile argenté d'Ivan Ailé[49].

Dehors, une sirène a retenti faiblement.

– La police, a commencé Kirioucha hargneusement. Et tu sais pourquoi ils sonnent comme ça ?

Je ne disais rien. J'attendais ce que ce voyou allait encore inventer.

– Ils sont en route pour résoudre un crime, a dit solennellement Kirioucha.

J'ai hoché la tête, avec l'air sérieux. Le son de la sirène était encore faible, mais il commençait à augmenter. Tout d'un coup, j'ai eu très peur.

– *Grosser köning ?* m'a appelé Kirioucha. Andrewlafrouille ? Ton visa pour aller voir les anges, il est pas expiré par hasard ?

Je ne m'en souvenais pas vraiment.

– Parce que sinon, attention, hein ? a-t-il ricané. Ils vont venir ici pour t'arrêter et ils t'enverront chez Sidorov à Copenhague, sur un lit de planches.

– Mais il s'est évadé, Sidorov, pas vrai ? me suis-je indigné.

– Ils vont le rattraper, m'a promis gentiment Kirioucha. Les nôtres le feront sans aucun doute.

J'ai serré ma tête entre les mains. Mon Dieu ! Quand est-ce que tout cela va se terminer ? On vit, on lit des livres, on bosse pour des miettes de pain, et tout va apparemment bien. Et quand on commence à se faire confiance, une véritable confiance, pour devenir proche de l'ordre mondial et des êtres humains, on découvre en soi non pas un esprit transcendant, mais un Kirioucha, hideux et débile, tout droit sorti des tableaux de Bosch, et puis…

– Andy.

---

[49] Jeu de mots : *aile* en russe, « krylo », fait penser à Ivan Krylov (« Ailé »), auteur de fables russe.

J'ai entendu la voix de Jack. Elle venait d'une pièce, mais j'avais l'impression qu'elle retentissait directement dans mon oreille.

– Tu attends quoi là ? Viens nous voir !

Kirioucha m'a donné ses derniers conseils :

– Vas-y, vas-y. Ouvre la porte et vas-y ! Tu as ton frère Jacques et ta nouvelle passion.

Il disait encore autre chose, mais ses mots ne grondaient plus, ne heurtaient pas mes oreilles, ils ne faisaient que claquer de manière abominable, comme des tongs sur l'asphalte mouillé.

– *Andrew? Are you OK?*

La voix de Missy était juste derrière la porte. Je sentais que Kirioucha disparaissait sans laisser de traces, que quelque chose se refermait dans ma tête et que les voix étrangères cessaient de s'y inviter sans gêne. Je me suis levé, j'ai ouvert la porte, et Missy est entrée dans la salle de bains. Nous nous sommes serrés dans le noir et elle a passé doucement sa main dans mes cheveux.

Quelques minutes plus tard, j'étais de nouveau assis sur le sol dans la grande pièce, allongé avec Missy, et je réfléchissais, apeuré, comment faire pour que ce Kirioucha n'apparaisse plus dans ma tête.

Toute la journée suivante, on a récupéré. La nuit suivante s'est passée également sans aventures particulières. Le jour d'après, le moment était venu de faire de ma valise pour aller à l'aéroport. Nous nous sommes réveillés vers midi, on a pris longuement un petit déjeuner composé des fruits de mer de la veille, puis il a fallu se presser. Missy a voulu m'accompagner à l'aéroport, mais j'ai dit que je n'aimais pas les longs adieux et que, dans tous les cas, je voulais rester un peu seul. C'était faux : je voulais qu'elle reste avec moi le plus longtemps possible. Missy a pété les plombs, est partie dans la cuisine en claquant très fort la porte. J'ai presque tout mis dans la valise, il me restait juste à ranger ma trousse de toilette quand Jack est entré dans ma chambre. Cette fois, son visage, blanc, immobile, toujours indifférent, semblait préoccupé.

– Tu t'en vas ? a-t-il demandé d'une voix étrangère enrouée.

– Non, ai-je dit, mais qu'est-ce qui te prend, Jack ? Je m'installe chez toi, définitivement. T'as pris froid ou quoi ?

Il a hoché sa tête rasée.

– Écoute, tu peux me rendre un service ? Je dois passer des médocs à un gars à Pétersbourg. Tu peux le faire ?

– Bien sûr, je peux, ai-je dit avec un enthousiasme feint.

Je n'avais pas une grosse envie de me prendre la tête avec des médocs, de devoir prendre rendez-vous et les apporter quelque part. Mais, en fin de compte, Jack m'avait accueilli et j'avais une dette envers lui.

– Il s'appelle Valia, m'a expliqué Jack sur un ton d'excuse. Tu sais quoi ? Donne-moi ton numéro, je le lui transmettrai et il se mettra lui-même en contact avec toi.

Je lui ai dicté mon numéro.

– Et c'est quoi ce médicament ?

Jack a vaguement agité la main.

– Ben, des broutilles. Des suppositoires contre les hémorroïdes.

– Pourquoi, ai-je rigolé, chez nous, ils ne savent même plus faire ça non plus ? Il faut en apporter de Londres ?

Jack a eu une seconde d'hésitation.

– C'est pas ça. C'est juste que ce qui se vend chez vous, ça lui convient pas. Tu comprends ?

– Bon, d'accord…

Et j'ai pensé à ce moment-là qu'en arrivant à Piter, au lieu de m'allonger sur le canapé et de me perdre dans les pensées amères, seul, il faudrait que je rencontre ce Valia que je ne connaissais pas et dont le derrière n'accepte que des suppositoires anglais. Je lui ai donné déjà le surnom de « Fesses douces » et je me suis rappelé Edic, un voisin d'enfance, un gros garçon brun qui portait toujours des vêtements d'importation. Nous avions huit ou neuf ans et lui, Edic, douze. Son père allait à l'étranger, il rapportait des chewing-gums qu'Edic distribuait généreusement dans la cour de l'immeuble. Je me souviens qu'une fois l'un d'entre nous a apporté un chewing-gum ordinaire acheté par ses parents dans un Gastronome[50] et Edic a fait une moue méprisante.

---

50 Les magasins d'alimentation soviétiques portaient le nom de Gastronome accompagné de numéro 1, 2, etc.

– Ce truc soviétique, a-t-il dit, il me colle les fesses.

Je me rappelle que j'ai imaginé les fesses d'Edic, blanches, sans raie au milieu, étanches, et j'ai eu peur. Au cas où, j'ai décidé de ne plus manger de chewing-gums, ni soviétiques ni étrangers.

Jack a levé son doigt d'enfant.

– Écoute, là, à la cuisine, sur le bord de la fenêtre, il y a quatre paquets. Prends ceux qui sont sur la gauche, c'est ceux pour Valia. Bon, allez… Quand tu pars, claque bien la porte. OK ?

J'ai fait oui de la tête. OK, alors, les paquets à gauche. Jack m'a tendu sa petite main blanche en guise d'adieu. Elle était étonnamment douce et molle comme un mollusque, mais la poignée de main elle-même était ferme. Je n'avais pas le temps de réfléchir à cette curiosité, je devais encore consoler Missy.

Quand Jack est parti, je me suis occupé de nouveau de mes affaires : j'ai tout revérifié, le passeport, le billet d'avion et, dans une poche de mon sac à dos, j'ai même découvert un peu d'argent. Puis je suis allé jeter un coup d'œil à la cuisine. Missy y était assise, jambes nues, elle portait juste son tee-shirt au pélican et regardait la télé. Sonia Sun Hun, elle, lavait la vaisselle.

– Il est temps de partir, ai-je dit à haute voix.

– Bonne route, m'a jeté Missy, sans quitter des yeux la télé où il y avait un match de foot.

Nous parlions en anglais, mais je traduisais de nouveau chaque phrase en russe pour que la conversation soit plus profonde et dramatique.

– Bon, les gars, ai-je dit, il faut que j'y aille, vraiment.

– Oui, oui, Andrew !

Soudain, Missy s'est levée de sa chaise et a quitté la cuisine en courant et elle est revenue quelques secondes plus tard en tenant dans ses mains deux petits paquets ficelés.

– Jack m'a demandé de te le rappeler. C'est le médicament pour son ami.

J'ai mis sans regarder les deux paquets dans ma valise. Missy s'est approchée de moi, m'a serré fort, a collé sa joue aux taches de rousseur contre mon épaule, puis elle m'y a donné un petit coup de tête.

– Prends soin de toi, mon cher, OK ? C'était sympa. Je t'aime.

J'ai rigolé et l'ai embrassée :

– Toi aussi, prends soin de toi ! Sonia, allez !

Sonia Sun Hun a souri et, en guise d'adieu, elle a agité sa main devant son visage comme si elle chassait de la fumée.

Le ciel était couvert de nuages gris. Quelque part là-haut les mouettes criaient de manière angoissante. Je tirais ma valise derrière moi et je me voyais déjà à Heathrow, passant les contrôles de frontière puis la douane. Je me souvenais bien de cet aéroport, ses câbles métalliques au plafond qui ressemblent à des pattes d'araignée, ses lumières tamisées, la pénombre, les cafés, les bars, les rangées de fauteuils interminables entre lesquelles s'affairent des gens en permanence. Il y a des centaines de milliers d'années, il y avait un campement, des hommes préhistoriques, le même tumulte babylonien. Dans la pénombre des temps révolus, les semi-humains grouillaient sur la terre, se heurtaient, s'engueulaient, guettant tous les bruits, surtout s'ils provenaient de quelque part du ciel. Depuis, ça n'a pas beaucoup changé ici. Le même campement, le même tumulte, les mêmes engueulades, la même peur du ciel.

L'histoire n'a pas beaucoup progressé jusqu'à maintenant, même si les centenaires se marchent dessus tellement il y en a. L'âge du fer a été suivi par l'âge de pierre, puis par celui du bois, puis par un nouvel âge de pierre. L'histoire a tourné en rond jusqu'à notre siècle, celui du plastique. Ce qui était solide, vigoureux, tenace, est devenu mou, s'est liquéfié, s'est plastifié : la vaisselle, les bâtiments, les automobiles, les théories des philosophes et même les pensées des gens.

Le métro, une bâtisse plate en briques rouge foncé et aux fenêtres en demi-cercle à l'étage, avait l'air tout à fait ordinaire et cela m'a semblé menaçant. Sous le regard vigilant d'un énorme Africain, j'ai passé les tourniquets et je me suis fondu dans la foule.

– Je vais vous expliquer tout en détail à propos de l'Afrique et tout ça, Andreï Alexeïevitch, et à quel point c'est important d'être vigilant…

Le Blond met devant moi sur le bureau une feuille de papier, sort de sa poche de poitrine un stylo à plusieurs couleurs et le fait cliquer pour faire de l'effet.

– Êtes-vous prêt à m'écouter ?

Je n'ose pas faire un geste. Je suis comme collé à la chaise. Il me scrute du regard. Les yeux bleus, complètement translucides, un visage rouge et rond, une mèche blanche. Il sourit, mais son regard est pesant. Les mots qu'il prononce sont brefs, concrets. Chez lui, tout est comme ça, concis, solide : le nez, le menton, les jambes, le corps sous sa veste de costume. Je me demande quel est son grade. Il s'est sûrement présenté, mais j'ai oublié. Un commandant, probablement. Un CMT. Cela sonne concis, solide.

– Regardez.

– Le Blond met la feuille devant lui et commence à dessiner quelque chose qui ressemble beaucoup à un gros membre d'homme qui pend.

– C'est l'Afrique.

Ils en ont tous des gros comme ça, il paraît. C'est Katia qui me l'a raconté, elle était sortie avec un batteur africain. Les hommes ressemblent à leurs continents, îles et pays. Prenons l'Angleterre, par exemple, elle ressemble à un lièvre et ils sont tous comme des lièvres là-bas, toujours à guetter comme des périscopes. L'Amérique ressemble à un pis, alors les Américains aiment plus que tout mâcher leurs chewing-gums, comme les vaches, et chasser les prédateurs à coups de cornes. C'est comme ça que ça marche. C'est pour ça qu'il vaut mieux n'émigrer nulle part et vivre là où on est né. Eliot avait raison. Sinon, on arrive quelque part, nous autres lièvres, à tourner comme des périscopes, on vient pour trouver de délicieuses carottes et on tombe au milieu des vaches. On court partout, on tourne en rond, on zigzague, et elles, elles sont clouées sur place. Nous, on a besoin d'une bonne carotte et elles, elles te tendent un chewing-gum qui te colle les fesses. Debout, fais comme tout le monde, rumine. Ou repars chez tes lièvres. Je me demande à qui nous ressemblons, nous ?

Pendant ce temps, le Blond continue à dessiner et un petit cercle apparaît à l'intérieur du « membre ».

– Vous voyez ? C'est la ville de Marrakech. Peuplée de sales types. Très mauvais. Ils font pousser de la merde. Vous comprenez ?

Ce local en verre est étroit et étouffant. Et vide, curieusement, comme un aquarium dont on a depuis longtemps vidé toute l'eau.

Je fais un oui.

– Je n'ai pas entendu ! hausse-t-il la voix.

– Compris…

Sa voix redevient douce de nouveau :

– Dans la ville de Marrakech, il fait toujours chaud et la merde y pousse très bien. On la cueille, on la sèche, on la met dans des sacs.

Il fait une pause et jette le stylo devant lui sur le bureau. Il sourit. La merde. Ça alors… Où ont-ils appris à parler ainsi des choses les plus importantes… Comme s'ils jouaient, quelque part entre une chose sérieuse et un plaisir. Tels des Oscar Wilde. Mais Kirioucha les dépasse largement tout de même.

– On en extrait la résine. C'est ça, hein ?

Il hausse la voix sur ces derniers mots et se tourne vers Crâne rasé.

– Exact ! atteste-t-il.

– Tu sais ce qu'on fabrique à partir de la résine ? s'adresse-t-il à moi de nouveau.

– Du haschich…, dis-je, abattu.

– Ah ! dit-il. Bravo ! Tu commences à piger petit à petit. Et le haschich, on l'amène où ? C'est ça ! En Espagne par la mer. À propos, comment s'appelle-t-elle ?

Je ne réponds rien. C'est étrange cette manière de vouvoyer et de tutoyer le monde en même temps et de discuter avec le délinquant comme pour mettre les deux consciences en contact. C'est peut-être leur moyen de comprendre les gens.

– Andreï Alexeïevitch, dit le Blond, ayant fait une pause, un sourire se dessinant sur sa physionomie rouge et joufflue, soyons un peu plus attentifs, OK ? Vous aurez encore le temps de rêver à des jeunes filles.

« La fin du monde ! C'est pas possible ! »

– Bon, je peux continuer ?

Il regarde avec satisfaction ce qu'il a dessiné : son « équipement » africain qui pend. « C'est cela, pensé-je, ton inconscient, il déborde. »

– Par la Méditerranée, la marchandise arrive en Espagne, dans la ville de Madrid. Regarde. On va faire Madrid.

Il dessine un autre petit rond et y trace une flèche qui part du premier rond.

– Et de Madrid, elle arrive directement où ? À Londres !

Sur la feuille, un peu sur la gauche, un nouveau petit rond et une nouvelle flèche sont apparus.

– Et tu sais où elle arrive, concrètement parlant ?

Et sans attendre ma réponse, il m'annonce :

– Chez le citoyen de la Fédération de la Russie Samsonov Evgueni Nikolaévitch, domicilié à Londres où il est connu des individus impliqués dans le trafic de drogue sous le nom de Jack.

Samsonov Evgueni Nikolaévitch !

Et tout cela dit comme ça, comme entre deux portes, sans consulter de paperasse. Et moi, le dernier des idiots, je ne lui ai même pas demandé son nom.

– Samsonov Evgueni Nikolaévitch, continue-t-il en levant la tête de sa fiche. Alias Jack, qui met le haschich dans les coquilles de pistaches, de noix et où encore ?

« Va te faire… »

– Il ne faut pas faire cette tête, mon cher Andreï Alexeïevitch, je ne vous laisserai pas tranquille, de toute manière. Alors, il le met où ? C'est ça, voilà… dans des boîtes de médicaments. Et ces boîtes arrivent à Saint-Pétersbourg et à Moscou dans les bagages et les sacs à main de nos citoyens.

Il a poussé la feuille vers moi.

– Alors ? Il est intéressant, le dessin que je vous ai fait ?

« Salaud de Jack… et celui-là aussi. Mais je fais quoi maintenant ? »

– C'est le schéma du trafic de drogue, c'est ça ?

Je pose la question pour prononcer au moins quelque chose. C'est une question bête.

Il agite sa main avec lassitude.

– Mais non, quel trafic ? Des broutilles… C'est trois fois rien. Le vrai trafic de drogue, cher Andreï Alexeïevitch, c'est ailleurs : Ouzbékistan, Tadjikistan. Ça, c'est rien… C'est juste que vos amis aiment les produits marocains. Ils ne sont pas fans des joints locaux, voyez-vous.

Il renifle avec mépris.

– Bohème de merde !

– Donc (je fais une pause), vous me… comment… vous me relâchez, c'est ça ?

Le Blond rit de tout son cœur et se tourne vers Crâne rasé, comme s'il l'invitait à participer à cette rigolade. Ce dernier lui sourit en guise de réponse.

– Andreï Alexeïevitch ! Mon cher ! Mais comment ça vous relâcher ? (Il écarte les bras dans un geste d'impuissance.) La loi ne le prévoit pas du tout. Du tout… On vous a arrêté, on a procédé au contrôle des bagages avec deux témoins. Vous avez avoué quand même que la petite valise vous appartient bien, que ces suppositoires contre, excusez-moi, les hémorroïdes, vous les avez eus de la part d'un homme dont vous ne connaissez même pas le nom. Nous avons scellé, comme on dit, tout ça devant vos yeux et l'avons envoyé au laboratoire avec un coursier. Pour une expertise express.

– Et maintenant ?

Il sourit et hoche la tête.

– Et maintenant, mon très cher ami, eh bien, vous êtes retenu trois heures pour suspicion d'actes illégaux.

– Et après ?

Il soupire et hausse les épaules.

– Vous êtes bien curieux… Et maintenant, et après… Tout dépend des résultats de l'expertise et de la quantité de drogue que vous aurez amenée. S'il y a moins de deux grammes, c'est une chose, s'il y en a plus, c'en est une autre.

– Quelle autre ? demandé-je d'une voix tremblante.

– Quelle autre ? redemande-t-il gaiement en me regardant dans les yeux. Une mise en examen pénale ! Quelle autre… Mais ne tremblez donc pas comme ça. On trouvera un arrangement. Et pour l'instant, on attend les résultats de l'expertise. Peut-être qu'il n'y a rien, hein ? Peut-être que ce sont vraiment des médicaments, hein, pour le cul ?

Il s'adosse à la chaise, rigole gaiement d'un rire retentissant et se croise les doigts sur la nuque. Puis il frappe brusquement de sa paume sur le bureau, se lève et sort de sa poche son téléphone portable.

– Bon ! J'y vais et je reviens d'ici une heure. Justement, les résultats de votre expertise seront prêts. Voilà ! Amusez-vous bien.

La porte claque derrière lui et, dans l'aquarium, nous ne sommes désormais que deux, moi et ce Crâne rasé qui m'a arrêté. Ils se ressemblent quand même tous, ces enquêteurs ou je-ne-sais-quoi... Jusqu'à leurs intonations même.

Crâne rasé est devant son ordinateur et tape bruyamment sur le clavier. *Toc-toc-toc. Toc-toc. Toc-toc-toc-toc-toc.* Espèce de pic ! Mais que va-t-il donc m'arriver, à moi ? Peut-être qu'ils auront pitié de moi et me laisseront partir ? *Toc-toc-toc !* Je sens ce bruit m'envahir totalement la tête en étouffant pensées et sentiments. Tout ce qui se trouve dans cet aquarium, tous les objets, les bureaux, les chaises, les placards en métal, les luminaires, l'horloge électronique sur le mur, l'air conditionné au-dessous du plafond, ma valise, mon sac à dos, tout commence à gonfler peu à peu, mais inexorablement, devant mes yeux, directement sur la rétine, toute chose visible est sur le point de s'ouvrir, d'éclater, de faire craquer son enveloppe matérielle, tout devient compréhensible, explicite, bien qu'hostile comme ce bruit sourd produit par un homme seul et qui se propage, qui s'insinue en moi, dans mon corps, dans mon estomac, qui se disperse dans mes entrailles, qui commence à cogner dans mon crâne comme s'il voulait le casser de l'intérieur. *Toc-toc-toc.* Peut-être que c'est le destin qui s'est transformé en pic et qui frappe à ma porte ? Peut-être que j'ai des problèmes cardiaques ? Ou bien de tension artérielle ? C'est ça, le détenu a été mis sous pression ! Quand on nous met la pression, le cœur commence à battre fort.

La voix autoritaire de Crâne rasé interrompt mes pensées :

– Changez de place, s'il vous plaît ! Mettez-vous là.

Je change de place et quitte le bureau pour aller vers deux chaises posées le long du mur en verre opaque et je comprends tout de suite qu'ainsi, je change de statut, que je suis déjà sous les roues de la procédure judiciaire et que je ne sortirai plus facilement de cet aquarium.

Qu'ils aillent tous au diable ! Ils peuvent faire ce qu'ils veulent… Le bruit diminue soudain, devient plus sourd, quitte les objets, glisse en partie vers Crâne rasé, en partie vers l'horloge électronique au mur.

Une heure passe dans une attente pénible, en compagnie des claquements secs du clavier et de la grosse horloge sur le mur. Si on me laisse partir, si je pars, cela ne changera rien. Le bruit s'est gravé en moi de toute façon, que je reste assis ici ou debout sur le pont d'Owl Creek, les mains attachées derrière le dos. Le destin nous remplit d'abord de peur puis d'indifférence. Il nous fige, nous prive de notre libre arbitre alors que, pour garder sa place, il faut courir droit devant nous de toutes nos forces. On ne marchande pas avec le temps. Même si on met de son côté la morale et la science.

– On ne marchande pas avec le temps, on ne gagne pas contre le temps, le siècle est toujours féroce, un chien-loup, et l'homme veut le vaincre, devenir lui-même un loup des steppes obstiné ou, ce qui est préférable, ne pas le devenir, a déclaré Petr Alexeïevitch en chantant, et à ce moment-là, le sang lui a coulé du nez.

Il faisait une conférence sur la problématique du temps dans l'esthétique du romantisme, cela se passait dans une petite salle de concert avec une large estrade et des fauteuils. Ce n'était même pas une conférence, mais une sorte de mot d'ouverture qui introduisait, on ne sait pourquoi, le concert d'un quartet de cordes. La veille, Petr Alexeïevitch m'avait appelé et, après avoir parlé, il m'avait gentiment invité à venir, ce que j'avais accepté à contrecœur. Cela faisait presque un an qu'on ne s'était pas vus alors qu'auparavant, on se voyait pratiquement une fois par semaine. Petr Alexeïevitch m'avait vraiment excédé avec ses considérations religieuses, avec son rejet de tout ce qui est nouveau, progressiste, libéral, et il n'avait pas lassé que moi, toute la fac en souffrait, et même les deux facs où il continuait à donner des cours. Parmi les jeunes profs, tout le monde était d'accord depuis un moment pour dire qu'il était temps qu'il prenne une retraite méritée.

Mais le sujet de sa conférence correspondait à mes propres intérêts et je suis venu. Je me suis installé au premier rang. Il n'y avait pas beaucoup de public. Ce jour-là, la télé donnait la demi-finale du Championnat du monde de football. Petr Alexeïevitch est monté sur l'estrade, salué par de timides applaudissements, il m'a reconnu, m'a salué de tête, s'est mis derrière la tribune et a commencé sa conférence. J'ai eu l'impression qu'il avait beaucoup maigri et vieilli depuis le temps qu'on ne s'était pas vus et qu'il en était devenu grotesque. Ses cheveux s'étaient clairsemés, les joues rondes et charnues s'étaient creusées, devenues d'une pâleur maladive, et son gros nez, toujours rouge comme un faux nez de clown d'un comique ridicule. Il venait juste de commencer à parler, il a prononcé sa phrase sur le temps, sur le siècle, et c'est là qu'il s'est mis à saigner du nez.

J'ai bien vu que cela ne le gênait pas du tout. Il a ricané doucement, a sorti de la poche de sa veste un mouchoir, grand et blanc, l'a secoué énergiquement comme pour demander une trêve, et l'a appuyé sur son nez. Mais le sang ne s'arrêtait pas. Il coulait sur le mouchoir, sur ses doigts qui le serraient. Petr Alexeïevitch a fait une pause, a levé la tête, en appuyant le mouchoir contre son nez, il est resté comme ça quelques secondes et a essayé en vain de s'essuyer. Le sang descendait déjà sur son menton, sur sa chemise, quelques gouttes sont tombées par terre. Petr Alexeïevitch a fait un pas pour s'éloigner de la tribune, a écarté avec précaution les jambes pour ne pas salir son pantalon et a encore essayé d'essuyer le sang, mais il n'y est pas arrivé. Il disait quelque chose à travers le mouchoir, quelque parole profonde, mais la salle a compris qu'il n'y aurait plus de conférence. Les gens poussaient des *ah !*, grimaçaient de dégoût, échangeaient des coups d'œil.

– Quel cirque ! Qu'il aille aux toilettes, enfin ! a dit une voix d'homme irritée près de mon oreille.

On avait l'impression que le professeur n'entendait rien, ne comprenait pas qu'il était temps de partir, il tournait en rond sur l'estrade en serrant le mouchoir contre son visage, il regardait autour de lui, impuissant, clignait des yeux et ne trouvait pas le courage de partir. J'ai soudain eu honte de lui, de son échec idiot, ridicule, et puis, tout de suite, je me suis dégoûté moi-même pour mes pensées, lâches et mesquines. Je me suis levé d'un bond et je suis monté en courant sur l'estrade, à ses côtés.

– Mon cher Andreï, c'est un vrai cauchemar…, a dit Petr Alexeïevitch, en serrant toujours le mouchoir contre son visage.

Dans cette impuissance, dans cet état misérable, il était devenu notre égal à moi et à ceux qui étaient assis dans cette salle, et cela m'est devenu insupportable. Très vite, un homme en costume bleu est apparu à nos côtés. C'était l'organisateur de l'évènement.

– Vous pouvez peut-être lire à sa place, pour ne pas gâcher la conférence ? nous a-t-il demandé d'un air maussade et, sans attendre mon accord, il s'est approché de la tribune et a déclaré dans le micro : Face à ce, comment… cet incident, la conférence de Petr Alexeïevitch sera lue par son élève. Votre nom, s'il vous plaît ? Je vous en prie. Voici le texte…

J'ai jeté un coup d'œil sur les pages et j'ai ricané. Elles étaient tachetées de sang, l'encre avait coulé, mais j'arrivais quand même à distinguer les mots.

– Non, ai-je dit. Je ne le ferai pas. Allons-y, Petr Alexeïevitch.

J'ai attrapé les feuilles, mis mon bras sur les épaules de mon maître et je l'ai raccompagné en coulisse. Il était au bord des larmes.

– C'est un cauchemar, un cauchemar ! J'ai tout gâché !

– Ce n'est pas un cauchemar, mais pas du tout, ai-je dit fermement. Ils vont survivre.

Nous nous sommes retrouvés dans les coulisses, dans un local sale et mal éclairé, j'ai trouvé un fauteuil où j'ai installé Petr Alexeïevitch et je me suis assis tant bien que mal à côté. Il fallait appeler les urgences. Une jeune fille, maigre et moche, est arrivée en courant, venant de la part des organisateurs, si j'ai bien compris, elle s'est mise debout devant nous, sourcils froncés et yeux plissés, et s'est mise à observer Petr Alexeïevitch avec horreur.

– C'est un cauchemar, répétait-il. C'est un saignement, vous comprenez ? J'ai déjà eu ça une fois. Ce n'est pas un AVC, c'est déjà bien.

– Je peux vous aider ? a demandé la jeune fille effrayée.

– Vous pouvez, ai-je dit. En vous en allant.

Petr Alexeïevitch m'a regardé avec un air de reproche et, sans enlever les mains et le mouchoir de son visage, il a secoué la tête.

– Excusez-moi, ai-je dit, je ne sais plus ce que je dis. Si cela ne vous dérange pas, pourriez-vous appeler les urgences ?

– Quelqu'un a fait un malaise ! Vous entendez ?! Appelez les urgences !

On entend retentir une puissante voix de femme et la porte s'ouvre.

– Je peux ?

Une dame d'un certain âge, corpulente, en tailleur bleu, au visage long et lourd, aux traits rudes et à la haute coiffure violette, entre. Elle a un porte-document en cuir noir sous le bras. L'aquarium s'est rétréci d'un coup. Crâne rasé rigole :

– Je peux, je peux ! Anna Andréevna, combien de fois dois-je vous répéter qu'ici, il est d'usage de dire « vous permettez » ?

« Anna Andréevna ! Et ces deux-là doivent certainement être deux orphelins, Brodsky et Bobyshev[51]. »

– Mouais, fait la corpulente Anna Andréevna.

Elle ajuste sa coiffure violette, sort de son porte-document un feuillet et le met devant Crâne rasé sur le bureau.

– Tenez, s'il vous plaît…

– Qu'est-ce que c'est que ça ? Ah ! s'exclame joyeusement Crâne rasé et, en se tournant vers moi, il annonce solennellement : La conclusion de l'expertise, toute fraîche, Andreï Alexeïevitch !

« Vont-ils me mettre les menottes, me demandé-je, curieux, ou vont-ils m'emmener comme ça ? »

Crâne rasé, en souriant, prend le feuillet avec ses deux mains et commence à lire. Soudain, l'expression de son visage change.

– Qui a fait l'expertise ?! demande-t-il brusquement.

---

[51] Joseph Brodsky et Dmitry Bobyshev, poètes russes, au début des années 1960, faisaient partie du Cercle d'Anna Akhmatova dont faisaient partie en tout quatre poètes qu'on appelle « les orphelins d'Akhmatova », d'après une expression utilisée dans le poème *Tous les quatre* de Bobyshev.

Anna Andréevna la violette hausse les épaules avec indifférence.

– La même personne que d'habitude. Je peux y aller ?

– Vous permettez ? dit Crâne rasé tout bas, d'un ton irrité, sans quitter des yeux le feuillet.

– Comment ?

– Anna Andréevna ! hausse-t-il la voix. Il faut dire : « Vous permettez ? », compris ?

Anna Andréevna lève les yeux au ciel et hoche la tête. La porte vitrée s'ouvre de nouveau et l'aquarium laisse entrer le Blond, celui qui m'a expliqué l'itinéraire de la drogue. Son expression est radieuse.

– Ah, qui est là ? Bonjour, Anna Andréevna, bonjour ! Alors, ça donne quoi ? Au rapport, Alexandre Semionovitch…

Crâne rasé, alias Alexandre Semionovitch, lui tend le feuillet sans dire un mot. Son visage a déjà retrouvé son expression habituelle, un peu moqueuse.

– Aucune drogue détectée, Dmitry Vassiliévitch…

– Comment ?!

Le Blond lui tire le feuillet des mains et, les yeux écarquillés, commence à lire.

– C'est vraiment des médicaments, explique Alexandre Semionovitch à Crâne rasé. Et pas du haschich du tout. Des suppositoires ordinaires contre les hémorroïdes, faits en Croatie.

– Qui a fait l'expertise ?!

Anna Andréevna soupire bruyamment, ajuste sa coiffure et lève les yeux au ciel d'un air entendu et avec une fausse lassitude dans la voix :

– Je peux y aller ?…

– Vous pouvez, lance nerveusement le Blond sans la regarder.

« Mon Dieu ! Qu'ils se ressemblent ! Les mêmes mots, les mêmes expressions de visage. » Pendant une seconde, j'ai l'impression que le monde s'est pétrifié. Comme si tout était tout simplement fixe, sans mouvement, sans souffle, sans réactions chimiques. Je me lève. Non, je bondis. Je n'arrive pas à croire à ma chance.

Anna Andréevna, se tournant lourdement sur les talons, sort en fermant son porte-document.

– Avez-vous appelé les urgences ? crie-t-elle à quelqu'un dans le couloir et la porte se referme derrière elle.

Dmitry Vassiliévitch, le Blond qui m'avait interrogé, se tourne vers moi, se redresse de toute sa hauteur et me sort ironiquement :

– Alors, Andreï Alexeïevitch ? Vous n'arrivez pas à croire à votre chance ?

« Effectivement, je n'y arrive pas. »

– Vous savez, lui dis-je, votre récit était très intéressant. J'aurais pu y passer la soirée. Et les ronds que vous avez dessinés étaient magnifiques.

Le Blond esquisse un sourire tordu. En tout cas, sa voix devient ferme et officielle :

– Vous avez vite retrouvé votre aplomb, hein, Andreï Alexeïevitch ? Je vous présente mes excuses, de ma part et de la part de mes collègues.

– Cela peut arriver à tout le monde, lui dis-je. Je peux partir ?

Il me tourne le dos et il commence à parler à mi-voix avec Crâne rasé comme si je n'étais pas là. Je prends mon sac à dos et j'attrape la poignée de ma valise.

– Vous pouvez, répond Crâne rasé pour le Blond. Juste une signature ici.

Une minute plus tard, je traverse déjà le hall de l'aéroport et je me dirige vers la sortie en traînant ma valise derrière moi. Ton intervention relève du miracle, ô Dieu[52] ! Les hommes, finalement, n'arrivent jamais à faire ce qu'ils veulent parce que, ici-bas, les règles humaines ne fonctionnent pas. Ces deux-là non plus, ils ne sont pas arrivés à leurs fins.

ATTENTION ! LE VOL PEGASUS AIRLINES 129 D'ANTALIA A ATTERRI.

La Providence avait tout arrangé à l'avance. Elle avait voulu faire naître, vingt-trois ans plus tôt dans une petite ville de l'État d'Oklahoma, chez Sally et Jonathan Watton, propriétaires d'une

---

[52] Citation de Vladimir Monomaque (1053-1125), grand-prince du Rus'.

holding bancaire, après neuf mois de gestation dans le ventre de sa mère, un bébé de sexe féminin qui a reçu le nom de Missy. Dix-huit ans plus tard, Missy Watton a terminé ses études avec des résultats assez médiocres puis est entrée à l'Université Lincoln de l'État du Nebraska pour se spécialiser dans quelque chose dont je ne saurais dire le nom même sous la torture. Durant sa dernière année d'études, dans le cadre du programme de mobilité internationale, elle se trouvait à Londres où elle est devenue une visiteuse régulière d'un appartement numéro N, bâtiment numéro X sur Tavistock Square. Dans ledit appartement, de 1999 à 2011, habitait le citoyen de la Fédération de la Russie, Samsonov Evgueni Nikolaévitch. Et ce fut précisément là que Missy Watton donna par erreur à son partenaire sexuel de passage, Andreï A., les suppositoires normaux contre les hémorroïdes au lieu de la drogue conditionnée par des préparateurs en pharmacie croates.

J'ai tellement souhaité ces résultats fournis par je ne sais qui à destination de ces parfaits inconnus qu'ils ont fini par atterrir sur le bureau du flic. Je me rappelle avoir lu une histoire semblable arrivée à un soldat américain disparu. Sauf que lui est définitivement mort sous les poutres d'une cabane écroulée alors que moi, j'ai échappé de justesse à une fin malheureuse et retrouvé ma liberté.

Après la tiédeur de l'aquarium, il fait froid dans la rue. Derrière les portes automatiques de l'aéroport qui s'entrechoquent comme les Symplégades, il fait sombre et vide. Aucun voyageur encombré de bagages, ni porteur ni chauffeur de taxi, il n'y a personne. Juste une lumière gelée violette qui s'écoule vers le bas des réverbères. Une petite neige piquante est poussée par le vent, elle entre dans les yeux, dans les oreilles, glisse sous le col, comme si elle voulait me toucher, me palper, me saluer, s'assurer que je suis bien de chair, que je suis prêt à rentrer chez moi. Vers l'arrêt de bus, mes pensées sont interrompues par un coup de téléphone.

Katia… Je l'ai complètement oubliée.

– Salut, Katia.

– Comment tu vas ?

Je sens à sa voix qu'elle s'inquiète pour moi.

– Mieux que tout le monde…

– Ah, bien !

Elle soupire et fait une pause. Je ne dis rien, moi non plus. Un bus vide arrive. Les portes s'ouvrent, je soulève ma valise et je grimpe à l'intérieur.

– Et comment ta patrie t'a-t-elle donc accueilli ?

Sa voix est redevenue ironique. On vient à peine de se réconcilier que voilà, ça recommence.

– Qu'est-ce que tu crois ? Avec un orchestre et des fleurs. Et j'ai même grimpé sur une voiture blindée pour faire un discours. Comme Lénine en 1917.

– Qui ?

– Lénine.

– Ah, je vois.

« Katia n'est pas forte en histoire. »

– Je t'ai manqué ?

– Oui.

Je m'assois sur un siège et pose mon sac à dos sur mes genoux.

– Menteur !

Sa voix se radoucit. Je commence alors à comprendre que son corps, ses lèvres, son manteau rouge élégamment fermé d'une ceinture noire m'ont manqué.

– Bon, allez… je viendrai peut-être bientôt, moi aussi.

– C'est quand ton « bientôt » ?

Je me sens d'un coup cafardeux et seul.

– Je ne sais pas. Ça dépend. Peut-être d'ici six mois, peut-être deux ou trois. Appelle-moi, sinon.

« Sinon, quoi ? »

– D'accord… Katia, je voulais te demander…

– Quoi encore ?

– Comment s'appelle ta fille ?

– Prenez un ticket, jeune homme.

Une receveuse d'autobus, une dame âgée en gilet orange, apparaît devant moi et me regarde par-dessus ses lunettes en attendant ma réponse. Les portes ferment et le bus, bringuebalant lourdement, démarre en s'ébrouant.

Dans le téléphone, une courte tonalité. Je mets le téléphone dans ma poche en adressant une grimace menaçante à la receveuse.

– Arrêt suivant, gare Olympe, annonce le conducteur dans son micro mains libres.

Il dit bien « Aéroport », « gare Aéroport », mais j'entends, je ne sais pourquoi, « Olympe ».

– Mesdames, messieurs, n'oubliez pas de prendre un ticket !

« Comment va ce Valia aux fesses douces ? me demandé-je. J'espère que je ne lui dois pas d'argent. »

CHAPITRE 4

Olympe

Les rues de Saint-Pétersbourg, en hiver et surtout le matin, sont inconfortables et inhospitalières, comme des tuyaux éclatés sous le souffle glacé des puissants poumons d'un géant. Les matins d'hiver, tout se rétracte de froid : arbres, arbustes, bâtiments, grilles, bancs, et une morosité humide se propage dans l'air. Elle glisse sous les doudounes, les manteaux de fourrure, les chapeaux, sous les costumes, sous les tee-shirts et, ne rencontrant aucun obstacle, s'immisce plus loin, dans la profondeur de la chair, jusqu'aux côtes, vertèbres et nerfs.

C'est peut-être la vengeance d'une divinité des marais dont l'idylle avec les moustiques a été perturbée il y a plus de trois cents ans ou peut-être que c'est juste une conséquence du voisinage avec des grands lacs froids. Quoi qu'il en soit, dans les rues de Saint-Pétersbourg, on ne se sent pas comme le nombril du monde, ni comme un seigneur ou un dieu de l'Olympe, mais comme un morceau de viande, un morceau de viande banal, à peine un obstacle pour les masses d'air froid.

Le métro, c'est tout le contraire, on y oublie ce froid infernal qui glace l'âme et le corps. On descend dans le métro comme on se glisse sous la couverture chaude de son lit d'enfant où la lampe de poche et le livre d'aventures cachés à l'avance nous attendent. Notre métro de Saint-Pétersbourg est un royaume souterrain d'escaliers ondoyant de haut en bas, un royaume de voûtes en marbre, de colonnes, de lampes en cuivre, de tunnels mystérieux. Tout bourdonne, gronde, scintille, claque avec des sons métalliques comme au royaume des nains forgerons, mais, pour une obscure raison, au lieu de taper sur les nerfs, cela berce. Le mouvement de la foule au milieu de laquelle on marche, le balancement rythmique du wagon dans lequel on monte, nous plongent dans une douce torpeur. Et les énormes lustres des stations du centre-ville, les grilles en fonte, les motifs étoilés, nous replongent dans le monde disparu de l'empire, inspirant un sentiment rassurant d'immuabilité.

Je voudrais que ce trajet en métro ne finisse jamais. Je voudrais y rester assis éternellement comme je suis assis maintenant, me laisser emplir du vacarme des roues, du défilement des stations, de la voix neutre du haut-parleur annonçant les arrêts, de la vue des câbles se ramifiant le long du tunnel. Je voudrais être emmené, emporté, balancé jusqu'à l'évanouissement, le sommeil. Et je ne voudrais plus jamais sortir à l'air libre, dans les bourrasques glacées du jour écrasé par le réel, ne laissant aucune place au rêve, à la paix et à l'éternité, où il n'y a que lutte.

C'est comme si l'on naissait de nouveau, perdant notre douceur, gagnant en fermeté et en détermination. Après, je dois marcher longtemps, le long des façades repeintes, en évitant des poteaux, des panneaux d'affichage, des poubelles dressées sur le trottoir, des véhicules, des flics, des sans-abris, des mamies avec leur caddie, en m'arrêtant aux feux afin de laisser bondir la circulation hivernale.

Peu importe… J'y suis presque, je vais jeter ma lettre de démission sur la table, qu'il s'en étouffe, ce connard… Et à tous ceux qui vivent des miettes qu'il leur accorde, je vais dire leurs quatre vérités. Bande d'enfoirés !

– Va te faire foutre, connard ! crie un mec en veste de cuir grise à un clochard âgé, la peau bleuie, qui est toujours installé à ce carrefour pour mendier.

Le mec est visiblement pressé. L'air pensif, le clochard hausse les épaules et dit, sans s'adresser à quelqu'un en particulier :

– Mouais… me faire foutre, j'irais bien… mais je ne suis pas un connard !

Toute la population du centre historique a des bonnes manières aristocratiques et, même dans la misère, parvient à maintenir sa dignité. Ce clochard a besoin d'argent, mais ma foi protestante ne me permet pas de lui en donner. Tomberai-je dans le péché en lui faisant la charité ? Vais-je me complaire dans mon altruisme chrétien, le savourer, me sentir plus grand, meilleur, plus juste que les autres qui ont laissé leur petit frère en difficulté et joui de leur supériorité sur ce pauvre bipède bleui avec qui j'aurai été si généreux ?

Mais bon… Aujourd'hui, j'arrête de travailler alors je me retrouve de nouveau envahi de sentiments mesquins qui bouffent tout vivant mon corps de pécheur, envahi de pensées infestant la tête comme des tumeurs cancéreuses.

Je sors mon portefeuille et compte ma monnaie minutieusement comme ce vieux péteux de Hindenburg comptant ses soldats à un défilé[53]. Bon Dieu… mes doigts gelés m'obéissent à peine. Le clochard prend l'aumône en silence, avec dignité. Il redresse la poitrine, comme un brave sous-officier à la retraite, colle ses mains sur la couture du pantalon et hoche la tête cérémonieusement comme pour dire : « Merci, maître, on ne l'oubliera jamais. »

Je remarque du coin de l'œil une femme au visage marbré couverte de haillons déchirés, assise à côté d'une clôture métallique basse. À ses pieds, il y a de grands sacs crasseux largement troués. La femme n'est pas intéressée par notre conversation, elle discute avec un pigeon qui se promène nerveusement près de ses sacs.

– Tu vas où ? dit la femme au pigeon. Dégage. T'entends ce que je te dis ? Va-t'en ! Va ! Et ne reviens plus !

Mes salauds de patrons… Alla Lvovna a bossé pour eux pendant quarante ans et maintenant ils s'en sont débarrassés, c'est légal, pas de problème… Quelqu'un, au moins, devrait…

Le téléphone commence à vibrer dans ma poche. Qui peut bien avoir besoin de moi ? Louguine ! Ah, ben oui… Ben non, débrouille-toi, bec de pélican que tu es. Je ne te répondrai pas. Mes doigts sont raidis de froid. C'est Nikita qui a dû lui dire de m'appeler. Messager des dieux… espèce de bâtard, va ! Je me souviens soudain des petits yeux fuyants de Louguine, son gros ventre, sa grosse nuque grasse,

---

[53] Référence au film *Fascisme ordinaire* de Mikhaïl Romm sorti en 1965.

son menton pendouillant comme la poche sous le bec d'un pélican. Je ne vais pas aller le voir ! Je ne nourrirai pas ce salaud de mon hystérie !

Il y a un an, dans mon appartement de Plochtchad' Moujestva[54], le téléphone fixe a sonné longuement, avec insistance. Je ne voulais pas décrocher. J'étais hystérique. Je venais de rentrer de Londres, j'avais eu du mal à ouvrir la serrure, mes doigts engourdis d'avoir porté ma valise ne m'obéissaient pas. J'ai posé le sac à dos par terre et appuyé la valise contre le mur. Puis j'ai accroché ma veste, enlevé d'un coup de pied chaussures et chaussettes et suis allé pieds nus dans ma chambre. J'ai allumé la lumière, regardé autour de moi. Le passage du temps était perceptible. Après mes mois d'absence, l'appartement semblait vieilli, étouffant, petit, encore plus bas de plafond et exigu qu'avant. Ou c'était peut-être moi qui étais devenu plus grand et plus jeune ? C'est sûr…

Oui, ça doit être ça, pensais-je. Carrément… Presque un mois et demi à Londres, dans des hôtels chers, trois bons repas par jour. Puis l'appartement cher, dans un lit cher, avec une femme qui coûtait cher.

J'ai regardé avec indulgence par la fenêtre et j'ai vu que rien n'avait changé ici, des néons qui combattaient le crépuscule, un obscur dortoir de l'époque de Khrouchtchev avec de fausses colonnes et un toit triangulaire, l'interminable mur d'un immeuble qui s'étendait le long de l'avenue et bouchait la vue sur le métro. Loin sur la gauche, des immeubles éclairés se dressaient toujours et le parc Polytechnitcheski s'étalait devant comme une tache d'encre.

Plus proche, juste sous les fenêtres, on découvrait la circulation trépidante des voitures, des trolleybus, des tramways. C'était comme si je m'étais envolé au-dessus de tout ça, loin de tout ça et, de mon huitième étage, je voyais des gens traverser la rue Polytechnitcheskaya dans les deux sens, d'un pas ferme, rapide, au rythme polytechnique typique. Sur le trottoir, près d'un feu, j'ai vu

---

[54] Littéralement, « Place du Courage ».

un homme gifler violemment une jeune femme en veste rouge, se retourner et partir. Elle a caché son visage avec ses mains et s'est affaissée lentement sur la neige. Les piétons passaient devant elle, pressés de rentrer chez eux, dans leurs alvéoles, chez leurs épouses, leurs maris, leurs enfants.

J'ai allumé une cigarette et ouvert la fenêtre. Je me souviens qu'en regardant ainsi la vie nocturne derrière la fenêtre, un fantasme idiot m'est venu à l'esprit, contrecoup du vol long et pénible. Toutes ces voitures, ai-je pensé presque à voix haute, ces bus et ces tramways, du premier écrou aux puces informatiques, sont inventés par nous, humains. Créés par l'homme, ils sont éternels. Nous y investissons nos efforts, notre esprit, nos mains, notre énergie. Mais si on regarde de près, ils sont dénués de sens, immondes, ils n'ont rien d'humain. Chez nous, la chair est à l'extérieur et le squelette est caché à l'intérieur, tandis que pour ces machines, c'est l'inverse, comme chez les scarabées : la structure, la carrosserie en métal, est à l'extérieur, et les sièges doux, les coussins, les tapis, tout cela est à l'intérieur. J'ai imaginé les gens comme ça, inversés, avec le squelette à l'extérieur, visible. Nous serions des carcasses d'os avec des trous sur les côtés pour les bras et les jambes et, par les brèches osseuses, la chair rouge se laisserait apercevoir. On pourrait même évoluer avec le temps en ressorts géants comme ceux qui vivent dans nos canapés.

Sur cette pensée, j'ai éteint la cigarette, fermé la fenêtre et commencé à déplier le canapé. J'ai essayé de ne plus penser à Kalia. Je ne les ai jamais aimés, ces canapés. Probablement parce qu'ils ne sont pas faits comme les voitures et les insectes, mais comme les gens : le squelette à l'intérieur et l'enveloppe, de la viande molle synthétique, à l'extérieur, habillée de faux cuir. Mais les ressorts du canapé, pensais-je, c'est complètement différent, ils vivent indépendamment, ils s'en fichent de ce qui se passe au-dessus et autour du canapé. Je me rappelle que les ressorts m'ont toujours gêné, cherchant à jaillir du tissu, à me pointer, comme pour me punir d'un péché. Au début, je les détestais, puis je me suis habitué et leur ai même donné des noms : Yvette, Lisette, Musette, Jeannette,

Georgette[55]. Katia rigolait. Elle disait que lorsque nous étions sur le canapé, Jeannette et Georgette étaient clairement nos supporters. Yvette s'en fichait, Lisette et Musette nous détestaient, parce qu'elles étaient jalouses, et nous piquaient pour nous empêcher de faire ce que nous voulions.

J'ai commencé à faire le lit et mes pensées se sont tournées vers Katia. Elle-même, pensais-je, était comme un ressort, ferme, forte, prêt à bondir à tout moment et à frapper. Je me souvenais bien de notre dernière conversation. Il me restait de la monnaie au fond de la poche, j'ai appelé Katia de Heathrow. Elle a tout de suite répondu. J'ai dit que je voulais lui dire au revoir.

– Dis-le.

– Mais Katia…

– Quoi Katia ? Tu me fais chier ! T'étais je sais pas où avec tes putes ! Tu penses que je suis pas au courant ? Je…

Il y avait du bruit autour. Je ne comprenais pas ce qu'elle disait.

– Écoute, je voulais…

Katia parlait lentement, détachant chaque syllabe, de sorte que ses paroles semblaient naître d'un antique chaos.

– Je me fous de ce que tu veux, ai-je entendu au milieu du bruit. T'as pigé ? Tu le regretteras.

– Je regrette déjà. Déjà…

J'ai mis les draps, me suis déshabillé, glissé sous la couette et j'ai pensé à Katia, à ses lèvres, à ses jambes fortes et froides, puis à nouveau à ces voitures, jusqu'à sentir que mes pensées se dissolvaient, se morcelaient, s'entrechoquaient, que les mots reculaient, fondaient, se diluaient, remplacés par des obsessions nouvelles, images ou objets.

Le matin, une fois émergé du sommeil, allongé sous la couette, j'ai commencé à faire mentalement le compte de mes finances. Et j'ai réalisé que je n'en avais pas pour longtemps, à peine un mois. Il était urgent que je cherche du travail, ça voulait dire appeler des amis,

---

[55] Vers d'une chanson de film soviétique *Un chapeau de paille* (1974).

des collègues, se plaindre, s'humilier, plaider, mendigoter, pour qu'au nom de Dieu, on m'admette au paradis des circulaires, des bureaux, des ordres, des supports méthodologiques, des programmes, des rapports, en un mot, là où règne la loi sacrée du travail.

Le travail ! Petr Alexeïevitch prononçait ce mot usé avec délice, avec une intonation particulière. Il disait que le travail façonnait nos traits humains, nous arrachait à nos pensées les plus ignobles. Ouais. Mais lui, après les conférences, il allait traîner dans des bordels de la rue Rubinstein. Ou peut-être a-t-il juste mal travaillé ?

Quand les médecins sont venus chercher son corps et ont sonné à l'interphone, une voix féminine suave leur a demandé délicatement :

– Vous venez pour l'anal ?

– Oui, oui, chérie, a blagué le docteur d'un air sinistre. Ouvre !

Petr Alexeïevitch marchait le long du tableau taché de craie et réfléchissait à voix haute. Il comparait le travail à une prière, il disait que cela nous purifiait, qu'il fallait s'adapter à son rythme, renoncer à soi-même, à ses péchés, n'exister que pour cela. Qu'on ne devait pas faire le travail, mais l'être, être sa forme, son mouvement. Il a également dit que le travail était notre mission terrestre à nous autres, incarnations du péché, et qu'en travaillant, nous nous rapprochions du royaume de Dieu.

Un jeune homme assis devant l'a interrompu, s'est levé, et a demandé si n'importe quel travail nous rapprochait du royaume de Dieu.

– Non, que ce qui est moral.

– Et les bourreaux, alors ?

– Ils font un sale boulot, mais qui, hélas, est nécessaire.

– Les bourreaux de Staline ?

Petr Alexeïevitch a regardé attentivement le jeune homme.

– Ah, ceux-ci. Eux, mon ami, ils n'ont jamais travaillé.

– Comment ça, ils n'ont pas travaillé ?

Le jeune n'était pas d'accord.

– Bien sûr qu'ils ont travaillé, mais ce n'était pas le travail qui occupait leur esprit. Ils ne pensaient pas au travail, ils ne pensaient qu'à eux-mêmes, à leur propre peur, et ils répandaient le mal.

Alors…

C'était manifestement le moment, ai-je pensé, de répandre le bien et d'approcher le royaume de Dieu. J'ai commencé à appeler mes amis et connaissances, un par un, méthodiquement. Quelqu'un, à un moment donné, réagirait. Les amis nous adorent quand on plonge dans la merde, la mouise et la dèche. Ils accourent immédiatement à la rescousse, comme les tamias Tic et Tac, les soldats du sauvetage. Et plus on a de problèmes, plus on est dans la merde, plus le degré de bienveillance des parents et amis s'élève.

Je ne me trompais pas. Après m'avoir écouté, mes amis, mes collègues, mes parents se récriaient, poussaient des *oh !* et des *ah !*, disaient oui-oui, donnaient des conseils, promettaient de m'aider. Même l'ancien vice-doyen, en apprenant ma misère, m'a appelé, bien qu'il fût occupé à terminer de construire un grand chalet de deux étages à Vsevolozhsk[56], et m'a dit que là, malheureusement, cela n'était pas possible, vu que l'année scolaire battait son plein, et qu'avant la rentrée prochaine, si, bien sûr, il y avait un poste, il m'appellerait. Il m'a dit de ne pas me décourager. Bientôt, ce serait le printemps, puis l'été. Ces pensées apaisantes ont été interrompues par la voix mécanique qui m'a poliment informé que le crédit de mon téléphone était épuisé et que je pourrais continuer la conversation en le rechargeant.

Une semaine s'est écoulée, puis une autre. L'argent fondait rapidement et je ne trouvais pas de travail. On me donnait des numéros, je les appelais, le plus souvent on ne décrochait pas, sinon on me demandait d'être bref et, en m'écoutant à peine, on s'empressait de terminer la conversation en promettant de me rappeler. Mais on ne me rappelait jamais. J'ai commencé à m'énerver, à visiter régulièrement les sites de recherche d'emploi, à lire régulièrement les petites annonces où, jour après jour, on proposait des emplois. On cherchait des profils variés : programmeurs, manutentionnaires, coiffeurs, comptables, chefs de chantier, tourneurs expérimentés,

---

[56] Ville proche de Saint-Pétersbourg, résidence d'été pour de nombreux Saint-Pétersbourgeois.

transporteurs, cuisiniers, infirmières, aides-soignantes, ingénieurs du bâtiment, musiciens de rock, plongeurs, des filles sveltes pour des services spécifiques. Ces dernières étaient particulièrement sollicitées. Mais les professeurs de littérature, surtout mondiale, n'étaient pas demandés. Le royaume de Dieu où régnait la loi sacrée du travail tournait bien sans moi. Il n'avait pas du tout besoin de moi. Une personne superflue, rejetée du paradis câlin vers le néant glacé. Il fallait l'accepter, changer de métier, apprendre quelque chose d'utile comme comptable ou camionneur, mais je ne le voulais pas. Je voulais gémir tragiquement, verser des larmes, me mettre en colère, envier ceux qui réussissaient mieux que moi et blâmer le sort. Votre monde, pensais-je avec des mots qui ne m'appartenaient pas, n'a pas besoin d'un demi-dieu, ni d'un génie humain ni d'un humain complet, mais d'une partie de l'humain : langue, tibia ou rétine, le reste n'étant que toléré comme une annexe.

Un matin, alors que j'étais sur mon canapé, plongé dans ces pensées, on m'a appelé et, enfin, offert un emploi. La voix était masculine, vieille, très sévère et, comme il s'est avéré tout de suite, appartenait au doyen de l'Institut pédagogique. Mes réflexions sur le corps fragmenté et le sort inhumain ont été tout de suite emportées comme de la poussière de néoprène. Je le savais ! Je l'avais prédit ! J'ai à peine hésité une seconde. En réalisant ce qui arrivait, j'ai failli crier de joie. La vie à nouveau semblait magnifique. Du travail ! Les cours tant aimés ! J'ai tout de suite imaginé des salles, des visages attentifs et reconnaissants de jeunes hommes et de jeunes filles intelligents, des discussions sur la littérature avec des collègues bienveillants, des primes, des bonus, des gratifications professionnelles, des menus du jour à la cantine universitaire, tout ça tellement dérisoire et touchant.

– Sachez que nous avons beaucoup de travail, a annoncé le doyen en toussant doucement.

Beaucoup, c'est bien... Vous avez pris froid ? Quel dommage ! J'aime bien. J'aime quand il y a beaucoup de travail. Il nous rapproche du royaume de Dieu. Pour le royaume de Dieu, je ne l'ai pas dit, le doyen risquait de me prendre pour un fou furieux. J'ai dit quelque chose de plus social et pertinent.

– Nous sommes censés donner des devoirs écrits tous les quinze jours et les corriger très soigneusement. Très…, a souligné le doyen.

Bien sûr. J'adore les devoirs écrits. Ils développent les capacités d'expression des étudiants et leurs compétences professionnelles.

– Et la discipline est très stricte. (Encore une brève toux sèche.) Il est strictement interdit d'arriver en retard aux cours. Il vous faudra le respecter.

Bien sûr. Je le respecterai. Et je respecterai tout ce qu'il faudra. Quant à être en retard, je ne serai pas en retard. Je ne suis jamais en retard. C'est un manque de respect envers les étudiants, envers mes collègues, envers l'institut, tout ça.

– La participation aux réunions du département est attendue, a-t-il insisté, sans conviction. Trop de gens, vous savez, prennent cela à la légère et les manquent…

Bien sûr. J'adore les réunions. Comment est-ce qu'on peut manquer les réunions ?! Ce n'est pas professionnel. Les réunions… ce sont elles, l'essence de la formation ! C'est une occasion de discuter des questions méthodologiques, de partager ses problèmes pédagogiques, et de Dieu sait quoi encore.

– Vous avez des problèmes avec l'alcool ? a demandé le doyen.

Bon, un peu trop, ai-je pensé en voyant du coin de l'œil les bouteilles de vin sales par terre. Mais j'ai répondu tout haut que, bien sûr, je ne buvais qu'à l'occasion des fêtes, et cela avec modération, un ou deux verres de vin sec… et en ce qui concerne l'alcool fort…

– Vous fumez ?

J'ai senti une légère irritation, mais j'ai soupiré humblement :

– À mon plus profond regret…

Pour être crédible, il me fallait avouer que je fumais, une image trop parfaite aurait pu paraître suspecte et je sais bien qu'il faut toujours donner un prétexte à nos supérieurs de nous réprimander pour leur donner le sentiment de leur importance.

– Ce n'est pas bien, a dit le doyen sur un ton hypocrite en réprimant une nouvelle toux. (J'ai perçu la satisfaction dans sa voix et j'en ai été content.) Une très mauvaise habitude, essayez de vous en débarrasser.

Il l'a dit plutôt comme une formalité et j'ai répondu que je fumais rarement et que j'allais probablement bientôt arrêter.

– D'accord, a-t-il acquiescé aimablement. Mais abstenez-vous au moins à l'intérieur du bâtiment.

J'ai promis.

– Eh bien, affaire conclue ?

La voix du doyen s'est adoucie. De toute évidence, notre conversation lui avait plu.

– Conclue, ai-je accepté. Puis-je poser une question d'ordre pratique ?

J'ai prononcé cette phrase de façon insinuante et me suis immédiatement tu, comme si j'avais eu peur de ma propre audace. J'espérais qu'il devinerait ce que je voulais dire. (« L'argent, camarades, personne ne l'a aboli. »)

Mais à ma grande déception, il a gardé le silence. Alors j'ai demandé directement combien je toucherais.

– Vous savez, pas beaucoup, a-t-il hésité une seconde, mais il s'est immédiatement ressaisi et a recommencé à parler normalement, de manière sévère et sèche : Pas beaucoup du tout, même très peu.

J'ai ri et dit que pas beaucoup et « même très peu », c'était relatif. De ma part, c'était très familier et même osé. Il a laissé passer mon ironie servile et a dit le montant.

Coup de massue. C'était tellement insignifiant que ça ne s'inscrivait même pas dans ma tête. Mon Dieu ! Est-ce que les salaires comme ça existent ?!

– Ça existe et ça ne changera pas avant encore longtemps, m'a-t-il assuré. D'ailleurs, sachez que le salaire est souvent versé en retard.

Une telle misère et en retard, vraiment ?

– Mais ce salaire ne suffit même pas à venir jusque chez vous !

– Hélas, mon cher. C'est tout ce qu'on a.

Je n'arrivais toujours pas à y croire. L'espoir, comme vous le savez, meurt en dernier. C'est peut-être juste le montant de base ? Y a-t-il des bonus, des primes ?

– Non, a dit le doyen fermement en ajoutant : C'est très dommage, jeune homme, que notre conversation prenne cette tournure et que votre présence à l'institut commence de telle étrange façon. Moi, je vous accueille à bras ouverts.

– Oui, mais comment je suis censé vivre avec cet argent ?

– Écoutez, répondit-il avec irritation, j'ai toute une file d'attente pour ce poste. Vous comprenez ?

Je comprenais. J'ai dit que j'allais y réfléchir. Il a dit au revoir, m'a demandé de réfléchir rapidement et a raccroché.

Pendant un moment, je suis resté assis, le regard fixe, à écouter les bips-bips puis j'ai donné un grand coup de poing sur la table et hurlé de rage. Après, j'ai encore tapé et crié. J'ai tapé sur la table et crié jusqu'à ce qu'on frappe au radiateur. C'est la voisine d'en bas qui me demandait gentiment de ne pas faire de bruit. Je suis resté assis encore un peu, plus calme, puis je me suis levé, habillé et je suis descendu chercher de l'alcool dans un kiosque, j'ai acheté deux bouteilles de bière forte, puis j'ai bu longtemps cette pisse aigre de mémé, j'ai fumé en ruminant sur ce monde merdique. Mais, à chaque gorgée, cela devenait plus tolérable et, je me suis calmé dans la soirée et me suis couché en décidant que la nuit portait conseil et que, le lendemain, je devais payer pour le fixe, sinon, il serait coupé.

Il ne faut pas que j'oublie de payer le téléphone. Je tourne le coin de la rue et arrive au carrefour. Une énorme voiture violette, large comme un char, ralentit et s'arrête devant moi. La fille au volant, une brune à peau mate, me fait signe de passer. Dis donc, qu'est-ce qu'on est polie… Je fais un signe de tête pour la remercier, comme pour dire, merci beaucoup, j'apprécie votre gentillesse. Rien d'extraordinaire non plus, à voir sa voiture, elle peut se permettre d'être sympa avec un binoclard paumé.

Les gens restent toujours les mêmes, mais ils font de leur mieux pour montrer qu'ils changent, qu'ils deviennent meilleurs, plus généreux, plus polis, plus civilisés, qu'ils sont prêts à devenir de bons Européens libéraux et que les soixante-dix ans d'asiatisme soviétique n'ont été qu'un malentendu temporaire.

Je jette un regard sur la façade vert pâle d'un immeuble de quatre étages. Le fronton triangulaire, les fausses colonnes ventrues, les fenêtres d'une taille surhumaine. Contrairement à leurs habitants, les bâtiments ne cherchent pas du tout à paraître évolutifs. Au contraire, ils nous convainquent de l'inverse. Regardez, cela fait 300 ans, et nous sommes toujours les mêmes, bloqués ici, à écraser sous la chape de pierre d'édifices le royaume dévasté du marais, à combattre le temps, à survivre contre les maîtres qui se succèdent. Voilà ici l'inscription *For sale* peinte en blanc et les neuf chiffres d'un numéro de téléphone. On peut appeler, demander combien tout cela coûte, oups ! J'ai oublié, je n'ai plus d'argent. Petr Alexeïevitch, comme le centaure d'Updike, avant chaque conférence, inscrivait à la craie sur le tableau l'âge approximatif de l'univers, le chiffre 5 et une longue chaîne de zéros derrière. Et il y en avait tellement que le regard se brouillait à les compter.

Je tourne dans une ruelle et je tombe presque sur un homme de petite taille vêtu d'une doudoune grise.

– Crétin ! gueule-t-il en titubant. Regarde où tu vas !

Je m'arrête, je remets mon sac à dos en cuir sur mon épaule en secouant la tête. Un scooter nous dépasse dans une pétarade assourdissante.

– Ce sont mes yeux, dis-je, l'air confus et abattu… Je suis presque aveugle.

Je me retourne et fais quelques pas. Je ne suis pas du tout aveugle. Dommage qu'il n'y ait pas de spectateurs autour.

– Désolé, mec…, a dit la voix rude derrière moi sur un ton coupable.

Je ne me retourne pas, je continue à marcher en agitant la tête.

– Hé, mec ! crie le bonhomme. Je suis désolé, t'entends ?!

Le dôme étincelant d'une église apparaît derrière les immeubles et griffe le ciel avec sa croix. Tous les mêmes ces paroissiens, tellement prévisibles ! Et alors ? Est-ce que ça fait de moi un salaud ? Mais c'est tout le contraire ! J'ai fait une bonne action. J'ai ramené mon petit frère au bercail. Je l'ai amené à se repentir. Et bien plus vite que tous ces popes qui scrutent nos cœurs. Ce petit bonhomme se sent maintenant spirituellement généreux, se sent important et, satisfait de lui-même, il va aller au magasin le plus proche s'acheter des cigarettes, pas les habituelles, mais les plus chères, puis il pensera à son travail en fumant.

Il était très désagréable de ne penser qu'au travail toute la journée. Les semaines s'écoulaient, l'une après l'autre, mais je ne faisais aucun progrès et aucune perspective ne s'ouvrait.

L'argent diminuait, les amis ont cessé de m'appeler. J'ai commencé à paniquer un peu, à économiser sur tout, j'ai complètement exclu l'alcool de ma vie et je ne fumais plus que les cigarettes les moins chères. Et au moment où montait la peur du vide qui m'entourait, ma tante m'a appelé pour m'inviter à un dîner de famille. Elle a dit qu'un ami de la famille venait lui rendre visite, tonton Yacha, un scientifique célèbre, ancien élève du grand-père[57], aujourd'hui expatrié et professeur à la Sorbonne. Toute la famille a décidé de nous présenter l'un à l'autre.

– On lui demandera s'il a des pistes pour ton travail, a promis la tante. Tonton Yacha a beaucoup de contacts partout, il peut certainement t'aider. On ne peut pas laisser passer une telle occasion, a-t-elle ajouté, Yacha est un élève du grand-père, il lui doit tout et ne peut rien refuser à son petit-fils.

L'ancien élève du grand-père avait l'air qu'un disciple du grand-père était censé avoir. Un savant au visage allongé et simiesque, à l'expression grave et narquoise, chauve avec une petite couronne de cheveux gris bouclés, costume, bras disproportionnés, presque longs jusqu'aux genoux. Quand je suis arrivé, il était en train de dire quelque chose d'important. S'il y a la guerre, disait-il, c'est très mauvais, mais la paix, c'est bien. Il n'y a pas beaucoup de marchandises dans les magasins en ce moment, c'est désastreux, et l'abondance, quand il n'y a pas de restrictions sur la nourriture, c'est bien. Fumer est mauvais, a-t-il remarqué quand j'ai posé un paquet de cigarettes sur la table, mais faire du sport est, au contraire, très bien (si c'est fait

---

[57] Le grand-père de l'auteur, Viktor Jirmounsky (1891-1971), était un linguiste de renom, chercheur en littérature et folkloriste.

avec modération). La tante, l'oncle, la cousine écoutaient toutes ces sages pensées très attentivement. Mon arrivée est passée inaperçue, on ne m'a même pas présenté, on m'a juste passé une assiette en me montrant la salade, grossièrement préparée : mange ! Je me suis joint à tout le monde et j'ai commencé à manger et à écouter aussi.

– Je n'ai pas voté pour le président actuel, a déclaré l'invité avec grandiloquence, mais puisque le peuple l'a choisi, maintenant, excusez-moi, nous devons lui obéir.

Tout le monde a remué la tête, oui, oui, bien sûr, si on a choisi, on doit lui obéir.

– Je travaille dur en ce moment, s'est-il plaint en caressant son crâne chauve. Conférences, séminaires, articles, colloques.

Tout le monde a hoché la tête avec compassion et ma tante a trouvé le courage de lui proposer de porter un toast. Il s'est levé, s'est redressé, il a rajusté sa veste et a commencé à parler avec enthousiasme :

– Je veux boire à la communication ! Ici, à cette table, je vois des gens très intéressants.

Il a regardé ma cousine Sacha qui venait d'avoir 26 ans et a souri. Moi aussi, je l'ai regardée et j'ai vu qu'elle n'était pas coiffée.

– Bien ! J'ai récemment eu le privilège d'assister aux funérailles d'un collègue, un critique littéraire. Et ce qui m'a vraiment plu, c'est qu'il n'y avait pas que des littéraires, il y avait aussi des linguistes. Qu'est-ce que cela signifie ?

Personne ne le savait. Ma tante a essayé d'attraper un bout de hareng avec la fourchette, sans succès car le morceau était gras et persistait à lui échapper. Le scientifique a regardé sévèrement dans sa direction, ma tante s'est figée et a pris son verre par le pied avec deux doigts.

Le scientifique a dévisagé la tablée d'un air satisfait.

– Qu'est-ce que cela signifie, à propos de cet homme ? Cela signifie qu'il peut susciter de l'intérêt au-delà des gens de sa spécialité. C'est à cela que je lève mon verre. Chacun doit élargir son horizon et communiquer avec des gens de différentes spécialités, vous comprenez ? C'est la meilleure manière de s'enrichir mutuellement.

– Quel magnifique toast ! s'est exclamé tout le monde en se remettant à bouger, à faire du bruit et à trinquer.

Le scientifique s'est assis, très content de lui.

Tout le monde s'est tu un moment en pensant à ce qui avait été dit.

Le disciple du grand-père s'est tourné vers moi.

– Jeune homme, avez-vous entendu parler de cette nouvelle espèce de parasites de mer découverte récemment ?

C'était nouveau pour moi.

– On en parle dans le numéro 5 de *Nauka i Zhizn*[58], m'a-t-il expliqué.

J'ai hoché la tête. J'étais prêt à tout accepter, et même à étrangler personnellement ces parasites un à un, juste pour qu'on me donne du travail.

– Vous êtes bien abonné à *Nauka i Zhizn*, n'est-ce pas ? m'a-t-il demandé avec une expression devenue malicieuse et provocante.

Embarrassé, j'ai enfoncé ma tête dans les épaules. Non, je ne suis pas abonné.

Il a regardé la tablée, comme s'il invitait tout le monde à prendre part à la discussion et, lèvres pincées, a prononcé d'un ton magistral :

– Il faut absolument vous abonner. Pour voir un peu plus loin que le bout de votre nez.

Toute la famille le contemplait avec admiration pendant qu'il disait cela.

– Ça t'apprendrait à lire, Andreï, a remarqué sournoisement ma tante.

Elle a ri en montrant ses dents en or. Tout le monde a ri avec elle. Moi aussi, j'ai ri avec tout le monde.

– Mais je ne peux pas vous aider, jeune homme, non. J'ai entendu parler de vos soucis, mais je ne peux pas. Ne m'en veuillez pas.

Pour sauver la face, j'ai écarté les bras avec regret. Eh bien, non c'est non.

– Vous n'avez pas réussi mon examen personnel, a dit le scientifique d'un ton condescendant.

---

[58] Littéralement, *Science et Vie*.

J'ai encore écarté les bras, je me suis donné une tape sur les genoux et j'ai dit que je devais aller à la bibliothèque pour lire des livres parce que faire de la science – j'ai pointé mon index en l'air –, c'est très bon et utile pour le cerveau, et ne pas en faire est mauvais et nuisible. Le scientifique a hoché sa tête allongée, comme pour me bénir.

Alors que j'enfilais mes chaussures dans le couloir, ma cousine a surgi en arrangeant ses cheveux ébouriffés.

– Tu vas où ? Ça ne se fait pas, partir comme ça !

– Pourquoi ça ne se fait pas ? Je dois y aller…

– Tu aurais pu le remercier au moins !

– Et pour quoi donc ?

J'ai fini de mettre mes chaussures, jeté un coup d'œil à ma cousine et pris ma doudoune de la patère.

– C'est un homme tellement important, il t'a accordé du temps.

– Sacha, allez vous faire foutre, toi et ton homme important, ai-je dit calmement.

Stupéfiée, elle est restée bouche bée, les yeux écarquillés.

– Quoi ?

En la regardant en face, en souriant et en appréciant l'effet, j'ai fermé ma doudoune, ouvert la porte et je suis sorti sur le palier.

– Salaud ! a-t-elle gueulé dans mon dos en claquant la porte.

En sortant, j'ai eu l'impression que tout avait changé pendant cette petite fête et que notre vénérable ville – elle avait encore changé de nom il n'y avait pas si longtemps que cela – avait disparu quelque part, s'était asséchée, effondrée, était retournée à la poussière sous la pression de la jungle nouvelle et de son aimable et angoissante lutte pour la vie.

Les façades s'étaient assombries comme si la colère de leurs habitants en avait suinté. Les boucheries déversaient leurs pièces de porc et de bœuf comme autant de saluts évocateurs depuis le champ de bataille. Les bureaux de tabac, avec leurs emballages et leurs briquets multicolores, se moquaient de moi, prédisant que je n'aurai bientôt plus d'argent pour fumer. Les voitures se croisaient à une vitesse folle, saisissant dans leurs phares les ombres aveugles des piétons effrayés. Des chats se tassaient dans les encoignures et les recoins, prêts à nous sauter à la gorge en feulant. Même la gueule des chiens, d'habitude inoffensive, exprimait l'incertitude : mordre ou ne pas mordre ? Il vaut mieux mordre, ça ne mange pas de pain.

– Hé, Andreï !

Une voix d'homme s'est élevée. J'étais sûr que ce n'était pas pour moi, mais, ne pouvant m'en empêcher, je me suis tourné vers la voix pour être immédiatement emprisonné dans l'étreinte pataude d'un ours.

– Zhorik ?! Ça alors ! Salut…

Malheureusement, c'était bien pour moi, mais, soudain, la ville est redevenue la même, enfantine, légère. Comme le visage rond de Zhorik qui se frottait à moi avec ses joues comme un chien.

– Zhorik, Zhorik…

J'ai fait une tentative de me libérer de ses bras, mais il me brassait, me tapotait gentiment, comme si mon corps était une ébauche à modeler.

– Comment va ?! demanda-t-il gaiement. Ça va, hein ?! Ça boume ? Le moral est bon ?!

Il m'a libéré une seconde et je me suis cru sauvé, mais je me suis tout de suite rendu compte que ce n'était que pour mieux me voir et me serrer de nouveau, encore plus fort.

– Tu as rajeuni, hein ? Je t'ai aperçu en marchant et je me suis demandé, c'est lui ou c'est pas lui ?

– Zhorik, tout va bien, c'est moi.

– OK, OK…

Il s'est finalement dégagé, mais tout en continuant à me tenir par les épaules, comme s'il avait peur que je m'enfuie.

– Ben, je croyais que tu étais parti, pour de bon, on l'a perdu, et là, qui je vois ? Toi ! Mais alors, si je le vois là, c'est qu'il n'est pas parti, pas perdu, il est toujours à Piter.

– Zhorik, ai-je demandé en rigolant, tu n'aurais pas lu les *Vignettes*… de Jolkovsky, par hasard ?

– Qui ça ? a demandé Zhorik, étonné.

– Peu importe, ai-je dit. Il aime les dialogues comme ça, là, comme le nôtre.

En disant cela, j'ai senti d'un coup que j'étais très fatigué de toutes ces rencontres et ces échecs qui s'enchaînaient et me faisaient trop parler.

– Attention ! Laissez passer !

Un cri retentissant. Deux hommes efflanqués et misérables poussaient un chariot métallique rempli de boîtes en bois. On a reculé.

– Allons nous asseoir quelque part, pourquoi rester sur la route ? a suggéré Zhorik.

Nous nous connaissions depuis les années 1980, depuis qu'on était étudiants. J'étudiais l'anglais et Zhorik l'espagnol. Il était l'un des plus studieux, mais ce sont eux qui ont été les premiers virés. Ils étaient empressés avec les profs, faisaient tous les devoirs, tremblaient d'angoisse avant les examens, ce qui leur faisait perdre leurs moyens. Et les enseignants n'étaient pas tendres avec eux. Zhorik confondait tout : noms, patronymes des enseignants, jours des examens, conjugaisons, déclinaisons, articles, dates historiques, noms de disciplines, termes scientifiques. Il a finalement été viré. Nous étions très inquiets pour lui et, quand il a voulu reprendre le cursus, on a essayé de l'encourager comme on pouvait, ne serait-ce qu'avec de l'humour. Je me souviens, on était dans la cour de la fac de lettres avec Gvozdev, en train de fumer, et Zhorik nous a rejoints. C'était au tout début de l'été. Il faisait le tour des bureaux du département, du doyen pour essayer d'obtenir sa réintégration.

– Alors ? ai-je demandé. On te reprend ? Qu'est-ce qu'ils ont dit ?

– Euh ! Ils ont dit qu'ils pourraient bien en effet me réintégrer, mais qu'il y a *numerus clausus*.

Il a eu un silence. Une jeune fille en blouse rouge qu'on ne connaissait pas s'est approchée de nous et a demandé une cigarette.

– J'aurais préféré autre chose, a déclaré Gvozdev en lui tendant un paquet sans regarder.

– Quelque chose comme « il y a un *numerus clausus*, mais on te réintègre ».

Nous avons ri. La fille a ri aussi, bien que, je peux le jurer, elle n'ait pas entendu le début de notre conversation.

Finalement, Zhorik a été réintégré et il a eu son diplôme. Depuis les années 1980, quand nous suivions des cours ensemble, que nous allions fumer dans la cour de la fac et boire du porto à l'entrée des immeubles, il n'a pas du tout changé. À part ses cheveux qui ont blanchi et se sont raréfiés sur sa tête, grosse comme une valise. Mais tout le reste était le même, agitation bon enfant, un certain relâchement du corps que même les vêtements d'hiver ne pouvaient cacher, le visage, tantôt gai, tantôt anxieux, l'épaisse moustache en crocs, le gros nez retroussé et un menton mobile rond comme une pièce de monnaie.

Cette fois, c'était à moi de me plaindre. J'ai commencé à lui raconter que je cherchais du travail, mais que tout m'échappait. Il m'a écouté attentivement avant de me couper la parole :

– Allons prendre un petit café cognac, hein ? Nous pourrons discuter.

Je n'avais pas d'argent à perdre pour un café arrangé ni pour rien d'autre. De plus, je me sentais fatigué. J'avais sommeil. J'ai commencé à chercher des excuses en regardant mes pieds. Alors il a proposé, à mon grand étonnement, de me raccompagner chez moi.

En chemin, il m'a dit que mon problème lui avait donné une idée, qu'au lieu d'essayer de trouver un poste dans une université publique, il fallait créer la sienne. On approchait de la station de métro Plochtchad' Moujestva et il s'échauffait de plus en plus, parlait de plus en plus fort pour déclarer finalement :

– Mais Andy, tu ne vois pas ? On va secouer cette ville ! On va créer notre propre fac et révolutionner cette ville !

C'était mon arrêt et on s'est dit au revoir. Zhorik m'a dit qu'il avait plein d'idées géniales et qu'il m'appellerait dans une semaine.

« Bon, me suis-je dit. Pourquoi pas, Zhorik ? De toute façon, je n'ai pas d'autre choix. »

Zhorik m'a rappelé trois jours plus tard à huit heures du matin.

Je me souviens que, dès que j'ai entendu l'appel, j'ai sauté du lit comme un fou et me suis précipité tout nu vers le téléphone en pensant que quelqu'un de la famille était mort.

– Eurêka ! a-t-il hurlé dans le téléphone. Ça y est ! J'ai trouvé la bonne personne ! On va révolutionner cette ville ! On va créer une nouvelle fac !

– Attends, je ne suis pas réveillé et je ne comprends rien à ce que tu dis. De quoi tu parles ? Faire une fac ? Mais c'est compliqué… Programmes, cursus, licences…

– C'est rien… On va y arriver… Tu veux être notre doyen ?

– Qui ça ? ai-je demandé, effaré.

– C'est Kostia qui organise tout, tu piges ?

– C'est qui, Kostia ?

– Tu connais pas Kostia ? Notre Kostia ?!

Je ne connaissais aucun Kostia.

– Tu connais pas Kostia Tsyrline ?

Il n'en revenait pas que je ne le connaisse pas. À ses yeux, apparemment, qui ne connaissait pas Kostia était d'une ignorance crasse.

– C'est pas vrai ! C'est le mari d'Olga Talberg !

– Ah ? Et Olga Talberg, c'est qui ? ai-je demandé, en commençant à être un peu inquiet.

Zhorik a eu peur.

– Olga Talberg ? Mais tu débarques de quelle planète ? C'est une tête, elle a ses entrées à tous les niveaux de l'État ! La fille de Maria Samouilovna elle-même, celle du musée de l'Arctique.

J'étais vraiment navré de réaliser que je n'avais aucune idée de qui était Maria Samouilovna ni de ce qu'elle était dans le musée de l'Arctique dont je n'avais aucune idée non plus. Mais juste au cas où, j'ai poussé un rugissement d'approbation pour bien montrer que je comprenais enfin.

– OK, alors c'est comme si c'était fait, j'te jure ! s'est réjoui Zhorik. C'est comme si le salaire du doyen était dans ta poche.

Deux heures plus tard, je sortais du métro Gostiny Dvor. Je me rendais à la réunion en espérant que, pour une fois, quelque chose en sortirait. Je ne m'attendais certainement pas à obtenir un poste de doyen. Et puis, moi, doyen, cela ne collait pas vraiment. Juste pour rire. Mais j'étais déterminé à obtenir que le mystérieux Kostia me propose un poste de maître de conférences. Pas moins !

Pendant que l'escalier mécanique me portait en haut vers la sortie, je réfléchissais à comment me comporter avec ce Kostia. Mon imagination me faisait entrevoir un manager à succès avec un coûteux chapeau en raton laveur, un manteau de fourrure dépoitraillé à la Chaliapine. Il allait tout de suite me serrer dans ses bras, me suis-je dit, et gueuler à tue-tête sur toute la perspective Nevski : « Le voilà, le génie de la science, contemplez-le, misérables. On va se prendre une cuite à la vodka, ici même, dans le froid et faire la fête toute la soirée ! Un restaurant, puis un autre, puis un troisième, *Logis portuaires de Londres*, *Achgabat*, *La Gaillardise russe*, musique gitane, filles, champagne qui coule à flots… »

Et c'est là que je les ai vus. Ils se tenaient silencieusement en rang d'oignons à la sortie de l'escalier mécanique. Ils étaient trois : Zhorik et deux autres types, maigres, voûtés, en vestes sales et délabrées, avec de vieux sacs à dos. Mon cœur s'est arrêté. J'ai soudain eu envie de passer mon chemin sans m'arrêter, alors j'ai tourné la tête, faisant semblant d'admirer une fille qui passait le tourniquet. Zhorik m'a vu et m'a appelé. J'ai espéré encore quelques secondes que le puissant Kostia était en retard, qu'il était très occupé et qu'il avait envoyé ces garçons de courses pour nous recevoir. Mais le type voûté au long cou maigre a fait un pas en avant en gloussant brièvement et a tendu la main : Kostia. La poignée de main était molle et humide.

– Bolt ! s'est présenté son copain, lui aussi maigre comme une loque et aux traits sans caractère.

Je ne me suis pas pressé de lui donner la main et j'ai regardé Zhorik d'un air interrogateur.

– Boltovsky, a-t-il immédiatement corrigé et, voyant ma perplexité, il a ajouté : Fils.

Kostia a ricané, sorti son mouchoir très sale et s'est mouché bruyamment. À vrai dire, je n'avais aucune idée de pour quoi Boltovsky-père était célèbre, j'ai donc demandé sans façon :

– Tu as un prénom, Boltovsky-fils ou je-ne-sais-qui ? Et mon nom à moi, ça compte pour toi[59] ?

– J'ai un prénom. Roma, a déclaré Bolt de manière provocante.

Il était visiblement un peu vexé. Kostia a pouffé, a fait claquer sa langue et a demandé sérieusement :

---

[59] Citation d'Alexandre Pouchkine, poème de 1830.

– Tout le monde est là ?

– Je pense que oui.

Zhorik a haussé les épaules.

– Alors, allons-y.

Un quart d'heure plus tard, nous nous sommes installés dans un café rue Karavannaya, un demi-sous-sol exigu, étouffant, encombré de tables en plastique. Une serveuse s'est approchée de nous avec un stylo bille et un petit carnet, une femme d'une cinquantaine d'années, portant un tablier blanc sale et au visage lourd, rougi de fatigue.

– Les gars, est-ce que quelqu'un a de l'argent ? a demandé Kostia avec un sourire ironique sur son visage étroit.

Bolt et Zhorik ont ri en retour. La serveuse a fait grise mine et détourné le regard.

– Je vois, a dit Kostia, sceptique.

Il a fait claquer sa langue et, s'adressant à la serveuse, a dit d'une voix grave :

– Apportez donc du thé.

La serveuse a hoché la tête et est partie.

Zhorik et Bolt ont immédiatement repris la parole.

– Les gars ! a dit Zhorik avec enthousiasme. Nous avons tout ce qu'il faut. Kostia, confirme-le ! La demande a été déposée, n'est-ce pas ? En deux temps trois mouvements comme on dit. Ça nous donne une nouvelle chance à tous !

Il a pointé son index et fait un cercle en l'air. Kostia a opiné de la tête. Tout d'un coup, je me suis senti déprimé et j'ai voulu partir, mais j'ai décidé de faire un effort et j'ai pris la parole :

– OK, qu'avons-nous *exactement* ?

Kostia a pris son sac à dos par terre, l'a mis sur ses genoux, a fouillé dedans et en a sorti une liasse peu épaisse reliée par des trombones. Il l'a prise et l'a posée sur la table, juste devant moi.

– Tiens ! a-t-il annoncé avec fierté. Regarde !

C'était un mémoire de fin d'année. En première page, il était écrit en grosses lettres :

MÉMOIRE
TROISIÈME ANNÉE
YANA LEVCHENKO

« LA MITRAILLEUSE COMME SUBSTITUT DU PÉNIS DANS LES FILMS SOVIÉTIQUES SUR LA GUERRE CIVILE »

SAINT-PÉTERSBOURG
2002

Le sujet avait l'air très moderne, mais je n'ai pas compris comment cela répondait à ma question. J'ai ouvert la première page et lu : « Il est connu que le coup de feu est une représentation de la friction de l'acte sexuel, et les mitraillages longs, tressautements paroxystiques de l'orgasme métaphysique, sont une métaphore d'un rapport sexuel complet, plus que satisfaisant et appelant en réponse une éjaculation féminine, et constituent une étape agressive et crédible pour la conquête d'une femelle. D'où les paroles érotiques de la chanson militaire "Il tire, le mitrailleur, pour un foulard bleu"[60]. L'unité lexicale "tirer" qui est conjuguée au masculin singulier, au présent, renvoie à la fois au mot "tiret" (signe emblématique substitutionnel de la créativité) et à l'expression obscène "tirer un coup" (une image substitutive des rapports sexuels). »

J'ai soigneusement fermé le mémoire et l'ai délicatement remis sur la table. Je pensais que si je continuais à lire, Kirioucha reviendrait me parler dans ma tête. Dieu merci, la serveuse est arrivée avec son plateau.

– Le voilà, votre thé. Autre chose ?

Tout le monde s'est tu et a commencé à regarder de côté. Elle a mis une grande théière en porcelaine au milieu de la table et a commencé à disposer les tasses. Kostia s'est levé et a annoncé qu'il devait aller aux toilettes.

– C'est très bruyant ici, a dit Bolt. La musique, on peut la... baisser ?

---

[60] Chanson soviétique de 1940.

La serveuse a hoché la tête sans vraiment dire oui et est partie.

– Je déteste ces imbéciles incultes, a sifflé Bolt.

Il a posé ses coudes sur la table en râlant. Ses yeux sombres se sont rétrécis et son visage a pris une expression méchante.

– Ils mettent leur merde à fond et nous, nous sommes obligés de l'écouter.

Toutefois, quelques minutes plus tard, le volume a été baissé. Bolt, mécontent, secouait toujours la tête : comment ils ont osé mettre ça ? Kostia, entre-temps, est revenu des toilettes.

– C'était rapide, dis donc, s'est étonné Zhorik.

Il a pris sur la table le mémoire de l'étudiante Yana Levchenko, celle qui a réussi à voir un pénis dans une mitrailleuse, a feuilleté quelques pages et a annoncé à haute voix :

– C'est pour ça, Kostia (il pointait son doigt sur une page), que je les frapperai sans pitié, tu vois ? Qui fait des notes de bas de page comme ça ? Le sujet est formidable, très bien écrit, mais qui fait les notes de bas de page comme ça ?

Kostia, tout content, s'est calé contre le dossier de sa chaise et a grincé de rire. Bolt avait toujours l'air sinistre. Je me suis dit : « C'est pas vrai, quel cauchemar ! » Le silence, le crépuscule et l'inconfort me donnaient le cafard. Kirioucha n'est pas revenu, mais des pensées ignobles et sombres ont commencé à me trotter dans la tête. Mais qu'est-ce que je fiche ici ? Qu'est-ce qui m'arrive ? J'ai 35 ans. Pas de famille, pas d'argent, pas de travail. Ma seule amie et la femme que j'aime est quelque part à Londres où elle a sûrement trouvé de nouveaux amis et amants et m'a oublié. Je suis sorti de mon coup de déprime et n'ai même pas reconnu ma voix, allègre et complètement étrangère :

– Mais alors, vous avez trouvé une fac ? Où allons-nous enseigner ?

En réponse, j'ai obtenu un éclat de rire unanime. Kostia a même claqué des mains sur ses genoux maigres et s'est encore penché en arrière.

– Où tu veux, a-t-il dit, en sortant un mouchoir de sa poche et en se mouchant bruyamment. Tu peux t'installer sous le dôme de la synagogue si tu veux…

– Ça marche, ai-je accepté plaisamment. Sous le dôme, donc, sous le dôme. Mais est-ce que je dois me faire circoncire ?

Nouvelle explosion de rires.

– C'est quoi le problème avec la circoncision ? m'a demandé Bolt gaiement quand tout le monde a fini de rire.

Il a versé du thé dans sa tasse.

– Tout ! a crié hystériquement Kostia en se frottant la jambe droite avec la main.

Soudain, on a vu apparaître une serveuse, vieille et grosse, près de notre table.

– Jeunes gens ? Pouvez-vous arrêter de crier et de jurer ? Nous avons des clients ici.

Nous avons tous les trois regardé autour de nous. Il n'y avait personne à part nous dans la salle. La serveuse s'est retournée et s'est dirigée vers la cuisine, nous laissant perplexes. Je me suis levé.

– Bon. Les gars, je dois y aller.

Zhorik était surpris.

– Comment ça ? On est bien ici.

Kostia a ri de son rire grinçant. J'ai sorti de mon sac une version imprimée de mon CV qui listait les cours que j'avais assurés, et je l'ai remise à Kostia.

– Voilà. Tout est là. Il y a mon téléphone et mon adresse mail.

J'ai pensé que, s'il rigolait maintenant, j'allais vomir. Mais Kostia a pris ma feuille, l'air important, a fait la moue et a hoché la tête.

– Je t'appellerai. Disons, dans trois jours.

– Salut.

J'ai fait un signe de tête à tout le monde et fermé le poing : on vaincra. Puis je suis sorti ou plutôt j'ai couru dans la rue et me suis dirigé vers le métro. Quand je suis arrivé chez moi, Plochtchad' Moujestva, j'ai acheté une bouteille de vin bon marché et un paquet de cigarettes pour célébrer une nouvelle défaite. En ouvrant la bouteille, cependant, j'avais l'espoir caché quelque part au fond de moi que quelque chose résulterait de notre rencontre, sinon à quoi bon cette rencontre provoquée par Kostia ?

La semaine suivante, je n'ai eu aucune nouvelle. Je me couchais tard, je me levais tard, je bouquinais beaucoup, je faisais le ménage toute la journée, je faisais la vaisselle et la lessive plusieurs fois par jour. Et je n'arrêtais pas de penser à un travail qui pourrait me sauver.

Une semaine plus tard, je me suis aperçu que chaque nouveau jour révélait un trait de mon caractère, un trait sordide. Je me rappelais les amis qui avaient un travail et je commençais à les envier, à leur chercher des défauts et à en trouver, et je me persuadais que, si ces abrutis avaient un travail, mais que moi, si talentueux, si doué, si puissant et plein de connaissances, je n'en avais pas, alors c'était que le monde était vraiment injuste. Je suis devenu avare, radin, j'insultais les mendiants pour leur dire qu'ils n'auraient rien de ma part et, dans les magasins, je recomptais la monnaie plusieurs fois. J'étais sûr que tout le monde essayait de me tromper, de me duper. De plus, en raison du manque d'activité sexuelle régulière, et même occasionnelle, j'avais constamment des fantasmes cochons.

Toute la semaine, le téléphone est resté silencieux. Mais mercredi, Katia a appelé. À ce moment-là, j'étais allongé dans mon lit et je lisais du Thomas Wolfe.

– Salut !

Sa voix était gaie et pleine d'entrain. Dans le fond, je pouvais entendre un léger bruit de voiture.

– Salut, ai-je répondu gaiement.

Je me suis relevé sur le lit et j'ai mis le livre de côté.

– Coucou de Monte-Carlo, a-t-elle encore dit en riant. Nous faisons un petit voyage par ici. Monaco, Saint-Marin… Au fait, j'ai un nouveau copain.

– Ah ouais ? ai-je demandé avec une indifférence exagérée. Et alors ? Il va bien, j'espère ?

– Tu parles, a-t-elle répondu de manière sarcastique, pas comme certains. Un instructeur de fitness. Tu sais, un Italien, un petit mec. Mais une bite de rhinocéros. Et il baise… tu peux pas imaginer.

– Félicitations, ai-je dit calmement en tapant avec l'ongle sur la couverture du livre.

– Tu as trouvé du boulot ?

J'ai ricané fort :

– Qu'est-ce que tu crois ? Comme consultant dans une grande entreprise américaine. Nous travaillons sur un programme spatial en ce moment.

Gvozdev m'a dit un jour que plus le mensonge était gros, plus on était cru.

– Bravo. T'as trouvé quelqu'un ?

J'ai pris les coins des pages entre le pouce et l'index et les ai feuilletées.

– Comment dire…, ai-je répondu de manière évasive. C'est la présidente de notre société.

Katia a élevé la voix brusquement et j'y ai reconnu sa rage familière.

– Dis donc ! « La présidente de notre société » !

– Ça m'a toujours excité.

– Te fous pas de moi, hein !

– Katia, ai-je dit joyeusement. C'est bon, *ciao*…

– *Ciao* ?! a-t-elle sifflé. Tu te fous de moi ?!

J'ai appuyé sur le bouton rouge « déconnexion » et j'ai senti que notre conversation m'avait remonté le moral. Je me suis levé du canapé, je suis allé à la cuisine, j'ai fumé et je suis retourné à ma lecture. Après cela, Katia a encore appelé plusieurs fois, je n'ai pas décroché et je relisais ses textos menaçants avec un malin plaisir plusieurs fois par jour.

Une semaine est passée. Une autre. L'argent fondait comme neige au soleil. J'ai arrêté d'acheter de l'alcool, puis des cigarettes, au déjeuner je mangeais des cuisses de poulet énormes envoyées aux Russes par de généreux Américains. Avec des pommes de terre sautées, ce n'était pas si mauvais. Enfin, un jour, au petit déjeuner, j'ai pris mon courage à deux mains et appelé Zhorik. Il a répondu immédiatement, mais a dit qu'il ne pouvait pas parler longtemps, qu'il était à Moscou et montait une affaire de trafic de shampoing.

Soudain, je me suis senti étouffer dans la cuisine et, avec ma main droite – la main gauche étant occupée par le téléphone –, j'ai commencé à ouvrir la fenêtre.

– Et notre projet ? ai-je demandé.

– Temporairement reporté, a-t-il dit rapidement, c'est compliqué en ce moment.

– Où est Kostia, d'ailleurs ?

J'ai finalement réussi à ouvrir la fenêtre. L'air froid de la rue a fait irruption dans la cuisine.

– Quel Kostia ? s'est-il étonné. Ah, l'autre, là ? Il est parti il y a trois jours en Israël. Résident.

Il y a eu un bruit dans le téléphone, un silence de quelques secondes, puis une voix mécanique a dit que le solde de mon compte était épuisé.

J'étais désespéré, assis dans la cuisine devant la fenêtre ouverte, la tête dans les mains. Je n'avais rien à fumer, rien à boire. C'était comme si un nœud coulant se resserrait autour de mon cou. Trois jours supplémentaires ont passé. J'essayais de rester vaillant, mais sans y réussir vraiment. Je ne voulais ni lire ni sortir. Je me tournais et retournais la nuit sans pouvoir m'endormir. Je n'avais aucune idée, aucun espoir non plus. Seulement un lourd et sombre abattement.

C'est alors que Gricha[61] Louguine m'a téléphoné.

Gricha Louguine. Il apparaissait toujours comme le messager des dieux dans les moments où je touchais le fond. Louguine se considérait comme mon ami, et même le plus proche. Je n'avais rien contre. C'est Katia qui s'y opposait. Un jour, devant Gvozdev, elle a dit que Louguine était un bon gars, mais une petite merde. Comment ça, une petite merde ? Peut-on en être une petite ? Je ne pigeais pas. Katia a ricané en disant :

– Tu verras !

Je pensais bien connaître Louguine et je l'aimais bien. C'est super, me disais-je, quand une personne occupe beaucoup d'espace. Et Louguine en occupait beaucoup. Très grand, le ventre dépassant du pantalon, une physionomie ronde et abondamment velue, un énorme double menton pendouillant comme celui d'un pélican. Quand il apparaissait, dans un café ou chez quelqu'un, on avait toujours l'impression que son visage rond, son corps énorme, son rire

---

[61] Gricha est un diminutif de Grigory, en russe.

chantant remplissaient toute la pièce et qu'il n'y avait plus de place pour personne d'autre. À peine arrivé, Louguine se mettait à manger beaucoup, à boire, à parler fort, à rire, à faire de l'esprit et à prononcer les jugements les plus intellectuels. Et à se moquer de tous ceux qui lui passaient sous les yeux, amicalement, mais avec un certain dédain, comme l'aigle de Zeus qui tourne au-dessus du champ et ne porte aucune attention à la couvée de souris cachée dans un sillon, proie trop facile et trop petite pour lui faire quitter l'éther. Si quelqu'un le contredisait, il remettait l'insolent à sa place immédiatement en poussant un profond soupir de pitié et en balançant une vanne, toujours la même, sûrement empruntée à quelqu'un, et que je trouvais drôle : « Et on s'amuse et on rigole ! »

Quelqu'un m'avait raconté qu'à l'école, Louguine était silencieux et timide, qu'au cours élémentaire, il avait été dispensé d'éducation physique à cause de son asthme, et qu'il passait son temps à lire et à écouter de la musique classique. Et ce n'était qu'après l'Estonie qu'il avait changé.

On appelait Louguine le « messager des dieux » : il cessait immédiatement de plaisanter et faisait preuve d'un sérieux étonnant dès qu'il s'agissait de ses supérieurs, de subventions, de publications dans des revues prestigieuses, comme s'il était le porte-parole de quelqu'un de très haut rang – voire du rang suprême – envoyé en mission pour éclairer le monde entier.

Pourtant, l'intelligentsia de Saint-Pétersbourg considérait Louguine comme une personne grossière et ridicule, surclassant Toporov[62] lui-même.

Je me souviens que Louguine a raconté qu'un soir, il était allé nager avec sa maîtresse et qu'il s'était ensuite retrouvé en cellule de dégrisement, ce qui lui avait valu d'être expulsé de l'Olympe académique. C'était au bord des lacs de Chouvalovo. C'était par une chaude et sombre nuit, avait-il raconté, la lune était mate et brillante comme un cadran clair ou un cul rond scintillant dans le noir. Bref, des conditions favorables pour faire la fête. Louguine et sa petite

62 Victor Toporov (1946-2013), philologue, critique littéraire et traducteur.

amie étaient cuits et batifolaient dans l'eau comme des porcelets, courant, sautant, s'éclaboussant. Louguine pelotait sa petite amie sans vergogne et elle, comme une fille de bonne famille, glapissait en protestant. Manifestement, trop fort, car très vite une voiture de flics était arrivée au lac. La lumière des phares avait capté leurs deux silhouettes debout dans l'eau à mi-corps, l'une d'elles appartenant manifestement à une femme. Les policiers étaient sortis de la bagnole. Louguine ne se souvenait pas combien ils étaient. Le brigadier, cela devait être un brigadier, s'était approché de l'eau et avait crié :

– Est-ce qu'il te viole ?!

– Oui ! avait crié bêtement l'amie de Louguine. Il me viole ! Au secours !

Les policiers avaient décidé de s'en mêler. Louguine avait réussi, comme il le dit lui-même, à échapper à la lumière des phares en filant à travers des roseaux vers la rive où personne ne l'attendait et ainsi, pour un moment, à s'éloigner de ses poursuivants. Il s'était rué sur l'asphalte en direction des maisons, à poil, comme il était, mais il avait vite été rattrapé. À un moment donné, il avait entendu le bruit du moteur derrière lui et avait été repris dans les phares.

– Stop, arrêtez-vous, s'il vous plaît, Monsieur ! (L'ordre était sorti d'un mégaphone.) Je répète, arrêtez-vous, s'il vous plaît !

Mais Louguine avait décidé de ne pas s'arrêter.

– Les Russes ne reculent jamais ! avait-il répondu en criant et il avait continué à fuir jusqu'à ses dernières forces.

Il se croyait porté par les sandales de vent, comme Persée ou le dieu Hermès.

– Tu pouvais pas courir vers la forêt, Louguine ? lui avons-nous demandé en riant.

– « Et on s'amuse et on rigole ! » a soupiré Louguine, bourru. J'étais pieds nus et il y avait des épines !

Les policiers l'avaient un peu matraqué, sans enthousiasme, pour rigoler.

Le document officiel, qui avait été envoyé au recteur de l'université quinze jours plus tard, faisait état des éléments suivants :

Le 23.05.1989, M. Grigory Louguine, étudiant de l'université d'État de Leningrad, a été arrêté par la patrouille de service sur la plage du lac de Chouvalovo. M. Louguine était en état d'ébriété, incapable de se déplacer seul, il a été emmené au commissariat et placé en cellule de dégrisement n° 24.

– C'est moi qui ne pouvais pas me déplacer ?! s'indignait Louguine au bureau du doyen. Moi ?!

Le doyen, un professeur âgé, avait silencieusement placé la décision d'exclusion devant lui et écarté les bras, compatissant.

– Hein ? Vous me virez ?! criait Louguine. Vous chassez le fidèle serviteur ?! Comme Belinski[63], c'est ça ?! Ou l'autre… Pouchkine, hein ?!

Le doyen l'avait regardé attentivement et avait dit en souriant :

– Pouchkine n'a pas fait d'études universitaires, M. Louguine. Il n'a suivi qu'une formation secondaire professionnelle.

Louguine était donc parti étudier en Estonie. On y accueillait à bras ouverts les martyrs expulsés de Russie.

– Salut, Jirmounoïd, a-t-il dit. Comment va ?

– Impec, ai-je répondu comme aurait fait Katia avec un de ces horribles mots abrégés qui me manquaient maintenant. Et toi, ça va ?

– Ça va… comme ça. Ça roule, on fait aller quoi. Écoute, Jirmounoïd, on dit que tu t'es remis sur le marché du travail ?

– Oui, ai-je confirmé. Tout comme Whitman.

Je me suis levé du canapé pour aller chercher mes cigarettes dans la cuisine. Et puis je me suis souvenu que je n'avais plus de cigarettes à la maison depuis longtemps. Alors, je me suis assis devant la fenêtre avec mon téléphone en regardant dans la rue.

– Comme qui ? m'a-t-il redemandé. (En Estonie, où Louguine avait fait ses études, la littérature étrangère était mal enseignée.) Ah… OK, OK… Bon, j'ai une proposition de job. Tu m'écoutes ?

– Oui, oui, ai-je répondu.

En bas, juste sous les fenêtres, un tram s'est arrêté avec un grincement strident. Les portes se sont ouvertes et les gens ont commencé à

---

[63] Vissarion Belinski (1811-1848) était un des critiques littéraires du XIXe siècle les plus connus.

en sortir un par un. Soudain, le sens de ce qu'il m'avait dit a percuté mes neurones. Travail ! J'ai tourné le dos à la fenêtre pour regarder la table sale devant moi.

– Pas des services particuliers, bien sûr, a-t-il dit en riant. Mais bon… pas loin de là…

– Bon, ça consiste en quoi ?

J'ai essayé de rendre ma voix indifférente.

– Presque rien, a-t-il dit sur le même ton. Enseigner la littérature étrangère. Tu sais faire, non ?

– Oui, bien sûr…

Il y avait des miettes sur la table et j'ai commencé à en faire tomber par terre de ma main libre.

– Alors… Bref, mes patrons m'ont demandé de leur présenter un petit gars. Tu es partant ?

J'ai fait la grimace. « Un petit gars » faisait penser à une familiarité routinière. Il fallait l'avaler sans réagir. C'était désagréable, bien sûr, mais supportable quand même. C'était mieux que de rester au chômage, je me suis dit. D'ailleurs qui étais-je, sinon un « petit gars » ?

– Partant, ai-je accepté. Et c'est où ce travail ?

Impatient, je me suis levé et j'ai longé le couloir jusqu'à la chambre.

– Comment ça, où ? a-t-il ri. Dans une cellule de dégrisement. Je blague, je blague, Jirmounoïd. Chez nous, bien sûr… Où veux-tu que ce soit ?…

J'en étais assommé comme par un coup de maillet. Je me sentais comme un misérable du tableau *Le Radeau de la Méduse*. Gvozdev et moi avions passé une demi-heure à regarder ce tableau au Louvre. À peine entrevu, l'espoir d'un sauvetage est reparti vers l'horizon. Dépité, j'ai frappé le montant de la porte avec ma main.

– Pourquoi tu dis rien ? a demandé Louguine.

Je n'ai raconté cette histoire à personne. Cela s'est passé l'hiver où le pays a complètement changé. Les frontières changeaient, les Premiers ministres se succédaient les uns après les autres, des spéculateurs de vingt ans devenaient présidents d'entreprises et des professeurs se sont mis à vendre des baskets. Dans les magasins, les denrées ont fait leur apparition en quantités monstrueuses pour disparaître d'un coup, comme s'il n'y avait rien eu. Les cinémas ont été remplacés par des clubs de strip-tease et des casinos. Des renégats amassant des millions en quelques semaines apparaissaient à la télévision et disparaissaient aussi vite.

Au même moment, le philosophe Pogrebniak et moi-même cherchions un emploi : bon, permanent, bien payé. Bien sûr, aucun d'entre nous ne restait inactif. J'avais un petit boulot, même deux, mais je manquais toujours d'argent. J'en cherchais un troisième.

Et puis ce Guennady Palytch était apparu, doyen de la faculté des sciences humaines, un homme rond de petite taille avec une barbe épaisse et des yeux fuyants. Et Petr Valeritch avec lui, le vice-doyen, un homme aussi remarquable que des fournitures de bureau. Je n'ai jamais su comment ils nous avaient trouvés. Ils nous ont appelés pour nous proposer de donner des conférences chez eux. Ils promettaient de payer 50 dollars par conférence. À cette époque-là, c'était beaucoup d'argent.

Nous avons accepté avec joie.

Mais on n'aurait pas dû. À la fin du premier mois, on n'a rien touché. Petr Valeritch répondait à toutes nos questions d'une voix sourde : « Il n'y a pas d'argent, c'est pour bientôt. » Un mois plus tard, il répétait toujours la même chose. Un jour, Guennady Palytch lui-même a rassemblé les employés dans une grande salle, il leur a dit de s'asseoir et a annoncé à tout le monde qu'il avait deux nouvelles, une bonne et une pas très bonne.

– Je vais commencer par la nouvelle qui n'est pas très bonne… (Il a grimacé un peu.) Le versement des salaires est à nouveau retardé.

Les collègues ont gardé le silence.

– Mais il y a une bonne nouvelle, mes amis ! Ma femme et moi venons d'acheter un appartement, avenue Liteyny, et vous êtes tous invités à pendre la crémaillère samedi !

Tous les collègues ont manifesté leur joie, l'air béat, et se sont mis à applaudir et à féliciter Guennady Palytch. Seul le philosophe Pogrebniak n'a pas applaudi.

Le semestre touchait à sa fin et nous n'étions toujours pas payés. Je l'avais pris avec une apathie ennuyée. En ces beaux temps-là, tout le monde s'arnaquait et cela semblait être la norme. Pogrebniak était en colère. Cette colère allait bien avec ses joues pas rasées et sa veste en cuir. Une fois, lors d'une pause entre deux cours, je lui ai dit que, la veille, à la cantine, j'avais rencontré Guennady Palytch.

– Et alors ? a demandé Pogrebniak dans un effort de sociabilité.

– Rien, ai-je haussé les épaules. Il s'est approché de moi, m'a demandé comment j'allais et il m'a serré la main…

– Serré la main ?! s'est écrié Pogrebniak, les yeux étincelants. Tu sais quoi ? Je la lui SERRERAIS bien aussi. Je SERRERAIS avec une main celle de Guennady Palytch et, avec l'autre, je SERRERAIS celle de Petr Valeritch. En même temps. Et, tu sais, de tout mon cœur. Qu'ils s'en souviennent.

– Laisse tomber, Sacha, ai-je dit. Nous devons… décider enfin quelque chose.

– Quoi ?

– Et si on appelait Gvozdev, ai-je suggéré, hein ? Il trouvera peut-être quelque chose…

– Quoi ? Qu'est-ce qu'il peut trouver ?

– Eh bien, je ne sais pas…, ai-je hésité. Il est artiste. Un homme d'imagination.

Il était vraiment possible que Lionia Gvozdev trouve quelque chose. Parmi les artistes, il était considéré comme un psychopathe irrécupérable qui cherchait la bagarre en permanence. La perspective de passer une nuit, quinze jours, voire deux ans, en prison ne l'effrayait pas du tout. Les chauffeurs de taxi, les serveurs, les galeristes et même les bureaucrates parachutés par le parti dans le milieu des beaux-arts et ayant réussi à survivre à l'Union soviétique avaient peur de Gvozdev.

Je l'ai appelé le soir même.

Trois jours plus tard, Pogrebniak et moi étions tous deux convoqués par Guennady Palytch qui nous a regardés avec défiance, de la tête aux pieds, et nous a dit d'aller au bureau 5 remplir une demande pour être payés.

– Comment as-tu réussi à lui arracher de l'argent ? avait demandé Pogrebniak.

Le visage maigre et ridé de Lionia Gvozdev s'était illuminé d'un sourire satisfait, ses yeux tatars rétrécis de gaité.

– Ça a été simple comme bonjour…

Nous étions tous les trois dans un restaurant de l'île Vassilievski et fêtions notre premier salaire. Nous avions passé une commande et attendions maintenant des salades et de la vodka. Gvozdev avait allumé une cigarette pour faire plus d'effet.

– Vous deux, vous ne savez pas comment les gens créatifs parlent à ces beaux messieurs. Écoutez-moi !

– Vas-y, Lionia, explique, s'est empressé le philosophe postmoderne. Créatif que tu es…

– Voilà, a commencé Gvozdev. Je me suis présenté à l'accueil. Il y avait Zoya, la secrétaire. Elle, je l'ai tout de suite appréciée. Des nichons comme ça !

Gvozdev les avait montrés avec ses mains.

–Primo, lui ai-je coupé la parole, faut pas montrer sur soi. Et secundo, ne parlons pas de nichons, c'est pas intéressant.

– Pourquoi pas ? a dit Pogrebniak avec enthousiasme. Ça m'intéresse, moi, par exemple.

Gvozdev a tiré une taffe.

– Bon, bref, a-t-il recommencé. J'arrive. Je me présente, je dis que je viens pour voir Guennady Palytch, que je m'appelle Gvozdev, que je suis un artiste, membre de sociétés de créateurs, lauréat de plusieurs prix. « On vous convoquera », me dit cette Zoya. Je me suis assis et j'ai attendu, j'ai maté Zoya. « Ils sont… eh bien… je veux dire… quels sont vos projets pour ce soir, Zoya ? » C'est là qu'on m'a appelé. J'entre dans le bureau de Guennady Palytch et là, les gars… la vache ! Il y avait une table en chêne énorme, de la taille d'une table de ping-pong, des chaises sculptées, du parquet ancien et un tapis sur le sol. Bref, au secours, ça valait un pognon de dingue !

– Oui, on est au courant, Gvozdev, ai-je dit, fatigué. Nous avons vu. Arrête de tourner autour du pot…

Gvozdev a éteint sa cigarette.

La serveuse est arrivée avec les salades et une carafe de vodka sur son plateau. Gvozdev était ravi.

– Oh ! Vous tombez à pic, mademoiselle.

Il a servi la vodka.

– À la vôtre !

Nous avons bu.

– Bon, bref, a-t-il repris. Au milieu de toute cette foutue magnificence trône votre Guennady Palytch. Avec ses lunettes, sa barbe, son visage rouge. Je lui dis bonjour. Il me montre la chaise aimablement et dit : « Asseyez-vous, s'il vous plaît. » Je me suis assis. « Je vous écoute », dit-il. Je lui dis : « Guennady, pardon, quel est votre patronyme, j'ai oublié ? » Il a tressailli et dit d'un ton sec : « Palytch. Guennady Palytch. Allons droit au but, je n'ai pas beaucoup de temps. » « Cher Guennady Palytch, j'ai encore moins de temps, une expo aux États-Unis, une autre à Paris, puis la télé, ça me saoule. » « Je vous écoute… », il dit. « Bon, bref, je dis, Guennady Palytch, faut donner leur fric aux gars, je veux dire leur salaire, ou ça ne va pas. » Guennady Palytch, ce connard, sourit et demande : « Quels gars ? » « Quels gars ? je dis. Astvatz et notre petit Sacha, c'est-à-dire Pogrebniak. » Il a enlevé ses lunettes et m'a jeté un regard noir. « Ça, a-t-il dit, c'est une affaire interne… je ne peux rien promettre. » « Si, dis-je, il faut promettre. Tant que vous ne me l'aurez pas promis, je ne partirai pas d'ici. Je resterai sur cette chaise. » « Je ne comprends pas ! » Il était surpris. « Qu'est-ce que vous ne comprenez pas ? » « Au revoir, dit-il. Fermez la porte en sortant. » Et il s'est plongé dans des papiers. Là, j'ai pas pu me retenir, les mecs, j'étais vénère. « C'est comme ça ? j'ai dit. Vous savez quoi ? Je vais pisser partout ici dans votre bureau ! »

– Nom de Dieu, l'a interrompu Pogrebniak. Lionia, t'es fou ?! On y travaille, nous ! On t'a demandé d'y aller mollo avec lui…

– Lionia, suis-je intervenu à mon tour, tu ne peux pas faire ça !

– Pourquoi pas ?! a ri Gvozdev. Si, je peux. Calmez-vous, les gars, écoutez-moi ! Bref, à cette menace, votre Guennady Palytch a levé la tête, a sursauté et s'est mis à hurler tout rouge : « Zoya ! Zoya, chérie ! Appelez la sécurité ! » Je lui dis : « Comme ça, c'est sûr.

Je pisse partout ! Sur la cheminée, les chaises et le tapis ! » Quand Zoya est arrivée, j'avais déjà commencé à ouvrir ma braguette. « Appelez-les, ai-je dit, Zoya, appelez la sécurité et les flics aussi. C'est exactement ce qu'il me faut. Si on m'arrête, ça fera un scandale. Ça fera de moi un martyr sacrifié à une cause. Mes peintures se vendront mieux à l'Ouest. Et, Guennady Palytch, tout le monde saura que votre bureau est plein de pisse et que j'ai pissé partout en signe de protestation parce que vous ne payez pas vos employés ! » Zoya et lui ont écarquillé les yeux et j'ai ajouté : « Et vous, Guennady Palytch, vous devrez nettoyer ma pisse. Zoya ne le fera pas. Et le tapis sera bon à jeter. » Zoya est restée plantée comme un piquet, bouche bée... Et lui, énervé, tout cramoisi, s'assoit, se relève vite puis s'assoit à nouveau, attrape des papiers, sa tête, son téléphone. Finalement, il s'écroule sur la chaise, soupire et dit à Zoya : « Passez plus tard, d'accord ? C'est une affaire entre hommes. » Et il me dit, résigné : « Qu'est-ce que vous attendez de moi ? » Le sourire nerveux, forcé. J'étais gêné de voir à quoi je l'avais réduit. J'ai dit : « Payez les gars... » Il a hoché la tête. « D'accord, mais à une seule condition : je ne veux plus jamais revoir votre gueule, Monsieur le membre de sociétés de créateurs. Et dites à vos amis de venir demain, nous leur trouverons quelque chose. Au revoir ! » Alors, j'ai refermé ma braguette, je me suis incliné comme dans les films, cérémonieusement, pour faire plus d'effet, et je suis sorti. Et voilà ! Allez, les gars, encore une 'tite goutte, hein ?

Je me souviens qu'il a raconté encore autre chose, il n'arrêtait pas de parler. Et nous, nous restions silencieux, on n'arrivait pas à croire à notre bonheur et à l'argent qui était tombé très à propos. Gvozdev a épousé cette Zoya après. Mais deux ans plus tard, ils ont divorcé. Pourquoi ils ont divorcé, je ne sais pas.

– Pourquoi tu es si calme ? a demandé Louguine.

– Qu'est-ce que tu veux que je dise ? J'ai déjà travaillé chez vous une fois. T'as oublié ?

Il y a eu un blanc au téléphone.

Louguine s'est remis à parler. On sentait le reproche dans sa voix.

– C'est tout toi, Jirmounoïd ! Tu repenses encore à tout ça ? Merde ! Ils ont tous été foutus dehors depuis longtemps.

– C'est-à-dire ?

Je me suis approché de la bibliothèque et j'ai commencé à examiner le dos des livres.

– « C'est-à-dire » ? a-t-il ri. Comme si tu savais pas qu'on fout les gens dehors dans ce pays ?

Honnêtement, je ne savais rien de tout ça, mais je n'ai rien dit car je ne voulais pas paraître idiot aux yeux de Louguine. J'ai détourné le regard de la bibliothèque, regardé le piano et gloussé.

– Alors, si tu es d'accord..., a-t-il dit d'un ton conciliant.

– Oui, je suis d'accord, je suis d'accord...

– Laisse-moi finir ! a-t-il dit sèchement. Alors, si tu es d'accord, j'en causerai encore une fois à nos saints patrons et on fixera un rendez-vous pour un entretien. Tout en haut, dans le saint des saints. Mais j'ai une demande à te faire...

– Oui, bien sûr, Gricha, dis-moi.

– Ben, bref..., a-t-il hésité. J'ai besoin de soutien au département.

– C'est-à-dire ?

Tout en moi se réjouissait. Je ne l'ai même pas vraiment entendu, je n'ai pas compris ce qu'il disait, alors je suis vite retourné dans la cuisine.

– Tu me fais chier avec tes « c'est-à-dire » !

Le ton irrité de Louguine m'a ramené de mon petit nuage au sol. Je voyais que ce n'était pas le moment de l'énerver, alors je l'ai écouté attentivement.

– Notre filière littéraire, tu crois que ça marche comment ?

– Quoi ?

– C'est du patinage artistique, tu piges ? Que des doubles boucles piquées. Les littéraires honnêtes sont fragiles, ils ont besoin de soutien.

J'ai visualisé un Louguine flasque en tutu, flottant sur ses patins, tournant sur la glace, ses grosses jambes velues levées vers le ciel.

– OK, ça marche, je suis avec toi...

J'ai pris une bouilloire électrique sur la table, je suis allé vers l'évier, j'ai ouvert le robinet et commencé à remplir la bouilloire.

– Ah, avec moi… (J'ai senti qu'il était troublé.) Tu es de notre côté ?! Super, bienvenue dans la bande ! C'est comme ça maintenant, il faut faire avec, toujours être avec quelqu'un. Sinon, tu n'existes pas, tu vois ?

– Pigé ! ai-je répondu en fermant le robinet.

– OK, ça marche alors, « et on s'amuse et on rigole ! ». Bon, allez. Je, euh… Je te rappelle dès que j'ai du nouveau.

J'ai entendu des bips. J'ai posé le téléphone sur la table, remis la bouilloire sur le support et attendu que l'eau bouille. J'ai regardé par la fenêtre. Il y avait un embouteillage dans la rue Polytechnitcheskaya à cause des voitures garées des deux côtés. Et la circulation, après s'être interrompue, s'est remise à résonner joyeusement de sirènes diverses, comme si elle m'avait attendu et m'appelait à descendre me fondre dans son flux coloré.

Alors que j'étais assis devant la fenêtre, je me suis involontairement souvenu de l'un des derniers séminaires de Petr Alexeïevitch que j'avais suivi en souvenir du bon vieux temps, étant déjà enseignant. Une fille en lunettes, avec des cheveux courts, lui avait reproché son conformisme, son manque de volonté à lutter contre le régime.

Et lui, sans rien répondre, pour une raison bien à lui, avait commencé à nous raconter quand on lui avait mis un foulard rouge en devenant pionnier.

– Ah, je comprends maintenant, avait dit la jeune fille sarcastique. Moi, quand j'étais à l'école, toutes vos organisations de pionniers et de komsomol avaient déjà disparu. Moi, contrairement à vous, je suis libre ! avait-elle dit, en levant la tête avec fierté.

– Et qu'est-ce que vous étiez, vous, alors, sinon pionnier ? avait demandé Petr Alexeïevitch gentiment. (Changeant de position, il s'était assis devant le bureau.) Boy-scout ?

– Rien du tout ! avait répondu la jeune fille, fière d'elle.

– Rien du tout ? Vraiment ? avait redemandé Petr Alexeïevitch étonné, en élevant la voix. Vous n'étiez rien ni personne ?!

Secouant la tête avec compassion, il avait dit, l'air pensif, comme s'il ne s'adressait à personne en particulier :

– Je ne sais pas, peut-être que parfois il vaut mieux être quelqu'un, même un pionnier, que n'être personne.

Le vent se lève, soulevant la neige, entraînant des feuilles de journal, des emballages, des mégots. Il me souffle en plein visage. J'essaie sans succès de rassembler mes pensées tellement j'enrage. C'est quand même long pour se rendre à l'institut ! Tu y vas, tu tricotes des cannes, tu traverses à toute vitesse les rues, les ruelles, les carrefours, les petites cours, mais tu as l'impression de rester immobile. Et plus on bouge vite, plus on a cette impression, probablement à cause de la circulation trépidante des voitures, vélos et bus qui me doublent à chaque instant.

Je me demande depuis combien d'années Nikita Vissarionovitch occupe le fauteuil de vice-président de l'institut, sous les foudres de Jupiter ? Vingt ? Trente ? Il a déjà vu démissionner deux présidents, et il en verra démissionner encore deux autres peut-être. Toujours le même bureau, le même mobilier en plastique, le même canapé en cuir, la même large table blanche. Le même aigle de bois sur la table. Et toujours les mêmes reproches : « On t'a trouvé, on t'a relevé, on t'a réchauffé, on t'a lavé, on t'a fait confiance. Et tu nous as trahis. Alors, l'institut te fout dehors. » Lavrenty Palytch Beria avait trahi la confiance et le camarade Malenkov l'avait viré à coups de pied au cul. Attends un peu, Malenkov, père des dieux et des hommes, et ce sera ton tour ! Chaque chose en son temps !

J'ai envie de fumer. Je glisse la main dans ma poche pour prendre mon paquet de cigarettes… Vide ! Je me retourne et fais demi-tour vers l'Église orthodoxe. Il doit y avoir une épicerie. C'est bien que je ne sois pas allé plus loin parce qu'après, il n'y a plus de magasins, et on ne vend pas de cigarettes à la cafétéria de l'institut. Nikita Vissarionovitch l'a interdit. Je comprends mal comment les gens vivent dans le centre. Où, par exemple, trouvent-ils des cigarettes et à manger ? Il n'y a pas un seul magasin à proximité. Pas un seul ! Alors qu'il y en a tellement dans les banlieues qu'on ne sait où donner de la tête. Il paraît que les épiceries ne sont pas les bienvenues dans le centre historique. Le centre historique veut rester identique à lui-même alors que dans les magasins, surtout les épiceries, ça ne cesse de changer : enseignes, vitrines, marchandises, vendeurs, agents de sécurité. Il y règne une agitation incompatible avec le centre, les livraisons incessantes de denrées alimentaires, de marchandises, de va-et-vient ininterrompus.

– Cinq roubles, me demande la vendeuse.

La petite boutique est bien chauffée et sent si bon le pain frais que je ne veux pas partir. J'achète mes cigarettes et traîne exprès à regarder la vitrine.

– Vous, vous êtes… Andreï, c'est ça ?

Je me tourne vers la voix. Un homme, plutôt jeune, disons d'un âge moyen. Maigre, mal rasé, portant un bonnet de ski vert. Une paire de lunettes à verres épais sur un nez boutonneux.

– Vous êtes Astvata… non… Astaravatsourov, c'est ça ?

– Oui, oui, c'est ça, l'ai-je interrompu avec impatience en l'observant froidement.

C'est ainsi que les chefs de département, surtout ceux qui viennent d'être nommés, regardent généralement les gens. Comme pour dire : « Oui, c'est pour quoi ? »

– C'est moi, Kirill, le mari de Macha Sidorova ! (Le type n'est pas du tout gêné.) Vous vous rappelez ?

De l'autre Kirill, « Kirioucha »[64], je me souviens, bien sûr, on ne l'oublie pas facilement, mais celui-ci, je le vois pour la première fois, me semble-t-il.

J'écarte les bras et hausse les épaules en réponse.

– C'est moi, Kirill, répète-t-il aimablement et plus fort, en articulant chaque mot pour me faciliter les choses apparemment. Le mari de Macha Sidorova !

Ce « mari de Macha Sidorova » ne m'éclaire pas beaucoup et m'agace même un peu. Il aurait tout aussi bien pu dire : « Je suis le mari d'Ira Petrova » ou « de Zhenia Ivanova ».

---

[64] Kirioucha est un des diminutifs du prénom russe Kirill.

Il y a du bruit autour de nous, des clients vont et viennent. Pour paraître poli, je me force à sourire et exagère une mimique de reconnaissance…

– Ah oui… Bonjour… Et vous… quel bon vent vous emmène ici, comme on dit, vous habitez par ici, non ?

Le mari de Macha Sidorova fait une brève grimace et hoche la tête. J'habite ici, oui. Seul avec maman… Suivi d'une longue pause.

– D'accord, dis-je enfin et, toujours pour être poli et surtout pour mettre un terme à la conversation le plus vite possible, j'ajoute : Dites bonjour de ma part à Macha.

Le mari de Macha Sidorova me regarde avec stupéfaction, comme s'il me voyait pour la première fois et, soudain, la colère explose sur son visage.

– À Macha ?! crie-t-il. Dire bonjour à Macha ?! Cette salope ?! Quel « bonjour » ?! Nous avons divorcé il y a cinq ans ! Elle m'a trompé !

Je secoue la tête dans une tentative de compassion et me dirige vers la sortie, écartant les bras, confus. Puis je lui tourne le dos.

– Bonjour… bonjour à cette pute ! l'entends-je encore dire. Va te faire cuire un œuf…

Je descends une petite rue débouchant sur un quai. La vue sur le bâtiment vert clair de l'institut s'ouvre devant moi et la détermination me revient. Je me vois déjà passer dans les couloirs où des étudiants vont et viennent, je vois notre département, Diana, la secrétaire, et Nikita Vissarionovitch assis dans son bureau devant son énorme table blanche.

Le bâtiment de l'institut, construit à l'époque de Catherine, était un ancien palais. On y donnait des bals, des représentations théâtrales, on y jouait la musique d'Anton Titz[65], le grand fou silencieux, il y avait des fauteuils viennois pour les invités, des laquais pomponnés se déplaçaient lentement le long des murs en ôtant la suie

[65] Anton Ferdinand Titz (1742-1811), compositeur allemand à la cour de Catherine II de Russie.

des chandeliers. Ici, on mangeait des glaces et des fruits étrangers, ici, on discutait du mauvais climat de Saint-Pétersbourg et les portraits des grands ancêtres accrochés aux murs observaient tout cela sereinement.

Le premier propriétaire, un favori noble, s'était rendu en France pour des affaires d'État, il en avait apprécié les usages et, à son retour, avait agencé tout son palais à la française.

Il avait même aménagé à la française un jardin pour lequel il dépensait beaucoup d'argent, au grand dam de sa femme, Maria Fedorovna, qui préférait la manière anglaise.

Pendant deux siècles, le palais avait mené un train des plus ordinaires et était resté identique. Seuls les habitants changeaient, mais sans apporter de grande modification. Ils se mariaient, travaillaient, menaient leurs carrières, avaient des maîtresses ou des amants, faisaient la fête. Pourtant, les portraits, revenus aux murs sous Gorbatchev avec la perestroïka, montraient une évolution subtile des visages qui se ressemblaient tant les uns les autres. De génération en génération, ils devenaient plus raffinés, plus fins, plus spirituels.

Cependant, quand je suis revenu aux tout premiers portraits, j'ai remarqué que, par rapport aux suivants, la rouerie de ces visages n'en était pas vraiment, mais plutôt une grossière franchise.

En 1917, lorsque la révolution avait éclaté, on avait installé le QG révolutionnaire dans le palais, avec des bureaux, des téléphones, des affiches dans les couloirs, l'odeur du tabac et du pain aigre. Les nouveaux locataires n'étaient pas trop respectueux avec les biens de la bourgeoisie : ils appelaient les salles du palais « locaux », maculaient les murs d'inscriptions, allaient au jardin français pour faire leurs besoins et débitaient les meubles en petit bois à brûler dans les cheminées. Cependant, le vandalisme révolutionnaire ne dura pas longtemps. Le palais avait été remis au Commissariat du Peuple à l'éducation de Lounatcharski[66] par décret spécial afin d'y accueillir un institut d'enseignement public.

---

[66] Anatoli Lounatcharski (1875-1933), homme politique russe, directeur, après la révolution de 1917, de la section de la culture et de l'éducation de la Douma.

Le corps enseignant avait rapidement été constitué avec d'anciens professeurs de Saint-Pétersbourg, ceux qui n'avaient pas eu le temps de fuir. Les locaux du palais avaient été réaménagés à la hâte pour les besoins du nouvel institut. Les grandes salles étaient divisées par des cloisons, on y apportait du bois, des bibliothèques et des pupitres pour les élèves. Quelques mois plus tard, les cours y avaient commencé. On avait vu apparaître les premiers étudiants recrutés parmi les ouvriers et les paysans par décret du nouveau gouvernement. L'ancienne Russie, malgré le nouveau pouvoir, revenait peu à peu. Au fil des années, l'institut se développait, de nouvelles chaires et facultés s'ouvraient. De jeunes professeurs apparaissaient, issus de la jeunesse ouvrière. Ils y arrivaient avec l'enthousiasme du komsomol, mais, peu à peu, s'adaptaient au rythme académique de l'ancien palais, se calmaient, devenaient ennuyeux, ressemblant à leurs anciens professeurs qu'ils adoraient et imitaient. Ils adoptaient leurs gestes, leur façon de fumer dans une solitude théâtrale et mélancolique, leur distraction feinte, cependant que leurs nouvelles idées de cours géniaux se dissolvaient et perdaient leur consistance.

L'institut, ayant survécu à 1937[67], résisté au blocus[68] et mené une campagne anti-cosmopolite limitée, n'avait pas connu de grand changement depuis le milieu des années 1950, après la dénonciation du culte de la personnalité. Les anciens professeurs mouraient, de nouveaux arrivaient à leur place, les générations d'étudiants changeaient, les présidents, les vice-présidents, les doyens changeaient, comme le mobilier qui devenait de plus en plus fragile. Il n'y avait que le palais qui restait lui-même. Les années 1960 avaient été marquées par

[67] Les deux années, 1937 et 1938, sont les années les plus violentes des Grandes Purges ou Grande Terreur, période des procès staliniens et de répression politique massive en URSS, qui fit plus de 700 000 morts et envoya 1,8 million de personnes au goulag et dans les camps de travail.

[68] Le blocus ou siège de Leningrad (nom de Saint-Pétersbourg pendant la période soviétique) est le siège de près de 900 jours imposé à la ville par l'armée allemande au cours de la Seconde Guerre mondiale. Il faisait partie du plan famine mis en place par les nazis pour exterminer les Soviétiques. Entre 1941 et 1944, il fit 1,8 million de victimes dont 1 million de civils.

d'exubérantes soirées de poésie et des signatures collectives de soutien aux dissidents, mais cette époque perturbée était vite passée, laissant place à la léthargie du monde universitaire.

À la fin des années 1970, néanmoins, il y eut la mode des journaux muraux satiriques[69], mais elle n'a pas duré longtemps non plus. Les campagnes lancées sur les murs de l'institut par le premier vice-président Nikita Vissarionovitch Demichev contre le pantalon pour les femmes, puis contre les barbes (que lui avaient fait les barbes ?) et, enfin, contre le tabagisme, étaient passées inaperçues.

Au début des années 1990, la première fois que le salaire n'avait pas été payé, personne ne s'était étonné de manière trop énergique et, quand les paiements sont redevenus réguliers, l'institut a été mis en travaux. De nouveaux bureaux ont fait leur apparition, tout en plastique : portes, fenêtres, tables, chaises. De nouveaux postes dont personne ne pouvait prononcer l'intitulé avaient été créés. Des balèzes en vestons de cuir et chapelets dans les mains parcouraient les couloirs et les escaliers. Personne ne comprenait si c'étaient des étudiants ou des enseignants. Ces gens ne parlaient à personne, entraient dans les salles pendant les cours sans se gêner, jetaient un regard maussade sur les tables, les chaises, le plafond, et claquaient la porte en partant. C'est à ce moment-là que l'université, celle-là même où le philosophe postmoderne Pogrebniak et moi avions été invités à travailler, a été créée et est devenue payante.

Les voûtes sonores résonnent. Il n'y a personne dans le hall. Un lustre ancien est suspendu en l'air : une énorme goutte de cristal étincelante de lumière. Sur la droite, il y a un tourniquet et un poste de sécurité, c'est une grande cabine en verre avec des gardiens assis devant la télévision. Des informations sont placardées sur les murs. Il faut aller voir de plus près car c'est peut-être la dernière fois que

---

[69] *Stengazeta* : placard mural utilisé aussi bien pour faire une annonce publique, développer une théorie, appeler à une réforme ou, à certaines périodes, dénoncer quelqu'un, un comportement ou un usage. Utilisé par les mouvements de dissidence dans les années 1970 pour dénoncer le pouvoir.

je les vois. Qui avons-nous ici ? Tiens ! Vladimir Pozner[70] donne une conférence publique « De Jmerinka[71] à Monte-Carlo ». Un bouffon joufflu et vanneur. L'entrée est de 400 roubles et strictement contrôlée, 50 % de réduction aux étudiants et aux femmes enceintes.

– Vous cherchez quelque chose ?

J'entends une voix d'homme rauque derrière mon dos. Je regarde autour de moi. De l'autre côté du tourniquet – les mains dans les poches – se tient un vieux gardien qui me fixe comme Cerbère avec colère.

– Je ne cherche rien, haussé-je les épaules.

– Que voulez-vous dire par « rien » ? ricane-t-il.

Je m'éloigne de l'affiche, fais quelques pas dans sa direction et lui réponds calmement :

– Bah… rien. Cela arrive dans la vie. Il y a des gens qui cherchent quelque chose et il y en a d'autres qui ne cherchent rien. Vous comprenez ?

Le gardien me tourne le dos et s'en va lentement vers les vestiaires. Visiblement pour discuter avec la dame du vestiaire. Il a l'air de la draguer.

Je présente ma carte professionnelle à son collègue et me dirige aussi vers les vestiaires. Vissarionovitch exige qu'on ne traîne pas dans l'institut en manteau, il faut impérativement le laisser aux vestiaires.

– Voici un portemanteau, mais en fait, jeune homme, on est censé laisser les vêtements extérieurs au vestiaire. Oui, oui…

Nikita Vissarionovitch prononçait tous les mots « avec gravité » comme s'il était le père des dieux et des peuples ou citait le président de la Fédération de Russie dont le portrait était accroché derrière son dos.

---

[70] Vladimir Pozner, né en 1934, est un journaliste franco-russo-américain qui travaille actuellement en Russie. Entre 2000 et 2008, il présentait l'émission sociopolitique *Vremena* (*Les Temps*) ; depuis 2008, il présente l'émission *Pozner* où il accueille des personnalités remarquables dont, par exemple, Hillary Clinton.

[71] Jmerinka est une ville de l'oblast de Vinnytsia, en Ukraine.

J'ai hoché la tête, accroché ma doudoune au portemanteau et me suis installé dans un fauteuil à côté de la table de travail. Louguine s'est assis dans un fauteuil en face de moi. Dans ce bureau, tout brillait de plastique blanc chinois : tables, chaises, portes, fenêtres, plafond. Même les lampes de bureau métalliques, très nombreuses, semblaient être en plastique.

– Ce n'est pas la fac de lettres, hein ? a poursuivi Nikita Vissarionovitch. Vous n'avez pas tout ça chez vous à la fac. Tu sais pourquoi ?

Je ne le savais pas et j'ai regardé Louguine d'un air impuissant. Il s'est détourné, a secoué son menton de pélican et a fait semblant d'examiner, sur la table de Nikita Vissarionovitch, un aigle sculpté en bois déployant majestueusement ses ailes pour prendre son essor. Nikita Vissarionovitch développa son idée :

– C'est parce que l'argent (il a accentué la dernière syllabe) alloué par l'État va toujours dans la direction adéquate. As-tu été aux toilettes ?

– Oui, ai-je avoué. Mais seulement à celles pour hommes.

Louguine m'a donné un petit coup de pied.

– As-tu vu les cuvettes ?

Nikita Vissarionovitch a continué à m'interroger et, sans attendre ma réponse, a complaisamment expliqué :

– Elles viennent de Suède ! Mais oui, mes enfants. J'ai toujours dit et je ne le répèterai jamais assez : les toilettes des étudiants, c'est le visage du doyen.

J'ai souri involontairement. Mon imagination m'a dépeint un tableau étrange : tu entres au bureau du doyen et tu vois un homme assis en costume avec, au lieu de sa tête… une cuvette. Là où se trouve le visage, un bol avec sortie verticale, norme européenne, et l'eau coulant par le trou, tu entends des bruits inidentifiables et inhumains au milieu desquels on distingue des ordres, des conseils, des instructions. Nikita Vissarionovitch s'est levé d'un mouvement brusque, a arrangé sa veste, reprenant immédiatement sa posture militaire, a mis ses mains derrière le dos et a commencé à aller et venir devant la fenêtre. Je l'admirais involontairement, comme les visiteurs admirent les statues d'anciens athlètes dans des musées : un pas ferme, de la discipline dans les mouvements, un menton lourd, projeté vers l'avant comme un balcon, un grand front droit, des yeux enfoncés sous d'épais sourcils. Pour la première fois, j'avais devant moi un homme qui ressemblait à un dieu grec : plus convaincant, plus fiable, plus durable que la pièce dans laquelle il se trouvait. Au milieu des armoires massives, des pupitres et des chaises cassées, nos collègues professeurs semblaient chétifs, fragiles, comme des tasses de porcelaine chinoise. Nikita Vissarionovitch avait l'air solide et éternel ici.

– Nous avons donc un établissement avec des traditions, oui, oui. Mais il y en a de différentes… Au fait, c'est quoi ton nom de famille, hein ? Avtsa… imprononçable sans alcool. Louguine ! a-t-il appelé.

Louguine a levé la tête comme sur un ordre.

– Qui est-ce que tu m'as amené là, dis ?

– Moi, Nikita Vissarionovitch, je…

À peine Louguine a-t-il commencé à parler en battant des paupières de ses petits yeux qu'il a été interrompu par la sonnerie forte et stridente du téléphone posé sur la table. Nikita Vissarionovitch a levé son index pour interrompre Louguine et a décroché :

– Oui, oui, Pal Palytch.

Il s'est tourné à moitié vers la fenêtre. J'ai remarqué que, de profil, il était tout aussi impressionnant, à la manière antique. Louguine m'a regardé et a fait une mine coupable

– Qu'est-ce qui n'est pas clair, Pal Palytch ? a dit fort Nikita Vissarionovitch après une courte pause. Fais un affichage dans les toilettes pour femmes… Pourquoi est-ce que tu bégayes ? Quel affichage ? Il ne sait pas… Alors si tu ne sais pas, note ! Il est interdit de… Tu notes ou quoi ? Oui, oui, il est interdit… de jeter des produits d'hygiène intime dans les toilettes… oui, oui. T'as noté ?! Exécution !

Ses yeux lançaient des éclairs. Il a claqué sa main si fort sur la table que l'aigle de bois a vacillé. Nikita Vissarionovitch l'a soutenu de la main :

– Doucement, bébé… Papa est là.

Louguine et moi avons échangé un regard. Louguine, pensif, s'est gratté la nuque.

– Qu'est-ce qui est inapproprié ?! a tonné soudain Nikita Vissarionovitch avec une telle puissance qu'on a bondi. Mar' Vanna[72] y a passé une demi-heure pour les déboucher, putain ! On… On va leur suspendre les bourses pour une infraction ! Oui, oui… Oui ! Sans blague ! Qui a mis « Comptable » sur une porte des toilettes pour hommes, hier, je te le demande ! Ils sont fous ou quoi ?! Tu ne sais pas ?! Alors, renseigne-toi et fais-moi un rapport ! C'est tout pour l'instant !

Il s'est retourné, a raccroché d'un geste brusque et s'est assis dans le fauteuil. Il y a eu un silence dans le bureau pendant quelques instants.

Il a soupiré bruyamment et levé vers moi un regard lourd de menaces.

– Alors, on disait… ? Alors… C'est quoi ce nom de famille ?

– C'est arménien…

Manifestement, c'était une mauvaise surprise.

– Comment ça, arménien ? Louguine, mais tu ne m'avais pas dit qu'il était juif ?

Louguine a regardé ses pieds. Nikita Vissarionovitch a soupiré :

– Je me fiche de qui est juif, de qui n'est pas juif. Tu peux même être chinois… Mais, tu vois, nous avons encore beaucoup de gens rétrogrades. As-tu entendu ce qu'on dit de notre institut au ministère ?

J'ai dit que cela faisait longtemps que je n'étais pas allé au ministère et que je n'avais rien entendu. Louguine et Nikita Vissarionovitch ont henni ensemble. Puis Nikita a dit :

– Sans fenêtres, sans portes, la maison est pleine de… Juifs[73] !

Et il a ri de nouveau, cette fois-ci d'un autre rire : petit, tremblant, qui ne s'accordait pas du tout avec sa voix de tonnerre impitoyable. Il a sorti d'un pot un stylo à bille épais comme un cigare, l'a tourné dans ses mains et l'a remis à sa place.

---

[72] Abréviation familière du prénom « Maria Ivanovna ».

[73] Jeu avec une devinette pour enfants russe : « sans fenêtres, sans portes, la maison est pleine de monde ». (La réponse est : concombre.)

– Si tu étais juif, pas de souci, m'a-t-il dit, charitable. Ce n'est pas parfait non plus. Mais le fait que tu sois caucasien... On dira que Nikita Vissarionovitch embauche... n'importe qui. Tu me gâches mes statistiques, mon cochon.

– Je suis russe, au fait...

Nikita Vissarionovitch m'a regardé, accablé, et a agité la main en l'air.

– Oh, tais-toi... Russe...

Il s'est tourné vers Louguine qui regardait toujours le sol.

– Tu ne vois pas qu'il nous gâche nos statistiques, à toi et à moi, Louguine ?

Louguine a levé la tête et a vaguement acquiescé, le visage tout rouge. Soudain, j'ai réalisé que je ne pouvais plus rester comme ça, sans rien dire, et j'ai dit de manière la plus légère possible :

– Vous n'auriez pas dû lui demander ça. Il est un des nôtres aussi.

– Comment ?

Nikita Vissarionovitch a posé un regard surpris sur moi.

– « Comment... », lui ai-je coupé la parole. Son grand-père était un Finkelstein, Salomon Yakovlevitch, un marin bolchévique. Il a participé à l'assaut du Palais d'Hiver[74]. Il a récupéré des sandales ailées en cristal et un sceptre en or. C'est sérieux... On les garde en famille comme des reliques maintenant... Je les ai vus moi-même... Ils se les transmettent de génération en génération.

C'était la pure vérité. Évidemment, je n'étais pas sûr pour le Palais d'Hiver, mais le sceptre et les sandales, Louguine père me les avait montrés solennellement quand j'étais venu chez eux une fois.

Louguine a serré les dents et a brandi le poing. Son visage a changé de couleur pour passer du rouge au jaune. Vissarionovitch a jeté un regard lourd sur Louguine.

[74] La prise du Palais d'Hiver est un évènement clé de la révolution russe de 1917 à Petrograd (actuelle Saint-Pétersbourg) : du 25 au 26 octobre 1917, les forces dirigées par les bolcheviks ont donné l'assaut et renversé le gouvernement provisoire qui y logeait et dont les membres furent arrêtés. Cet évènement qui marque la prise du pouvoir par les bolcheviks emmenés par Lénine a été reconstitué par les réalisateurs Sergueï Eisenstein et Grigori Aleksandrov dans le film de 1927 *Octobre : Dix jours qui ébranlèrent le monde* dans une scène emblématique de l'histoire du cinéma.

– Tu ne m'as jamais raconté ça. C'est bien que ton grand-père ait pris le Palais d'Hiver d'assaut. Mais le dévaliser comme ça...

– En plus, il a chié dans un vase de l'Ermitage pour finir, ai-je ajouté à mes dénonciations. C'était une manière de protester contre le tsarisme. Vous le connaissez ce vase, le vert... au premier étage...

– Comment ça... « chié » ? a demandé Nikita Vissarionovitch, surpris.

– Ben, comme chient les Juifs..., ai-je haussé les épaules. Comme si vous ne le saviez pas. Comme tout le monde. Vous imaginez ? Dans notre vase russe. Ramené de Grèce.

Pendant que je parlais, Louguine restait bouche bée de stupeur. Mais il s'est vite repris et a sifflé :

– Mais qu'est-ce que tu dis, Astvatsatourov ? Quel vase ? Hein... mais quel vase ?!

Il prononçait chaque nouvelle phrase beaucoup plus fort que la précédente.

– Bon, les gars ! Allez, suffit ! a tonné Nikita Vissarionovitch en nous montrant ses paumes en signe de réconciliation.

Puis, avec un reproche dans la voix, il m'a dit :

– Comment veux-tu que je t'embauche, hein ? Tu vois comment tu es ?

J'ai souri et secoué la tête.

– Ben, c'est quoi, le problème ? Vous ne comprenez pas les blagues ?! Je plaisantais et vous, vous avez marché. C'est marrant...

Louguine a soupiré, soulagé, avec un vague sourire.

Nikita Vissarionovitch est resté figé un instant puis a gloussé bruyamment, a claqué la table de la main et a pointé son doigt vers moi.

– Ça par exemple ! Il m'a bien eu, hein, celui-là ! Quel artiste !

Il a fait un clin d'œil à Louguine. Il a repris le stylo en forme de cigare dans le pot, l'a tourné un peu et a griffonné quelque chose sur ma demande d'embauche.

– C'est fait ! Maintenant, file à la DRH ! Louguine, montre-lui où c'est.

Une fois sorti dans le couloir faiblement éclairé, après être passé devant la vieille secrétaire à l'air sévère, Louguine a juré.

– Je suis désolé, Gricha, ai-je dit. Je voulais juste faire une blague.

Il a agité la main.

– Ça n'a rien à voir avec toi. C'est lui, avec ses histoires, il m'écœure. Juif, pas Juif, Grec, on s'en fout maintenant, non ?

– C'est bon, ô messager des dieux, ai-je dit, ne t'emballe pas.

– Bonjour, Alla Lvovna.

Louguine a fait un signe de tête à une dame âgée qui passait devant nous.

– Il ne comprend rien au ministère. Et on s'amuse et on rigole ! Il se fait mousser, putain de protecteur, pour nous écraser. Bon, bref, OK… Tu sais où est la DRH ?

Il s'est arrêté au milieu du couloir. J'ai hoché la tête et lui ai tendu la main en silence.

– Tu trouveras ? Écoute, est-ce que…, a-t-il hésité. Tu pourrais me prêter 100 roubles jusqu'à après-demain ?

J'ai fouillé dans ma poche. Il a agité la main.

– Oh, mon Dieu. J'ai oublié…

– Allez, ai-je dit en sortant mon portefeuille. Tu l'as mérité, comme on dit. Voilà. Deux cents, peut-être ?

– Non, s'est-il exclamé. Cent, c'est tout. Je te les rendrai après-demain. J'ai juste oublié de prendre de l'argent et je me boirais bien une petite mousse en sortant.

J'entre dans la salle de professeurs. Pour lancer un regard d'adieu, pousser mon chant du cygne, cracher sur les tombes, pour qu'on se souvienne bien de moi. Ah, vous êtes tous là, ô dieux de l'Olympe. Dina, notre chasseresse, a une nouvelle coupe, elle doit avoir un amant. Et ceux-ci sont là comme s'ils étaient collés à leurs chaises. Je ne vais sûrement pas dire bonjour au directeur du département. Ou bien ? Il est plus facile de faire quelque chose que de ne pas le faire. J'ai remarqué il y a longtemps que c'est l'inaction qui demande le plus d'efforts. Je jette un regard d'adieu à la salle, comme je me l'étais promis, et je sens que c'est comme si je voyais tout cela pour la première fois et que la fréquentation de ces gens est agréable, certes, mais pas du tout nécessaire ni essentielle. Cette salle où ils restent plongés dans leurs livres et leurs journaux, c'est une rencontre en soi et on n'en a pas besoin d'autres. Avant, ici, tout me semblait saugrenu, grossier. Je voyais ce lieu comme une combinaison ridicule d'objets. En bois, en agglo, en plastique. Et maintenant, après avoir découvert la lâcheté de ses habitants, je le vois autrement : une rencontre solennelle entre diverses grandes époques. Entre des cabinets d'avant la révolution remplis de haut en bas de la sagesse des académiciens et, au milieu, les rangées de pupitres soviétiques jaunes détériorés par les inscriptions au stylo des étudiants. Et les larges fenêtres modernes en plastique donnant sur la Neva. Le temps s'est accumulé, la vie s'est ouverte au présent et je sens monter une vague de bonheur, même si peut-être, et même sûrement, ça ne durera pas longtemps. Avant, ici, c'était le boudoir d'une princesse où régnait le libertinage désinvolte des salons. Maintenant, rien ne rappelle plus ce boudoir et la nonchalance de ces années-là. Maintenant, tout se fait rapidement, à toute vitesse.

Dina tourne la tête vers moi et me fait signe de la main.

– Tu veux du thé ?

– Merci !

Je m'approche de son bureau. Dina rit :

– « Merci, oui » ou « merci, non » ?

– Merci, non.

Dina se lève et me tend sa joue pour que je l'embrasse.

Dina m'a toujours apprécié. Depuis le jour où j'ai débarqué dans le département. Et je l'ai appréciée aussi. Un visage à l'ovale parfait. De grands yeux soulignés de noir. Un torse robuste et trapu, des seins puissants de paysanne. J'ai passé un certain temps à rêver de Dina, je la matais à la cantine, jusqu'à ce que je rencontre son redoutable frère athlétique. Dina m'avait laissé entendre que son frère n'était pas une raison pour se priver de passer du bon temps, mais j'ai décidé de ne pas prendre de risques. Et j'aimais bien son frère aussi. Des épaules larges, des biceps et des triceps impressionnants, des traits lisses et glabres, un peu approximatifs, comme chez les dieux antiques dans les parcs européens. C'était un athlète professionnel, il travaillait comme kinésithérapeute et jouait assez bien de la guitare. Il m'a expliqué comment bien faire des pompes et m'a dit qu'en fait, grâce aux pompes, il avait rencontré Dieu. Surpris, j'ai objecté que ça nécessitait plutôt des prières, des veillées, des jeûnes, la lecture des textes sacrés, des objets sacrés, des icônes. D'un geste dégagé de la main, il m'a signifié que les pompes, c'était la meilleure façon de ne pas se compliquer la vie. Les pompes, c'est le mieux, ça t'apprend vite l'humilité, on comprend tout de suite qui on est, où est sa limite. Les livres, tu peux les lire et les relire éternellement, ça ne sert à rien. Les pompes, c'est différent. À un moment, tu te heurtes aux limites du possible et tu ne pourras pas faire plus que ce que Dieu t'a donné. N'ayant rien trouvé à lui opposer, j'ai changé de sujet.

Dina me regarde gaiement.

– Notre Nikita est passé.

– Ah bon ?

– Il y a une heure, hoche-t-elle la tête. Il m'a demandé de tes nouvelles.

Dina ouvre un tiroir de son bureau pour prendre une agrafeuse.

– Il a dit : « Il est où ce prétentieux, je vais le renvoyer dans ses cordes. »

Dina prend l'agrafeuse et agrafe deux feuilles.

– Et il s'en est violemment pris à moi. Il m'a dit : « Vos étudiants étrangers font leurs études sans avoir passé de tests médicaux. Demain, il a dit, que tout le monde passe à la clinique pour un examen de sa merde. » Texto. « Surtout les Africains, il a dit. Et s'ils ne le font pas, ils peuvent retourner chez les singes. » Et c'est à ce moment-là qu'est entré Ogo.

– Qui ça ?

– Ben, Ogo, notre stagiaire du Nigeria.

– Dina, écoute, je démissionne.

Dina, clouée sur sa chaise, ouvre grand les yeux.

– Tu déconnes ?

– Non, c'est vrai.

– Quel con !…

Elle secoue la tête.

– T'as raison, je suis con, mais tu veux bien me donner un coup de main avec les papiers ?

Dina grimace douloureusement.

– Oh, mon cher Andreï, ne t'embête pas avec ça. Tu veux qu'on aille chasser en Carélie ? J'ai une licence. Je te montrerai des endroits magnifiques. Il y a une piscine privée. (Elle me fait un clin d'œil.) Nous pourrons nous baigner. J'ai un nouveau maillot de bain. Il te plaira.

– Mes chou-chou-ous !

On entend derrière nous une voix basse, suave, un peu cassée par les ans. Ça, c'est Marc Ilitch. Il me tend sa main sèche. Avec élégance, à l'ancienne, comme un officier aristocrate. Je la garde un peu et la secoue fort. C'est incroyable ce qu'il ressemble à une sauterelle, avec ses longues jambes maigres, toujours à moitié pliées, comme cassées, avec un petit crâne aristocratique gris supportant à peine le poids de la monture noire des lunettes. Et son ventre rond, complètement relâché. C'est un spectacle effrayant, une sauterelle humanoïde enceinte. Qu'est-ce qu'a dit le prophète ? « Et la sauterelle deviendra pesante. Et les fleurs du câprier tomberont. » Une débâcle, une catastrophe nucléaire. C'est ainsi qu'on devrait représenter le dieu Mars, non pas comme un homme courageux, sans cervelle et musclé, mais comme une sauterelle enceinte et rompue.

– Écoute ça, il démissionne ! se plaint Dina. Et il ne veut pas aller à la chasse !

Marc Ilitch soupire et secoue la tête d'un air désolé.

– Ah, la jeunesse, la jeunesse. Tout le monde est tellement nerveux en ce moment. Et ça ne va pas s'arranger. Mais toi, mon chouchou, tu es un pur Sénèque ou un Marc Aurèle.

Sa plaisanterie m'agace :

– Et vous, Marc Ilitch, vous m'avez déçu.

Il avance sa main comme pour me repousser.

– Ah mon p'tit chou, mais comment vais-je dormir maintenant ? Et même Alla Lvovna, la plus sage et la plus forte d'entre nous, on n'a pas pu la défendre. Mais… (il écarte les bras, met sa lèvre inférieure en avant et baisse la voix), je vous comprends bien… Moi-même, mon p'tit chou, je suis loin de me sentir vraiment bien ici. On a, malgré tout, passé quelques années ensemble. Mais quand même, mon p'tit chou, avouez : Alla Lvovna est une scientifique objectivement médiocre... Et une enseignante... pas très bonne.

– Allez-vous rester ici encore longtemps, messieurs ? demande Dina. Je dois sortir...

– Ce n'est pas pour ça ! dis-je contrarié.

Marc Ilitch a un sourire condescendant.

– Pour ça, pas pour ça... Ce n'est pas notre guerre, mon p'tit chou. Ce n'est pas à nous de décider.

– À qui alors, Marc Ilitch ?

Soudain, je suis pris de pitié pour ce vieil homme fragile et cela retire toute importance à ce que je viens de dire et à tout ce que je pourrais ajouter. Marc Ilitch me touche doucement l'épaule.

– Mon cher Andreï, votre idéalisme est si touchant. Vous êtes si naïf, si pur...

J'attends qu'il ajoute « comme une fille », comme il fait d'habitude, mais non, il ne dit rien.

– De quoi avez-vous peur ? dis-je. Vous avez fait la guerre !

Marc Ilitch fronce les sourcils.

– C'est pour ça que j'ai peur, mon p'tit chou... parce que je me suis battu... Oui, je me suis battu ! Contrairement à certains... Et j'ai été décoré !

À l'institut, des blagues circulaient sur comment Marc Ilitch s'était battu. Pendant longtemps, je n'avais pas voulu croire que cet homme gris, fragile, à la voix affectée et cauteleuse, qui avait l'habitude d'appeler son interlocuteur « mon p'tit chou », s'était battu contre les nazis. Mais Marc Ilitch l'avait bien fait, c'était indéniable. Sa photo décorait le stand des vétérans avec la devise « Personne n'est oublié, rien n'est oublié » : un jeune homme sec avec un cou de poulet maigre, dans une vareuse, dont les jeunes filles du komsomol étaient folles.

Marc Ilitch a surtout servi au QG. C'était plus rassurant pour tout le monde, y compris pour lui-même. À la fac, on racontait une anecdote sur une fois où il avait failli être tué, par les nôtres en plus, en livrant un paquet au commandant. Il a traversé une épaisse chênaie aux mains des Allemands, il suivait le chemin qu'on lui avait indiqué en vérifiant soigneusement sur la carte, mais il s'est tout de même perdu. Il a erré un peu et a cheminé au hasard puis, au bout d'un moment, il est sorti près d'une immense grange où une sentinelle montait la garde. Marc Ilitch (à ce moment-là, soldat du rang Ginzburg) s'est approché derrière son dos, en restant inaperçu puis, pour attirer son attention, il a délicatement toussé en mettant sa main devant sa bouche et a poliment demandé :

– Mon p'tit chou, pourrais-tu me dire où est le commandant ?

Le « p'tit chou » a bondi sur place comme un beau diable et, pointant son fusil sur lui, il a hurlé :

– Bouge pas ! Bouge pas ou je tire ! Mains en l'air ! Par terre ! Allonge-toi par terre !

Marc Ilitch, surpris, a levé les mains et a demandé, tout en restant calme :

– Alors, qu'est-ce que je dois faire, mon p'tit chou ? Ne pas bouger ou m'allonger par terre ?

Il a été arrêté pour vérification de son identité et, une fois tout réglé, il a été transféré au QG.

Le commandant, qui avait eu le rapport détaillé, l'a reçu chaleureusement. D'après les photos d'archives, c'était un homme grand, ossu, au crâne rasé et aux poings énormes.

– Ah, camarade Ginzburg, a-t-il dit joyeusement en serrant la main de Marc Ilitch. Bon, allez, allez, assieds-toi. Tu as faim ? On va se bouffer une bonne kacha, hein ! Simonenko !

– Merci, a répondu poliment Marc Ilitch en s'asseyant timidement sur le bord d'une chaise. Je suis déjà bien rempli de toutes les conserves que j'ai mangées.

Il a prononcé le mot « conserves » dans le nez, à la française.

On ignore comment cette histoire s'est terminée et comment le commandant a réagi aux « conserves ». Mais on n'a plus jamais chargé le « camarade Ginzburg » de missions.

Peu après, il a été démobilisé et renvoyé à l'institut populaire où il a travaillé pendant près d'un demi-siècle, ayant survécu à quatre présidents. Il connaissait bien le latin, le grec ancien, l'allemand, bien sûr, faisait ses recherches professionnelles sur l'Antiquité et l'histoire militaire, mais il donnait des cours magistraux de culture européenne. Il donnait des cours travaillés, académiques, en toute connaissance de cause, sur le même modèle traditionnel que ses anciens professeurs, il passait des heures debout derrière la chaire à commenter les informations compilées lors de ses recherches à partir de manuscrits, de livres et d'anciens cours. Peu publié, comme tous les enseignants de sa génération, il collectait toutes les données sur l'histoire des armes qui continuaient à s'accumuler, mais il n'est jamais parvenu au bout de son projet.

Mais les étudiants aimaient bien Marc Ilitch. Et il les aimait beaucoup aussi. Surtout les jeunes, grands, larges d'épaules, athlétiques. Nous l'avons souvent vu se promener dans le couloir avec l'un ou l'autre de ses élèves bras dessous bras dessus, lançant doucement à ses collègues de passage :

– C'est vrai vous savez, j'aime échanger quelques idées avec les jeunes.

Il y avait des rumeurs selon lesquelles Marc Ilitch était homosexuel et qu'il ne s'était marié dans sa jeunesse que pour le camoufler. Bien que Nikita Vissarionovitch respectât Marc Ilitch en tant qu'ancien combattant, au fond de son cœur il ne l'aimait pas et évitait de lui serrer la main quand il le rencontrait.

– Je te signale que je suis officier de réserve. Mais oui ! se plaignait-il. Il me tend la main et on ne sait jamais ce qu'elle a touché. Il est vraiment limite…

Valia, la dame du buffet, une femme rousse à la poitrine énorme, était au contraire très bien disposée à l'égard de Marc Ilitch.

– Quel est le problème ? me dit-elle un jour. Un homme comme un autre… Il demande toujours des nouvelles de ma santé, il me donne un petit chocolat par-ci, par-là. C'est quelqu'un de bien, ça se voit.

Mikhaïl Ivanovitch, son mari à elle, boiteux et ivrogne, charpentier rattaché à une église orthodoxe, avait pour surnom

« Mikhouïlo »[75] et ne l'avait jamais aussi bien traitée. Valia lui faisait la leçon devant tout le monde.

– Regarde Marc Ilitch, toujours poli, toujours avec un bouquin. Et toi ? Toujours avec une bouteille ! Je te quitterai un jour pour de bon, tu verras. Pour Marc Ilitch !

– Il est de l'autre bord, protestait Mikhouïlo, vexé. Il s'intéresse pas aux femmes. Il est orienté vers… l'autre sens.

– Oh, mais tu sais tout, toi. L'autre sens ! (Valia a agité la main.) Tu penses que, parce qu'il aime les garçons, il est « orienté » autrement alors ? Et qu'est-ce que ça peut faire ? Et pourquoi un homme bien ne pourrait pas s'amuser avec des garçons parfois ? C'est juste que lui, il n'a pas peur de le faire…

– Vous avez peur ? résumé-je. Qu'avez-vous fait de votre âme ?

Marc Ilitch grimace et fait un geste de dénégation de la main comme s'il ne voulait rien entendre.

– Mais vous êtes un véritable Rozanov[76], vous, mon p'tit chou ! Absolument ! Quelle âme ? Nous n'avons qu'un corps qui ne pense qu'à la guerre et au combat. Et les gens… les gens oublient tout. Le monde change, il passe, il faut être plus fort… Apprenez, mon p'tit chou, à perdre certains combats.

Je crois que je l'avais déjà entendu dire… c'est même moi qui l'avais dit !

– Vous délirez ! dis-je. C'est une honte ce que vous dites.

Il lève l'index pour attirer mon attention, mais un sourire reste figé sur son visage. Quelqu'un d'autre aurait déjà perdu son sang-froid. Pas lui. La ténacité du combattant.

La tête de Dina apparaît dans l'embrasure de la porte.

– Alors, ça va ici ?

Elle passe devant nous, légère comme une chasseresse, et s'assoit sur sa chaise.

---

[75] « Mik » comme le début de Mikhaïl, et « houïlo » comme « tête de nœud ».

[76] Vassili Rozanov (1856-1919), philosophe, critique et journaliste russe, polémiste virulent ayant souvent changé d'opinion.

– J'ai compris ! élevé-je la voix. Vous vous débarrassez d'une femme âgée en mettant ça sur le dos de l'administration et, après, vous étalez votre philosophie. Quoi que vous en disiez, Alla Lvovna est bien meilleure que vous tous.

Dégoûté, je frappe la table de la main et commence à me sentir fier de moi. Après tout, la vérité est de mon côté, et il ne peut y en avoir deux. Je suis donc un héros, un défenseur des faibles et des opprimés. Je suis noble, brave… Quelqu'un doit bien être noble et brave, n'est-ce pas ? Alors, ce sera moi ! C'est mon destin, mon fardeau. Il m'a mené au sein des palais des princes, des nobles, des guerriers, fréquentés par les impératrices et les poètes.

– Alexandre de Macédoine est un héros, mais est-ce bien une raison pour casser la table ?

J'entends une voix moqueuse et familière derrière mon dos. Je me retourne brusquement. C'est qui encore ? Exact. Trofimov. Assis à sa place habituelle.

Comment se fait-il que je ne l'aie pas aperçu ? Il a sorti son nez du journal qu'il lit ici tous les jours. Un visage rond comme dessiné au compas, rouge, comme fumé au soleil. Son front est couvert d'écailles de peau blanches. Des petits yeux. Un nez minuscule pointu serré entre deux grosses joues comme un bec de mésange sortant du cul d'un singe.

– On ne vous a pas sonné ! dis-je rudement. Allez vous faire voir !

J'ai été moi-même surpris de me l'entendre dire. Ça sonne ridicule, ce « allez vous faire voir ». Quand on dit « va te faire voir », c'est assez clair, c'est une insulte, un affront. Mais l'expression « allez vous faire voir » cache en elle une étrange contradiction. On retrouve bien l'offense, bien sûr, mais un peu solennelle, respectueuse et polie. Comme pour souhaiter un repos bien mérité à un vieux professeur.

– Je vous demande pardon ?

Les petits yeux de Trofimov s'arrondissent de colère.

– Et qu'est-ce que vous ne comprenez pas ? dis-je. Si je vous disais « allez voir un anus ensoleillé », vous vous sentiriez mieux ?

Il essaie de garder un visage de marbre en retour. Mais ça ne marche pas. Je sais que tu es un lâche. Je vois tes joues trembler.

– Ai-je bien entendu ?

Son nez se retrousse comme un bec. Il met le journal de côté et se lève de toute sa petite taille.

– Ouais, et vous allez en entendre encore plein si vous voulez, dis-je en hochant la tête.

Dina, en pouffant de rire, se retourne vers son écran allumé et tente, en fronçant les sourcils, de prendre l'air sérieux. En fait, elle joue à un jeu vidéo, une fille pourchassant des bêtes.

Marc Ilitch marmonne quelque chose dans sa barbe et se glisse hors du bureau.

Trofimov se détourne et se met à tâtonner sur la table avec ses mains, comme s'il cherchait quelque chose.

– Vous savez, vous devriez vous tenir, dit-il tout bas. (Bravo, il a su se ressaisir.) Vous devriez au moins penser à Louguine. C'est lui qui vous a fait embaucher ici, n'est-ce pas ? Le mot « gratitude » vous dit quelque chose ?

Je fronce les sourcils.

– Non, vous voulez bien m'expliquer ? Eh bien, éclairez-moi. Semez la connaissance en moi, Hélios que vous êtes !

Il ne dit rien. Il roule nerveusement un stylo à bille dans ses mains.

– C'est bon, dis-je. Au revoir, Dina ! Au revoir, chasseresse ! Tu vas me manquer.

Bon, maintenant, il est temps de partir. Non, je dois lui dire encore quelques mots avant… Bon, qu'il aille au diable… On s'entendait bien après tout…

– J'espère que nous nous entendrons bien, m'a dit Trofimov avec un grand sourire en me tapotant l'épaule, comme un collègue plus âgé. On n'est pas en concurrence, n'est-ce pas ? Parce que, vous savez, chez nous, la rivalité est d'usage, si vous voyez ce que je veux dire.

J'ai ri. Le visage de Trofimov, rond comme un soleil, rayonnait de bienveillance. Il m'avait été recommandé comme un pédagogue expérimenté et, en tant que nouveau collègue, j'étais allé le voir pour lui demander conseil.

– Vous savez quoi ? a-t-il dit avec une pointe d'ironie dans la voix. Allons nous en griller une, hein ? On causera de tout et de rien pendant ce temps-là. Nous papoterons à propos de nos petites affaires, comme on dit. Vous fumez, j'espère ?

J'ai opiné. On avait l'habitude de fumer dans la cour, là où s'était trouvé le jardin à la française, celui qui avait fait l'objet du désaccord entre l'aristocrate et sa femme. Maintenant, c'était un triste rectangle d'asphalte fissuré par les intempéries et avec quelques pauvres parterres de fleurs. Seul un énorme vase antique, qui avait été une fontaine, s'élevait au milieu, rappelant les temps glorieux d'autrefois. Depuis de nombreuses années, on y jetait les mégots.

Trofimov et moi sommes descendus au rez-de-chaussée dans les vestiaires pour nous habiller et sommes sortis dans la cour. Nous nous sommes installés près du vase et avons sorti nos cigarettes.

– J'ai eu un enfant il y a une semaine, a déclaré Trofimov. (Son visage hâlé a rayonné quand il a dit ça.) Je n'arrive pas à penser clairement à quoi que ce soit d'autre.

De loin, on entendait les bruits assourdis de la circulation, il faisait frais dehors.

– Félicitations, ai-je dit, forçant l'enthousiasme dans ma voix car, franchement, je m'en fichais complètement, je voulais parler de mes cours. Un garçon ? ai-je demandé.

Il a fait oui en réponse. Je devais développer un peu le sujet avant d'y mettre un terme.

– Et alors ? Il pleure ?

– Oui, beaucoup… Mais vous savez, il sourit déjà.

« Intéressant, ai-je pensé. Hallucinant même. »

– Mais le sourire, a commencé à expliquer Trofimov, est un peu simplet, débile, pour l'instant, vous voyez ?

J'ai vu Marc Ilitch arriver lentement vers nous et lui ai dit bonjour d'une voix forte.

– Ah vous voilà, mes p'tits choux !

Marc Ilitch a fait mine de nous menacer du doigt pour une raison quelconque. Il portait, comme toujours, son manteau usé qui ressemblait à une veste militaire d'avant la révolution. Il n'avait pas de bonnet et sa petite tête de sauterelle, exposée et vulnérable, pointait hors de ses vêtements.

– Vous vous connaissez ? a demandé Trofimov, pendant qu'on se serrait la main l'un après l'autre.

– Bien sûr ! a déclaré Marc Ilitch, vantard, avec un grand sourire. J'ai déjà eu le plaisir de rencontrer notre jeune collègue et de lui parler. Et, foi de vieux soldat, j'ai trouvé notre échange très, très agréable.

Trofimov s'est tapé sur le front, comme frappé par une idée.

– Aïe ! Ça m'a complètement échappé. Je dois filer chez ces idiotes de la DRH, j'y ai oublié mon briquet. Ne bougez pas, d'accord ?

– On reste là, mon p'tit chou… on reste là…, lui a assuré Marc Ilitch.

Trofimov a fait un bref signe de tête et s'est éloigné, traversant la cour pour rejoindre l'entrée latérale. Marc Ilitch l'a regardé avec son air narquois et a dit :

– Notre p'tit chou… vous l'avez vu ? Parti à la DRH récupérer son briquet ? Pour chercher le feu des dieux.

Nous avons allumé nos cigarettes et Marc Ilitch a commencé à m'observer.

– Qu'est-ce qu'il y a ? lui ai-je demandé, gêné.

– Votre nom de famille…, a-t-il commencé à dire lentement.

– C'est arménien, ai-je hoché la tête, ça veut dire « don de Dieu ».

J'ai fait tomber les cendres à mes pieds.

– Mais comme c'est charmant ! a souri Marc Ilitch. Votre visage est…

– Mon visage ? Quoi ? Un visage comme un autre…

J'ai haussé les épaules et regardé autour de nous, je ne sais pas pourquoi. Des étudiants fumaient en piétinant sur place un peu plus loin. Leurs visages étaient vides et calmes. Un visage… ordinaire.

– Non, pas du tout, pas du tout, mon p'tit chou ! Il a quelque chose… d'oriental…

Il continuait à m'observer.

– Mon grand-père était arménien.

– Alors vous êtes arménien, vous aussi ! s'est-il exclamé.

– Oui…

Marc Ilitch a tiré une taffe, a pris l'air romantique, les yeux mi-clos, a secoué la tête.

– C'est tellement charmant ! Un jeune Arménien sensuel qui se prélasse à l'orientale près d'une fontaine !

Il a répété cette phrase deux fois et s'est tu. J'ai décidé de ne rien dire en retour. Il tirait des taffes, soufflait la fumée et secouait les cendres.

– Si ce n'est pas indiscret, mon p'tit chou, a-t-il repris délicatement, de quoi avez-vous parlé avec Trofimov tout à l'heure ? Vous parliez de moi ?

– Pas du tout ! me suis-je empressé de répondre, en toussant fort.

– Bon, bon, a-t-il souri. Pourquoi parler d'un vieux fou comme moi ?

– Ce n'est pas ça… Il vient… d'avoir un fils, figurez-vous !

C'est seulement alors que je me sentis heureux pour Trofimov et son nouveau-né.

Mais Marc Ilitch a pris la nouvelle sans l'enthousiasme habituel dans ce genre de circonstance.

– Ah ça ! a-t-il émis doucement. Ce Trofimov, quel cachotier ! Alors, le bébé ? Fait-il des bêtises ?

– Non, ai-je dit. Je ne pense pas… Il n'a que huit jours… Alors, il ne fait que sourire et le sourire est un peu débile.

J'ai tapoté la cigarette avec mon index et un cylindre de cendres est tombé et s'est écrasé. Je l'ai suivi du regard avant de lever la tête. Le ciel était couvert de lourds nuages gris. Il m'a même semblé qu'ils nous regardaient d'en haut, mécontents, comme s'ils nous jugeaient.

– Andreï, m'a interrompu Marc Ilitch, regardez ces jeunes hommes…

Il a tourné la tête en montrant un groupe d'étudiants qui se tenaient à proximité.

– Pensez-vous que leur sourire était un peu débile ? Il faudrait leur demander.

– Peut-être une autre fois ? ai-je suggéré en jetant ma cigarette.

– Jeune homme ! a appelé Marc Ilitch. Vous, là ! Oui, oui ! Je peux vous parler une minute ?

Un grand mec en veste d'hiver verte, déboutonnée, s'est séparé du groupe d'étudiants et s'est dirigé vers nous. Il avait de grands yeux en amande, de longs cheveux et un joli visage féminin.

– Bonjour, Marc Ilitch...

– Oh, mais on se connaît ?

Marc Ilitch s'est incliné d'un air mondain.

– J'ai suivi vos cours en deuxième année, a expliqué l'étudiant.

– Ah, je me souviens, je me souviens. Vous êtes en master avec Nikita Vissarionovitch, n'est-ce pas ? Et vous êtes...

– Menchikov, lui a rappelé l'étudiant. Guena Menchikov.

– Menchikov ! a répété Marc Ilitch, transporté.

Il a jeté sa cigarette et s'est tourné vers moi.

– Non mais, vous imaginez ? Menchikov[77] en personne... Son Excellence. Un poussin du nid de Pierre. Et il est aussi beau que Ganymède. Et nous, Votre Excellence, nous sommes en train de parler avec ce jeune Oriental, cet Arménien sensuel qui se prélasse près de la fontaine.

J'ai soudain senti que je perdais pied et souhaité que Trofimov revienne vite afin que ce délire s'arrête enfin.

– Dites-moi, Votre Excellence, a poursuivi Marc Ilitch, votre sourire était-il débile ?

– Je ne sais pas...

Il a arrangé ses cheveux d'un mouvement vif et affecté.

J'ai entendu une sirène d'ambulance à travers la circulation assourdie. J'ai vu Alla Lvovna sortir dans la cour avec son manteau beige jeté sur les épaules. Elle s'est arrêtée à quelques pas de nous et a sorti ses cigarettes.

---

[77] Alexandre Menchikov (1673-1729), homme politique, gouverneur général de Saint-Pétersbourg.

Alla Lvovna était considérée comme l'enseignante la plus ancienne et la plus respectée de l'institut. Cela faisait quarante ans qu'elle enseignait la littérature russe. La nature l'avait dotée d'une petite taille, d'un visage sémite intelligent, mais, espiègle, l'avait complétée avec une voix masculine de stentor qui terrorisait les étudiants un peu insouciants.

– Eh bien, a annoncé Marc Ilitch, après avoir regardé « Son Excellence » de la tête aux pieds. Je ne veux pas vous retarder, jeune homme.

Il lui a tendu la main et, une fois de plus, s'est incliné en disant :

– À nos prochaines rencontres !

Lorsque « Son Excellence » s'est éloignée, Marc Ilitch s'est retourné vers moi :

– Nikita Vissarionovitch dit que c'est un jeune homme extrêmement prometteur. C'est son protégé. Il lui permet même de servir les boissons lors des vins d'honneur. N'est-il pas mignon, notre Ganymède ?

Tout d'un coup, j'ai eu envie de parler d'autre chose.

– Marc Ilitch, ai-je dit sérieusement. Je voulais vous demander quelque chose… à propos de Spengler…

– À propos de qui ? a-t-il fait semblant de s'étonner avant de lever les mains au ciel. Alla Lvovna ! Lumière de mes yeux !

Alla Lvovna lui a répondu d'un bref signe de tête.

– Alla Lvovna, dites-moi, votre sourire était-il débile quand vous étiez enfant ?

« Mon Dieu, ai-je pensé. Il me saoule avec ce sourire. »

– Quoi ?

Alla Lvovna l'a scruté d'un regard sévère et surpris, a secoué les cendres de sa cigarette et s'est écartée.

– Je suppose que non.

Marc Ilitch a haussé les épaules et a ajouté à mi-voix :

– Elle était cadre du Parti à l'époque du matérialisme historique. Alors, qu'est-ce que vous me vouliez avec… Spengler, hein ?

– Euh, ai-je hésité. Hier, j'ai réussi à terminer le premier volume…

– Mon p'tit chou ! m'a interrompu Marc Ilitch. Votre Spengler est un adorable et charmant spécialiste d'Héraclite, mais rien de plus… et son *Déclin de l'Occident*, excusez un vieil homme, c'est n'importe quoi !

– Pourquoi ?

Marc Ilitch a soudain parlé avec beaucoup d'énergie, ce qui ne correspondait pas du tout à son allure de sauterelle vêtue d'une veste militaire, et à sa voix suave :

– Regardez autour de vous ! Regardez autour de vous ! Il veut enterrer l'Europe et elle, la vieille mère, vit heureuse et ne s'en soucie guère. Mon petit Andreï, mon p'tit chou, croyez-moi, ne lisez pas ce genre de bouquin, on croule sous les connaissances et la pensée de nos professeurs. D'ailleurs, un jeune scientifique m'a dit récemment…

Mais ce qu'a dit le jeune scientifique à Marc Ilitch, je ne l'ai pas appris cette fois-ci parce que Trofimov est revenu.

– C'était long, Prométhée que tu es… Tu as récupéré le feu ?

Trofimov a agité la main.

– Dans ce département, on ne sait jamais rien… comme d'habitude. Une heure pour rédiger une attestation comme quoi il me faut une attestation.

Marc Ilitch s'est frotté les mains, qu'il avait petites et sèches.

– Eh bien, mes p'tits choux, c'est l'heure du cours. Je me permets de vous signaler que le cours a commencé il y a dix minutes.

J'ai soudain remarqué que la cour était vide et que nous n'étions plus que tous les trois. Alla Lvovna avait déjà fini de fumer et était repartie.

– Vous savez, j'ai une pause entre les cours, a déclaré Trofimov. Vous aussi, Andreï ?

J'ai sursauté. Je l'avais entendu dire « cul ». Puis j'ai réalisé que je m'étais trompé et j'ai hoché la tête.

– Alors nous, Marc Ilitch, a dit Trofimov, si vous le permettez, on va s'en fumer encore une, et vous, allez enseigner pour répandre encore la souffrance, comme l'a dit Byron.

Marc Ilitch a ricané et l'a menacé de son doigt osseux.

– C'est tout vous, ça, mon p'tit chou… répandre la souffrance…

Il s'est tourné vers moi.

– J'y vais maintenant, mon petit Andreï, et lui, il va se dépêcher de vous raconter des ragots sur ma personne.

– Mais non, Marc Ilitch…

Le visage de Trofimov, toujours rouge, est devenu presque gris, gêné, mais il s'est immédiatement ressaisi et a eu un sourire narquois.

– Oui, oui, oui, a grincé Marc Ilitch. Il vous dira que j'aime les garçons dociles, Borenka Kouzmenkov, Mitenka Kalouguine, Seriozhenka Beliakov.

Je me suis senti rougir et j'ai regardé mes pieds.

– Bon, Marc Ilitch, a dit Trofimov de manière conciliante, vous devez y aller.

Marc Ilitch a levé son index.

– Au fait, félicitations pour la naissance de votre enfant. Mon petit Andreï m'a dit que son sourire était un peu débile. Est-ce bien vrai ?

Trofimov ne dit rien.

– Vous, votre sourire était-il débile aussi ?

– Non ! a coupé Trofimov dans un éclat de colère inattendu. (Il a sorti ses cigarettes et son briquet de sa poche.) Mais il va probablement apparaître bientôt !

– Je l'ai eu comme examinateur il y a une vingtaine d'années, a dit Trofimov dès que Marc Ilitch fut parti.

– Et alors ?

– Ben, un cauchemar… Un jour, alors que j'étais en train de répondre à une de ses questions, il était devant moi et ne m'écoutait même pas, il s'est extasié et m'a attrapé le poignet, pincé, et m'a dit « quelle petite main », « quel duvet ». Tout le monde autour de moi s'est bidonné et je ne savais plus où me mettre. Il a ajouté : « Mon p'tit chou, vous êtes un titan intellectuel, un dieu solaire et, en même temps, doux comme une fille. »

Trofimov n'était pas seulement un pédagogue expérimenté. Il était au courant de toutes les histoires de l'institut et j'ai beaucoup appris de notre première conversation avec lui. Par exemple, j'ai appris quels étaient les camps en présence au cabinet du président et comment ils s'opposaient, qui acceptait des pots-de-vin, qui couchait avec qui, qui recevait des subventions et qui n'en recevrait jamais, à qui on promettait le poste de directeur du département des études culturelles et qui l'aurait vraiment, qui allait être promu et qui prendrait bientôt sa retraite, et bien d'autres choses encore, tout aussi intéressantes. Puis il a laissé le sujet de l'institut et, alors que nous fumions la troisième cigarette, il a fait un certain nombre de remarques sur le développement économique et politique de la Russie que j'ai trouvées raisonnables.

Et une demi-heure après – on était à la cantine pour se réchauffer et boire du café –, il est enfin passé à la chose la plus importante, la philologie. Selon lui, c'était dans ce domaine que nous avions les plus gros problèmes. Partout s'échauffait Trofimov, des rédactions des revues jusqu'à l'Académie des sciences, il n'y a que des nuls qui non seulement ne savent pas donner des cours, mais, figurez-vous, ne sont même pas capables de faire une analyse de texte. C'est un complot, a-t-il dit, contre les gens de talent comme vous et moi.

Je me souviens que j'ai beaucoup aimé son « vous et moi ». C'était exactement ce que je voulais entendre. Il y a « nous », des rayons de lumière dans le royaume enténébré de la philologie, « nous » qui avons osé élever la voix au-dessus du troupeau sans cervelle, et il y a « eux », les autres, des chefs, des chefs adjoints et les adjoints d'adjoints, des professeurs nuisibles, des MCF nocifs qu'on doit combattre jusqu'à nos dernières forces. J'ai été en quelque sorte invité comme complice, comme un fier pirate, et cela aurait été une erreur impardonnable de repousser cette main tendue. J'ai alors pensé à l'amitié masculine sans calcul, au symbole du coquillage[78], à la fraternité spirituelle, à l'école scientifique que lui et moi allions certainement créer ensemble.

Mais, pendant qu'on parlait, des idées idiotes se sont ajoutées à ces idées positives. Soudain, je me suis rappelé comment mon ami de la fac Kostia Boïtsov, qui avait failli traverser le golfe de Finlande pour aller vivre chez les Finlandais, avait parlé à un examen de la

---

[78] Référence à *Sa Majesté des mouches* de William Golding où le coquillage symbolise l'union des êtres humains.

pièce de Gorki *Egor Boulytchev et les autres*. N'ayant pas lu la pièce et n'en connaissant que le titre, Kostia avait commencé à parler d'une approche novatrice de Gorki qui, dans cette pièce, *Egor Boulytchev et les autres*, avait introduit un nouveau principe de composition, un principe radial. Il y a Egor Boulytchev, avait dit Kostia à un professeur gâteux qui avait ouvert grand ses oreilles de vieillard, et il y a « les autres ». Et ces « autres », s'était emballé Kostia, à première vue, n'ont aucun lien moral ou psychologique avec Egor Boulytchev. Mais, si on lit le texte de manière anagogique, avait insisté Kostia, on remarque qu'Egor Boulytchev est comme un soleil qui rayonne, une boule, réchauffant les « autres » et fusionnant les oppositions les plus irréconciliables. C'est pour ça, avait expliqué Kostia, que le nom de famille de Boulytchev est construit sur le mot « boule ».

D'après des témoins, le professeur s'était extasié et avait essayé, pendant dix minutes, de persuader Kostia de rédiger un article scientifique.

– C'est de la déconstruction ! De la déconstruction ! criait-il, excité. On s'est tous plaints que cela n'existait pas chez nous, les Russes, qu'ici, personne ne savait l'appliquer et voilà, elle est devant moi et elle passe l'examen avec moi !

Mais les projets du professeur ne devaient jamais se réaliser. Une semaine plus tard, Kostia a été arrêté pour tentative illégale de sortie du territoire national.

Je ne comprenais pas pourquoi, tout d'un coup, je me suis souvenu de lui car Trofimov était tout le contraire de Kostia et semblait être extrêmement compétent.

Nous nous sommes vite rapprochés. Quand on se croisait dans les couloirs ou dans la cour, on se saluait toujours chaleureusement. On déjeunait et on fumait ensemble. On était toujours assis l'un à côté de l'autre lors des réunions de l'institut ou du département. Et l'un à côté de l'autre, on lançait des commentaires sarcastiques sur ce qui se passait.

J'aimais son humour. Je me souviens qu'une fois, lors d'une réunion, le directeur du département s'est plaint de sa table de travail, vieille et bancale. Trofimov s'est penché à mon oreille pour me dire :

– Vous savez quoi ? Un directeur du département doit avoir une bonne table et de bonnes selles !

Cette blague m'a beaucoup amusé et je l'ai répétée aux collègues tout le lendemain. Mais curieusement, ça n'a fait rire personne, confirmant l'idée de Trofimov selon laquelle il n'y avait que deux personnes intelligentes à l'institut, lui et moi.

Mais ses cours me rendaient perplexe. Je ne comprenais pas tout. Au début, tout ce qu'il disait semblait évident, l'histoire de la littérature était effectivement une absurdité totale inventée par les marxistes soviétiques. Les concepts courants, c'était du charabia, tout comme les catégories typologiques des œuvres. Tous les écrivains, disait Trofimov rayonnant, se divisaient en radiaux et en tangentiels et les deux groupes étaient à leur tour divisés en holistes et en particularistes. Huxley, par exemple, expliquait-il, était un particulariste radial, Virginia Woolf, une holiste tangentielle, et James Joyce, un holiste radial particulariste. Cette terminologie, et seulement celle-ci, assurait Trofimov aux étudiants, ouvrait de nouvelles perspectives à la science.

Je me souviens que j'étais absolument ravi d'entendre ces nouveaux termes, mais leur signification n'était pas tout à fait claire. Gêné, je n'ai pas demandé plus d'explications.

Cependant, Trofimov avait un don pour clarifier certaines questions. Je me souviens qu'une fois, lors d'une conférence, on lui a demandé quelle était la différence entre l'intrigue et le sujet.

– C'est très simple, a dit Trofimov. Imaginez que vous avez un gâteau. Après l'avoir mangé, vous allez ensuite aux toilettes. Voilà, le gâteau c'est l'intrigue et ce que vous avez dans les toilettes, c'est le sujet.

Tout le monde a ri et j'ai ri avec tout le monde. Et j'en ai encore ri une fois chez moi, en imaginant la tête de Marc Ilitch quand les étudiants lui ressortiraient l'histoire du « gâteau » et des « toilettes » pour l'examen de sortie.

– Je n'arrive pas à cerner Trofimov, grimaçait Louguine. Un drôle de type. Mais il boit, donc il est des nôtres.

– Nikita Vissarionovitch est occupé !

De longues années de secrétariat ont appris à Klavdia Stepanovna à faire deux choses à la fois : travailler à l'ordinateur et parler aux visiteurs. Elle le faisait constamment, mais seulement si le rang du visiteur n'était pas trop important. Dans le cas contraire, avec d'autres patrons, elle gardait un visage de marbre, se levait et, en guise de salut, inclinait cérémonieusement derrière la table son corps épais serré dans un tailleur de marque étrangère. Mais elle avait un faible pour moi, m'appelant même parfois « mon petit Andreï », et me disait de venir plus souvent. J'y suis allé quelques fois, par courtoisie, je n'aimais pas son bureau. Il était tout en plastique blanc chinois avec des chaises posées comme des sentinelles le long des murs et un vide au milieu. Ici, je ne me sentais ni humain ni même professeur, mais comme une fourniture de bureau au rebut.

– Qui est là ? demandé-je.

– Qui est là, qui est là… votre directeur, comment déjà… Krychyouk. Il est là depuis une heure. Tu veux attendre ?

Je regarde autour de moi.

– Non, vous savez, vaut mieux qu'il parte sinon je ne réponds plus de moi.

– Oh là là ! Quelle fougue !

Klavdia Stepanovna arrête de taper, me regarde et sourit. Je me demande quel âge elle a. Son visage est tellement moche qu'on n'arrive même pas à lui donner un âge. Cela fait longtemps que je l'ai remarqué : plus le patron est important, plus sa secrétaire est laide. Apparemment, c'est pour ne pas être distrait de l'essentiel. Les patrons moins élevés ont des fonctions moins importantes, ils peuvent se permettre des distractions. C'est pourquoi ils ont de jolies secrétaires. Des bimbos minces avec de gros seins et de longues jambes.

– Ne vous emballez pas, Klavdia Stepanovna, dis-je. Je viens de démissionner, c'est pour cela que je suis courageux.

– Ça alors…

Elle baisse la voix de façon théâtrale et secoue la tête comme si j'étais un enfant désobéissant.

– Chère Klavdia Stepanovna, appelez-moi quand Krychyouk sera parti, si vous le voulez bien.

Elle hoche la tête en silence et pince les lèvres.

Dans les escaliers qui mènent à la cantine, je sens l'odeur d'huile brûlée qui va me rester des heures dans les narines, j'entends la voix tonitruante de Valia au buffet et le grondement sourd de la machine à café. Je pénètre à l'intérieur. Le plafond bas me tasse au sol dès l'entrée. Il y a assez de hauteur, mais on a l'impression bizarre de devoir se courber sans pouvoir se redresser.

Avant la révolution, c'était un demi-sous-sol où vivaient des charbonniers, des charpentiers, des concierges et des gardiens. Ils y travaillaient, mangeaient, dormaient et s'y battaient. C'est là qu'ils procréaient et mouraient. Il me semble toujours quand je vais y manger que les ombres des ancêtres oubliés ne sont pas encore apaisées. Qu'ils sont cachés dans les conduits de ventilation, sous le faux plafond, derrière les radiateurs du chauffage central. Que l'air lourd de la cantine, rempli des odeurs de café, de ragoût, d'huile brûlée, est encore chargé de cette antique énergie souterraine.

C'est l'heure des cours, en ce moment, là-haut, dans les amphis, et il y a peu de monde ici, mais c'est la pause bientôt et la cantine se remplira d'étudiants. Il y aura du bruit, du brouhaha, des bousculades. Visages, bras, jambes, sacs, culs, serrés dans du tissu denim, me défilent devant les yeux. Dans ces moments, ma tête tourne et, comme enivré, quand je fais la queue, perdu dans cette cohue, et que je dois passer à la caisse, je mets toujours n'importe quoi, ce qui vient, sur mon plateau. Les appels de l'estomac nous remettent d'aplomb, nous soulagent. Vis-à-vis d'eux, professeurs, MCF, assistants, secrétaires, tous irrémédiablement divisés de par leurs fonctions, statuts, titres académiques et salaires, sont remis à égalité de droit. Ton corps cesse de t'appartenir. Tes jugements perdent de leur netteté, s'assouplissent, fondent, ouvrant l'espace à une vision universelle qui repose désormais à la surface des corps, des objets, des murs. Et même si tu t'assois à une table isolée, à l'écart des autres, en fin de compte, c'est pour mieux voir, entendre, sentir ce dans quoi tu te fonds à ce moment : bruit, rires, bousculades, gloutonnerie, son d'une fourchette qui tombe par terre. Et quand le regard s'arrête sur une assiette sale pleine d'os de poulet ou de rognures tachées de ketchup, tu tressailles involontairement en te souvenant des ténèbres sanglantes quand le plus costaud et le plus important était celui qui avait le poing le plus dur et l'estomac le plus résistant.

J'aime venir ici. J'aime m'y asseoir et observer la vie de cantine. J'aime cette nourriture simple. J'aime Valia, la fille du buffet, avec son cœur d'artichaut, qui prépare le café, j'aime mater ses cheveux roux et son tablier froissé qui ressemble à l'écume de mer. Mais pour l'instant, je ne veux pas de tout ce cirque. Je ne veux pas faire la queue, je ne veux observer personne. Et Valia ne semble pas avoir le moral aujourd'hui. Quand je m'approche de la caisse sans faire la queue, elle crie tout fort aux gars qui restent assis dans un coin éloigné :

– Hé, les garçons ! Vous, oui ! Vous avez mangé, allez en classe ! Vous n'avez pas à traîner ici toute la journée.

Les gars râlent un peu, commencent à ramasser leurs affaires, se lèvent de leurs chaises.

– Bonjour Valia, dis-je. Juste un café pour moi.

Valia me sourit de toutes ses dents et arrange son tablier sur son énorme poitrine.

– Regardez-moi qui est là !

Je lui fais un grand salamalec.

– Monsieur, vous ne voulez pas faire la queue ?

Une fille agacée en pull bleu se mêle à notre conversation, elle est la plus proche de la caisse.

Je me retourne. Un beau visage ouvert à l'expression audacieuse, un pull épais, un jean noir étroit moulant ses cuisses larges. Une autre fois…

– Non, dis-je en me tournant vers Valia. Je ne veux pas. Vous savez lire ?

Je tape des doigts sur un panneau du comptoir.

LES ENSEIGNANTS DE L'INSTITUT SONT PRIORITAIRES POUR LE SERVICE

– Et alors, vous n'êtes pas assez enseignant pour ne pas être un homme, n'est-ce pas ?

Quelle insolence ! C'est ça, ma belle, mais je suis plus insolent…

– Visiblement, si ! lui dis-je avec un sourire avant de me tourner vers Valia et de répéter : Valia, un café, s'il te plaît.

Du coin de l'œil, je vois la fille hausser les épaules avec mépris et quitter la file. Les étudiants à la caisse font semblant de rien. Pauvres mecs ! Quelqu'un aurait pu intervenir. Il faudrait la rattraper, s'excuser, la faire revenir. Valia interrompt mes pensées :

– Tu en veux un bon ?

– Comment ?

– Tu veux un bon café ?

– Allez ! dis-je.

– Allez ! m'imite-t-elle. Cinquante roubles, allez ! L'amour, tu sais, c'est pas donné.

Un sourire impudent s'étale sur ses lèvres charnues et elle ajoute en un demi-murmure :

– Aujourd'hui, il est arménien.

Contrairement aux gens autour de moi, je comprends très bien ce que veut dire un « bon café » et pourquoi « aujourd'hui, il est arménien ». Cela signifie que Valia y ajoutera de l'alcool pour un petit supplément : de la vodka, de la liqueur, du baume noir de Riga[79] ou du cognac arménien, comme aujourd'hui. La hiérarchie n'est pas censée le savoir, bien sûr, même si Nikita Vissarionovitch l'a un jour menacée du doigt.

– Fais attention, Valia, si tu ne veux pas d'ennuis ! Que je ne lâche pas sur toi le contrôleur public !

Valia a agité coquettement sa main dodue.

– Oh, Nikita Vissarionovitch. Comme si ton contrôleur public se contentait de son salaire pour vivre !

Je lui tends cinquante roubles en petits billets.

– C'est quoi ça, dit-elle en regardant l'argent, t'as fait la manche hier ?

Je ris en retour. Elle arrange son tablier sur sa poitrine.

---

[79] Le baume noir de Riga est une liqueur amère traditionnelle lettone fabriquée à partir d'herbes naturelles mélangées à de la vodka.

– C'est pour toi, garde la monnaie.

– T'es au courant ? demande Valia, en prenant l'argent. Mikhouïlo est venu hier.

– Et alors ? dis-je. Sobre ?

– Tu parles…

Valia arrache un ticket de papier blanc sorti de la caisse. J'ai toujours l'impression que les caisses enregistreuses me tirent la langue comme pour se moquer de moi et me dire : « Tu n'auras bientôt plus d'argent, petit con ! »

On ne savait pas pourquoi Valia appelait son ex-mari « Mikhouïlo », mais on devinait que c'était suite à des considérations intimes qui nous étaient inconnues.

Mikhaïl Ivanovitch travaillait comme charpentier dans une église et, bien qu'il fût boiteux depuis sa naissance, il était sollicité en divers endroits presque 24 heures sur 24. Dès que quelque chose se cassait en ville, on appelait immédiatement Mikhaïl Ivanovitch : dans son métier, c'était un dieu.

J'ai toujours été gêné par sa bouche où manquaient les incisives supérieures.

– À quoi bon avoir des dents ?

Mikhouïlo haussait les épaules… Il prononçait « zé zends ».

– Je me sens bien sans elles. C'est plus pratique pour ouvrir une bière. T'as déjà vu ? *Clac*, c'est tout, tu vires la capsule pour boire direct.

On disait qu'avant, il était jaloux et tabassait parfois Valia. Elle l'a supporté aussi longtemps qu'elle a pu et un jour, d'un coup, elle est retournée vivre chez sa mère.

– Chez cette chèvre galeuse ! s'indignait Mikhouïlo, mais il s'est comporté comme un vrai gentleman, n'a pas contesté, il a récupéré ses « outils » et est parti sans dire un mot, sans oublier de lui laisser un coquard d'adieu.

Là, apparemment, il a décidé de reprendre les relations conjugales.

– Valia, je démissionne…

Valia se fige avec une tasse de café à la main.

– Ah, la vache ! Quoi, ils t'ont gavé ?

Je hoche la tête.

Un étudiant en costume gris s'immisce dans notre conversation :

– Puis-je avoir du thé ?

– Pourquoi t'as pas dit tout de suite que tu démissionnais ? dit Valia, mécontente. Je t'aurais versé du philtre d'amour, merde alors !

– Pas grave…

– Bon, t'en fais pas. Tu ferais mieux de te trouver une meuf, pas comme d'hab, une normale, qui bosse…

L'étudiant élève la voix :

– Je peux avoir du thé ?!

– Dix roubles !

Valia lui montre les dents. Elle défroisse le tablier sur son ventre comme si elle essayait de contenir l'écume de mer.

– Qu'est-ce que tu me donnes-là, chevalier, cent roubles ? Et où je vais trouver la monnaie ?

Je prends mon « bon café » pour aller m'installer à la table du fond. Je m'assois. C'est un excellent point d'observation. On voit Valia, avec ses boucles rousses, dans son énorme tablier blanc. Elle continue à marteler quelque chose à l'étudiant en gesticulant vigoureusement. À la troisième table à gauche, une fille avec deux petites nattes et des joues roses et dodues recopie quelque chose soigneusement d'un cahier à l'autre.

Ses lèvres ressemblent à celles de Katia, très ourlées, comme si elles étaient collées au visage. Mais celles-ci sont naturelles.

Il y a six mois, j'étais assis comme ça, en fumant, en buvant du café et en regardant devant moi. Mais pas ici, chez moi, et je mélangeais le sucre avec une cuiller à café, pas avec une fourchette. Longuement, avec soin. Comme si je voulais mesurer ma vie. Et elle m'a appelé. Nous n'avions pas parlé depuis des mois. Elle m'a appelé et a dit « salut ». Comme si on s'était quittés hier.

Mon téléphone sonne. Klavdia Stepanovna.

– Rebonjour. Vissarionovitch s'est libéré… Passe.

Je dois y aller.

– J'arrive, Klavdia Stepanovna.

Je termine le « bon café » chaud à grandes gorgées. Merde ! Ça va sentir. Oh, je m'en fiche… il survivra…

– Salut ! a-t-elle dit simplement.

J'ai essayé de rendre ma voix sarcastique :

– Mes respects, Ekaterina Fedorovna. Comment ça se passe à Londres ? Ou où que vous soyez maintenant ! Qui vous embrasse…[80]

– Comment ça se passe à Londres ? m'a-t-elle interrompu. Qu'est-ce que tu crois ? C'est la dèche, pas un rond, on est au fond du trou, quoi. Je dors sur des bancs, je me nourris dans les poubelles… Toi, tu… comment… tu as bien fait de partir. Comment tu vas, toi ?

J'ai éteint ma cigarette et dit que j'allais à merveille, comme toujours.

On a gardé le silence. J'ai porté la tasse de café à mes lèvres et bu une petite gorgée.

– Toujours pas marié ?

J'ai dit que je m'étais marié.

– Arrête ça ! a-t-elle dit.

– À vos ordres, Ekaterina Fedorovna, ai-je répondu. Tout ce que vous voudrez…

Cette expression « tout ce que vous voudrez » est monstrueuse, me suis-je dit. Elle contient une sorte de désespoir. C'est comme si tout avait été ouvert pour toi, te barrant toute possibilité de trouver ta propre voie.

– Ben, t'aurais pu le dire plus tôt ! Je t'appelle pour dire… comment… que je viens bientôt. On m'a proposé un nouveau projet. Tu m'entends ?

J'ai dit que je l'entendais très bien et, tentant de rendre ma voix indifférente, j'ai demandé :

– Tu m'appelleras ?

– Idiot ! a-t-elle ri. Je t'appelle déjà. Par contre, j'ai un nouvel amant.

– L'Italien ? Celui qui a une bite de rhinocéros ?

– Quelle bite ? (Elle a eu un choc puis s'est mise à rire.) Ah ! Non, un autre. Un homme d'affaires de Tumen. Je vais peut-être l'épouser.

---

[80] Phrase tirée de la chanson *Le Nègre violet* d'Alexandre Vertinski (1889-1957), un des plus grands chansonniers russes du XXe siècle.

J'ai regardé par la fenêtre, j'ai vu passer un tram et je me suis soudain senti terriblement seul, comme si le temps continuait sans moi. La vie, en claquetant fort sur ses roues métalliques, a roulé quelque part plus loin, me laissant sur place.

– Allez, a-t-elle dit après une courte pause. Tu avais tout.

J'ai réalisé ce que je perdais et que je devais céder.

– Katia ! ai-je supplié. Katia !

– Eh bien, quoi « Katia, Katia » ? (Sa voix s'est adoucie.) Je t'ai dit que je venais ! Je viens ! Toi, c'est sacré ! Mais je veux pas de… comment… de drame. D'accord ?

Je n'ai rien dit.

– Andreï, t'es fâché ?

Mais je m'étais déjà ressaisi.

– Pas du tout, Ekaterina Fedorovna, je saute de joie.

– Bon, ben, saute alors. Si je viens, nous sauterons ensemble. Au lit, a-t-elle ajouté en partant d'un rire vulgaire. Allez… *Ciao*, biz.

La perspective de sauter avec Katia m'a un peu réconforté. Elle a raccroché et je suis resté à la fenêtre, plongé dans une rêverie romantique, pressant le téléphone sur mon oreille et écoutant les bips-bips, éclats monotones de la vie qui traîne. Puis j'ai fixé quelques minutes l'inscription « numéro masqué » sur l'écran minuscule et pris une autre cigarette du paquet.

Je devais sortir, aller à l'institut pour un colloque, mais je n'arrivais pas à me concentrer, je restais assis, fumais, appuyais sur les boutons du téléphone pour que l'écran reste allumé, et j'imaginais ses lèvres ourlées, ses longues jambes et ses yeux de sorcière des marais.

Quand je suis arrivé dans la salle, le colloque allait bon train. Il y avait beaucoup de monde. J'ai passé quelques rangées, puis je me suis faufilé au centre pour trouver un siège vide. Je me suis assis, j'ai enlevé ma veste et commencé à écouter. La réunion était consacrée à la mémoire du professeur Reïsser[81].

Sur l'estrade, derrière un pupitre en bois, Marc Ilitch était en train de lire son papier sur les activités scientifiques du professeur

---

[81] Solomon Reïsser (1905-1989), spécialiste en paléographie et en bibliographie.

Reïsser. Il lisait de façon monotone, en faisant de longues pauses pleines de sous-entendus. À sa droite, à la table des organisateurs, se tenaient Nikita Vissarionovitch et, à côté de lui, deux vieilles universitaires que je ne connaissais pas. Nikita Vissarionovitch s'agitait sur sa chaise en jetant des coups d'œil à Marc Ilitch et les vieilles étaient assises tranquillement, visages indifférents, comme si ce qui se passait n'avait rien à voir avec elles.

J'écoutais le discours, regardais les murs gris, le plafond écaillé, les nuques des gens assis devant moi et je n'arrivais pas à deviner ce qui se trouvait dans cette pièce avant l'ère du matérialisme historique. Les traces du passé soviétique étaient omniprésentes et rien d'autre. L'estrade, grossièrement clouée, le pupitre qui ressemblait à une version réduite de toilettes de campagne, un long rideau couleur de cerise noire, tout défraîchi, poussiéreux, les rangées de fauteuils à n'en plus finir, des lustres anciens, abîmés, ronds, diffusant une lumière tamisée.

– Andreï, mon ami, est-ce que c'est libre à côté de vous ?

J'ai entendu un murmure et senti une légère odeur d'alcool éventé. Je me suis retourné et j'ai vu Toporov se faufiler vers le siège d'à côté en bousculant les genoux et les sacs des gens. J'ai hoché la tête joyeusement et dit bonjour, il a mis son doigt sur ses lèvres et a demandé doucement :

– Ils ont commencé il y a longtemps ?

J'ai encore fait oui. Toporov s'est assis, a arrangé le pull sur son giron, a caressé son visage rouge à la barbe drue et s'est mis à écouter attentivement. L'expression de ses grands yeux sombres montrait une légère ivresse, mais calme et même indifférente. Je savais cependant que son calme pouvait être trompeur.

Dans nos milieux universitaires, Victor Leonidovitch Toporov était considéré comme un tyran et un homme grossier. En fait, il n'a jamais été impoli ou inconvenant. Il pouvait dire le mot « cul » (c'était son mot préféré adapté à toutes les occasions) dans une réunion informelle ou jurer, mais rien qui puisse choquer l'intelligentsia de Saint-Pétersbourg assez frondeuse. Le vrai souci était ailleurs. Toporov avait une tendance inexcusable à dire ce qu'il pensait des gens.

À voix haute et publiquement. Et ce qu'il pensait des autres, ce n'était pas aimable. Pour le reste, il était correct et même délicat.

Pendant que Toporov et moi nous nous regardions, Marc Ilitch a fini de parler des qualités humaines du professeur Reïsser qu'il a qualifiées de « combatives » et est passé à ses mérites scientifiques.

– Ancienne école, ai-je chuchoté à Toporov, uniquement pour dire quelque chose d'approprié au moment.

– Qui ça ?

Il n'a pas compris.

– Reïsser… un comme on n'en fabrique plus.

– Dieu merci !

– Allons, ai-je objecté. Reïsser était un chercheur remarquable.

– Consciencieux, m'a corrigé Toporov.

– Vous avez été un de ses étudiants ?

Toporov a levé les mains en l'air.

– Mon Dieu, non… Je dois voir quelqu'un ici. Je voulais en profiter pour écouter ce que les gens pensent de Reïsser. J'ai écrit une épigramme sur lui il y a un moment. Vous ne l'avez pas entendu ?

– Non.

Se penchant à mon oreille, la main sur sa bouche, Toporov a dit :

Reïsser, le professeur,
Pète comme un croiseur.

J'ai pouffé, surpris, ou, plutôt, j'ai rigolé un peu trop fort.

– Jeunes hommes !

Une forte voix d'homme a soudain interrompu le marmonnement monotone de Marc Ilitch.

J'ai levé la tête et vu que Nikita Vissarionovitch nous regardait sévèrement depuis l'estrade.

– Oui, oui, je m'adresse à vous deux ! Qui est assis à côté de… Atsatourov ?

Toporov et moi nous sommes regardés.

– C'est moi.

Toporov l'a dit discrètement, mais, en même temps, d'une voix très nette.

Il y a eu un léger bruit dans la salle. Tout le monde s'est réveillé, redressé, figé sur les sièges, a chuchoté. Des visages endormis ont repris vie et figure humaine pour un moment.

– À mon époque, a déclaré gravement Nikita Vissarionovitch, soulignant le mot « mon », les jeunes gens se comportaient plus modestement… oui, oui… Vous voulez monter ici, nous faire profiter de quelque chose peut-être ?

– Volontiers, a dit Toporov, en se levant de sa place.

– Oh !

Marc Ilitch a agité les mains derrière la chaire. Il avait sans doute reconnu Toporov car il a pris une expression horrifiée.

– Non, non, il est préférable que je continue, non ?

– Eh bien, tant pis.

Toporov a écarté les bras avec indifférence et a repris sa place.

– Silence, camarades.

Nikita Vissarionovitch s'est adressé à la salle qui produisait un grondement digne d'un séisme souterrain.

Marc Ilitch a plongé le visage dans ses papiers et a continué à lire son texte, mais, maintenant, tous les compliments et éloges qu'il énonçait ou avalait à la hâte comme « talent rayonnant », « courage scientifique », « qualités combatives », « prouesses textuelles », ressemblaient à des moqueries, tout en restant très raffinés, aristocratiques et prononcés sans un seul sourire. Dans la salle, on se regardait, on riait, on chuchotait, on secouait la tête. Mais peu à peu, le grondement s'est atténué et l'intervention est revenue à son ambiance académique antérieure.

– Victor Leonidovitch, lui ai-je dit. Vous seriez vraiment monté et intervenu ?

Toporov, perplexe, a froncé les sourcils.

– Mais non, mon Dieu, mon cher Andreï. Je suis bourré, certes, mais pas à ce point. Je serais monté et j'aurais parlé de l'apport de Reïsser à la textologie. Parce que, contrairement à vous tous, j'ai lu ses livres. Et j'ai même pris des notes. Regardez, Andreï, il y a une fille qui vous fait signe. Là. Là-bas…

J'ai regardé dans la direction qu'il montrait et j'ai vu Dina qui me faisait des signes bizarres. Avec ses doigts, elle mimait quelqu'un qui marche et montrait la sortie de la tête. Ne comprenant pas du tout ce qu'elle voulait que je fasse, cette chasseresse, je haussais les épaules et Dina s'est mise en colère contre mon incompréhension, frappant sa tempe de son index et me menaçant du poing.

– Je ne comprends pas, que veut-elle ? ai-je dit à haute voix contrariée. C'est Dina, notre assistante au laboratoire.

– Ce qu'elle veut ? a redemandé Toporov. Qu'en pensez-vous ? Les jeunes, faut vraiment tout vous expliquer. C'est quoi, son nom, vous dites ? Dina ? Tenez, une épigramme : Dina, l'assistante, veut une belle étreinte.

J'ai fait un signe irrité de la main.

– Mais non. J'aimerais bien, mais... son frère est rigide.

Toporov a écarté les bras.

– Eh bien, si elle a un frère... Je ne prendrais pas de risques si j'étais vous. Pas la peine de jouer au héros.

Dina, entre-temps, désespérant visiblement de se faire comprendre, a arraché une feuille de son carnet pour écrire quelque chose. Une minute plus tard, on m'a remis une note de sa part :

Andreï ! Un professeur te cherche. Il est de Californie. Il veut te rencontrer. Il a déjà appelé au bureau deux fois. Je lui ai donné ton numéro. Ta D.

Un professeur ? De Californie en plus ? J'ai failli sauter de joie sur mon siège. Alors je suis connu jusqu'en Californie ! J'ai regardé avec dédain les nuques des gens assis devant moi et j'ai senti que ce n'était pas des gens, ce n'était que des nuques.

Les nuques banales qu'on se fait coiffer dans des salons. Lisses, rondes, semblables les unes aux autres. Des articles de première nécessité. J'ai relu la note une fois, puis encore une fois, mon regard restait fixé sur cette écriture où les majuscules étaient d'une inclinaison enfantine. J'ai supposé que j'allais être invité à travailler là-bas. Ou peut-être qu'on allait me donner une bourse en dollars. Ce serait même mieux. Tu vis sur le campus, tu écris un peu, tu lis un peu pour ton plaisir et il n'y a presque aucun rendu à faire. Et, surtout, tout le monde autour de toi t'envie.

J'ai sorti mon portable de la poche de mon pantalon et vu sur l'écran un numéro inconnu. Deux appels manqués ! Je me suis couvert de sueur. Alors que j'étais là, assis comme un idiot à écouter toutes ces conneries, un professeur de Californie n'arrivait pas à me joindre. J'avais peut-être raté un poste ou une bourse d'études…

Mais c'était gênant de sortir au milieu d'un exposé.

Dix pénibles minutes se sont écoulées et, lorsque enfin j'ai entendu les applaudissements, j'ai sauté de ma place, me suis faufilé le long des sièges et j'ai couru hors de la salle, le portable à la main.

– Bonjour ! Vous m'avez appelé ?

J'étais tout miel.

– Bonjour, Andreï…

La voix que j'ai entendue m'a cloué. Ce ténor aigu de conférencier, habitué à énoncer des noms de consuls ou de légionnaires romains, je l'aurais reconnu parmi des milliers. Il s'est immédiatement présenté bien que ce soit totalement inutile. J'ai raccroché. Plutôt involontairement, par fébrilité, qu'intentionnellement. Il a tout de suite rappelé :

– Il semble que ça ait coupé.

Là, je devais réagir et attaquer.

– Professeur, ai-je dit d'une voix fatiguée. On n'a pas été coupés. Et vous le savez très bien.

– Je voudrais…

– Nous n'avons rien à nous dire.

– Je voudrais vous voir, a-t-il répété fermement.

J'ai essayé de donner à ma voix un ton railleur :

– Et moi, je ne veux pas ! Ça vous étonne ? Je ne veux pas. Dans votre Californie, Monsieur le professeur, vous avez dû oublier que le monde ne vous appartient pas. Il a été créé par le Tout-Puissant et n'obéit qu'à lui, ce n'est d'ailleurs même pas prouvé qu'il lui obéisse. Et certaines choses, comme une rencontre, par exemple, nécessitent un consentement mutuel. Vous suivez ma pensée ? Suis-je assez clair ? Ne suis-je pas trop intello pour vous ?

– Arrêtez de faire le clown, a-t-il dit.

– Passez une bonne journée, ai-je dit avec colère. Portez-vous bien. Dites bonjour à votre nouvelle épouse !

– Attendez, a-t-il supplié. J'ai divorcé il y a un an et demi. Je vous en supplie... Oui... C'est important...

Les étudiants sont passés devant moi et m'ont salué à haute voix.

Je n'ai pas répondu et leur ai tourné le dos.

– D'accord, dans deux heures, je serai au café sur Liteyny. Venez.

– Merci, merci, a-t-il dit.

J'ai donné l'adresse, raccroché sans dire au revoir avant de retourner dans la salle retrouver mon siège à côté de Toporov. Une fille était en train d'intervenir, apparemment une doctorante. Elle disait quelque chose d'intéressant sur Gleb Ouspenski[82], mais je n'arrivais plus à me concentrer. Ses paroles se sont fondues dans une mélopée confuse suspendue en l'air comme des grappes pleines.

– Est-ce que ça va ? s'est soucié Toporov.

– Bien sûr que ça va ! ai-je répondu d'un hochement de tête, et je me suis levé.

Je ne pouvais plus rester assis. Je lui ai serré la main, dit que je devais travailler et j'ai commencé à me faufiler jusqu'à la sortie. Une voix de femme a sifflé avec colère derrière mon dos :

– Où allez-vous ?! Quel manque de tact !

– Où va-t-il ? a dit la voix de Toporov. Dans le cul du diable réparer des câbles !

Cela avait l'air convaincant, inattendu, et ça a provoqué dans ma tête d'étranges images fabuleuses d'absurdité quotidienne que je n'avais jamais eues avant : des poteaux, des lignes de transmission arrachées, un garçon confus, serrant une clé à molette dans ses mains, le village de Panfilovka... La voix féminine, soufflée, s'est tue.

J'ai marché dans le couloir avec une frénésie sauvage, ne pensant à rien, n'apercevant personne, ne répondant pas aux salutations des collègues et des étudiants que je croisais, car j'élaborais un plan pour me venger. Mais les pensées de vengeance dansaient comme

[82] Gleb Ouspenski (1843-1902), romancier et nouvelliste russe.

des poissons sur une poêle chaude et je n'arrivais pas à me concentrer. Il m'avait volé ma vie, ce professeur de Californie, cet historien, ce salaud qui se prenait pour un historien, ce prétendu professeur. Julia, ma femme, m'avait quitté pour partir chez lui, dans cette chiennerie d'Amérique.

J'aimais Julia, du moins c'était ce que je pensais. J'aimais ses hautes pommettes dures, ses longs doigts, ses jambes fines. Et je l'aimais aussi follement pour quelque chose de fougueux qui émanait d'elle. Julia portait toujours un jean évasé et des sweat-shirts. Quand elle m'avait trouvé, j'étais un vieux jouet dont personne n'avait plus besoin, une toupie cassée qui avait cessé de tourner. Elle m'avait relevé, remis d'aplomb et relancé dans le tourbillon de la vie. Je me souvenais à peine des circonstances de cette vie. Un restaurant à la mode d'où on s'était échappé sans payer, une bouteille de Gewurztraminer que nous avions volée dans un magasin avec une cartouche de cigarettes, le Jardin d'Été[83], fermé pour la nuit, où nous avions pénétré et où nous nous roulions sur l'herbe, saouls et, enfin, toutes ces interminables et délicieuses étreintes dans des cages d'escalier de hasard, dans des monte-charges, des cabines d'essayage, des cinémas vides, des toilettes de boîtes de nuit.

Ayant assez joué, elle m'a regardé de plus près et, s'étant assurée de mon insignifiance, elle m'avait jeté dehors, broyé, épuisé, et s'était trouvé un nouveau jouet, plus cher, plus sophistiqué. Ce professeur.

– Il a un de ces culs, les filles, disait-elle à ses copines. Il me donne envie de m'y frotter.

L'amour n'exige rien en retour. Mais moi, j'exigeais. Je demandais, je menaçais. Sans résultat. Elle n'avait même pas regardé en arrière. Je versais des larmes. Elle n'avait aucune indulgence. Une nuit, je me souviens qu'il faisait humide, elle avait fait ses valises et m'avait quitté pour de bon.

---

[83] Jardin d'Été, jardin public à la française dans le centre historique de Saint-Pétersbourg, créé sur un plan dessiné par Pierre le Grand lui-même.

Nous avions divorcé, Julia était partie très vite, avait épousé ce professeur, était devenue une jeune épouse californienne, avait fait des études supérieures. Un an plus tard, il l'avait emmenée en Amérique latine, au Venezuela, où elle s'était fait tuer. En plein milieu de Caracas, près de leur hôtel. Trois jeunes hommes barbus s'étaient approchés d'eux en leur demandant de l'argent pour la révolution communiste. Ils les avaient poliment avertis qu'en cas de refus, ils les tueraient. Le professeur avait refusé avec indignation, il détestait les communistes et, en plus, il était radin. Un des jeunes avait regardé autour de lui et avait sorti un revolver. Julia s'était mise à crier, il lui avait tiré une balle dans la tête. Et le professeur avait pris deux balles dans les rotules.

Quand j'ai appris qu'elle était partie, j'ai pensé que j'allais mourir. Je ne voulais pas vivre, ne voulais pas travailler, je voulais souffrir, rager, raviver cette blessure pour qu'elle ne guérisse jamais. Puis, à Paris, j'ai rencontré Katia, et la blessure a cicatrisé. Ma vie a accéléré et Julia et son professeur sont restés quelque part en arrière. Mais maintenant tout revenait.

Apparemment, je n'avais pas tourné la page. Des sentiments restaient. Je n'ai pas approché le royaume de Dieu, toujours espéré, mais qui ne peut jamais advenir complètement. « Pas grave, ai-je pensé avec colère. Je vais en finir aujourd'hui. Je vais achever cette mission. Avec une telle diligence que même Kirioucha n'osera pas reparaître. » Soudain, je me suis souvenu de Missy, de son visage couvert de taches de rousseur, de ses seins puissants que je caressais délicatement, de ses brusques étreintes comme des combats. Ce souvenir m'a calmé. Et j'ai aussi pensé : « Qu'il brûle en enfer. Qu'on brûle tous en enfer. »

– « Qu'on brûle tous en enfer », qui ça, nous ?! Nous ?!

Nikita Vissarionovitch est furieux. Il serre les poings et les pose avec force sur la table devant lui.

– Écoute, mon garçon, écoute attentivement, sinon je t'y envoie brûler, moi.

Je cligne des yeux avec mépris. Vas-y, mon cher, fais le beau, sors tes médailles et tes épaulettes. À cœur vaillant rien d'impossible, je peux même traverser la mer Baltique à pied.

– L'institut doit aller de l'avant ! martèle-t-il, un silence entre chaque mot, comme un éclair silencieux entre deux coups de tonnerre. Oui, oui. Il n'y a pas de quoi faire des grimaces ! Qu'est-ce que tu fabriques exactement ? Pourquoi est-ce que tout le monde se plaint de toi ?!

Je restais obstinément silencieux et cela l'agaçait.

– Pourquoi t'es venu me voir ici ? Paysan délégué ! Tu te cherches un bon maître, hein ? As-tu déjà essayé d'être ton propre maître ?! As-tu seulement essayé ? Au moins une fois ? As-tu réalisé quelque chose dans ta vie ? Vous courez, mendigotez, exigez… sans cesse ! Vous ne savez que vous dénoncer les uns les autres. Putain d'intellectuels ! Va, prends tes responsabilités un peu ! Vas-y ! Avale de la merde, oui, oui, des tonneaux, comme moi ! C'est quoi cette connerie que tu as là ?

Il prend ma lettre de démission et commence à lire.

– Ah, c'est ça ! Tu fuis ? Comme un lâche ? Qui t'a pris sous son aile ? L'Institut ! C'est comme trahir sa patrie. Bien rédigée en plus. J'apprécie… Bon travail… Tu sais quoi ? Je vais la signer ! N'aie pas peur…

Il prend son stylo et appose une large signature en bas de la page.

– Tiens, ta merde ! C'est fait ! Félicitations ! T'es au chômage maintenant.

Il soulève l'aigle de bois de la main droite et le repose bruyamment sur la table. Je me lève du fauteuil et je hoche la tête cérémonieusement. Je me dirige vers la sortie.

– Pas la peine de revenir, hein ! crie Nikita Vissarionovitch. T'entends ?! Je ne te reprendrai pas !

Je ne comprenais pas pourquoi il revenait dans ma vie. Quand je suis entré, il était déjà assis là, le professeur de Californie. À une table ronde, juste à l'entrée. Devant lui, il y avait une tasse de café minuscule et un petit sucrier pansu. J'ai remarqué les béquilles appuyées au dossier de la chaise à côté et j'ai grimacé.

Les béquilles ne cadraient pas du tout avec le drame, le spectacle, que j'allais jouer.

J'avais choisi ce café exprès et essayé de tout calculer. Le cadre, l'ambiance, le décor. Ici, tout était comme je le voulais, il y régnait une lumière crépusculaire adoucie par l'éclairage des néons et les serveuses en blouses déboutonnées allaient et venaient comme des poupées mécaniques.

– Vous m'avez convoqué ? ai-je demandé d'un ton offensif.

J'ai enlevé ma veste et, sans attendre son invitation, je me suis assis sur la chaise en face de lui.

– Bonjour Andreï, dit-il en souriant et en me tendant la main.

– Avez-vous été limogé ? ai-je demandé sans lui serrer la main.

– Non, a dit le professeur, j'ai beaucoup de travail.

Il n'a pas retiré sa main, mais a effleuré doucement le sucrier pansu et mis une tape légère de sa main potelée sur la table. J'ai remarqué que, depuis notre dernière rencontre, il avait vieilli et maigri.

– Alors, pourquoi ce jour est-il « bon » ? Vous savez quoi ? Allons droit au but, j'ai très peu de temps.

– C'est drôle… que vous en ayez peu… Et moi, Andreï, j'en ai de plus en plus ces dernières années. Bien que je sois occupé tout le temps : des bourses, des conférences, des colloques. Tout cela m'aide, mais…

– Vous vouliez quelque chose ? l'ai-je interrompu sans cérémonie.

Il s'est tu, a pris sa tasse de café avec deux doigts, l'a fait tourner et l'a remise à sa place.

– Je voulais…

– Eh bien, dites-le vite…

J'ai tapé du doigt sur la table avec irritation.

– Andreï, écoutez… Je ne veux pas engager notre conversation sur ce ton…

– Alors, ai-je dit, ne faites pas attention.

– Andreï, pourquoi le prenez-vous comme ça, sérieusement ? Julia disait que vous étiez gentil.

Là, c'était trop. Le sang m'est monté à la tête. Mais j'ai décidé d'agir comme prévu et j'ai dit froidement :

– Elle vous a menti, professeur. Elle a menti à tout le monde. Je suis un salaud de première.

Mais il ne m'écoutait pas. Il était assis là, regardant devant lui. Puis il a dit résolument :

– Il m'était important de vous voir, Andreï. Vous êtes la seule chose qui me relie à elle maintenant. Je veux dire, je… l'ai perdue, vous savez.

– *Vous* l'avez perdue ?! *Vous* ?!

Il a hésité :

– Je veux dire, nous. Bien sûr, nous.

« C'est comme ça qu'il s'en tire ! ai-je pensé avec colère. Alors, pour lui, il y aurait un "nous". Lui et moi. Eh ben, dis donc ! »

Pendant ce temps, il continuait :

– J'ai plongé dans le travail à outrance, je me suis remarié pour la troisième fois, mais j'ai réalisé que je ne pouvais pas vivre sans elle et j'ai divorcé. Et j'ai compris ce que vous aviez éprouvé.

Son visage a pris une expression douloureuse.

– Éprouvé, moi ? ai-je rigolé. Nom de Dieu, professeur ! J'étais juste en colère. On m'a piqué une jeune meuf. Qui ne serait pas en colère ?

L'expression de son visage a changé et est devenue moins sombre.

– Alors pourquoi êtes-vous en colère maintenant ?

– Pourquoi je suis en colère ? Parce que je vous envie !

– Pourquoi ?

– Pourquoi ? Comme si vous ne le saviez pas. Vous avez un bon salaire, professeur, mais vos livres sont merdiques. Vos cours aussi sont merdiques. Moi, c'est tout le contraire. Alors, je suis en colère…

– Ça suffit maintenant ! a-t-il dit fortement et sèchement, presque en criant. Ce n'est pas à vous de décider si mes livres sont merdiques ou pas ! Vous m'entendez ? Arrêtez de faire le clown !

– J'arrête…

On pouvait voir qu'il lui était de plus en plus difficile de se contrôler. Mais il faisait de grands efforts.

– Parlons de Julia…

– Parlons…, ai-je dit en bâillant.

– Parlons.

Il s'est agité en sirotant son café.

– Dites-moi, professeur, franchement (j'ai fait une pause pour ménager mon effet), elle vous a sucé ?

Il a avalé son café de travers, les yeux tout ronds.

– Qu-o-oi ?! Qui vous a permis…

– Alors, elle ne l'a jamais fait… (J'ai soupiré et tambouriné avec mes doigts sur la table.) C'est ce que je pensais. Elle ne me l'a jamais fait non plus, vous voyez ? Deux ans de ma vie à la poubelle. Quelle salope, hein !

Il est devenu pâle, a serré les dents. Puis, les poings crispés, il a parlé lourdement, faisant des pauses théâtrales entre les mots :

– Qui… vous a permis… ? Vous m'entendez ? Vous ? Qui vous a permis de vous moquer des morts ?

J'ai haussé les épaules et encore bâillé :

– Franchement, cher professeur, je n'ai demandé la permission à personne.

Il s'est tu, s'est adossé à la chaise et a dit d'une voix étouffée :

– Vous êtes vraiment un infâme salaud… un vrai…

– Enfin, ai-je ri. Vous commencez à comprendre !

Ce mélange de « vous » et de « salaud » m'a amusé.

Il y avait quelque chose de californien, de libéral, comme mon expression favorite « allez vous faire foutre ».

– D'ailleurs, cher professeur, ai-je voulu l'achever. Saviez-vous qu'elle vous trompait ? Avec un beau dieu de la Guerre ?

J'avais inventé cette histoire de « dieu de la Guerre ».

– Quoi ? Avec qui ?

– Avec un officier des garde-côtes, ai-je ri. On est donc quittes.

– Dommage que je sois handicapé, a-t-il sifflé entre ses dents. Sinon, je vous aurais donné une leçon.

Cela m'a amusé.

– Ah oui ?! Vous en êtes sûr ? Pourquoi vous n'en avez pas donné une à ces Vénézuéliens avec leurs flingues ?

– Canaille…, a-t-il murmuré, en levant sa béquille. Une vraie canaille… Moi, un homme respectable, un handicapé, je suis venu le voir comme un homme…

– Vous n'êtes pas venu, l'ai-je interrompu avec dégoût. Vous avez été amené ici par vos larbins. C'est tout ! Allez… Allez vous faire foutre !

À ce moment, il m'a semblé que mon âme s'était séparée de mon corps, s'élevant au plafond et me contemplant d'en haut. Il s'est levé avec effort et, sans me regarder, s'est traîné vers la sortie. J'ai attendu que la porte se referme derrière lui puis je me suis précipité dans le couloir vers les toilettes. Et là, j'ai vomi.

Quelques minutes plus tard, j'étais à nouveau assis à ma place. Mon cœur battait à tout rompre. J'avais soif. Ma tête bourdonnait et mes mains tremblaient.

– C'était mesquin ! ai-je entendu une voix féminine aiguë derrière mon dos.

J'ai dû me retourner. À la table voisine, une fille était assise dans un chandail rouge, la tête presque rasée, et me regardait en face, sans détourner le regard. Ses yeux brillaient de colère. L'absence de cheveux sur sa tête rendait son visage particulièrement expressif.

– J'ai tout entendu !

– Qu'avez-vous entendu ?

Je me suis assis de profil pour mieux la voir. Après tout, ça m'apportait une forme de distraction.

– Je vous ai entendu vous moquer de ce pauvre handicapé ! C'était mesquin !

– Mesquin…, ai-je avoué. (Elle avait des traits doux, un large nez aplati, des joues légèrement rebondies et des lèvres douces et pleines.) Sauf qu'il n'est pas pauvre, il est riche. Et il n'a pas besoin de votre sympathie. Croyez-moi, il en a plein autour de lui sans vous…

J'avais du mal à prononcer les mots. J'étais très fatigué.

Elle garda le silence.

– Écoutez-moi ! ai-je dit d'une voix faible en m'éventant de la main. Je ne suis pas bien. Pouvez-vous aller à la pharmacie… C'est au coin de la rue…

– Vous l'avez mérité ! a-t-elle déclaré.

Elle s'est levée, a jeté sa serviette sur la table devant elle, en colère.

Je me suis détourné, j'ai posé mes coudes sur la table et, essoufflé, j'ai commencé à regarder la tasse laissée par le professeur.

« Comme elle est petite », je me suis dit. Comme un jouet, comme une tasse d'enfant. Mais on y boit une boisson pas enfantine du tout. J'ai soudain pensé à un étrange paradoxe de l'âge humain. Les enfants aiment les jouets, pourtant, ils aiment tout ce qui est vrai, c'est pour cela que Calvin ne pouvait pas les supporter : va-t'en, petite engeance. Et Cioran, et Céline, et même Harms[84], aucun ne les supportait, j'en étais sûr. Mais les adultes n'aiment pas les jouets. Ils aiment du vivant autour d'eux, du vrai, bien qu'ils soient faux de partout, plus faits de bois que n'importe quelle piètre vieille poupée.

– Vous vous sentez vraiment mal ?

J'ai entendu la même voix au-dessus de moi et levé la tête. La fille, celle de « c'était mesquin ». Je ne voyais à côté de moi que ses jolies lèvres pleines. J'ai hoché la tête en silence.

– Bon, je vais à la pharmacie alors…

– Écoutez, ai-je dit avec effort. C'est un sale type, vous voyez ? Un vrai salaud ! Quelqu'un est mort à cause de lui, vous voyez ? Une bonne personne. Une fille comme vous…

Les mots étaient difficiles à prononcer. Elle a mis sa paume à sa bouche.

– Oh ! Je ne sais pas, alors…

Sa voix était aiguë, presque grinçante. Elle s'est assise à la chaise où le professeur était assis dix minutes auparavant.

– Je dois rentrer, ai-je dit doucement. Un taxi serait…

– Je reviens tout de suite, a-t-elle bondi. Je ne vais pas tarder. Je vais chercher de la Valocordin[85] à la pharmacie, puis je vous raccompagne. J'ai une voiture garée pas loin. Ne partez pas, d'accord ?

Elle s'est précipitée vers sa table, a pris son manteau sur la chaise et a foncé vers la sortie.

---

[84] Daniil Harms (1905-1942), poète du début de l'ère soviétique considéré comme un précurseur de la poésie de l'absurde.

[85] La Valocordin est un médicament sédatif sous forme de gouttes composé notamment de phénobarbital.

– Mademoiselle ! ai-je crié dans son dos. Vous vous appelez comment ?

– Natacha.

Elle est partie sans se retourner et a disparu derrière la porte.

– Moi, c'est Andreï, ai-je précisé d'un air sombre au sucrier devant moi, le seul témoin de notre conversation.

Dix minutes plus tard, nous étions dans sa voiture et, deux heures plus tard, au lit dans mon appartement. Elle a frotté sa joue rebondie contre l'oreiller.

– Tu sais, quand je suis entrée dans la pharmacie, j'ai décidé d'acheter aussi des préservatifs. Au cas où. J'ai pensé que tu aurais envie d'intimité après tout ce stress.

J'ai souri et ai embrassé ses lèvres pleines et douces. Et puis son portable s'est mis à vibrer.

Mon portable vibre en émettant une sonnerie particulière. Pourquoi tu sonnes, toi ? Je freine devant la porte, le sors de ma poche et regarde l'écran. Juste à temps. Je parle fort exprès :

– Bonjour, Alla Lvovna !

Je tire de ma main libre la porte en plastique blanc comme neige. Dans mon dos, Nikita Vissarionovitch m'imite. Quel clown !

– Bonjour, Alla Lvovna ! Hé, Alla Lvovna, qui va fermer la porte derrière toi ?!

« Tu peux te gratter, vieux con, tu as toute la bande de tes fidèles serviteurs avec toi. »

– Comment allez-vous, mon cher Andreï ? entends-je la voix soucieuse d'Alla Lvovna.

– Bien, je suis en train de sortir de chez Nikita Vissarionovitch, dis-je.

Je passe devant le bureau de Klavdia Stepanovna en lui faisant un signe de tête joyeux. Elle quitte l'écran des yeux, me regarde d'un air sévère et tourne son doigt sur sa tempe.

– Trou du cul ! crie Nikita Vissarionovitch dans mon dos.

C'est presque paternel. Au moins, sincère. Il reste le plus fort ici.

– Ça n'en valait peut-être pas la peine, dit Alla Lvovna. Vous n'auriez pas dû faire ça.

Je sors dans le couloir.

– Alla Lvovna, ça n'a pas marché. Il n'a même pas voulu m'écouter, il a commencé à râler tout de suite.

– Ça ne m'étonne pas de sa part, soupire-t-elle. Bon, allez… tout va bien, mon cher, ne vous inquiétez pas. Je m'en sortirai d'une manière ou d'une autre.

– Ce n'est pas juste.

Je longe le couloir étroit qui mène vers les escaliers. C'est toujours bondé, surtout pendant les pauses. La circulation mêle ceux qui discutent sur place et ceux qui se déplacent. Chaque fois, on doit s'excuser, pousser, demander à laisser passer, tourner l'épaule en avant, se plaquer contre le mur. Alla Lvovna rit dans le portable :

– Mon cher Andreï, vous faites preuve d'une naïveté extraordinaire. Mais tout de même, merci beaucoup. Bonne chance à vous !

Je dis au revoir et appuie sur « déconnecter ».

« Je m'en sortirai. » Bravo ! Je me demande si je m'en sortirai, moi, maintenant. Elle a quelqu'un qui pense à elle, mais, moi, qui va penser à moi ? Je n'ai fait que me sacrifier. Et c'est cela, ma récompense ! « Naïveté extraordinaire ».

Eh bien, merci, ma chère. Vu comment elle aussi avait remercié notre petit Nikita après le scandale avec le garçon arabe, alors il n'y a pas de quoi s'étonner, je comprends que cela ait fini de cette façon.

Je venais de terminer mon cours et je fermais à clé la salle 114 quand quelqu'un m'a tiré par la manche. Je me suis retourné et j'ai vu Louguine.

– T'as entendu ?!

Son visage barbu et négligé était apeuré.

Non, je n'ai rien entendu. J'ai tourné la clé dans la serrure, l'ai sortie de la porte et mise dans ma poche. Deux vieilles enseignantes obèses du département des langues étrangères sont passées devant nous, traînant leurs jambes gonflées et variqueuses. Louguine a attendu qu'elles s'éloignent suffisamment et a ensuite soufflé à voix basse :

– Nous avons un cas de force majeure, Jirmounoïd !

– Ah bon ? Qu'est-ce qui se passe ? Mikhouïlo a candidaté au poste de professeur ?

Il a grimacé.

– Qu'est-ce qui ne va pas ? ai-je répété.

Il a regardé autour de lui et a gratté son menton de pélican mangé de barbe.

– Toi… Tu connais Alla Lvovna ?

– Plus ou moins…

– Plus ou moins, m'a-t-il imité. Bon bref, il y a un garçon arabe qui l'a insultée.

J'ai haussé les épaules.

– Insultée… bon, ça arrive… qu'est-ce que ça a à voir avec nous ?

– Qu'est-ce que ça a à voir ? T'es con ou quoi ? Il va réprimander ce garçon.

Louguine a baissé la voix :

– Ça va faire un scandale international ! Il va le convoquer et c'est parti ! Et on s'amuse et on rigole !

– Et qui est-ce qui va faire ça ?

Je ne comprenais rien.

– Mais Bon Dieu ! Tu piges pas ? Nikita !

– Hein ?

– Merde, putain… Il va se faire virer, le pauvre, et nous avec lui, ses fidèles. Nous sommes liés à lui, nous !

Je me suis souvenu que la carrière de Louguine avait récemment décollé et qu'il avait rejoint le département des relations internationales.

J'ai soudain réalisé qu'il ressemblait de plus en plus à un petit chef, de ceux qui vont et viennent dans tous les bureaux, courent dans les escaliers le visage préoccupé et transmettent à tout le monde les attentes de la hiérarchie.

Louguine m'a tiré par la main avec impatience.

– Allez, viens, j'te dis ! Nous devons aller aider le patron. Seul, j'ai la trouille…

– Attends, j'ai encore la clé à rendre…

Je ne comprenais pas en quoi ça me concernait, mais je me suis dit que Louguine devait le savoir mieux.

– On n'a pas le temps, me pressait-il. Allez, viens, je te raconterai tout en chemin.

Nous avons pris un couloir étroit menant vers l'escalier central. Malgré sa corpulence, Louguine marchait très vite, comme le dieu messager volant sur ses sandales ailées, manœuvrant habilement entre les élèves et les professeurs qu'il croisait. J'arrivais à peine à le suivre et je n'ai pu le rattraper qu'à l'escalier.

Alors que nous montions au deuxième étage où se trouvaient les services administratifs, Louguine m'a parlé de la dispute entre Alla Lvovna et le garçon arabe.

À l'examen de littérature russe, elle avait mis « passable »[86] à un stagiaire syrien. Selon Louguine, il n'avait pas répondu à une question sur Pasternak. Il avait essayé de la persuader de lui mettre « bien », d'abord poliment, normalement, puis avec insistance et, pour finir, il avait crié que c'était de la discrimination à cause de sa nationalité.

– Comment ça ? me suis-je étonné.

On arrivait en haut d'une large volée d'escaliers.

– « Comment ça, comment ça » ? m'a-t-il imité. Ce mec, il s'est mis à gueuler : « Vous êtes juive, vous détestez tous les Arabes. Et d'ailleurs, il n'y a que des Juifs, ici, à l'institut, et tout le monde déteste les Arabes. Et votre Pasternak est juif aussi. » Voilà ce qu'il a dit.

– Bon, et elle ? lui ai-je demandé.

Pendant qu'il parlait, nous sommes presque arrivés au deuxième étage.

– Rien, en fait. La vieille, tu le sais, elle est blindée. Comme Pallas Athéna. Elle lui a juste montré la porte sans dire un mot. Et maintenant, Nikita l'a convoqué.

– Qui ?

– L'Arabe, pardi ! Déconne pas, Jirmounoïd ! Apparemment, quelqu'un a cafté. T'imagines ce que Nikita pourrait faire ?! Ça risque de dégénérer ! Et toi et moi…

---

[86] Le système russe de notation aux examens dans le supérieur comprend quatre degrés : « très bien » (ou « excellent »), « bien », « passable » (ou « satisfaisant ») et la quatrième « note » (absence de note ou « insatisfaisant ») qui renvoie aux sessions de rattrapage.

Marc Ilitch descendait l'escalier, les bras écartés. Son visage rayonnait de plaisir.

– Mais qui est-ce que je vois, là ? Des hommes de science pressés d'aller se jeter dans la bataille qui fait rage !

Louguine a agité sa main.

– Ah ! Marc Ilitch ! Pas le temps !

À l'accueil, Klavdia Stepanovna se tenait sur sa chaise, stoïque comme une statue. Son visage laid, avec de profondes rides, exprimait le désespoir. Quand elle nous a vus, elle a juste secoué la tête.

– Le patron est là ? a demandé Louguine avec inquiétude.

Klavdia Stepanovna a acquiescé sombrement.

– Il est déjà là ?! Le Syrien ? a précisé Louguine, apeuré.

Klavdia Stepanovna a acquiescé, encore plus sombre, et s'est mordu la lèvre.

– Merde !

Louguine a claqué des doigts en l'air et s'est tourné vers moi.

– On est en retard ! Qu'est-ce qu'on fait maintenant ?

Il s'est gratté le menton. Derrière la porte du bureau, on entendait des voix masculines. La première était haut perchée, fêlée, celle de Nikita Vissarionovitch. L'autre, plus grasse et plus basse, devait appartenir à cet Arabe. Nous sommes restés là, à nous regarder et à écouter.

Nikita Vissarionovitch élevait la voix jusqu'à se mettre à crier.

– Non mais, tu te crois tout permis ? criait Nikita Vissarionovitch. Comment oses-tu dire des choses comme ça ?!

On lui a répondu quelque chose. Si doucement que nous n'avons pas pu entendre quoi.

– Comment ça, on t'a mal compris ?! tonnait Nikita Vissarionovitch. T'es censé te préparer aux examens ! C'est clair ?! Alors, on te comprendra mieux ! Où as-tu vu des Juifs ici, je te le demande ! Ah ça ! Monsieur n'aime pas les Juifs, dis donc ! Non mais, c'est vraiment n'importe quoi ! Oui, oui… Tu emmènes des filles à la résidence ! Tu sèches les cours ! C'est la faute des Juifs peut-être ?! Il n'aime pas Pasternak, voyez-vous ! D'après lui, Pasternak est juif ! Tu sais qui tu es, avec tout ça ?! Toi-même juif ! Voilà ce que tu es ! Un connard !

Louguine et moi nous sommes regardés.

– Et voilà… Tout est perdu ! a commenté doucement Louguine. Et on s'amuse et on rigole… Dommage ! Si on était arrivé dix minutes plus tôt… On pouvait encore gérer, hein ? On y va ?

Klavdia Stepanovna a agité les mains.

– Surtout pas ! Vous êtes complètement fous ?! Enfin, voyons, mes garçons…

Franchement, je ne comprenais pas du tout pourquoi nous devions tous nous inquiéter. Mais j'ai aussi fait triste mine, juste au cas où.

On entendait la voix de Nikita Vissarionovitch derrière la porte :

– Si j'entends encore quelque chose de ce genre, tu quittes le pays ! T'as compris ? Maintenant, dégage ! Je veux plus jamais te voir ici ! Tu…

Il semblait commencer à se calmer progressivement parce qu'il parlait moins fort et nous ne parvenions plus qu'à distinguer certains mots.

Louguine s'est tourné vers Klavdia Stepanovna.

– Un scandale, a-t-il prononcé d'une voix abattue. Que va-t-il se passer maintenant ? Nous tous, le département… avec lui, dans le même panier. Peut-être… Allons-y, Astvatz, entrons après tout…

– Tout va peut-être s'arranger ? ai-je suggéré avec hésitation.

Louguine s'est dirigé résolument vers la porte fermée.

– Vous êtes fous ! a sifflé Klavdia Stepanovna, et elle s'est levée de son siège, dressée de toute sa taille. Où allez-vous ?! Essayez pour voir ! Vous devriez partir, les gars… Allez-vous-en. Tous les deux. Si vous ne voulez pas de problèmes. Vous n'avez rien entendu… moi non plus…

Mais il y a eu un bruit de pas dans notre dos et la porte, celle qui donnait sur le couloir, s'est ouverte. Valia, la fille du buffet, est entrée affolée. Son visage aux boucles rousses, d'habitude rayonnant de bonté, exprimait l'horreur, comme si elle venait de voir Mikhouïlo armé d'une batte de base-ball.

– Notre Nikita est là ?! a-t-elle crié, sans s'adresser à personne en particulier.

Louguine et moi lui avons cédé le passage vers le bureau du patron.

– Vous allez où ?!

Klavdia Stepanovna s'est ressaisie. Mais Valia avait déjà ouvert la porte et, du seuil, elle a commencé à brailler, essoufflée :

– Nikita Vissarionovitch… patron… Quel malheur ! La cuisinière, Lydia Ivanovna… elle a fait un malaise… dans les cuisines. Elle est tombée et ne se relève plus !

– Qu'est-ce que tu fais chez moi ? a gueulé en réponse la voix de Nikita Vissarionovitch. Appelle vite les urgences, idiote !

– On a déjà appelé…

Elle a reculé d'un pas et Nikita Vissarionovitch est apparu dans la porte, sa veste déboutonnée. Il a été suivi du Syrien. C'était un jeune homme aux yeux sombres enfoncés dans les orbites, au nez sémite en forme de croissant, à l'épaisse barbe noire. Sur son tee-shirt blanc, il y avait un grand serpent rouge avec la mâchoire ouverte.

– Bonjour, a dit Louguine timidement.

Nikita Vissarionovitch a secoué brièvement la tête.

– Alors, les gars, et toi, Valia, a-t-il ordonné. Venez avec moi. Allons voir ce qui se passe. Klavdia, s'est-il attardé devant la table de Klavdia Stepanovna en agitant plusieurs fois son index dans l'air, appelez le poste de sécurité, qu'ils les laissent passer. Avez-vous une trousse de secours ?

Klavdia Stepanovna, le doigt sur la couture du pantalon, lui a rapporté fermement :

– Non, monsieur…

– Alors, trouve-t'en une ! s'est-il énervé. Tu vois ce qui se passe, hein ? Louguine ! Viens avec moi ! Et toi aussi…

Il m'a frappé doucement à la poitrine avec son index.

C'est là que je me suis souvenu que je n'avais pas rendu ma clé. Ce qui empêcherait celui qui avait cours en salle 114 d'y accéder.

Mais il était impossible de partir, comme de rester d'ailleurs.

Je me suis également souvenu que je n'avais fermé la porte de la salle qu'à un seul tour et je me suis dit qu'il fallait la fermer mieux, qu'en ne faisant qu'un seul tour, on ne serait jamais tranquilles.

– J'y vais aussi ! a annoncé tout d'un coup le Syrien, si fort que nous avons tous sursauté et tourné la tête vers lui.

– Toi, pourquoi ? lui a demandé Nikita Vissarionovitch qui avait retrouvé sa maîtrise de soi.

– J'y vais aussi..., a répété le garçon, avec une détermination surprenante dans la voix. J'ai un diplôme de médecine.

Louguine a ri brièvement et a jeté sur le patron un regard d'attente, comme pour l'inviter à rire. Mais Nikita Vissarionovitch est resté sérieux. Il a fait un pas vers le gars et son visage s'est adouci :

– Sans blague ? Un esculape, hein ? Eh bien... allons-y, toubib... montre-nous ton art.

« L'esculape » s'est dirigé résolument vers la sortie, nous l'avons suivi en nous poussant des épaules.

Il s'est avéré que la cuisinière Lydia Ivanovna avait fait une syncope banale. De celles qui arrivent souvent aux femmes corpulentes dans des pièces mal aérées. Le médecin syrien, on a appris qu'il s'appelait Khalil, a ranimé la cuisinière qui a repris connaissance et il l'a emmenée à l'accueil du bureau de Nikita Vissarionovitch. Là, Klavdia Stepanovna l'a tranquillement fait allonger sur le canapé et l'a recouverte d'un plaid rouge, puis elle s'est installée au téléphone pour annuler les urgences.

Une demi-heure plus tard, on était assis dans le bureau de Nikita Vissarionovitch et on buvait du cognac arménien : Louguine, moi, Nikita Vissarionovitch et Khalil.

– Bravo, répétait Nikita Vissarionovitch. (Il regardait Khalil avec une telle affection qu'on pouvait soupçonner le plus incroyable.) Non, c'est vrai, les gars. Quand on est bon, faut le dire !

Tout le monde était ivre, parlait fort, disait n'importe quoi, Nikita Vissarionovitch racontait des blagues, Louguine hennissait comme un cheval et se grattait tout le temps le menton mangé de barbe. Moi, je critiquais le système éducatif russe.

Khalil était le seul à ne rien dire. Il observait d'un œil étonné le bureau de Nikita Vissarionovitch, le cadre exotique du travail à l'européenne, en souriant béatement.

– Prends de la saucisse, prends de la saucisse, l'encourageait Nikita Vissarionovitch. Et du citron. Tu es un héros aujourd'hui !

Khalil hochait la tête, perplexe, et continuait à sourire.

– Au fait, les gars, s'est souvenu Nikita Vissarionovitch, pourquoi êtes-vous là d'ailleurs ?

– Ben, nous…

Louguine a ouvert la bouche, mais Khalil a soudain fermé les yeux et laissé tomber sa tête, s'affaissant lentement. Louguine et moi avons réagi pour le soutenir, mais n'avons pas pu retenir son corps qui a glissé sur le tapis, très délicatement, avec tout de même un léger choc.

– Merde, a dit Louguine avec stupeur. Ce n'est pas un institut, c'est le service des évanouissements de l'hôpital municipal.

Il s'est levé un peu et m'a fait un signe de la main.

– Bras, jambes, et sur le canapé.

Nikita Vissarionovitch a fait entendre sa voix :

– Attendez. Ne le touchez pas, laissez-le se reposer.

– Au moins, qu'on le pose sur le canapé…

Nikita Vissarionovitch a secoué la tête et s'est versé du cognac.

– Assieds-toi, j'te dis…

Il a porté le verre à sa bouche et l'a gobé d'un coup, sans moufter. Puis il s'est levé, a enjambé le corps du gars gisant au sol, s'est approché de son bureau sur lequel il y avait l'aigle en bois et a appuyé sur l'interphone.

– Klavdia Stepanovna !

– Oui, Nikita Vissarionovitch ! a dit le haut-parleur.

– Avons nous un appareil photo ?

– Je ne sais pas, Nikita Vissarionovitch, laissez-moi voir. Il y en avait un quelque part.

– Sinon, descends au premier, au labo. Mais fais vite, d'accord ? Oui, oui. Et trouve une bassine.

Louguine et moi sommes restés bouche bée.

Nikita Vissarionovitch a pris son temps pour retourner à sa place, s'est assis en ajustant son pantalon, et a dit, le regard fixé sur le corps du médecin :

– Un héros, lui, c'est sûr… il a sauvé une femme. Mais, bon, ça ne peut pas faire de mal de prendre une photo de lui, au cas où. Sinon, vous savez, n'importe qui pourrait entrer dans le bureau du vice-président, se saouler comme un cochon et se coucher par terre pour cuver. Et en plus, il dirait qu'on l'a offensé.

Khalil a marmonné quelque chose dans son sommeil, on n'a rien compris, et il s'est recroquevillé.

– C'est génial, Nikita Vissarionovitch.

Louguine a ricané par flagornerie. J'ai souri aussi pour lui tenir compagnie. Nikita Vissarionovitch a écarté les bras.

– Qu'est-ce que vous voulez, les gars… Dix ans d'épaulettes, ça compte. Oui, oui. Mais entre nous, je ne fais pas du tout confiance aux médecins, ces esculapes. Ce n'est pas un métier, ça. Ce qui est écrit est écrit. Si on est malade, alors c'est comme ça. On ne doit pas s'en mêler. Mais oui. Maintenant, les médecins sont partout. Bientôt, les gens ne mourront plus, et voilà, comme ça !

On a frappé à la porte et nous avons vu Klavdia Stepanovna passer la tête.

– Qu'est-ce qu'il y a ?

Nikita Vissarionovitch a froncé les sourcils. Il s'est figé sur place, avec sa bouteille à la main.

– Je t'ai dit mille fois…

– Il y a… C'est… (Klavdia Stepanovna a hésité.) Alla Lvovna est ici. M'sieur Andreï n'a pas rendu la clé.

– Bon ! Ne la laisse surtout pas entrer ! a grondé Nikita Vissarionovitch. Tu m'entends ? Qu'elle attende dehors. Il sortira lui donner la clé.

La porte s'est fermée et Nikita Vissarionovitch s'est tourné vers moi.

– Nous avons oublié Alla Lvovna… Mais… (il a versé du cognac dans les verres) tous ses problèmes sont résolus. Et les nôtres aussi. Allez, les gars, buvons à ça.

Ce n'est qu'un mois plus tard que j'ai deviné qu'il avait résolu ses propres problèmes, mais que ceux d'Alla Lvovna ne faisaient que commencer.

À peine quinze jours après, elle a fait passer un autre examen et eu quelques étudiants défaillants. Cette fois-ci, il s'agissait d'étudiants russes parmi lesquels il y avait le fils d'un haut fonctionnaire. Le fonctionnaire était considéré comme « libéral », « pro-commerce ». En son temps, il était chargé de superviser l'éducation et les droits de l'homme, il a volé beaucoup d'argent puis, devenu un bon gestionnaire, il s'est comporté avec arrogance. Son fils était étudiant dans notre institut après avoir échoué à Oxford et en avoir été exclu. Il arrivait aux examens sans se préparer. Il s'en sortait bien jusqu'au moment où il est tombé sur Alla Lvovna. Il s'est comporté comme d'habitude, à peu près comme son père devant les journalistes. On racontait qu'il s'était vautré sur sa chaise, les jambes croisées, avait refusé de répondre aux questions et avait annoncé à Alla Lvovna :

– Ce sera un « excellent » de toute manière, mamie, pourquoi perdre mon temps ?

Alla Lvovna avait griffonné en silence un « insatisfaisant » sur son relevé de notes et lui avait montré la porte. Le fils du fonctionnaire était parti en la menaçant du poing et en lui promettant que « tout le monde ici aurait des problèmes ».

Au début, cependant, rien ne s'est passé. Tout s'est déroulé normalement, de manière bureaucratique. Le bureau du doyen l'a mis en session de rattrapage. Il ne s'est pas présenté. Puis une deuxième session. Et encore une. Enfin, selon le règlement, le comité des examens a été convoqué. Et puis une chose étrange s'est produite : Alla Lvovna a été exclue du comité. C'était la décision de Denis Nikolaevitch Krychyouk, le directeur de notre département, bien que tous les enseignants aient déclaré en privé, à la manière du capitaine des dragons chez Lermontov[87], que c'était absolument contre les règles. Le comité, après une réunion, avait mis un « bien » au fils, même s'il ne s'était pas présenté à l'examen puisqu'il était parti se reposer en Thaïlande, comme nous en avions été informés. Marc Ilitch avait présidé le comité et, lorsque au cours d'une réunion du département, on lui avait demandé comment cela avait pu arriver, il a levé les yeux au ciel avec morgue et s'est mis à s'expliquer lon-

[87] Référence au roman de Mikhaïl Lermontov *Un héros de notre temps* où ledit capitaine des dragons joue sur deux tableaux et ne fait que trahir.

guement et de manière confuse, à évoquer une dissertation d'un haut niveau scientifique rendue par l'étudiant. Quand on lui a demandé de la montrer, il a dit qu'elle avait été présentée et rendue au bureau du doyen.

Tout le département a soupiré et a lâché l'affaire. Après tout, nous mettions suffisamment de bonnes notes pour des mémoires plagiés ou de mauvaise qualité et pour des réponses nulles aux examens. « Laissez tomber », nous disait dans ces cas-là Krychyouk de sa voix calme et enjôleuse. Et on laissait tomber. Cette fois, nous avons décidé de faire pareil. Tout le monde a rejoint les salles et les cours ont repris normalement.

À l'époque, j'étais pris par ma relation avec Natacha et je ne m'occupais pas trop des affaires du département. Notre romance ne s'est pas terminée après l'épisode avec le professeur. Au contraire, elle a eu un développement fougueux.

Je me souviens des paroles de Natacha :

– Tu semblais si calme. Mais, waouh ! Ça m'a tout de suite plu.

Tout en elle me réjouissait aussi. Sa vivacité, ses joues rondes, ses lèvres pulpeuses, ses seins rebondis, ses bras et ses jambes potelés. Elle me rappelait un grand animal provoquant un fort désir primitif. Mais elle avait une taille toute fine qui partageait son corps en deux et cette taille l'humanisait, la transformait en une femme vivante, me causant tristesse et béatitude.

On passait beaucoup de temps au lit. On restait longtemps assis dans des cafés, nous serrant l'un contre l'autre, nous caressant et nous embrassant tout le temps. Mais plus souvent encore, on se promenait en ville, on allait à des expositions et même, plusieurs fois, à des concerts. Natacha aimait la musique classique. Avec son apparition dans ma vie, tout semblait se mettre en place. Des plannings, des horaires organisant le temps avec précision, sont apparus dans ma tête. Je me couchais tôt, je me levais tôt. Pendant la pause entre deux cours, je faisais de la philologie. L'appartement a également changé. Pour la première fois depuis des années, il sentait le propre. Les vêtements se sont soigneusement rangés dans l'armoire. Les livres se sont classés sur les étagères. Les papiers se sont ordonnés sur le bureau en piles nettes. La vaisselle, qu'on retrouvait auparavant dans tout l'appartement, était maintenant confinée dans le placard. Même dans le vieux réfrigérateur ZIS, la nourriture était à sa place.

Natacha m'a souvent reproché d'être négligent :

– Pourquoi l'éponge est-elle dans l'évier ? Où devrait-elle être ?

– Ben, où…

– Explique-moi. (Quand Natacha me houspillait, elle énonçait toujours les mots bien distinctement, soulignés par une pause.) Où-doit-elle-être-l'éponge ?

Je ne savais rien répondre, écrasé par ses paroles.

– Dans le porte-savon, voilà ! C'est clair ? Et toi, tu la mets dans l'évier !

– Elle est tombée…, me justifiais-je.

– Elle-n'est-pas-tombée, disait-elle solennellement. Tu-l'as-fait-tomber-dedans.

À la fin, je suis devenu ordonné, propre, soigné et me suis même réjoui pendant un moment de ce changement. Mais un matin, en voyant la brosse à dents de Natacha plantée dans le verre, j'ai pété les plombs.

J'ai regardé autour de moi et j'ai compris que j'étais vaincu, envahi, que mon territoire était occupé, impudemment et sans les convier, par des éponges, lavettes, shampoings, produits de soins, pommades, petits vases, petites tasses à café, statuettes. L'ennemi était partout : dans la salle de bains, dans le couloir, dans la cuisine. Il se moquait de moi et dépassait les bornes. Dans la chambre, il a même mis ses mouchards, des chats en peluche sur le canapé qui ne me quittaient plus des yeux. La spontanéité de ma vie était détruite par le nouvel ordre.

Je suis devenu nerveux. Je m'énervais contre elle, je la chicanais pour des riens. Et puis j'ai déclenché l'assaut. J'ai crié qu'on ne pouvait pas changer l'ordre des choses chez quelqu'un, qu'il fallait respecter l'indépendance d'autrui, qu'il ne fallait pas nourrir et toucher les pélicans. À ma grande surprise, Natacha m'a écouté sans sourciller. Elle m'a juste regardé d'un air moqueur. « Non, c'est non. *Ciao*, chéri ! Tu connais mon numéro. Appelle-moi quand tu voudras ! »

Pendant mes démêlés avec Natacha, la vie du département changeait progressivement. Des choses ont commencé à se perdre, à disparaître, autour d'Alla Lvovna. Lentement et imperceptiblement. Comme de hautes dunes de sable se déposent doucement dans la mer. Des années passent, personne ne remarque de changements et puis, dix ans après, tu te retrouves sur le rivage, les vagues du désert sont devant toi, mais les collines familières ont disparu, comme si elles n'avaient jamais existé. Ici tout changeait plus vite, ce ne sont pas des années ou des mois qui passaient, mais des semaines, voire des jours.

Maintenant, lorsque Alla Lvovna arrivait au bureau, ses collègues, après des saluts écourtés, s'empressaient de fuir ou se mettaient à tourner en rond comme un chien ayant senti ou perdu quelque chose. Personne ne la rejoignait à la cantine et son bureau était prudemment évité, comme s'il était contagieux.

Alla Lvovna a longtemps été responsable d'une bourse de recherche importante, tout allait comme il se devait, mais, tout à coup, elle s'est plaint que ses collègues lui faisaient faux bond, ne respectaient pas les dates limites et avaient complètement cessé de répondre à ses mails.

Il y a eu d'autres bizarreries dans notre vie. Trofimov, toujours sombre et sarcastique, s'est transformé, même son visage hâlé s'est éclairci. Il s'est mis à inviter régulièrement ses collègues à sa datcha. Son père, un gradé du KGB, avait acheté cette maison, une grande bâtisse à un étage, dans les années 1970. Trofimov y passait tous les étés, il y allait pour le week-end en hiver et au printemps, mais n'y avait jamais invité personne. Et voilà qu'il a commencé à faire de la pub pour sa Siverskaya : au printemps, l'air est embaumé, en été, c'est le paradis, en automne, une beauté indescriptible, ça va de soi et, en hiver, c'est une féerie. Venez juste pour quelques jours, venez passer une nuit ici, vous ne le regretterez pas !

Louguine s'est plaint que Trofimov commençait à lui casser les pieds avec sa datcha.

– Il me suit partout, disait Louguine. Notre petit soleil... Datcha par-ci, datcha par-là... Je sais ce que c'est que cette datcha. Tu viens et tu galères. Si je viens, il me fera bosser dans son jardin, c'est sûr.

– Et alors, tu as dit non ? ai-je demandé.

– Je lui ai dit que ma femme ne viendrait pas. Et il a fait un clin d'œil : « Viens sans ta femme, Gricha, viens avec quelqu'un d'autre. » Bref, il me laisse entendre que moi, avec cette étudiante, bon, tu sais... Lenka... avec ses nichons...

J'ai hoché la tête. Tout le monde était au courant de la liaison de Louguine avec cette étudiante, sauf sa femme, la fluette Natalia.

– Vas-y, ai-je dit. Tu traînes avec elle dans des hôtels comme avec une pute à deux balles. Tu la traites mal. Là, c'est une datcha tout de même, avec un potager.

Je me souviens que Louguine m'a menacé du poing. Mais la proposition de Trofimov, comme nous l'avons vite appris, n'est pas restée sans réponse. On disait même que notre directeur Denis Krychyouk est allé à Siverskaya pour quelques jours, sans sa femme. Pas tout seul, mais avec une assistante du laboratoire photo de Pal Palytch. Krychyouk a été suivi par le doyen accompagné d'une étudiante inscrite à son master. D'autres les ont suivis.

– C'est pas une datcha, c'est une maison de passe, se moquait Louguine. Écoute, Jirmounoïd, et si nous aussi, nous y allions, comme au bon vieux temps, hein ? Et lui, il nous trouvera des filles.

Je ne comprenais pas, à ce moment-là, pourquoi Trofimov avait tant changé et pourquoi il jouait cet étrange rôle d'entremetteur. Mais je l'ai vite su. C'était un vendredi, tout le monde était dans la salle des profs du département, comme d'habitude, assis chacun dans son coin, le nez dans des livres ou des journaux et j'ai vu Alla Lvovna entrer. Elle avait l'air anxieuse, ses lèvres tremblaient, ses doigts courts tripotaient nerveusement son mouchoir. Son petit corps rond m'a même semblé encore plus petit. Louguine a demandé ce qui n'allait pas et elle a répondu qu'elle sortait du bureau du doyen dix minutes auparavant. Il l'avait convoquée, lui avait parlé rudement et lui avait dit de rédiger sa lettre de démission.

– J'ai refusé, bien sûr, a dit Alla Lvovna, en essuyant son nez rougi avec un mouchoir.

– Et vous… du coup… vous n'avez pas demandé pourquoi ? a demandé Louguine.

Alla Lvovna s'est mordu la lèvre et, ayant jeté un coup d'œil sur nos visages, s'est mise à regarder silencieusement par la fenêtre, comme si elle espérait y discerner quelque chose. C'était étrange de voir cette femme, toujours calme et forte, devenir si petite, confuse, banale.

– Je lui ai demandé, a-t-elle dit après une longue pause. Et il a répondu que « Alla Lvovna, fais un effort, c'est à toi de comprendre. Si tu ne veux pas le faire à l'amiable, ça sera fait de force. Comme dans les contes, par magie ».

Nous parlions fort et je me suis involontairement retourné vers mes collègues. Ils devaient nous entendre, mais faisaient semblant de rien et continuaient leurs occupations comme si ce qui s'était passé n'avait rien à voir avec eux. Marc Ilitch chantonnait dans sa barbe en feuilletant un journal, l'air de rien. Krychyouk écrivait quelque chose derrière son bureau. Trofimov étudiait son nouveau portable. Dina tapait frénétiquement sur son clavier en fixant attentivement l'écran et il m'a même semblé que, cette fois-ci, elle était encore plus attentive que d'habitude.

Je me suis souvenu de toute cette scène plus tard, après la réunion du département, mais, à ce moment-là, je n'ai pas fait trop attention aux propos d'Alla Lvovna ni à l'attitude des collègues. J'ai pensé que notre doyen, ce vieux mouchard hystérique, avait une nouvelle lubie : il s'énerverait, tempêterait, puis se calmerait. Je me suis dit qu'en fin de compte, il n'avait pas le droit. C'est au département de décider, tout dépendrait donc de la décision du département.

Trois jours plus tard, Louguine m'a rattrapé dans le couloir, m'a entraîné dans une salle vide et a fermé précautionneusement la porte. Il a dit qu'il avait enfin tout appris. Le messager des dieux avait l'air soucieux. Le doyen, a-t-il dit, avait reçu un appel d'un fonctionnaire, ce gestionnaire libéral dont le fils avait échoué aux examens. Il lui avait demandé de prendre des mesures contre les enseignants peu consciencieux et incompétents. Et non seulement de les virer, mais de le faire pour faute grave.

– Klavdia était dans son bureau, a expliqué Louguine en se grattant le visage mal rasé, bref, elle a tout entendu de ses propres oreilles.

– Et le doyen ?

– Eh bien, quoi, le doyen ? Tu le connais. Il a appelé notre Alla et lui a dit de plier bagage.

– Et Nikita ?

– Ben, lui, il est intervenu aussi. Il a convoqué Krychyouk en personne et lui a dit de se débarrasser immédiatement d'Alla Lvovna, qu'en plus, elle a l'âge de retraite et que la date du concours des postes approche à grands pas.

– Connard.

Je me suis approché de la fenêtre en croisant les bras sur ma poitrine. Louguine est venu se mettre à côté de moi.

– Chut… Krychyouk lui a dit : « Je vais y réfléchir », et Nikita : « Vas-y, réfléchis, mais dépêche-toi ou je nomme un autre directeur. Il y a Trofimov, tu sais, il a hâte de diriger le département, il est déjà venu trois fois ici pour m'inviter à sa datcha. »

Je n'en croyais pas mes oreilles.

– Bande de salauds ! Et Krychyouk, qu'est-ce qu'il a dit ?

– Krychyouk ? Il a dit : « À vos ordres ! » Et il a déjà trouvé un jeune. Pour remplacer Trofimov.

– Je ne pige pas, Gricha, quel est le rapport avec Trofimov ?

– Quel est le rapport avec Trofimov ? a répété Louguine avec lassitude. Tu sais, tu devrais jouer à *Questions pour un champion*. Pour t'entraîner.

– Gricha, ai-je dit, trêve de plaisanteries.

– Qu'y a-t-il de si compliqué ? En gros, Lvovna est virée, Trofimov va occuper le poste de Lvovna et ce type, le nouveau, le poste de Trofimov. Comme ça, tu piges ?

Je me suis forcé à sourire, j'ai essayé d'ouvrir la fenêtre et dit à Louguine qu'il s'y connaissait peut-être, mais qui laisserait remplacer quelqu'un d'expérimenté par un nouvel arrivé juste comme ça ? Le département ne voterait jamais pour cela.

– Tout le monde votera sans problème, tu verras, m'a promis Louguine.

Il a tiré de toutes ses forces sur le battant qui a cédé. Le coup de vent nous a frigorifiés.

– Enfin, bon, nous devrons sacrifier Alla Lvovna malgré tout.

J'ai senti l'irritation monter en moi.

– Toi, Gricha, tu réalises ce que tu es en train de dire ? Que veux-tu dire par « sacrifier » ?! C'est quoi, un jeu de dames ?

– Ben, en quelque sorte…, a ricané Louguine.

J'ai pensé qu'il s'était oublié, pris par le jeu lié à sa carrière, et ne réfléchissait plus à ce qu'il disait.

– C'est bon, Gricha.

Je lui ai tapé sur l'épaule. Louguine a fermé la fenêtre, nous sommes sortis de la salle, nous nous sommes dit au revoir et nous nous sommes quittés. Je suis descendu dans la cour pour fumer et Louguine a rejoint son service. Pendant que je marchais, mes pensées se sont tournées vers Krychyouk. J'ai imaginé son visage en lame de couteau avec sa moustache couleur de blé, calme, à moitié mort, sans expression particulière, ses yeux de poisson, sa voix douce. Je ne le connaissais quasiment pas, je ne lui ai jamais parlé, je le remarquais à peine.

En fait, si tu as un patron que tu remarques à peine, c'est bien, mais seulement si tu vis aux States. Thomas Jefferson, grand démocrate et républicain, a dit un jour que le meilleur gouvernement était celui qui gouvernait de façon imperceptible. Krychyouk devait partager cet avis. Il était très discret. Il allait et venait sans se faire remarquer. Le reste du temps, il était assis discrètement à sa table, dans son coin. Silencieux, l'air inoffensif, comme une huître. J'ai pensé encore un peu à Krychyouk en descendant, j'ai eu pitié de lui et, étant finalement arrivé dans la cour, je me suis mis à penser à autre chose.

Une semaine plus tard, une réunion du département a eu lieu. C'était un jour de tempête de neige. Tout le monde est arrivé ébouriffé, en sueur, et plein d'importance. Les hommes avaient mis leurs costumes à l'occasion de la réunion. Cela m'a semblé étrange car rien de solennel n'était prévu, juste la procédure de routine pour la réélection d'Alla Lvovna au poste de maître de conférences[88]. Alla Lvovna s'est avancée, tenant un papier dans ses mains, s'est mise derrière le pupitre et a commencé à faire son rapport exactement comme cela se fait habituellement pour cette procédure. Nous l'écoutions sans enthousiasme. Nous étions distraits, parlions entre nous et, quand Krychyouk nous regardait d'un air désapprobateur, nous nous taisions et dévisagions la petite silhouette dans une robe bleu clair. Bilan de la période écoulée : deux articles, trois interventions à des colloques, gestion de la subvention de l'institut. Enfin, elle s'est tue et a dit qu'elle avait terminé.

– Ce n'est pas énorme, a prononcé Krychyouk, d'un ton sceptique.

Tout le monde s'est figé. Alla Lvovna l'a regardé, stupéfaite. Dans le silence qui s'est ensuivi, un petit rire obséquieux a fusé.

– Vous avez des questions, des remarques ? a demandé Krychyouk, toujours sur le même ton sceptique et, sans attendre notre réaction, il a annoncé : Moi, j'ai des questions et des remarques ! Alla Lvovna ! Vous savez que les étudiants se plaignent de vous… ceux en… (Il a ouvert une pochette posée devant lui sur la table, en a sorti un papier et a commencé à l'étudier.) Ah ! J'ai trouvé, en culturologie ! Vous le saviez ?! Ou cela vous est égal ?

Sa voix, à mesure qu'il parlait, devenait de plus en plus aiguë et agacée, comme la voix d'un surveillant de gymnase en train de réprimander un cancre.

– Si cela vous est égal, a-t-il dit, alors, le département est au contraire…

– Denis Nikolaevitch, a dit sèchement Alla Lvovna, en pinçant les lèvres, en fait, c'est la première fois que j'en entends parler.

– Vous voyez ! s'est animé Krychyouk. (Il nous a montré sa paume comme pour signifier qu'elle était propre.) Vous ne le saviez même pas.

---

[88] Les postes de MCF peuvent être mis sous contrat et demander une réélection de routine, avec votes des membres de département. Ce système peut effectivement être corrompu par des tensions au sein du département, par exemple.

– Denis Nikolaevitch, a dit Alla Lvovna d'un air de reproche, et je me suis vraiment rendu compte pour la première fois que Krychyouk avait un prénom et un patronyme.

Non, bien sûr que je connaissais son nom, je savais qu'il s'appelait Denis Nikolaevitch. Mais en regardant son visage médiocre, je me demandais à quoi pouvaient bien lui servir le prénom et le patronyme. Plongé dans ces pensées assez stupides, j'ai complètement raté la réponse d'Alla Lvovna à Krychyouk. Je ne me suis réveillé que lorsqu'il a conclu : « Tout est clair », et, en se tournant vers nous, il a dit :

– Chers collègues, j'ai une plainte ici de la part de nos étudiants en culturologie. Ils se plaignent de l'incompétence d'Alla Lvovna.

– Tu vois, m'a chuchoté Louguine à l'oreille. Ils se sont préparés.

La salle a bourdonné. Quelqu'un a gloussé en jubilant.

– Silence, s'il vous plaît, a demandé Krychyouk d'un ton solennel et sinistre, et il a tapé sur la table avec son stylo à plusieurs reprises.

Puis, se tournant vers Alla Lvovna, il a dit :

– Alla Lvovna, nous vous aimons, comme on dit, et nous vous apprécions. Mais il est probablement temps pour vous de devenir consultante ou, mieux encore, de profiter d'un repos bien mérité.

Alla Lvovna lui a lancé un regard glacial. Sa voix a retrouvé sa sévérité habituelle :

– Denis Nikolaevitch, laissez-moi en décider par moi-même.

Krychyouk a décoché un sourire acerbe.

– Si tel est votre choix… Asseyez-vous, Alla Lvovna. Chers collègues, quelles sont vos propositions ?

Tout le monde gardait le silence. J'ai levé la main.

– Oui, Andreï…

Krychyouk a hésité et a plissé péniblement les yeux. J'ai hoché la tête et me suis levé.

– Alexeïevitch. Je propos de soutenir la candidature d'Alla Lvovna.

J'ai entendu un murmure indigné autour de moi. Krychyouk a tapé de nouveau, appelant au silence, puis il a grimacé et a écarté les bras d'un air déçu.

– Andreï Alexeïevitch, mon cher. Vous êtes vacataire et, selon le protocole, vous n'avez malheureusement ni le droit de faire des propositions ni de voter.

J'ai haussé les épaules et me suis rassis.

– Il en a le droit !

On a entendu Dina parler depuis sa chaise. C'était elle qui rédigeait le procès-verbal.

– Il a le droit de faire des propositions, mais pas celui de voter.

– D'accord…, a grimacé Krychyouk. Je propose le vote à main levée. Ceux qui sont « pour », veuillez lever la main.

Tout le monde a levé la main.

Krychyouk a regardé autour de la table et a hoché la tête avec satisfaction.

– À l'unanimité… Bien… Alors, mettons au vote la proposition d'Andreï…

Il a encore hésité.

– Alexeïevitch, lui a soufflé Dina.

– Alexeïevitch, a consenti Krychyouk avec joie.

Le vote a commencé. Il y a eu sept « pour ».

Les dix autres ont voté contre. Dont Marc Ilitch, Trofimov et Louguine. J'ai vu Alla Lvovna faire sa mallette en cuir noir qu'elle portait toujours avec elle, se lever de sa chaise et, sans regarder personne, se diriger vers la sortie.

Personne n'a rien dit. C'était si calme que je pouvais entendre les longs tubes de néon grésiller au plafond. Krychyouk a suivi Alla Lvovna d'un regard vide et, lorsque la porte a légèrement claqué derrière elle, il s'est levé et a dit :

– Chers collègues… Alla Lvovna gérait une importante bourse de recherche attribuée à l'institut. Étant donné qu'elle ne fait plus partie du département et de l'institut, je propose de confier la gestion de cette subvention à Igor Trofimov.

Personne ne s'y est opposé. Au contraire, ils étaient nombreux à l'approuver avec joie.

C'était déjà un peu trop pour moi tant ça ressemblait à la scène absurde d'une œuvre classique où les héritiers se partagent déjà les biens alors que le testateur n'est pas encore mort. Mon honneur exigeait que je parte, mais j'ai décidé de rester un peu plus longtemps pour voir ce qui se passerait ensuite, ce qu'ils inventeraient. Mais ils restaient calmes et silencieux. Trofimov a hoché gravement la tête, comme pour dire « je confirme, je suis d'accord ».

– Igor Valérievitch, lui a demandé Krychyouk d'un air léger, vous récupérerez les doctorants d'Alla Lvovna ?

– Alors ça, Denis Nikolaevitch, ça vaut une prime.

Trofimov a répondu sur le même ton de plaisanterie. Tout le monde a ri.

Je passe par les vestiaires et me retrouve dehors. La lourde porte d'entrée se ferme derrière moi avec un bruit sourd : « Adieu. »

Bon. Adieu à toi, mon cher palais, mon Olympe de la science, ne te laisse pas pourrir.

Au métro maintenant. Attendez ! Une poubelle est là, tout à fait à propos… Je déboutonne ma doudoune, mets la main dans la poche intérieure. La voici. Je sors ma carte professionnelle en carton, la déchire en deux et la jette à la poubelle. Allez vous faire foutre. Je boutonne ma doudoune, relève ma capuche. Il ne manquerait plus que de tomber malade à cause de ces brutes.

Je marche vers le métro dans les habituelles rues sombres et enneigées, sans aucune pensée en tête, le vent se calme peu à peu, les nuages couvrent le ciel et la neige commence à tomber. Du coup, je me sens embarrassé par ma colère, même si elle est juste, elle arrête en moi la course du temps. Mais non, j'ai raison, et il ne peut pas y avoir deux avis. Mais alors pourquoi tant de colère ? J'ai même déchiré ma carte. Encore heureux qu'il n'y ait eu personne autour, on aurait pensé que j'étais fou de faire ça, des fois que je doive y revenir.

Je tressaille et mon regard fixe le bâtiment du métro. Je n'ai qu'à traverser la rue au feu. Dis donc ! Je ne m'en suis même pas aperçu… Je ne me suis même pas aperçu que le crépuscule s'était épaissi, que la neige tombait, que les voitures bourdonnaient dans les embouteillages, que les piétons fonçaient dans les deux sens vers leurs destinations, je n'ai pas du tout remarqué comment j'y suis arrivé. Ou plutôt, couru…

Il faut que je me calme. Un jeune homme en veste bleue dont on voit à peine le visage, sa tête est couverte d'une capuche, colle une annonce tout en bas de la gouttière, se tenant sur un genou. Pourquoi en bas ? Je m'arrête. Je me penche et lis l'inscription en grosses lettres :

RELAX *VIP*
ANGELA

Suivi de la longue chenille des neuf chiffres d'un numéro de téléphone.

– Dites-moi, demandé-je aimablement, pourquoi collez-vous la publicité si bas ?

Il sursaute et relève la tête. Il ressemble un peu à Trofimov : un visage rond, rouge. Je m'explique poliment :

– Juste par curiosité.

Il se relève, regarde autour de lui. Il écarte les bras.

– Ben ici, y a des vieilles qui fouinent. Tu colles, elles l'enlèvent tout de suite. Genre, elles sont pour la morale. Avant, je collais tout en haut, mais elles sautent comme des chèvres.

Il a craché et a juré.

– Et comme ça, elles ne l'arracheront pas ? demandé-je. C'est plus facile.

Il rigole.

– C'est ça le truc, elles pourront pas ! Les vieilles, elles ont leurs contraintes, tu piges ? Elles ont du mal à se pencher. Les rhumatismes, tu vois… On a des spécialistes chez nous, ils ont étudié, expérimenté, tu piges ? Bref, ils m'ont dit de les coller tout en bas.

Carrément, je me suis dit. Il y a ces « eux », des proxénètes, des enfoirés, et « eux », ils ont des « spécialistes ». Je hoche la tête, bonne chance, et je continue mon chemin vers le métro.

C'est une fois dans le wagon que je m'aperçois soudain que je vais dans la mauvaise direction, que c'est aujourd'hui que nous devons nous voir, Katia et moi. Dieu merci, je ne suis pas allé loin. Je descends à Tchiornaya Retchka. Je n'ai pas particulièrement envie de prendre le train dans l'autre sens. C'est comme perdre la vie ou un emploi. Je vais sortir et prendre une *marchroutka*[89]. Je me fonds dans la foule qui se dirige vers les Escalator, je marche avec tout le monde sur un long quai ouvert sur les rails. De tous les côtés, j'entends des sons lourds et grinçants : grondement des trains qui accélèrent, cris d'enfants, voix mécaniques provenant des wagons. Sur l'Escalator qui se traîne lentement vers le haut, je sors mon portable et compose le numéro de Katia.

– Coucou, mon chou. Ça va ? À quelle heure tu arrives ? Pourquoi tu as cette voix ?

Je commence à lui parler de cette journée, des intrigues, d'Alla Lvovna et de Louguine. Comme je les ai tous ébahis aujourd'hui. Aucune réaction en retour.

– Cela t'intéresse ? demandé-je.

– Non, répond Katia avec un rire perlé. Non, mon cher, ça ne m'intéresse pas du tout. Vaut mieux me dire, ô héros, à quelle heure tu arrives.

Quelle salope !

Je réponds d'un ton brutal :

– Dans une heure !

– Ça alors…

Katia est surprise.

---

[89] Nom familier des taxi-bus. Le terme de « *marchroutka* » est formé sur le mot *marchrout* (= « itinéraire ») emprunté à l'allemand *Marschroute* de même sens et lui-même formé sur les mots « marche » et « route » importés du français au XVIIIe siècle, dans le domaine du transport militaire allemand. De nos jours, les *marchroutkas* sont des petits bus privés qui complètent les circuits de transports en commun publics. Leur développement dans les années 1990, en l'absence de tout contrôle technique ou administratif, avait permis l'utilisation de véhicules hors d'âge conduits par des chauffeurs experts de la conduite urbaine, mais à la culture du Code de la route rudimentaire, voire « sauvage », et souvent issus des marches de l'empire. Leur desserte fine des villes les rend incontournables pour bien des déplacements urbains… à condition de se tenir quotidiennement au courant de l'évolution des itinéraires qui ne font l'objet d'aucun plan ni d'aucune information centralisée un tant soit peu officielle. Bref, tout un environnement propre à l'épanouissement d'un folklore où l'humour russe fait merveille. L'état des véhicules et les mœurs des chauffeurs ont très nettement progressé depuis les temps héroïques au bénéfice de l'aspect pratique et de la sécurité.

À la sortie, en haut, il y a une bousculade. D'habitude, c'est un lieu de rencontres. Je regarde autour de moi. Je commence à penser que Katia est quelque part parmi ces gens. Qu'elle m'attend avec impatience. Je délire… Où est la station de *marchroutka* ? Je dois aller me renseigner.

CHAPITRE 5

Les roues de l'autobus tournent et tournent...[90]

Saint-Pétersbourg, la ville la plus européenne de notre immense Empire russe, abrite une variété étonnante de transports publics. Nous avons tout ce qu'un usager, même le plus fantaisiste et le plus capricieux, peut désirer, des gros bus généreusement bariolés de publicité, des trolleybus cornus comme des gazelles à goitre, des tramways cliquetants, des rames de métro au roulage rythmique, des taxis élégants avec leurs signaux lumineux. Dans nos rues, tous ces véhicules, importés des pays voisins, ont l'air chic, très européens et surtout spacieux.

Cependant, la famille n'est pas sans monstre, comme on dit, et parmi les moyens de transport de passagers de fabrication étrangère, il y a des exceptions regrettables. Prenons, par exemple, le bus qui fait office de taxi collectif. À Saint-Pétersbourg, il est, on ne sait pourquoi, petit et laid. En plus, on y est serré. On a beau se demander : « Comment ça se peut ? Comment est-ce possible ? » Après tout, nous ne sommes pas une ville de second rang. Nous sommes la capitale du Nord, la « fenêtre sur l'Europe », Venise... Ce n'est donc pas normal. Surtout du point de vue culturel. C'est aberrant, indécent et impossible.

On dit... « Voilà, tu as grimpé dans la *marchroutka* ». Quel mot, ce « grimper » ! Vous me suivez ? Les Pétersbourgeois montent dignement dans le bus, le trolleybus, le tramway. Ils montent sans traîner, sans empêcher la fermeture des portes. (Le haut-parleur

[90] Première phrase de la chanson écrite par Mikhaïl Elizarov, écrivain russe contemporain né en 1973, prix Booker russe.

vous annonce : « Prochain arrêt, Gostiny Dvor. ») Dans le métro, on descend. (« Citoyens, veuillez respecter la propreté et l'ordre dans les stations et les wagons du métro… ») Mais dans la *marchroutka*, on « grimpe », et ça veut tout dire.

Donc, une fois grimpé dans la *marchroutka*, tu n'as plus ni bonne éducation européenne, ni vie privée, ni droits civiques, ni respect. Que tu restes debout, la tête baissée servilement et soutenant le plafond du dos, ou que tu sois assis, le nez plongé dans ton téléphone, ton livre ou ton carnet d'adresses (qui est là ?), tu seras inévitablement poussé, frappé, frôlé par des mains, des vêtements, des sacs, tout et n'importe quoi. En fait, ça dépend forcément de la ligne. Si tu viens le matin du centre-ville et que tu y retournes le soir, ça passe encore. Mais si c'est le contraire, pas la peine de se plaindre. Ce qui compte, ce n'est pas le moment de la journée, mais le moment de l'année, dans la saison.

Avez-vous remarqué qu'en hiver, il y a plus de passagers dans les transports publics qu'au printemps, en été ou en automne ? Par exemple, suivez une ligne quelconque en hiver, au mois de décembre. Bon, prenez la ligne 4 du bus, par exemple, qui part de la station de métro Tchiornaya Retchka, traverse les îles par la rue Petrogradskaya et, plus loin, en passant par la Forteresse[91], puis passe ensuite de l'autre côté du fleuve en contournant à gauche le champ de Mars, suit la rue Sadovaya tout au long vers la perspective Nevski et, plus loin encore, se perd quelque part, je ne sais où, probablement à Kolomna, je ne vais jamais jusque-là, moi.

Grimpez dans cette *marchroutka* et vous comprendrez tout de suite. On y est serré, pressé, écrasé à ne pas pouvoir laisser passer cet homme négligé d'une quarantaine d'années ou bien cette dame sèche qui reste pliée près de la portière fouillant d'une main dans son sac à la recherche de son porte-monnaie visiblement et tenant de l'autre main un garçon de cinq, six ans. Ici, on se sent emprisonné, pas moyen de bouger, ni de se tenir debout ni de s'asseoir

[91] La forteresse Pierre-et-Paul est au cœur de la ville de Saint-Pétersbourg, premier bâtiment militaire construit en 1703, date de fondation de la ville.

confortablement. Et surtout, on a l'impression que c'est bourré de monde. Même si c'est à moitié vide. Et pourquoi cela ?

C'est parce qu'en hiver, nous prenons beaucoup plus de place qu'au printemps et qu'en été. Quelqu'un qui habite à Saint-Pétersbourg essaie toujours de prendre plus de place qu'il ne doit. Et l'hiver encourage cette démarche. En fait, ce sont les vêtements d'hiver qui nous rendent plus volumineux, plus larges, plus encombrants, grâce à ces chapeaux de fourrure, grâce aux bottines et aux bottes à talons ressemblants à des sabots, grâce aux vestes, aux manteaux épais, aux doudounes et aux manteaux de fourrure. C'est vrai que les manteaux de fourrure, on n'en voit pas souvent dans des *marchroutkas*. Pour une raison quelconque, leurs propriétaires préfèrent se servir de leurs propres véhicules.

Vraiment, en hiver, nous semblons en quelque sorte plus importants, plus substantiels, plus essentiels. Nous sommes plus faciles à remarquer, à voir, à distinguer les uns des autres. En été, quand tu te promènes dans la ville, ton regard se heurte à Dieu sait qui. En voilà un qui est gros, dirait-on, mais il paraît, on ne sait pourquoi, maigre et chétif. Ou celui-là qui est grand et large d'épaules et fait petit et étroit. Son derrière et son ventre sont enflés mais plats, et ne dépassent pas ses jambes. Beurk ! Je n'ai même pas assez de salive pour cracher… Et en hiver ? En hiver, c'est tout autre chose ! Le même homme a sa taille, ses bras, son corps, sa circonférence et, probablement, son esprit et ses pensées… Maintenant, c'est un homme et cela sonne fièrement, fortement et durablement. Il se permet même de sortir son téléphone et de parler fort. À Saint-Pétersbourg, tout le monde le fait, généralement. Contrairement à l'opinion des médecins, l'hiver rend la voix rauque à tout Saint-Pétersbourg et, malgré les gorges rouges et enflammées, il restaure la confiance en soi de ses propriétaires.

Et voilà qu'avec cette voix, avec ce corps alourdi, grandis comme des adolescents après les vacances d'été, nous sommes obligés de grimper dans le taxi collectif, la *marchroutka*, cette espèce de véhicule tronqué. Mais que fait notre gouvernement municipal ? Je ne comprends absolument pas…[92]

---

[92] Ici, l'auteur donne une description de la ville de Saint-Pétersbourg stylisée à

Puisque nous y voilà, après avoir payé notre voyage au vieux Caucasien au nez charnu et à la moustache épaisse, puisque nous nous sommes assis et que nous sommes en route, nous pouvons donc nous détendre, regarder autour de nous et reprendre le cours de notre récit.

Il n'y a pas beaucoup de passagers. Un homme au visage rouge de chaleur habillé d'une veste sale et délavée. Il feuillette, concentré, un journal gratuit de plusieurs pages, plein de publicités du Nouvel An. De l'autre côté du passage, des jeunes sont assis habillés de doudounes vertes boutonnées à fond. Tous les deux ont plongé le nez dans leur portable. De temps en temps, ils s'échangent quelques mots. D'après leurs voix, on peut deviner que c'est une fille et un garçon, mais il est difficile de les distinguer. C'est le garçon, probablement, qui a un animal métallique à l'oreille. Derrière eux, une dame sèche en manteau jaune s'est installée avec un enfant sur le siège voisin.

– Vovotchka, cache ta langue ! lui répète-t-elle pour la quatrième fois déjà.

Elle parle fort pour surmonter le bruit de la rue et le ronflement du moteur. Je tourne la tête vers la fenêtre. C'est midi, mais il commence déjà à faire noir. L'hiver à Saint-Pétersbourg est toujours crépusculaire. Le crépuscule commence tôt le matin, continue à midi et se transforme tranquillement en nuit, sans fin, bruyante, fiévreusement éclairée par l'électricité.

Notre petite *marchroutka* grince et tremble de toute sa carcasse. Nous sortons de sous le viaduc pour monter sur le pont.

– Vovotchka, cache ta langue, combien de fois il faut que je te le dise ? répète la dame d'une voix furieuse.

Par la fenêtre de la *marchroutka*, on voit la rivière gelée, Malaya ou Bolchaya Nevka[93], je les confonds toujours. Ce ruban de neige terne se fondant dans le crépuscule. Si vous longez seul le lit enneigé

---

la manière de Nicolas Gogol dans ses *Nouvelles de Pétersbourg*, de 1843.

[93] Littéralement, Petite ou Grande Nevka (Nevka étant elle-même le diminutif de Neva).

de la rivière pendant longtemps, à l'écart des berges, la neige craque sous vos pieds et, au bout d'un moment, il vous semblera certainement qu'il y a quelqu'un près de vous, que ce quelqu'un marche aussi dans la neige, à votre côté. Vous vous retournez, personne…

La voix de la dame s'élève de nouveau :

– Vovotchka, cache ta langue.

Mes pensées se tournent soudain vers Katia. Hier, elle a piqué une crise terrible quand j'ai essayé de l'embrasser et de la toucher. Elle a été vraiment grossière. J'étais moi-même de mauvaise humeur. J'étais fatigué de nos rendez-vous irréguliers à l'hôtel, secrets, honteux, hâtifs, fatigué d'interpréter le rôle de son ancien camarade de classe, ennuyeux et embarrassé, bon à rien, fatigué de ces conversations vides avec des producteurs, des directeurs de relations publiques, des chauffeurs, des conversations cordiales avec son nouvel amant qui a de fausses dents brillantes et des boutons de manchette en or.

– Vovotchka, rentre ta langue, continue la dame. Je te parle russe, non ? Rentre ta langue ! Tout de suite !

Les jeunes gens relèvent vivement la tête de leurs téléphones et se regardent en rigolant. Notre *marchroutka* passe le pont et commence à ralentir doucement, se serre le long du trottoir et s'arrête enfin.

La tête ébouriffée du conducteur moustachu apparaît entre les dossiers des sièges avant

– Vovotchka, mon cher, dit-il avec un fort accent caucasien. J'en ai marre d'entendre ça ! Je vais finir par entrer dans un mur et on va tous mourir… Alors je te le demande d'homme à homme, rentre ta langue !

L'homme assis devant moi en veste usée hausse légèrement les épaules et continue tranquillement à feuilleter son journal. Les jeunes gens se regardent et éclatent de rire.

– Vovotchka, siffle méchamment la dame. Tu as entendu ce que le monsieur a dit ? Rentre ta langue ! Dépêche-toi !

Notre petite *marchroutka* se remet en route. Les pensées de Katia s'évanouissent et je repense à la ville et à l'hiver.

Il y a longtemps, étrangement, j'ai remarqué qu'en hiver il y a beaucoup de pensées dans ma tête. En automne, les pensées sont moins nombreuses, mais elles sont plus droites et convenables. En automne, Pétersbourg même semble droite et convenable, exactement comme l'empereur l'a conçue dès le début. Le froid concentre tout en justesse et simplicité : les ponts, les maisons, les rues ; tout revient à l'exactitude mathématique, au calcul limpide effectué avec crayon, boussole et règle. Quand j'étais petit, un clown se produisait avec un chien au cirque de Leningrad. Le clown s'appelait Karandash et le chien s'appelait Kliaksa. « Crayon » et « Tache d'encre »... L'empereur n'aurait probablement pas approuvé. Il pouvait tolérer des clowns, mais il ne supportait pas les taches d'encre. Sa main cherchait immédiatement la matraque. Il aimait la précision, la rigueur géométrique, celle qui advient toujours dans la ville avec l'arrivée du froid de l'automne.

Le travail du froid est complété par les pluies. Il pleut de façon monotone en octobre, les pluies arrosent les jardins endormis, les parcs vides, les boulevards bruyants, emportant progressivement tout ce qui est vivant, physique, toute matière, ne laissant que les traits noirs des buissons et des arbres au-dessus desquels scintillent les flèches dorées des églises, grandes ou petites aiguilles plantées dans le ciel vide.

Mais en hiver, la ville se transforme. Comme si elle essayait de contrarier l'automne et le défunt empereur. Les gens, les bâtiments, les monuments, les arbres se transforment. Ils mettent « les manteaux et les *chanpeaux* ». C'est ce que j'avais écrit dans une rédaction à l'école, en CE2. Mes parents m'avaient ressorti ces « chanpeaux » pendant six mois. Pourtant, n'était-ce pas logique ? S'il y a des « manteaux », alors acceptez qu'ils soient accompagnés de « chanpeaux » et pas d'autre chose.

Je regarde par la fenêtre de la *marchroutka*. Il semble que les « les manteaux et les chanpeaux » ont vraiment bien fait leur travail cet hiver. La neige donne l'impression que tout est gros, gonflé, beaucoup plus grand qu'en réalité.

Les maisons, les toits en plastique des arrêts de bus, les tourelles, les tuyaux, les parapets des quais sont surélevés juste sous nos yeux, comme s'ils avaient l'intention de rivaliser avec toutes ces flèches impériales, ces petites et ces grandes aiguilles, avec même la tour de télévision qui se trouve à proximité. Les antennes dépassant des maisons, les fils suspendus comme des toiles d'araignées au-dessus des rues et des places, paraissent plus épais, plus gros. Les monuments ont également grossi. Tous ces empereurs, révolutionnaires, généraux, poètes, ont décidé de participer à cette exposition publique, sûrement dans la crainte d'être oubliés, poussés dans l'arrière-cour d'un musée.

Même les dompteurs de chevaux nus sur le pont Anitchkov se sont couverts de neige comme s'ils avaient enfilé des blouses blanches d'hôpital. C'est vraiment plus correct et plus digne. Admettez qu'il est vraiment honteux de se présenter nu devant tout le monde en plein centre de la capitale, même si c'est une ancienne capitale. Scandaleux…

Les rues et les avenues se sont également agrandies, élargies, ont gonflé de congères, ont perdu leurs frontières, le contrôle, sont devenues étroites. En hiver, tout Saint-Pétersbourg se resserre comme cette *marchroutka* dans laquelle nous voyageons maintenant. Voitures, bus, trolleybus, camions, motos, fourgons, feux rouges, réverbères, enseignes, l'hiver unifie tout, mélange tout, probablement pour tout remettre dans un nouvel ordre, pour sortir de l'histoire. On ne distingue plus rien ni personne. À qui est dédié ce monument sous la neige, en « manteau et en chanpeau » ? Koutouzov ? Souvorov ? Pouchkine ? Ou peut-être l'empereur lui-même ? Sa géométrie est brisée. Même la verticalité a été ébranlée : les piétons, les charrettes, les poussettes glissent, perdent l'équilibre, se renversent…

– On peut descendre au feu… s'il vous plaît ? demande la dame, celle qui est avec le garçon.

La *marchroutka* freine brusquement près du Palais de la culture de la ville de Leningrad, près de ce bâtiment à l'architecture folle, dont les surfaces, les angles et les cônes s'éclatent dans toutes les directions… La dame tire avec effort la poignée de la portière et descend. Le garçon la suit.

– Vovotchka, n'oublie pas de rentrer ta langue, chéri, lui lance le conducteur en guise d'au revoir.

Mon téléphone se met à sonner et à vibrer dans la poche droite de ma veste. Je décroche.

– Allô.

– Quoi allô ? s'impatiente la voix de Katia. Tu arrives quand ?

La *marchroutka* s'arrête à nouveau. Place d'Autriche, minuscule comme l'Autriche elle-même. La porte glisse. Les jeunes gens en doudounes descendent l'un après l'autre et la tête d'une jeune fille en béret de laine multicolore apparaît. Un petit nez retroussé, de petits yeux maquillés avec un crayon noir. Elle commence à poser des questions au conducteur avec une voix sonore et basse de fumeuse. Il répond en faisant non de la tête et presque en criant :

– Non ! Ça n'ira pas sans argent. Pas d'argent, à pied.

– Tu…

J'entends Katia prononcer une phrase au téléphone, mais je ne capte aucun mot. Il y a trop de bruit. Le conducteur et la fille continuent de se disputer, le véhicule roule, les sirènes hurlent, les freins grincent, sur les trottoirs on crie, les pétards explosent sans attendre les fêtes de fin d'année.

Quand Katia vient ici, il me semble qu'un chaos monstrueux règne dans ma vie et partout. Mais j'aime toujours ses fausses lèvres ourlées, ses yeux transparents de sorcière des marais, ses jambes fortes et fraîches.

– Katia, ici… comment… je n'entends rien. Je t'appellerai dès que je serai descendu, d'accord ?

Je raccroche et remets le téléphone dans la poche de ma veste.

Une fille, pas celle qui a une voix d'homme, mais une autre, déjà, habillée d'une veste bleue à capuche, monte et passe devant moi pour s'asseoir sur le siège arrière. L'homme assis devant est toujours en train de feuilleter calmement son journal.

– Tout le monde est assis ? On peut y aller ? demande le conducteur.

Je tourne la tête vers la fenêtre. Sur la vitre, dans sa lumière sombre, je vois le reflet gris clair de mon visage et, à travers lui, défile frénétiquement la vie de la rue enneigée, étincelante de la lumière des fenêtres, des réverbères, des phares et des feux rouges. D'en haut, l'avenue Kamennoostrovski ressemble probablement à un large ruisseau sombre bouillonnant de lumières électriques. Qui s'allument, s'éteignent et se rallument.

Quand on est ensemble à l'hôtel, Katia aime allumer et éteindre sans arrêt la lumière, je ne sais pas pourquoi. Elle a toujours des cigarettes, un briquet et une lampe de bureau sous la main.

– Je te l'ai déjà dit combien de fois ?! Les touche pas avec tes mains ! m'a lancé Katia. Si je les ai faits, c'est pour que tout le monde regarde, et pas touche. Compris ?

Nous étions allongés sur un immense lit dans une chambre d'hôtel horriblement meublée à l'impériale. D'abondantes moulures en stuc au plafond, un lustre géant tremblotant de lentilles de verre, un miroir dans un cadre doré, deux fauteuils empire en satin et, la principale attraction de la décoration, le buste en plâtre de Socrate à côté d'un immense écran de télévision.

– Katia, ai-je dit en donnant à ma voix une insouciante légèreté, mais c'est toi, tu m'as dit que je ne te regardais pas. Katia, dis, est-ce qu'on va... ?

Katia a écarquillé les yeux tout ronds, s'est penchée en arrière et a levé ses bras vers le plafond. Son beau visage s'est assombri.

– Mon Dieu ! Qu'est-ce que tu m'énerves, des fois ! T'as pas besoin de les fixer devant tout le monde, d'accord ? Quand on est entre nous, ça va ! Mais toucher, pas question, t'as compris ? Ni entre nous ni autrement !

Katia s'est retournée, a appuyé sa joue contre sa main et m'a regardé avec ses yeux transparents.

– Qu'est-ce que je vais faire de toi, hein ?

J'ai réagi par un sourire amer.

– Et si je te prenais chez moi, hein ? Qu'est-ce que t'en penses ? a-t-elle continué en rajustant les mèches colorées de sa frange. Tu nettoieras mon appartement. Un, deux... Mari éternel...

Je ne voulais plus qu'on se dispute. J'ai juste levé les yeux au ciel et j'ai secoué la tête.

– Pourquoi t'as besoin de moi si je suis si bon à rien...

Katia a tendu sa main nue au-dessus de moi vers la table.

– Tu veux une cigarette ? ai-je demandé.

– Ouais... et un briquet...

– On peut pas fumer ici.

– Moi, je peux, mon cher. C'est pas comme à Londres. Ici, je peux faire tout ce que je veux.

– Alors, tu m'expliques... pourquoi t'as besoin de moi ?

Elle a allumé sa cigarette, s'est tournée sur le dos et a remonté la couverture. Un sourire s'est dessiné sur son visage bronzé.

– Pourquoi ? C'est une question de nana. « Pourquoi t'as besoin de moi ? » m'a-t-elle imité. Ce ne sont que les nanas qui posent des questions pareilles, et seulement les plus stupides...

En la regardant en face, j'ai pensé mesquinement qu'elle était la première à être désagréable, à blesser. Tout ça parce qu'elle suivait le KVN[94]. Son humour vient de là. Mes copains de classe n'avaient pas voulu me prendre dans l'équipe. Depuis, je suis un peu jaloux et je n'aime pas toutes ces personnes « gaies » et surtout « débrouillardes ». Le club des personnes débrouillardes... Quel drôle de nom. Elles considèrent le pire défaut de la nature humaine comme une vertu. Il m'est soudain venu à l'esprit qu'il pourrait y avoir quelque part un club des méchants et débrouillards. C'est quand de belles femmes aux gros culs qui se détestent se réunissent et commencent une petite conversation mondaine.

Mais il faut mettre fin à son impertinence... Après tout, qui est l'homme ici ?

– Tu sais, ma chère...

– Laissons tomber, c'était une blague, m'a-t-elle interrompu et elle a soufflé de la fumée. Viens, je vais t'embrasser... Voilà...

[94] Le KVN, pour Kloub Vessiolykh i Nakhodtchivykh (« le club des personnes gaies et débrouillardes ») est un jeu télévisé humoristique qui met en compétition plusieurs équipes d'étudiants représentant leurs universités respectives qui répondent à des questions amusantes ou jouent des petites scènes comiques.

Nous nous sommes embrassés. Elle sentait le parfum et les cigarettes chères.

– Katia, est-ce qu'on va... ?

– Ah, t'es vraiment en colère... Non mais, tu crois que j'ai vraiment besoin de toi...

Elle s'est soudainement écartée, s'est relevée sur son coude et a éteint sa cigarette.

– Tu vas travailler comme prof, toi, c'est ça ?

– Je travaille déjà comme prof, si tu veux savoir...

– Tu travailles ?! s'est-elle amusée, dis donc, ils ne m'ont rien demandé à moi. Ne t'inquiète pas, je ne vais pas te prendre pour mari.

– Katia, arrête !

– Katia, arrête, m'a-t-elle imité avec une grimace. Tu aurais pu demander pourquoi, au moins par politesse.

– Pourquoi ?

– Parce que, c'est clair ?

– Ah oui, là, maintenant, c'est devenu vraiment clair. Est-ce qu'on va... ?

Katia m'a regardé attentivement. Tout à coup, son visage est devenu sérieux.

– Tu sais, avant, j'avais envie de me marier. Je voulais vraiment me marier. Et puis j'ai réalisé que le mariage, c'est le cadeau permanent.

– Qu'est-ce que ça veut dire ?

– Eh bien, tu vois, on ferme les yeux sur un truc... et un jour, ça fait une crise. Réfléchis un peu.

Elle s'est assise sur le lit et a mis la couverture.

– Eh bien, supposons qu'un gars veuille se marier. Lui, il se croit le meilleur et elle, malgré ses fesses maigres, elle est gentille et, bon, disons qu'elle a des beaux seins. Alors, il se dit qu'il va quand même se marier avec elle. Et puis, dès la première scène, à tous les coups, il se dira : « Merde ! Je lui ai fait le cadeau de me marier avec. Je supporte tout, son cul plat et tout ça, et elle ose encore l'ouvrir. » Et la fille, de son côté, elle pense pareil. La même chose. « Je suis tellement parfaite et lui, il est nul, et il ose me dire des choses pareilles. »

– Katia, mais ça n'a rien à avoir avec nous.

– Si, toi aussi, tu me fais une faveur.

– Quoi ?

Je la regarde avec reproche.

– Ben, voilà. Tu es savant, intelligent, honnête. Au travail, tu es presque une vedette pour la Russie. Tu es tellement fier de toi. En plus, tu es pauvre. Et moi, je suis riche, une femme légère, j'ai même baisé pour de l'argent, donc je suis une prostituée. Admettons que tu m'épouses. Après, tu seras toute ta vie content de toi : « Vraiment, je suis bien bon d'être avec elle », et moi, si j'ouvre ma gueule, tu réagiras immédiatement : « Comment ça ?! Elle se permet de la ramener, cette salope ?! » Et moi, mon cher, je me fais un tout autre tableau. Je suis super-mignonne, j'ai de l'argent et pas mal d'hommes qui tournent autour, et toi, tu es complètement nul. Donc tu devrais être heureux que je t'aie épousé, sauter de joie, et arrêter de me casser les pieds.

J'ai rigolé mais Katia est restée sérieuse. Elle s'est recouchée et elle a mis ses mains sous sa tête.

– On n'a pas besoin de tout ça. Non, mon cher, on ne va rien changer.

Nous sommes restés silencieux.

– Katia, ai-je demandé après une pause. Est-ce qu'on va… ?

Elle a secoué la tête avec colère.

– Hé ! Ça fait au moins dix fois que tu le demandes. Qu'est-ce que tu crois ? Pourquoi on est couchés ici ?

La *marchroutka* s'approche du grand pont. Voici un espace plat ouvert à tous les vents d'hiver, une visibilité dégagée, gratifiant l'œil du touriste d'une forteresse, d'une cathédrale à la flèche dorée, d'un puissant quai de granit et de nombreux palais de l'autre côté du fleuve. Maintenant, c'est le crépuscule, et tout ce trésor aurait disparu dans l'obscurité s'il n'y avait pas l'éclairage électrique. Il met en relief les formes du lieu et leur géométrie idéale.

Le pont est également illuminé avec des lampadaires, des lumières, des panneaux et des avertissements lumineux. À cette heure de la journée, seules règnent les voitures ronronnant au milieu du pont et les ombres des piétons passant sur les côtés. Le pont semble s'être apaisé, il s'est assoupi, s'est accroché à la Neva, il a cessé de gigoter, de jouer des tours à tout le monde. Mais c'est faux. Tout était différent autrefois. Autrefois, il y avait des cochers avec leurs barbes collées et des petits baluchons dans leurs mains prudentes. Et puis… Mais ce qui s'est passé plus tard, je ne veux pas y penser maintenant. Le pont ne dort pas. Il se dissimule pour exploser, jaillir, plonger dans le rêve joyeux de ces années passées où tout ça, le bâtiment vert salade de l'institut, Nikita Vissarionovitch, Marc Ilitch, Valia, et Louguine, et Khalil le garçon arabe, était vivant et présent.

Encore un appel. Quelqu'un a besoin de moi. Je regarde l'écran du téléphone, un numéro inconnu.

– Allô, dit la voix de Nikita Vissarionovitch.

Comment est-il possible qu'il m'appelle justement quand je passe à côté, cela m'étonne.

– Tu m'as reconnu ?

Je ne réponds pas. Les fenêtres de l'institut sont éclairées. Il regarde peut-être de là-haut et voit ma *marchroutka*.

– Fais pas de bêtise, hein ? Tu m'entends ?

– Je vous entends, répondis-je. Vous avez signé.

– C'est juste pour te donner une leçon que j'ai signé. Que t'es bête ! Tu n'as pas besoin de partir. Tu vas le regretter.

– Je le regrette déjà.

– Dans ce cas, pourquoi tu pars ? Tout vient d'être résolu.

– Comment ça ?

– Comment ça ? m'imite-t-il. Tu devrais regarder les infos à la télé. Le père vient d'être arrêté. Il va aller en prison. Du coup, on va mettre son fils dehors.

– Qu'est-ce que ça peut me faire ?

– Après ton départ, le recteur m'a immédiatement appelé pour qu'on reprenne le contrôle de tout ça. J'ai regardé les documents sur Alla Lvovna, il y a tellement d'irrégularités, de confusions. Oui oui.

Bref, son licenciement est annulé. T'es content ? Tu peux appeler Alla Lvovna pour lui annoncer cette bonne nouvelle.

– Vous n'avez qu'à l'appeler vous-même…

– Orgueilleux, va.

La *marchroutka* s'arrête au feu rouge. On voit par la fenêtre des feux multicolores, des phares de voitures. Dans l'obscurité sur les trottoirs, on distingue des piétons solitaires. Ils sont à peine visibles.

– Bon, tout ça pour rien, finalement… Alors, prends ta décision, mais ne réfléchis pas trop longtemps. Compris ?

– Compris…

– Voilà, a-t-il ri. Salutations à Ekaterina Fedorovna. Elle se souvient de moi.

Je reste comme interdit pendant un moment avant de comprendre le sens de la dernière phrase. Il raccroche. Je sursaute comme si j'avais été piqué. Comment il sait que… ? Bien que… ces gens savent toujours tout. Ce que nous disons, ce que nous mangeons, avec qui nous faisons l'amour… Bon, je finirai bien par le savoir un jour.

Il commence à faire plus chaud dans la *marchroutka*. On a probablement allumé le chauffage. Je ne sais pas s'il y a du chauffage, c'est peut-être l'entassement de corps humains et de vêtements d'hiver, tout simplement. Derrière les vitres, le champ de Mars se fond dans l'obscurité. Soudain, je commence à ressentir avec tout mon corps que le champ couvert de neige ne se refroidit pas du tout, mais, au contraire, qu'il ne fait que se réchauffer. Avec tous ces parterres de fleurs, ces tubercules, ces buissons, ces branches d'arbres.

En hiver, la ville elle-même ne fait que se réchauffer, comme si elle se préparait à quelque chose d'important, à une nouvelle vie. Les bâtiments sont chauffés par le chauffage central et les gens, par tout ce qu'ils portent, les doudounes, les pulls en laine, les caleçons. Enveloppée, la matière humaine fume, gonfle. Les significations, les planifications et les actions fument, gonflent. Même les mots, eux aussi, fument, gonflent et perdent leur forme. Les livres sont pleins de dessins, de lettres, de signes de ponctuation qui fument.

Mais que se passe-t-il ? On ne cesse de m'appeler ! Même mon oreille s'est déjà réchauffée. Ah, ça y est ! Natacha ! Non ! Non, je ne décroche pas.

Je regarde par la fenêtre. On a passé le pont Troïtski qui a vu des bombes des SR[95], des aurores révolutionnaires sanglantes et deux changements de nom[96]. Si on continuait plus loin, le long de la rue Sadovaya vers l'avenue Nevski, on verrait la bibliothèque publique, le lieu de lecture où j'échappais aux réformes libérales dans les années 1990.

Le téléphone sonne longtemps et de manière persistante. Enfin, il se calme, mais recommence à sonner immédiatement. D'accord...

– Qu'est-ce que tu veux ?

– C'est vraiment mesquin de ne pas décrocher !

Elle ne mâche pas ses mots comme ce jour où je m'étais foutu du professeur. Mauvais signe. Ce jour-là, elle a aussi dit « mesquin ». Mais le soir même, nous étions déjà au lit...

– Qu'est-ce que tu veux ? répété-je en détachant soigneusement les mots.

– Excuse-moi...

– Non, je ne t'excuse pas. Quoi encore ?

– Mais je me suis excusée.

Je perçois une fausse humilité dans sa voix.

– Tu t'es excusée, mais on ne t'a pas pardonné. Voilà, la conversation est finie.

– Mais attends un peu.

– À quoi bon attendre ?

« Mais pourquoi je ne raccroche pas ? »

– Eh bien, ce n'était pas ma faute, j'étais juste en colère contre toi. Elle a frappé fort ?

– Va te faire voir !

---

[95] L'Organisation de combat du Parti socialiste révolutionnaire, active de 1902 à 1911, était une structure terroriste ayant perpétré plusieurs attentats contre des représentants de l'État de l'Empire russe.

[96] L'auteur fait référence aux changements de nom de la ville. Devenue Petrograd en 1914 puis Leningrad en 1924, elle a retrouvé le nom de Saint-Pétersbourg en 1991. Le pont a été construit en 1897.

– Je suis désolée, j'te dis. Il faut savoir pardonner aux femmes. Dis, j'ai quelque chose à te demander…

J'appuie sur la touche « déconnecter » et j'éteins le téléphone. Il ne me manquerait plus que ça.

– Dis, j'ai quelque chose à te demander…

Natacha a appelé pendant que j'étais en train de nettoyer ma cuisine. Katia devait arriver bientôt et je ne voulais pas qu'elle voie ma tanière dans cet état.

– Qu'est-ce qu'il y a ?

J'ai sorti mes cigarettes et jeté un regard par la fenêtre, je ne sais pas pourquoi. En bas, dans la rue Polytechnitcheskaya, un affreux chasse-neige au moteur grondant luttait contre une énorme congère.

– Je suis juste devant chez toi, je peux monter ?

J'ai pris le briquet et j'ai allumé ma cigarette.

– Non, tu ne peux pas. Je suis occupé actuellement.

– Oh, juste une minute.

« Merde ! Comme un cheveu sur la soupe, ai-je pensé. Ce n'est pas du tout le bon moment. » Katia devait venir me voir environ deux heures après.

Un coup de sifflet a retenti sous les fenêtres. Le chasse-neige s'est arrêté et a calé.

– Natacha, ai-je dit en tirant sur la cigarette. Ce « quelque chose » que tu as à me demander, ça ne peut pas attendre jusqu'à demain ?

Parce que moi… j'attends quelqu'un…

– Mon chou, s'il te plaît…

– Natacha, merde ! Je te dis que je ne peux pas… j'attends quelqu'un…

J'ai tendu ma main vers la soucoupe pour mettre les cendres.

– Qui ça ? a-t-elle demandé en douceur. Encore une fille, hein ?

– Pourquoi penses-tu tout de suite à une fille ?

– Eh bien, mon chou, je suis déjà devant ta porte… Je dois faire pipi, ça urge.

– D'accord…, ai-je soupiré. Entre… Mais ne traîne pas…

J'ai tiré une bouffée rapide et j'ai éteint ma cigarette.

Une minute plus tard, elle me tendait déjà son manteau bleu.

– Tiens, accroche-le… il fait si froid dehors, tu n'imagines même pas ! Tu me fais du thé ? C'est où qu'on allume la lumière ? J'ai déjà oublié…

Natacha s'est enfermée dans les toilettes, puis elle est sortie, m'a embrassé sur la joue comme si elle me picorait. Elle est entrée dans la cuisine, s'est assise à table, a posé ses joues rondes sur ses poings et, sans aucun préambule, a commencé à parler du fils d'un de ses parents âgés qui pensait entrer dans notre institut, mais qui n'avait pas encore arrêté son choix. Son père, qui était ingénieur électricien, était contre cette idée car dans leur famille, tous étaient techniciens, paraît-il. Et puis, elle m'a raconté qu'elle avait fait des magasins et acheté des bottes d'hiver autrichiennes, paraît-il, quand elle les essayait, tout allait bien, mais maintenant, tout d'un coup, elles lui faisaient mal. Natacha sirotait du thé, redressait constamment sa frange, allumait cigarette sur cigarette et parlait avec tellement d'énergie de plusieurs sujets en même temps que j'étais complètement stupéfait. Je ne faisais que hocher la tête en cadence comme si j'étais d'accord avec elle et je répétais comme un robot que j'essaierais de l'aider. À vrai dire, je ne savais pas comment l'aider, mais je voulais vraiment qu'elle se casse d'ici le plus vite possible.

Le temps passait et elle était toujours assise là à bavasser. Elle avait de grands et beaux yeux. Enfin, je lui ai dit qu'il était temps de partir. Il ne me restait que quarante minutes, probablement, avant l'arrivée de Katia. Natacha s'est levée et a dit qu'elle devait aller dans la salle de bains, « pour une seconde chrono ». Je lui ai allumé la lumière et j'ai continué à nettoyer ma cuisine. J'ai soigneusement lavé toutes les assiettes, toutes les tasses, je les ai essuyées, je les ai mises sur le sèche-vaisselle puis j'ai pris une serviette et j'ai essuyé la table. Et Natacha n'était toujours pas sortie.

– Tout va bien ? ai-je demandé cinq minutes plus tard.

– Oui oui ! a-t-elle répondu gaiement. J'arrive.

Je suis allé dans la chambre et j'ai allumé la télé. On diffusait le KVN.

Un jeune homme à lunettes est entré en scène. Apparemment, il imitait notre président et, pour une raison quelconque, il s'exprimait en vers :

Avec George Bush, on évaluait
Qui de nous le plus riche était
Et... surprise ! Parce que c'était...

Le jeune homme a fait une courte pause, a soupiré et s'est exclamé :

Mikhaïl Mikhaïlovitch Kassianov[97].

La salle a explosé de rire. J'ai ri comme tout le monde, même si ce n'était pas drôle du tout. L'écran a montré un instant un homme grand au visage lourd. Il a souri confusément, ne sachant pas trop comment réagir.

Quinze minutes plus tard, Natacha était toujours dans la salle de bains. J'ai frappé de nouveau à la porte.

– Natacha ! Mais qu'est-ce que tu fais ? Ça fait une demi-heure que tu es là-dedans !

Pas de réponse, juste le bruit de l'eau qui coulait. J'ai paniqué, j'allais et venais dans l'appartement. À plusieurs reprises, je me suis approché de la porte de salle de bains et je l'ai tirée en lui criant de sortir. Aucun effet. J'ai même pensé courir dans la rue pour aller au-devant de Katia et la persuader d'aller ensemble quelque part. Un café, par exemple. Ou de se promener dans un parc. Et c'est juste à ce moment-là qu'on a sonné à la porte. Katia était arrivée un peu plus tôt que prévu. Je savais que dans ces cas-là, il fallait ouvrir tout de suite.

– Salut !

Katia a franchi le seuil, elle m'a tendu sa joue pour un baiser puis elle s'est éloignée, a enlevé son manteau de fourrure et est restée en

[97] Mikhaïl Kassianov (né en 1957) est un homme d'État, président du gouvernement russe de 2000 à 2004.

jean noir et en blouse couleur vert pâle. Son visage était radieux. J'ai remarqué depuis longtemps que, quand elle est de bonne humeur, elle s'habille en vêtements de couleurs sombres. Et au contraire, si elle porte des couleurs vives, il faut s'attendre au pire.

– Entre…, ai-je dit d'une voix maussade.

– Qu'est-ce qu'il y a ?

Je n'ai pas eu le temps de répondre. La porte de la salle de bains s'est ouverte et Natacha est apparue. Elle était complètement nue et reculait vers nous en s'essuyant les cheveux avec une petite serviette.

J'ai juré.

Natacha s'est retournée, a vu Katia et a feint l'embarras en recouvrant son bas-ventre de la serviette.

– Oh, je suis désolée…

Katia a légèrement levé les sourcils et elle m'a regardé d'un air interrogateur. Son visage était très calme, presque paisible. Natacha a doucement souri à Katia :

– Oh, je suis désolée… Que dire… Vous voulez ma photo ou quoi ?

Sans lui prêter attention, Katia continuait de me regarder sans dire mot. Par précaution, j'ai fait un pas en arrière et j'ai dit en la regardant :

– Katia, euh, comment… une vieille connaissance… Elle a dit qu'elle passait juste, mais… tu vois…

Katia a secoué la tête avec compassion et s'est retournée vers Natacha.

– Vous devez être pressée ?

Puis elle s'est mise à retirer ses bottes. Natacha s'est sauvée dans la salle de bains. À peine une minute plus tard, elle est sortie complètement habillée, a attrapé son manteau et, nous faisant joyeusement un clin d'œil, a glissé vers la porte d'entrée.

– Au revoir, mes p'tits choux !

Katia a fini de retirer ses bottes et a commencé à chercher des babouches. La porte a claqué fort.

Je me suis penché, j'ai trouvé les babouches au-dessous du portemanteau et les ai délicatement posées devant Katia.

– Voilà !

Elle s'est redressée, a mis en silence ses pieds dans les babouches puis a fait un pas et m'a giflé de toutes ses forces.

– Katia !

– C'est pour t'apprendre à être plus intelligent…

– Katia, c'est elle…

– Je sais bien que c'est elle. Tu me prends pour une idiote ? Quand j'étais jeune, des trucs comme ça, j'en ai fait… en bien pire !

– Mais je suis sérieux…

Elle m'a repoussé.

– C'est bon ! Il est sérieux… Attrape plutôt le sac. J'ai tout ce qu'il faut, bouffe et vin.

J'ai faim et j'ai soif. La *marchroutka* se range au bord de la route, s'arrête et un homme en manteau de fourrure court et sale grimpe dedans. Il se laisse nonchalamment tomber sur le siège voisin et mon nez se remplit de l'odeur désagréable de l'ivrognerie récurrente.

Je me retourne vers la fenêtre et vois un homme en uniforme militaire près du lampadaire. Une braise de cigarette couve au coin de sa bouche. Un soldat ? Un officier ? On ne peut pas voir. Il me vient soudain à l'esprit qu'avant d'aller chez Katia, je dois passer à la pharmacie.

Le lampadaire, les aurores rouges au-dessus du pont, la nuit, la bibliothèque qui rime avec l'apothèque[98], tout cela se réunit tout seul dans un poème stupide que quelqu'un a déjà composé deux fois :

Nuit. Rue. Lanterne. Apothèque.
Il y a un soldat près d'la lanterne.
On ouvre la bibliothèque.
Une aube sanglante éclaire l'caserne.[99]

---

[98] En russe, « pharmacie » se dit *aptéka* qui vient du grec, comme « apothicaire » ou le moyen français « apothèque ». D'où la rime et l'association d'idées avec bibliothèque (« bibliotéka » en russe).

[99] Le « premier » poème est celui d'Alexandre Blok, du 10 octobre 1912 : Nuit, rue, lanterne, apothèque, / Lumière inepte et déchue. / Vivrons encore un quart de siècle, / Tout sera là. Aucune issue. […]

Je sors mon téléphone et je le rallume.

– Moi, j'vais t'dire, t'as pas connu Liokha ! Non, tu l'as pas connu ! m'explique l'homme, celui qui est monté vers le champ de Mars.

Nous sommes descendus tous les deux près de Gostiny Dvor, la *marchroutka* est partie depuis longtemps et à présent, nous restons dans la rue et nous parlons. Plus précisément, c'est lui qui parle et moi, je l'écoute, sans savoir pourquoi. Il a une tête osseuse aux joues mal rasées, son front est plein d'éraflures et de croûtes rouges, son nez est parsemé de points noirs. Il porte un court manteau de fourrure brun déchiré qui date de l'époque soviétique et un bonnet de sport vert, aussi vieux que le reste.

Mon interlocuteur met sa main dans sa poche, sort une fiasque en verre où éclabousse un liquide doré.

– T'en veux ? Pour Liokha ?

– Non, dis-je, merci.

– Comment ça, non !? dit-il confusément. Tu sais, j'le propose pas à n'importe qui, hein… À Liokha, allez ?

Il a commencé à me parler de Liokha déjà dans la *marchroutka*, ils avaient fait ensemble leur service militaire dans une unité du génie, c'était un gars qui savait tout faire, qui maîtrisait tous les métiers, « et la pêche, et la bêche »[100]. Il est mort d'un coup, il y a cinq ans.

Des gens se hâtent devant nous, piétinent la neige sale. Elle fond et gicle sous leurs pieds.

L'homme soupire douloureusement et annonce, après une courte réflexion :

– Tu vois, Liokha, il était comme ça, j'veux dire… Parfois, il reste silencieux, il fume, il pense à je ne sais quoi… On peut le prendre pour un nul… Tout comme toi… Mais moi, je sais bien qu'c'est pas vrai ! Et dès qu'on sort une bouteille, le voilà qui s'épanouit !

---

[100] La pêche et la bêche (l'outil pour retourner la terre à la main) symbolisent ici deux activités nourricières très différentes l'une de l'autre dans le monde paysan pour signifier que celui qui, comme Liokha, les maîtrisait toutes les deux savait « tous les métiers ».

Il renifle bruyamment, se tait un moment et recommence :

– Liokha est mort…

Il y a les larmes aux yeux. De tous les muscles de mon visage, j'essaie de mimer la compassion, mais il détourne son regard. Il semble que notre conversation, Dieu merci, touche à sa fin.

– Attends. J'vais tout t'dire. Il a une femme, tiens !… Pauvre femme… Une fois par an, j'y vais, on s'assoit, on boit, on se souvient de Liokha. Et puis, alors… voilà…

Il se tait et avale une gorgée de la fiasque.

– On ne peut pas boire ici. Endroit public…, lui dis-je.

– On peut…

Il fait une grimace et sniffe la manche sale de son manteau.

– Et puis, alors… voilà… quoi ? Eh bien, avec sa femme ?

– Comment ça, quoi ? grogne-t-il, en fixant ses pieds. On baise… Voilà ! Elle me le demande toujours… Et je ne peux pas refuser à une femme, tu vois. Tu crois que j'en ai besoin, moi ?

Il me regarde dans les yeux, secoue le doigt et déclare résolument :

– Non, j'en ai pas besoin ! J'ai ma femme et aussi Irka, une collègue… Et en plus, la femme de Liokha… On peut jouer au foot avec ses seins… Aucune envie, tu comprends ? Mais c'est un devoir ! Un devoir à la mémoire de mon ami…

Il coupe l'air avec sa main comme une lame.

Juste à ce moment culminant, mon téléphone me sauve en sonnant dans ma veste.

– Mais t'es où alors ?! me demande la voix agressive de Katia qui raccroche aussitôt.

– J'arrive…, dis-je dans le téléphone muet sans savoir pourquoi. Je suis déjà en route…

Sans éloigner le téléphone de l'oreille, je fais un signe de ma main libre à l'ami de Liokha et je m'en vais, le laissant au milieu du trottoir tout seul et perdu, avec sa fiasque dans la main…

Les lumières, le bruit, les voitures qui passent, sont partout, la ville est pressée, poussée, la ville roule quelque part le long de l'avenue Nevski, de la rue Sadovaya. Je longe Gostiny Dvor à la rencontre de la mer de visages, de vitrines, de lumières… Il y en a tellement qu'il n'y a aucun moyen de saisir tout cela, ni avec mon esprit ni avec mes yeux… Je me jette dans ce flot de vie gonflé et je sens mes bras, mes jambes, mon corps se gorger d'une nouvelle force étrange, et ma tête d'une bonté stupide et agréable.

Saint-Pétersbourg – Komarovo – Palerme
2015-2018

Macha Publishing
38, rue de Berri 75008 Paris

Cet ouvrage a été achevé d'imprimer
par PBtisk, en octobre 2020
Imprimé en UE

Dépôt légal : janvier 2021, édition 01
ISBN : 978-2-37437-062-0